AF398563

Emma Richards ist das Pseudonym von Caroline Lange, eine waschechte Hamburger Deern, die das regnerische, stürmische Wetter nutzt, um sich bei einer Tasse Tee die bezauberndsten Geschichten auszudenken.

Die Leidenschaft für das geschriebene Wort war schon immer ein Teil von ihr, daher begann sie schon früh die Seiten etlicher Tagebücher zu füllen, melancholische Gedichte zu verfassen, an Kurzgeschichten-Wettbewerben teilzunehmen und an ihrem ersten großen Manuskript zu arbeiten.

Ihre erste Veröffentlichung feierte sie beim dp Verlag, wo im Mai 2022 auch die Fortsetzung ihres Dark Fantasy Romans Days of Darkness – Göttliche Versuchung (ehemals Black Demons – Göttin der Rache) erscheinen wird.

EMMA RICHARDS

TALES OF WAR AND PASSION

Überarbeitete Neuausgabe März 2025

Copyright © 2025 dp Verlag, ein Imprint der
dp DIGITAL PUBLISHERS GmbH
Made in Stuttgart with ♥
Alle Rechte vorbehalten

Tales of War and Passion

ISBN 978-3-98998-838-5
E-Book-ISBN 978-3-98998-826-2

Copyright © 2022, dp Verlag,
ein Imprint der dp DIGITAL PUBLISHERS GmbH
Dies ist eine überarbeitete Neuausgabe des bereits 2022 bei
dp Verlag, ein Imprint der dp DIGITAL PUBLISHERS GmbH
erschienenen Titels Dämonisches Verlangen
(ISBN: 978-3-98637-461-7).

Covergestaltung: Dream Design – Cover and Art
Umschlaggestaltung: ARTC.ore Design
Unter Verwendung von Abbildungen von
shutterstock.com: © BK foto, © Matveev Aleksandr
adobestock.com: © Torkhov, © HNKz, © RinaM,
© Tatyana Sidyukova, © Uros Petrovic
Lektorat: Janina Klinck
Korrektorat: Katharina Pomorski

Satz: dp DIGITAL PUBLISHERS GmbH
Druck und Bindung: Books on Demand GmbH, Norderstedt

Vorwort

Liebe Leser*innen,
wie schön, dass ihr Tess und ihre Abenteuer weiterverfolgen wollt und ein weiteres Mal mit mir nach Empyrion reist.
Ich weiß, ich habe euch im 1. Teil mit einem fiesen Cliffhanger zurückgelassen. Die habe ich als Leserin auch nicht so gern, als Autorin hingegen ...
Ich muss gestehen, dass ich die Vorstellung schön finde, dass eine Geschichte eigentlich kein richtiges Ende findet, sondern immer weitererzählt wird. Darum habe ich als Kind auch die Unendliche Geschichte von Michael Ende so geliebt.
In meiner Vorstellung hören Tess, Ann und Skip, bis ins hohe Alter, nie damit auf herumzualbern, zu lachen und füreinander da zu sein.
Und ja, auch die Liebe, für die Tess bisher nun wirklich kein glückliches Händchen hatte, ist vielleicht in der Zukunft viel weniger kompliziert – oder auch nicht?!
Ich kann euch in jedem Fall versprechen, dass es wieder spannend werden wird und eure Lieblingsfiguren wieder schöne, lustige, traurige, aber auch furchterregende Momente erleben werden, die euch den Atem anhalten lassen.
So oder so ist es für mich ein unglaubliches Geschenk, dass euch diese Geschichte so fesselt, dass ihr auch zum

2. Band gegriffen habt und dafür danke ich euch von Herzen.
Wie ich schon im ersten Buch schrieb – ohne euch wären das hier nur Worte auf Papier, die weniger lebendig wären und die ich nicht mit der Welt teilen könnte.
Ihr macht meine Leidenschaft für das Schreiben zu einer Berufung!
Ich wünsche euch nun ganz viel Spaß beim Lesen und freue mich wie immer über euer Feedback.

Alles Liebe für euch.

Eure Emma

Instagram: emma_richards_autorin

Kapitel 1

Lautes Keuchen und Ächzen durchbrach die morgendliche Stille der erwachenden Stadt – New York City.

Das unverkennbare Geräusch, wenn Fäuste auf Knochen treffen und geblockte Schläge ihr Ziel verfehlten, störte die verschlafene Ruhe. Der Geruch von Schweiß, Blut und Angst legte sich über den Morgentau, während die ersten Strahlen der Sonne sich langsam den Horizont hinauf bahnten.

Ein gezielter Tritt in die Leistengegend ließ den großen, muskulösen Mann mit Glatze zurückweichen und mit schmerzverzerrtem Gesicht seine Weichteile massieren.

Ein bedrohliches Knurren drang aus seiner Kehle und seine Gegnerin, eine wunderschöne große Blondine, die eben zu einem weiteren Tritt ausholte, stolperte erschrocken rückwärts.

Mit einer flinken Abfolge von Schlägen stürzte sich der Mann mit der vor Schweiß glänzenden, dunklen Haut auf die zierliche Frau und drängte sie immer weiter zurück. Verzweifelt versuchte die Blondine, unter der Deckung des Hünen hindurch zu tauchen, um einen weiteren Treffer zu landen, doch die Verteidigung des Mannes war lückenlos. Er hatte einmal den Fehler gemacht, diese wunderschöne Frau zu unterschätzen, das würde ihm sicher kein zweites Mal passieren.

Die Blondine versuchte, den aggressiven Angriff ihres Gegners abzublocken und riss ihr schlankes Bein hoch, um zu einem weiteren Tritt anzusetzen – ihr Ziel seine Schläfe, das gäbe ein sofortiges K. O.

Doch plötzlich wirbelte der Kraftprotz so schnell um die eigene Achse, dass seine Konturen verschwammen, grätschte der Frau mit der anmutigen Bewegung eines Tänzers das Standbein unter den Füßen weg und brachte sie somit zu Fall.

Mit einem Schrei kam die Blondine auf dem Boden auf und rieb sich mit schmerzverzerrtem Gesichtsausdruck den Rücken.

„Du bist schwach und unkonzentriert! Du könntest so viel besser sein, wenn du es nur wolltest. Allein mit körperlicher Kraft wirst du einem trainierten Kämpfer niemals das Wasser reichen können. Du musst lernen, die Schwäche deines Gegners auszunutzen. Setz deine Macht gezielt ein, Ann!"

„Wollte ich ja, aber dann hast du mir die Beine weggetreten", murrte die Sirene.

„Noch mal!"

Skip, der es sich nicht nehmen ließ in der Gestalt von Laurence Fishburne alias Morpheus aus der Matrix-Trilogie, sein allmorgendliches Training mit Ann zu absolvieren, war sichtlich genervt. Meine beste Freundin, die in diesem Szenario in die Rolle des naiven, unerfahrenen Neo schlüpfte, schien ihre Begeisterung für das Verteidigungstraining ebenfalls in Zaum zu halten.

Ein amüsiertes Lächeln breitete sich auf meinem Gesicht aus. Skip und Ann, die besten Freunde, die man sich nur vorstellen konnte, hätten unterschiedlicher nicht sein können. Er war ein Gestaltwandler, der seine

Erscheinung so oft wechselte wie andere Leute ihre Unterwäsche und Ann war eine Sirene, deren Gesangsstimme so ziemlich jeden Mann in einem Umkreis von hundert Kilometer Entfernung anlockte. Bei so viel Testosteron geköderter Männer war der Ärger natürlich vorprogrammiert, weshalb es der Sirene untersagt war, in der Menschenwelt zu singen. So hatte ich die freche Blondine damals kennengelernt. Ihre wunderschöne, glockenhelle Stimme hatte für eine ordentliche Massenschlägerei in einer Bar um die Ecke gesorgt. Ich hatte sie damals aus dieser äußerst prekären Situation gerettet und mir seiner Zeit geschworen, sie bis an mein Lebensende zu beschützen und ihr aus jeder noch so schwierigen Lage herauszuhelfen. Vielleicht weckte es auch deshalb in mir ein ungutes Gefühl, sie von Skip für den Tag der Abrechnung trainieren zu lassen. Allerdings hatte die jüngste Vergangenheit gezeigt, dass wir so ziemlich jeden Empyrianer benötigten, um die Dämonen aus der Unterwelt zu bekämpfen, was wiederum bedeutete, dass auch eine feine Dame wie Ann ihre Fähigkeiten ausbauen musste, um unsere Welt und die der Menschen zu verteidigen.

Dämonen ... ja, ihr habt richtig gehört.

Diese widerlichen, abscheulichen Bestien, die sich in fliegende Schatten verwandeln konnten, führten in der Unterwelt ein Regime des Chaos, der Qualen und der Grausamkeit. Die wahrgewordene Hölle, wie sie in der Heiligen Schrift Gottes beschrieben wurde. Eine tote, verdorrte Landschaft, in die wir, die Empyrianer, sie vor Jahrhunderten verbannt hatten, um die Seelen der Menschen zu beschützen. Das war unsere Aufgabe, unsere Bürde, unsere Bestimmung, darum existierten wir.

Unsere Heimat Empyrion war als eine Art Schutzschild geschaffen worden. Eine Barriere zwischen der Unter- und der Menschenwelt. Eine Welt zwischen den Welten.

Dabei unterschied sich unsere Heimat gar nicht so sehr von der der Menschen. Sie war quasi eine gespiegelte, düsterere Version der Erde, die sich in Bauweise und Anordnung von der Menschenwelt lediglich dadurch unterschied, dass die Finsternis unser alltäglicher Begleiter war.

Dort lebten wir. Wesen, erschaffen mit außergewöhnlichen Fähigkeiten. Ich, Tess Tisiphone Hope, die letzte noch lebende Furie. Ann, eine Sirene, die unerkannt unter den Menschen aufgewachsen war. Skip, ein Gestaltwandler, der noch nie seine wahre Gestalt offenbart hatte – nicht einmal mir, seiner besten Freundin.

Vampire, Werwölfe, Hexen, Götter, Harpyien, Walküren, Sirenen, Furien, Gestaltwandler und noch viele weitere Empyrianer lebten in Empyrion und taten alles in ihrer Machtstehende, damit die Menschheit in blinder Naivität und Unwissenheit leben konnte.

Es waren Mauern errichtet und eine Verteidigungsorganisation, die Black Company, gegründet worden, um den Schutz der Empyrianer und der Menschen vor der Unterwelt zu gewährleisten.

Jahrhunderte hatten unsere Grenzen dem Feind standgehalten und die getroffenen Verteidigungsmaßnahmen gegen die Schattenwesen Wirkung gezeigt ... bis meine Schwester den Fehler begangen und sich in den falschen Mann verliebt hatte.

Die Misshandlungen und die Demütigung, die sie durch den Alpha und sein Werwolfrudel hatte erfahren müssen, hatten Megaera in den Selbstmord getrieben. Und ich, eine Göttin der Rache, konnte diesen Verlust und all das Leid meiner Familie nicht ungesühnt lassen. Meine Vergeltung war unerbittlich gewesen und ich machte mich des Mordes schuldig.

Doch nicht nur meine Welt brach zusammen, als Megaera von uns ging, auch die meines besten Freundes, der meine Schwester abgöttisch geliebt hatte. Um sie zurückzubringen, verhandelte Skip mit dem Feind, den zu bekämpfen er geschworen hatte. Der Gestaltwandler machte sich des schwersten Verbrechens unserer Spezies schuldig und handelte einen Deal mit den Dämonen aus. Die Schattenwesen, korrupt und gewissenlos, machten keine zuverlässigen Verträge, ein jeder Empyrianer wusste dies nur zu gut und doch tappte Skip blind vor Liebe in ihre Falle.

Wie versprochen kehrte meine Schwester zurück, nur war sie nicht länger eine Furie wie ich, sondern eine von ihnen – eine Dämonin, eine Bestie der Schatten. Und der Preis ... der Preis für einen Deal, dessen Ausgang so unvorhersehbar wie grausam war, kostete uns die Sicherheit Empyrions und damit im schlimmsten Fall auch die der Menschenwelt.

Um die Welten zu retten, war ich gezwungen, ebenfalls einen Deal mit den Dämonen einzugehen, nur verlangten sie etwas von mir, was ich ihnen nicht geben konnte – meine große Liebe, den Halbgott Jack Pers.

Ebenso wie mein bester Freund handelte ich in blinder Verzweiflung und vereinbarte, dass die Schattenwesen alle zehn Jahre für vierundzwanzig Stunden die

Grenzen unseres Landes übertreten durften. Für vierundzwanzig Stunden würden die Mauern Empyrions fallen.

Um das Überleben unserer Spezies zu sichern, sah ich damals nur eine Möglichkeit – die Evakuierung in die Welt, für deren Schutz wir erschaffen worden waren. Auf diese Weise würde die Menschenwelt trotz meines Deals für die Kreaturen der Hölle unantastbar bleiben. Sollten die Empyrianer allerdings fallen, konnten auch wir die Menschen nicht länger vor den Dämonen beschützen. Am Tag der Abrechnung würde ihre Welt unsere letzte Rettung sein.

Und hier waren wir nun!

Da ich bereits viele Jahrzehnte unter den Menschen gelebt hatte, war es meine Aufgabe dafür Sorge zu tragen, dass auf jedem Kontinent der Erde, in der Nähe eines jeden Portalübergangs zwischen der Menschenwelt und Empyrion, Refugien und Unterbringungsmöglichkeiten für unsere Leute errichtet wurden.

Ann und Skip begleiteten mich seit fast zehn Jahren auf dieser Mission und das war auch der Grund, warum wir morgens in aller früh bei Sonnenaufgang auf dem Dach eines Hochhauses direkt am Central Park in Manhattan eine Trainingseinheit in Sachen Selbstverteidigung absolvierten. Nun ja, nicht wir … Skip und Ann.

Ich war nur wegen der Unterhaltung hier. Eine willkommene Abwechslung nach der fast zehnjährigen Odyssee durch die ganze Welt.

Wir hatten unsere Aufgabe, sichere und vor den Menschen verborgene Zufluchtsorte für alle Empyrianer zu schaffen, mehr als erfüllt. Die Herausforderung war mit Bravour gemeistert worden und doch bangte mir davor, wieder nach Empyrion zurückzukehren. Wegen Jack Pers.

Der Halbgott und die Furie...

Unsere Beziehung als kompliziert zu bezeichnen, war eine Untertreibung. Zu sagen, wir wären damals im Guten auseinandergegangen, war so ziemlich das Gegenteil von dem, was zwischen uns vorgefallen war. Ich hatte keine Ahnung, wie Jack über mich dachte, was mich erwarten würde, wenn wir uns wiedersahen und wie es im Hinblick auf den bevorstehenden Tag der Abrechnung überhaupt um die Evakuierungsmaßnahmen in Empyrion stand. Daher waren meine Gedanken mit der Zerstreuung von Verlustängsten und Sorgen um unsere Zukunft beschäftigt.

„Verdammt Ann, du musst es auch wollen. Du hast es nicht einmal geschafft, an meiner Deckung vorbeizukommen. Hast du mir die letzten Jahre überhaupt zugehört?" Skip schien so langsam die Geduld mit meiner besten Freundin zu verlieren, was mir irgendwie ein Grinsen ins Gesicht zauberte. Ich wusste, wie schwierig es war, die ungeteilte Aufmerksamkeit der blonden Schönheit für sich zu gewinnen.

„Ich habe dir zugehört, aber ich bin kaputt und ich habe Hunger. Und es ist gemein, dass Tess nur da rumsteht und genüsslich ihren Kaffee trinkt. Ich brauche auch Kaffee, ich funktioniere viel besser, wenn ich morgens mein Koffein bekomme. Dann bin ich leistungsfähiger!"

Belustigt prustete ich in meine Tasse und versuchte, mein schelmisches Grinsen zu verstecken.

„DA! Hast du das gesehen?", rief Ann und deutete wütend auf mich.

Skip sah in meine Richtung und ich zuckte unschuldig mit den Schultern.

„Keine Ahnung, wovon sie redet!"

„Noch mal Ann, Fokus auf deine Deckung." Skip schnippte ungeduldig mit den Fingern und lenkte so die Aufmerksamkeit der Sirene von mir ab.

Mit geschlossenen Augen drehte ich mein Gesicht dem Himmel entgegen und genoss den kühlen Lufthauch auf meiner Haut.

Als die ersten Strahlen der Sonne die Hochhäuser der Upper East Side küssten, spürte ich fast so etwas wie eine tiefe, innere Zufriedenheit. Meine Haut erwärmte sich und der herbe Duft des Kaffees ließ mich wohlig aufseufzen. Wäre doch nur alles im Leben mit solch einer Leichtigkeit wie in diesem Moment erfüllt.

Hier war alles so wie es sein sollte und hoffentlich würde das auch noch in zwei Wochen so sein.

Vierundzwanzig Stunden.

Vierundzwanzig Stunden mussten unsere Verteidigungslinien vor den Toren der Menschheit standhalten. Dann hatten wir ein weiteres Jahrzehnt Zeit, um uns eine Lösung für mein selbst verschuldetes Scheiß-Problem zu überlegen.

Doch bis dahin war unser Motto: Auf das Beste hoffen und auf das Schlimmste vorbereitet sein.

Selbst eine untrainierte, maulende Sirene, die sich eigentlich lieber die Fingernägel lackieren wollte, sollte wissen, wie sie sich zur Wehr zu setzen hatte.

Ich konnte nur hoffen, dass es nicht so weit kommen würde, dass sie die neuerlernten Fähigkeiten tatsächlich zum Einsatz bringen musste. Ich würde dafür Sorge tragen, dass Ann als eine der ersten Empyrianerin evakuiert werden würde.

Vielleicht sollte ich sie gleich hier in der Menschwelt lassen und sie gar nicht wieder mit zurück nach Empyrion nehmen ... Schließlich würde der Großteil unserer Leute auf dieser Seite in den Refugien Schutz suchen. Nur eine ausgewählte Task Force würde an den jeweiligen Black Company Standorten zurückbleiben, um die Dämonenbewegungen im Auge zu behalten.

Ich erwartete, dass Jack als neu gewähltes Oberhaupt der Black Company inzwischen einen Evakuierungsplan aufgestellt hatte, denn neben etwaigen anderen Vorbereitungen auf den Tag der Abrechnung hatte die Umsiedlung der Empyrianer in die Menschenwelt oberste Priorität. Er wartete vermutlich bereits darauf, dass wir ihm die Abläufe für die zeitlich begrenzte Umquartierung in allen Einzelheiten schildern würden.

Ich für meinen Teil wusste nicht, ob ich mental schon bereit dafür war, dem Halbgott gegenüber zu treten, doch danach fragte niemand und ich würde auch nicht mehr viel Zeit haben, mir darüber Gedanken zu machen.

Denn die Zeit lief uns allmählich davon. In einigen Tagen würden die Dämonen an unsere Tür klopfen und auf die Erfüllung unseres Teils des Vertrages pochen. Da war keine Zeit, um sich über eventuelle Beziehungsprobleme Gedanken zu machen, die mit meinem Verschwinden eine klaffende Schlucht zwischen dem Halbgott und mir eingerissen hatte.

Seit meinem unschönen Abgang vor nicht ganz einem Jahrzehnt hatten wir keinerlei Kontakt zueinander aufgenommen.

Wenn wir von der Black Company Anweisungen erhielten, dann von Jacks Stabschef – dem einzigen Mitglied der Empyrianischen Regierung, mit dem ich in Kontakt stand – Kay.

Laut dem gut aussehenden Vampir, der vor zehn Jahren in der ein oder anderen einsamen Nacht mein Bett gewärmt hatte – vor allem in der Zeit, in der ich meine Gefühle für den Halbgott zu verdrängen versucht hatte – hatte Jack nach einigen Jahren als Staatsoberhaupt damit begonnen, eine neue Regierung aufzustellen und kommunizierte seitdem mit seinen Agenten ausschließlich über seine Berater. Darunter wohl auch eine unbekannte Empyrianerin, die seit etwa zwei Jahren immer öfter in Erscheinung getreten war und mittlerweile zum festen Stab gezählt wurde. Wer diese ominöse Frau war, wusste Kay nicht. Auffällig an der ganzen Sache war aber in jedem Fall, dass sie sich zunächst im Hintergrund gehalten hatte, seit Kurzem jedoch eine motivierte Ambition an den Tag zu legen schien, um Jacks rechte Hand zu werden. Und das verursachte mir ein unangenehmes Ziehen in der Brust. So fühlte sich also der Stachel der Eifersucht an, der regelmäßig meine Furie auf den Plan rief, die diesem Miststück nur zu gern den Kopf abgerissen hätte.

„Woran denkst du?“, fragte ein verschwitzter Skip, der sich neben mich gegen die Brüstung lehnte und mich aus wachsamen Augen beobachtete.

„Wo ist Ann?“, wich ich seiner Frage aus. Ich war so in meinen Gedanken versunken gewesen, dass ich gar nicht mitbekommen hatte, dass das Training beendet worden war.

„Sich ihre allmorgendliche Droge besorgen. Im Ernst jetzt, ich gebe auf! Wie lange trainiere ich sie jetzt?", fragte Skip resigniert, während er sich mit einem Handtuch den Nacken trocken rieb.

Ich zuckte grinsend mit den Schultern. „Ich habe dir gesagt: kein Workout so früh am Morgen."

Skip stöhnte frustriert auf und schnappte sich die Tasse aus meiner Hand. Der Kaffee musste inzwischen eher lauwarm denn heiß sein, das konnte doch niemandem schmecken.

Als er einen großen Schluck daraus nahm, hustete er und prustete das Gebräu angeekelt über die Brüstung. „Scheiße, ist das eklig", fluchte er und wischte sich mit dem Handrücken über den Mund.

Ich lachte herzhaft auf.

„Das ist die Strafe dafür, dass du Ann das Koffein entzogen hast."

„Müsst ihr eigentlich immer zusammenhalten? Du kennst mich viel länger als sie. Wann stehst du mal auf meiner Seite?", fragte er beleidigt.

„Wenn du nett zu ihr bist", versprach ich mit einem Augenzwinkern und wandte mich dann wieder meinem geliebten New York zu.

„Also", begann Skip ernst, „erzählst du mir nun, woran du eben gedacht hast?"

Erst nach einem langen Zögern wagte ich es, meinem besten Freund zu antworten. „An den Vertrag, der danach ruft, erfüllt zu werden", sagte ich leise.

„Ach das ... ja ... Lässt fast ein bisschen Endgame-Stimmung aufkommen, nicht wahr?"

Irritiert drehte ich mich zu dem Gestaltwandler um. „Bitte was?“

„Endgame!“

Als ich ihn immer noch perplex ansah, versuchte Skip mir weiter auf die Sprünge zu helfen.

„Marvels Endgame?“, schlug er hoffnungsvoll vor und bei mir machte es klick.

„Wann hast du es geschafft, den zu gucken?“, fragte ich empört.

„Hey, ich genieße die Privilegien der Menschenwelt.“ Skip grinste mich schelmisch an und ich schüttelte über meinen besten Freund nur lachend den Kopf.

„Den wollten wir zusammen angucken, du Blödmann. Warte nur, bis ich das Ann erzähle, sie wird toben!“

„Beim Olymp, bitte nicht. Das Gemecker halte ich nicht aus, lieber schaue ich ihn mir noch mal mit euch gemeinsam an. Ist wirklich ein großartiger Film!“ Skip nickte noch einmal, um seinen Worten Nachdruck zu verleihen und ich musste Schmunzeln.

„Ich hoffe der Titel hält nicht, was er verspricht. *Endgame.* Das klingt so düster und endgültig, bitte sag mir nicht, dass du dich deswegen in unserer Situation auf den Film bezogen hast.“

„Nein, nein. Sie retten die Erde, die Avengers gewinnen! Und ich denke, das werden wir auch.“ Skip schien von seinen Worten überzeugt.

Und ich wollte sie ihm glauben, ja wirklich. Ich war ihm nicht einmal böse, weil er mich gespoilert hatte.

Nein, ich wollte meinem besten Freund einfach vertrauen. Ich wollte nicht, dass uns in zwei Wochen der Tod mit seiner Anwesenheit beehrte und ich vielleicht keine Gelegenheit mehr dazu bekam, diesen blöden Film mit meinen Freunden anzusehen oder … ja, mit Jack ins Reine zu kommen und herauszufinden, was da noch zwischen uns war.

„Und?", fragte Skip.

„Und was?"

„An was hast du noch gedacht oder sollte ich besser fragen an wen?", der Gestaltwandler zog wissend eine Augenbraue hoch und ich drehte mich stöhnend weg, um ihn nicht länger ansehen zu müssen.

„Uns steht ein Vierundzwanzig-Stunden-Krieg bevor, Skip. Ich mache mir Gedanken um unsere Heimat. Unser Zuhause! Das ich wissentlich in Gefahr gebracht habe, um einen Halbgott zu retten, der sich nur zu gern meiner Dämonenschwester geopfert hätte, an deren Existenz ganz allein du schuld bist."

Skip zuckte bei der Erwähnung von Megaera zusammen, als hätte ich ihn geschlagen und ich bereute meine Worte sofort.

„Tut mir leid, wenn man mich in die Ecke drängt, werde ich fies", schickte ich eine halbherzige Entschuldigung hinterher.

„Ich weiß. Ich kenne dich schon einige Jahrhunderte." Skip atmete tief ein und schaute dann auf den Central Park hinab, wo der See, der uns als Portal nach Empyrion diente, still und unberührt dalag.

„Jack."

„Was?", fragte ich ertappt und drehte mich zu meinem besten Freund um.

„Du hast an Jack gedacht", stellte er fest.

Ich schloss ergeben die Augen und nickte dann lediglich zur Antwort.

„Wir haben die Unterschlüpfe für die Evakuierung finalisiert. Uns bleiben nur noch zwei Wochen, bevor unsere Schutzwälle fallen, wir sollten bald nach Empyrion zurückkehren, um weitere Anweisungen zu erhalten", sprach Skip meinen furchteinflößendsten Gedanken aus.

„Ja", entgegnete ich seufzend, „das müssen wir. Aber", ich zögerte und sah dann meinem besten Freund ins Gesicht, „lass uns noch einen Tag warten."

„Tess", stöhnte Skip.

„Nur einen Tag, Skip. Die Black Company ... Jack hatte zehn Jahre Zeit, mit seinem Beraterstab auf ihrer Seite der Mauer alle Vorkehrungen für den Tag der Abrechnung zu treffen. Wir haben unseren Teil auf dieser Seite der Grenze erfolgreich erledigt. Ich finde, eine Pause ist nicht zu viel verlangt. Es geht nur um einen Tag, an dem wir einfach ... *wir* sein können. Beste Freunde, die in einer Stadt der unbegrenzten Möglichkeit leben. Wie ... Menschen. Menschen, die in der Sonne stehen! Lass mir diese paar Stunden! Und dann – "

„Und dann?", unterbrach mich Skip.

„Dann kehren wir nach Empyrion zurück!"

Kapitel 2

Skip ließ mich allein auf dem Dach zurück.

Ich wusste, ich verlangte viel von ihm. Er war ein durch und durch loyaler Soldat ... nun ja, vielleicht nicht immer. Die Vergangenheit hatte gezeigt, dass für die große Liebe selbst mein bester Freund dazu im Stande war, die Gesetze seines Landes zu verraten. Aber wer konnte es ihm verübeln? Ich hatte für die Liebe einen Deal mit Dämonen abgeschlossen, der nun unsere Welt ins Chaos stürzen könnte.

Vierundzwanzig Stunden blieben mir in der Menschenwelt.

Vierundzwanzig Stunden, um mich vor Jack, meinen Gefühlen und der Angst, was mich auf der anderen Seite der Grenze erwartete, zu verstecken. Ich sagte ja schon, ich war eine Meisterin der Verdrängung und neigte ab und zu vielleicht ein bisschen zum Hedonismus. Kein Urteil, bitte! Unsere Welt würde in wenigen Tagen von Dämonen überrannt werden, ich fand, jetzt war der perfekte Zeitpunkt, um noch mal so richtig die Sau rauszulassen!

Als ich das Dach verließ und die gemeinsame Wohnung von Ann und mir betrat, erwartete mich eine top gestylte, funkelnde Sirene in ihren heißesten Partyklamotten mit zwei Drinks in den Händen.

„Woher …?“, stammelte ich fassungslos und versuchte, die Szenerie in ihrer Gesamtheit zu erfassen. Es war wie ein Puzzle, das sich langsam zusammenfügte, aber es fehlten noch Teile.

„Vierundzwanzig Stunden also! Wo gehen wir als Erstes hin?“, fragte sie mit einer herausfordernd erhobenen Augenbraue und grinste mich verschmitzt an.

„I-ich bin verwirrt. Wie hast du …“

„Skip ist die größte Klatschtante der Menschheit – und vermutlich auch jeder anderen existierenden Welt, also …“

„Verdammt noch mal“, lachte ich und nahm meiner besten Freundin den Drink aus der Hand.

„Wir haben Gossip Girl neben uns wohnen und das fällt mir erst jetzt auf“, kicherte ich und Ann stieg mit ein.

„Ja, oder?! Dieser Gestaltwandler kann einfach nichts für sich behalten.“

„Lästert ihr über mich?“, fragte eben jener von der Tür aus und Ann und ich prusteten in unsere Gläser.

„Nein“, antwortete Ann wie die Unschuld vom Lande. „Schick siehst du aus, hast du noch etwas vor?“

„Wir haben vierundzwanzig Stunden, also …“, Skip breitete die Arme aus und drehte sich einmal um die eigene Achse, um uns seine Erscheinung zu präsentieren.

„Du hast alle Register gezogen, wie ich sehe“, sagte ich beeindruckt und musterte meinen besten Freund.

Er trug sein Sexy-Hexer-Outfit bestehend aus enger schwarzer Hose, einem dunkelgrauen, schimmernden, knielangen Mantel, der mit Anns Oberteil um die Wette funkelte und darunter … nichts. Sein warmer Teint und die Muskeln seines Sixpacks zogen meinen

Blick magisch an, dazu noch das verstrubbelte Haar, als wäre er gerade frisch aufgestanden und der feine leicht glitzernde Eyeliner, der seine wunderschönen goldenen Augen betonte, machten den Gestaltwandler zu einem echten Hingucker.

„Also?", fragte ich und konnte das immer breiter werdende Grinsen, das mein Gesicht zierte, nicht aufhalten. „Worauf warten wir? Machen wir die Stadt unsicher!"

„Yeah Baby, genau das wollte ich von dir hören. Zieht euch warm an, denn heute zeige ich euch die dunkle Seite der Macht", rief die Sirene drohend und zeigte mit dem Finger auf Skip, der mich schelmisch angrinste.

„Ha!", rief der Gestaltwandler triumphierend. „Die Anspielung hab ich verstanden. Das ist aus Star Wars!"

„Ich glaub, mich tritt ein Pferd. Krieg der Sterne kennst du auch? Wann hattest du Zeit, all diese Filme anzusehen?" Ich war neidisch, aber so richtig. Na gut, Star Wars kannte ich schon, aber trotzdem. Wir waren hier, um zu arbeiten und nicht zum Vergnügen ... zumindest bis heute.

„Wieso, welche hat er denn noch gesehen?", fragte Ann verwirrt und Skip gab mir hinter dem Rücken meiner besten Freundin flehende Zeichen, ihr nichts von unserem Gespräch auf dem Dach zu verraten. Doch ich grinste ihn nur frech an und wandte mich angriffslustig an Ann. „Skip hat Endgame geguckt!"

„VERFLUCHTE SCH-! Dein Ernst jetzt?" Ann wirbelte zu Skip herum und starrte ihn mit offenem Mund an. „Verräter!"

Ich biss mir so fest auf die Lippe, dass ich ein wenig Blut schmeckte, so sehr musste ich mir das Lache verkneifen.

Meine besten Freunde so zu sehen, wie sie über vollkommen belanglose Dinge diskutierten und stritten, war wie Balsam für meine Seele und senkte den Stresspegel in meinem Blut deutlich.

Konnte nicht jeder Tag so sein? Dass man über Filme sprach, zusammen ausging, lachte, morgens seinen Kaffee auf dem Dach trank und der Sonne beim Aufgehen zusah? Ohne dass man eine Apokalypse im Nacken sitzen hatte? Okay, etwas dramatisch war das jetzt schon. Unsere Welt stand nicht kurz vor dem Untergang. Wir würden lediglich eine Horde Dämonen für einige Stunden in Schach halten müssen. Wir waren also deutlich besser dran als die Avengers. Hätten wir allerdings Thor in unseren Reihen gehabt, dann ... *Stopp Tess! Konzentrier dich!*

Ich klinkte mich wieder in meine Realität ein und entfloh den wirren Gedanken meines Kopfes.

„Okay, wisst ihr was, ich bin dafür, wir bleiben hier und schauen uns Marvels Endgame an", verordnete Ann und wollte sich gerade ihre High Heels von den Füßen streifen.

„Nichts da! Ich werde meinen letzten Tag in der Menschenwelt sicherlich nicht mit euch in dieser Bude verbringen und Science-Fiction-Filme gucken. Wir gehen aus! Lass die Heels an, ich ziehe mich um", forderte ich bestimmt und war schon auf dem Weg in mein Zimmer, als Skip mich zurückhielt.

„Okay, ich habe diese Diskussion eben zwar nicht verstanden, aber ein Problem gibt es da schon, oder? Der

Tag hat gerade erst begonnen, ich meine, manche Menschen frühstücken noch und die Sonne scheint, wo sollen wir denn um diese Uhrzeit feiern gehen? Irgendwelche Vorschläge?", fragte er.

„Das hier ist die Stadt, die niemals schläft, Skip. Glaub mir, egal wie spät es ist, hier gibt es immer einen Ort, an dem man feiern kann. Und ich weiß auch schon, wo wir hingehen." Ich zwinkerte dem Gestaltwandler kurz zu, dann verschwand ich in meinem Schlafzimmer, um mein heißestes Outfit rauszusuchen.

Keine zwanzig Minuten später stand ich top gestylt vor meinem Spiegel und eine heiße Furie sah mir entgegen. Ich war komplett in Schwarz gekleidet und hatte ein bauchfreies Top mit einer Lederhose kombiniert. Dazu schwarze Stiefeletten, einen schwarzen, knielangen Ledermantel und ein samtenes Halsband. Meine Haare fielen mir in ihrer wilden Lockenpracht über den Rücken und meine Augen kamen mit dem perfekten Eyeliner-Schwung verrucht zur Geltung. Meine Lippen hatte ich in einem dunkelviolett geschminkt und von der Schläfe bis zu den Wangenknochen etwas silbernen Glitzer aufgetragen. Zu behaupten, ich hätte dick aufgetragen, war noch untertrieben, aber hey, ich wollte diesen Tag genießen, bevor ich mich der komplizierten, ungewissen Realität stellen würde. Also warum nicht mal etwas über die Stränge schlagen?!

Als ich das Wohnzimmer betrat, pfiff Anni anerkennend und Skip nickte mir andächtig zu.

„Also ihr heißen Empyrianer, seid ihr bereit, die Stadt unsicher zu machen?", fragte ich verschwörerisch.

„Verdammt ja“, jubelte Ann und stürzte in Windeseile ihren Drink hinunter. Schulterzuckend tat ich es ihr gleich und wir machten uns lachend auf den Weg.

Erster Halt war eine kleine Bar in Brooklyn, die zu jeder Tageszeit geöffnet hatte und die abgefahrensten Drinks servierte. Für Skip, der noch nicht so häufig in den Genuss der leckeren Cocktails gekommen war, die in der Menschenwelt serviert wurden, waren die Schirmchen und aufgetürmten Obstspieße ein absolutes Highlight. Das sagte er mir auch immer wieder aufs Neue, während er einen Drink nach dem anderen bestellte, als hätten wir Happy Hour. Doch das war mir gleich. Ich hatte Spaß, meine Freunde waren glücklich und der Alkohol benebelte auf eine angenehme Weise meine Sinne, sodass mir die ganze Welt wie ein gemütliches Zuhause vorkam. Die Zeit schien langsamer zu vergehen und plötzlich waren die verbleibenden vierundzwanzig Stunden eine halbe Ewigkeit, die es mit Leben zu füllen galt.

Ich hatte keine Ahnung, wie viele Stunden wir in dieser Bar verbrachten, doch irgendwann zog es uns weiter in einen Klub, der auch um die Nachmittagszeit schon reichlich besucht war und uns auf volle Tanzflächen lockte. Die Menschen dort waren so weggetreten, dass sicherlich das eine oder andere Rauschmittel der Grund dafür war. Überall, wo wir hinsahen, bewegten sich zuckende Leiber, die an einem Donnerstag um 15 Uhr zu den wildesten Beats tanzten, als gäbe es kein Morgen. Es schien kein normaler Klub zu sein, geschweige denn legal, denn die Substanzen, die hier eingeworfen wurden, waren um einiges stärker als die lustigen Schirmchen-Cocktails in der letzten Location, aber wen interessierte das schon. Wir waren hier, um uns zu vergnügen.

Ann, Skip und ich stürzten auf die Tanzfläche und bewegten unsere Körper im Stroboskop Licht zu dem schellen Beat der Elektromusik, die der DJ auflegte.

„Dieser Klub ist so was von abgefahren", rief Skip und zog mich überglücklich an seine Brust.

„Schön, dass er dir gefällt. Ich wusste, dass du die Menschenwelt noch lieben lernen würdest!"

Ich gab meinem besten Freund einen Kuss auf die Wange und wir begannen uns wieder im selben Takt der anderen zuckenden Leiber um uns herum zu bewegen.

„Hey Leute, seht mal was mir dieser langhaarige, süße Typ dort drüben gegeben hat", schrie Ann euphorisch und taumelte trunken in unsere Mitte. Mit einem breiten Grinsen öffnete sie ihre kleine zarte Hand und präsentierte uns drei rosafarbene Pillen mit einem kleinen Einhorn darauf.

„Sie sind rosa", kicherte sie verzückt und ich konnte ein amüsiertes Kräuseln meiner Lippen nicht unterdrücken.

„Das sehe ich! Und es sind Einhörner drauf", ergänzte ich und Annis Lächeln wurde noch breiter. Sie wollte sich gerade eine von den Pillen in den Mund stecken, als ich ihren Arm mitten in der Bewegung packte, um sie aufzuhalten.

„Was tust du denn da?", schrie ich sie entgeistert an. „Ann das sind Drogen!"

„Ja genau", lachte sie, „und wir sind hier, um Spaß zu haben. Außerdem sind sie rosa und haben Einhörner drauf gedruckt, wie schlimm können die schon sein?"

Sie versuchte wieder, die Pille in den Mund zu nehmen, doch ich hielt sie erneut zurück.

„Ich denke wirklich, dass das eine ganz bescheuerte Idee ist", gab ich meine Zweifel zögernd zu bedenken. Ich wollte nicht die Spielverderberin sein, aber irgendwie hatte ich ein ungutes Gefühl bei der Sache.

Ja, wir wollten feiern, die Sau rauslassen, noch einmal richtig eskalieren, bevor wir uns dem Ernst der Lage widmeten, aber uns komplett aus dem Leben schießen?!

„Was passiert, wenn wir die nehmen?", fragte Skip neugierig.

„Das weiß ich nicht! Im schlimmsten Fall haben wir einen Trip wie Anni auf elfischem Zuckerbrot ..."

Skip zuckte zur Antwort mit den Schultern, griff nach einer der rosafarbenen Pillen und steckte sie sich ohne Umschweife in den Mund.

„FUCK, was ...?", entsetzt stierte ich meinen besten Freund an, während er die Quelle der Ekstase bereits mit einem Bier hinunterspülte.

Ann nutzte meine Ablenkung, um es Skip gleichzutun, und plötzlich lag nur noch eine vereinsamte Einhorn-Pille auf der verschwitzten Handfläche der Sirene.

„Verdammt noch mal, Anni!" Mein Fluch ging in den Beats und den Bässen der Tracks unter, doch meine Freunde hatten mich ganz genau gehört.

„Komm schon, Tess, mach dich mal locker. Wann werden wir wieder die Gelegenheit haben, in der Menschenwelt feiern zu gehen? Vielleicht sind wir in wenigen Wochen bereits tot ... meinst du nicht, wie haben uns ein wenig Entspannung und ausufernde Exzesse verdient? Es war doch deine Idee! Gib dir einen Ruck und spring über deinen Schatten!"

„Yeah", fügte Ann überflüssigerweise hinzu, „und ganz abgesehen davon ist es ein rosafarbenes Einhorn!" Die Sirene legte die Pille in meine Hand und nickte voller Begeisterung, als wäre das das ausschlaggebende Argument, um Drogen eines attraktiven Fremden zu schlucken.

Ich schaute auf das kleine Einhorn hinab und verdrehte genervt und ergeben die Augen. Scheiß drauf!

Mit einer fließenden Bewegung warf ich mir die Pille in den Rachen und meine Freunde schrien mit triumphierend gereckten Fäusten jauchzend auf.

„Tess, genau das hier haben wir gebraucht. Ehrlich, ich könnte singen vor Glück", rief Ann und ließ Skip und mich vor Angst erstarren.

„Tu es nicht!", stießen wir beide unisono hervor und ernteten ein belustigtes Kichern von der hübschen Sirene.

„Keine Angst, ich halte meine Lippen schön geschlossen, versprochen."

Skip und ich warfen uns gegenseitig einen panischen Blick zu, doch dann setzte der nächste Song ein und wir fingen wieder an zu tanzen. Zumindest glaubte ich, dass es ein neues Lied war, bei der Elektromusik floss alles ineinander über und ein Beat jagte den nächsten.

Ähnlich wie wir, die wir dem nächsten Kick nachjagten, um dem Ernst unseres Lebens für einen weiteren Moment entfliehen zu können.

Ich drehte mich in wilder Freude um mich selbst und verlor den Raum, die Menschen und meine Freunde komplett aus den Augen. Um mich herum waren nur noch Blitzlichter und verschwommene Schemen zu erkennen. Als wären die Welt und ihre Probleme so weit weg, dass ich sie nicht einmal erkennen konnte. Als mir schwindlig wurde, blieb ich stehen und hielt meinen Kopf fest, in dem Versuch, den Raum anzuhalten. Wow, diese Pillen hatten wirklich eine berauschende Wirkung.

Mein Blick klärte sich langsam und als ich meine Umgebung wieder wahrnehmen konnte, fiel mein Blick auf den gut aussehenden, latent bedrohlich wirkenden Typen, der lässig an der Theke lehnte und uns zu beobachten schien.

„Kay?", fragte ich verwirrt und kniff die Augen zusammen, um die Person besser erkennen zu können.

„Was hast du gesagt?", rief Skip zu mir herüber, doch ich schüttelte nur mit dem Kopf und machte eine wegwerfende Handbewegung.

Als ich wieder zur Bar herüberblickte, war der schöne Prinz der Nacht verschwunden.

„Ich werde mal für kleine Furien gehen", schrie ich meinen Freunden zu, in der Hoffnung, dass sie meine Worte über die laute Musik hinweg überhaupt vernehmen konnten.

Ann reckte einen Daumen in die Luft und das nahm ich mal als ein *Ja*.

Benommen pflügte ich mich durch die Menge, immer noch das Bild dieses beeindruckenden, dunklen Mannes vor meinen Augen und hielt geradewegs auf die Toilette zu. Ich war gerade dort angekommen, als mir eine breite, muskulöse Männerbrust den Weg versperrte. Als ich an dem Mann emporsah, fiel mir vor Erstaunen die Kinnlade herunter. Es waren jene schwarzen, scheinbar seelenlosen Augen, in denen ich mich damals immer so leicht hatte verlieren können.

„Ich habe Euch vermisst, Tisiphone", hauchte der Vampir und schon lagen seine Lippen auf den meinen.

Kapitel 3

Volle, sanfte Lippen trafen meinen Mund und ich sog scharf die Luft ein. Der betörende Duft meines toten Geliebten vernebelte all meine Sinne und mit Freuden verlor ich mich in seiner Leidenschaft. Es war leicht, so leicht, mich in Kays Armen zu vergessen und mich nicht länger mit diesem ruhelosen, ängstlichen Zustand auseinandersetzen zu müssen, in dem ich mich gerade befand.

Seine Hand fuhr in meinen Nacken und zog mich noch enger an sich. Als eine Tür irgendwo ins Schloss fiel und der Bass der schnellen Beats dumpfer zu hören war, wurde mir klar, dass Kay mich in irgendeinen Raum bugsiert hatte, damit wir ungestört waren.

Plötzlich schrillten in meinem Kopf sämtliche Alarmglocken und noch bevor der Vampir mich gegen die nächste Wand pressen konnte, ich vollends meinen Verstand verlor und alle Tugenden über Bord warf, machte ich mich panisch von ihm los.

„Kay", murmelte ich betrunken und taumelte von ihm zurück. „Was machst du hier? Wow, ich glaube, ich habe gerade ein Déjà-vu." Etwas benebelt schüttelte ich den Kopf und versuchte, meinen Blick zu fokussieren.

„Tisiphone." Meinen Namen aus seinem Mund zu hören, war wie purer Sex, Leidenschaft, tosendes Feuer, Fingernägel die über nackte, verschwitzte Haut kratzten, heiseres Stöhnen und pulsierende, ekstatische Orgasmen. Seine Stimme liebkoste jeden einzelnen Buchstaben und ich nahm sofort wahr, wie meine Körpertemperatur anstieg. Beruhige dich, Furie, und hör bitte auf dir das Höschen nasszumachen!

„Also?", forderte ich und räusperte mich, um die Belegtheit meiner Stimme loszuwerden.

„Ich habe Euch gesucht, Teuerste", entgegnete Kay vage und warf mir dieses unverschämte Lächeln zu.

„Und dachtest wohl, wir könnten alte Zeiten aufleben lassen?", fragte ich pikiert und wich einen Schritt zurück, wie um mich selbst in Sicherheit zu bringen.

„Nein, es sei denn natürlich, Ihr würdet diesbezüglich Interesse äußern." Wieder ein verschmitztes Grinsen.

„Kay", hauchte ich und wurde ernst. Mit einem Mal schienen die Drogen und sämtlicher Alkohol mein Nervensystem verlassen zu haben und eine bleierne Schwere bemächtigte sich meines Gehirns.

Die schmunzelnden Grübchen des Vampirs verschwanden und die eben noch lächelnden, verbotenen Lippen pressten sich zu einem ernsten Strich zusammen. Kay war wieder ganz Agent und tief in meinem Inneren wusste ich, dass das, was er mir zu sagen hatte, mir nicht gefallen würde.

Um meine zitternden Hände zu verbergen, stemmte ich sie angriffslustig in die Hüften und nickte meinem Gegenüber auffordernd zu. „Nun spuck es schon aus, Kay! Du bist sicherlich nicht hierhergekommen, um am helllichten Tag in einem Klub zu feiern. Und mich zu küssen." Die letzten Worte murmelte ich, denn sie waren nicht wirklich für die Ohren des Vampirs bestimmt. Wenn auch ein kurzes Aufleben seines berauschenden Lächelns vom Gegenteil zeugte.

Doch dann wurde Kay wieder ernst, was meinen Verdacht bestätigte.

„Ich glaube es ist an der Zeit zurückzukehren, Tisiphone. Pers, er …" Kay zögerte und warf mir einen unergründlichen Blick zu.

„Was ist mit ihm?", fragte ich panisch und machte gleich mehrere Schritte auf Kay zu, bis ich dicht vor ihm stand.

„Ich habe keinen Zugang mehr zu ihm."

„Keinen Zugang?", fragte ich verwirrt und wollte gerade nachhaken, was er meinte, als plötzlich zwei ziemlich betrunkene Empyrianer die Tür aufrissen und in das kleine Büro stürmten, in das Kay uns bugsiert hatte.

„Was ist hier los?", rief Skip und sah von Kay zu mir und dann wieder zu dem Vampir.

„Oh wow", machte Ann und hielt sich kichernd die Hände vor den Mund. „Ich glaube, ich habe ein Déjà-vu."

„Hab ich auch gesagt", rief ich ihr grinsend zu, räusperte mich dann aber, um wieder zum Thema zurückzukehren. Der Rausch war wohl doch noch nicht ganz verpufft.

„Also Kay, was hat das zu bedeuten?"

„Wie ich dir schon vor ein paar Monaten sagte, hat Jack Pers sich auf sein Recht berufen, als neuer Leiter der Black Company seinen eigenen Beraterstab auszuwählen. Allerdings gehöre ich nun seit wenigen Stunden nicht länger zum engsten Kreis der Vertrauten des

Halbgottes. Ich konnte den Motiven seines Handels schon seit zwei Jahren nur noch bedingt folgen, doch in den letzten Monaten hat sich sein fragwürdiges Verhalten bedenklich zugespitzt. Ich bin mir sicher, sein verändertes Auftreten hat seinen Ursprung in der zunehmenden Präsenz der Hexe. Und nun scheint der Halbgott gänzlich verschwunden zu sein, als wäre sein Leib nur noch eine Hülle, in die ein fremdes Bewusstsein eingezogen ist. Unser Oberhaupt hat nicht länger die Kontrolle über sein Tun und Handeln. Der Tag der Abrechnung steht kurz bevor und auf unserer Seite der Grenze wartet man vergebens auf die Durchführung der Evakuierungsmaßnahmen. Ich hätte Euch schon früher kontaktiert, Tisiphone, aber ich konnte Pers nicht mit der Hexe allein lassen. Ich dachte bis heute, dass es noch eine Möglichkeit gäbe, ihn irgendwie zu erreichen, doch diese Hoffnung war trügerisch. Ich denke, Ihr seid die Einzige, die noch zu ihm durchdringen kann. Aus diesem Grund war ich auf der Suche nach Euch.“

„Hexe? Die einzige Frau in Jack Pers’ Beraterstab ist eine Hexe?“, fragte ich und überging geflissentlich all die erschreckenden und bedenklichen Informationen, mit denen Kay mich soeben überschüttet hatte. Nein, alles, was mich interessierte, war diese verdammte Magierin. Bei dem Gedanken an sie spürte ich, wie sich etwas in mir regte. Nein, nicht etwas, jemand ... Meine Furie meldete sich zu Wort – oder besser gesagt, schrie sie mich an.

War sie hübsch? Weckte sie amouröse Gefühle in dem Halbgott? Hoffentlich hatte sie eine Warze auf der Nase und einen hässlichen Buckel, denn wenn sie nicht dem menschlichen Klischee einer Hexe entsprach, musste ich sie wohl oder übel zerfetzen! Wenn sie allerdings Magie beherrschte, könnte sie womöglich einen Verschleierungszauber anwenden und jede beliebige Gestalt annehmen. Sie könnte sogar aussehen wie ich ... was, wenn sie ihn in meiner Gestalt verführte? Ihn zu ihrem Sexsklaven machte? Ihn dazu brachte, dass er sich in sie verliebte? Verdammte Hexenbrut!

„Man nennt sie Miss Luise, ihr vollständiger Namen wurde nie kommuniziert. Sie ist schon seit einiger Zeit in Pers' Beraterstab, aber erst seit Kurzem vertraut er sich nur noch ihr an. Wenn ich es nicht besser wüsste, würde ich sagen–"

„Was, dass Jack *verhext* wurde?", lachte Ann auf und schien diese Vorstellung sehr amüsant zu finden. „Gutes Wortspiel, oder?", fragte sie an Skip gewandt, der ihr nur ein unbeholfenes Schultertätscheln schenkte.

„Hat sie recht?", fragte ich alarmiert und als Kay Skip einen unergründlichen Blick zuwarf und dann wieder mich ansah, wusste ich, dass ich ins Schwarze getroffen hatte.

„Ich glaub', mich küsst 'ne Elfe!" Empört warf ich die Arme in die Luft und begann, in dem kleinen Büro auf und ab zu tigern.

„Also, lass mich das Ganze noch einmal zusammenfassen. Du bist hier, um mich auf der Stelle wieder nach Empyrion zu schaffen?", fragte ich Kay und erhielt direkt eine Antwort, allerdings nicht von dem Vampir.

„Check", rülpste meine beste Freundin, schien dann aber meine Worte erst richtig verstanden zu haben, denn ihre Augen weiteten sich im nächsten Augenblick erschrocken. „Oh nein, stopp. Unsere vierundzwanzig Stunden sind noch nicht um!"

„Vierundzwanzig Stunden?", fragte Kay verwirrt.

„Nicht relevant! Wo war ich? Ach ja, also, ich soll mit nach Empyrion kommen, weil du keinen Zugang mehr zu Jack hast?"

„So was von Check", antwortete Ann grimmig und nickte mir schwesterlich zu.

„Weil der Halbgott eine fremde Hexe als seine Stabschefin auserkoren hat?", fuhr ich fort, ohne auf Anns Einwürfe zu achten. „Und anstatt mich früher in deine Bedenken bezüglich dieser Magierin und der Möglichkeit, dass sie sich bis zur Stabschefin hocharbeiten und dich ersetzen könnte, einzubeziehen, wartest du lieber ab und kommst erst zu mir, wenige Wochen bevor unsere Grenzen fallen und die Dämonen unsere Welt infiltrieren werden? Kommt dir das nicht auch etwas ... unbedacht vor? Ich meine, was hast du all die Jahre gemacht? Warum hast du bei unseren regelmäßigen Kontaktaufnahmen, in denen ich dich über den Status unseres Projektes unterrichtet habe, nie erwähnt, welchen Einfluss diese Hexe auf Jack hat?"

Mir war nicht klar, dass die Furie Stück für Stück mehr Besitz von mir ergriff, bis Ann irgendwann wild mit den Armen fuchtelte und auf ihr Gesicht deutete, womit sie mich wohl darauf stoßen wollte, dass ich nicht länger aussah, wie ... nun ja ... ich.

„Warum zum Teufel kommst du erst jetzt zu mir?", schrie ich verzweifelt.

Kay drehte sich zu Ann und Skip um und bat die beiden, uns kurz allein zu lassen.

Unter lautem Protest begleitete der Gestaltwandler die Sirene hinaus und ich war mit dem Vampir allein.

Oh, wie gerne hätte ich jetzt meine Furie auf ihn losgelassen.

„Tisiphone", hauchte dieser nun erschöpft. Ich konnte die Sorge über meinen Ausbruch in Kays Augen erkennen, doch das war mir egal.

„Nenn mich nicht so", knurrte ich. „Du hast das Recht verwirkt, mich so zu nennen! Wo warst du, als diese Hexe dich als Stabschef ersetzt hat? Wo bist du gewesen, als sie meinen Platz an Jacks Seite eingenommen hat, Kay?" Die letzten Worte drängten sich mit einem gequälten Schluchzen aus mir heraus und der Schmerz, der sich in meiner Brust ausbreitete, verriet mir, dass es das war, worüber ich mich eigentlich so aufregte.

Ich hatte Jack verlassen, weil ich noch nicht bereit gewesen war, mich nach all den seelischen und physischen Verletzungen, die er mir zugefügt hatte, gänzlich auf ihn einzulassen. Zumindest nicht zu diesem Zeitpunkt. Abstand, ich hatte damals von allem etwas Abstand gebraucht. Ich hatte mir eingeredet, dass meine Rückkehr in die Menschenwelt keine Flucht, sondern eine weitere Mission war, die es zu erledigen galt, aber im Grunde war es genau das gewesen – ein Entkommen. Ich hätte an seiner Seite bleiben sollen und die Black Company auf den Krieg vorbereiten müssen. Stattdessen hatte ich mir ausgerechnet die Aufgabe auferlegt, die mich am weitesten von dem Halbgott entfernen würde und die eigentlich jeder hätte erledigen können. Verstecke und Refugien in der Menschenwelt zu finden und aufzubauen hatte zwar eine gewisse Zeit in Anspruch genommen, aber durch ein ausgewähltes Team an fähigen Empyrianern war es auch kein unmögliches Unterfangen gewesen. Das also hatte ich Jack vorgezogen ... was war ich doch für ein Feigling.

„Ich hätte an seiner Seite sein müssen", hauchte ich verzweifelt und sah Kay unter Tränen an. „Er wollte mich, wir hätten es schaffen können, nach all der Zeit und ich ..."

„Ihr habt das getan, was Euch am besten erschien. Das ist kein Grund, sich zu geißeln, Tisiphone. Ich denke nicht, dass Jack Miss Luise so sieht, wie er Euch gesehen hat. Ihr seid in seinem Herzen, Miss Luise ist seine rechte Hand."

„Und was ist mit dir?", fragte ich zornig und spürte die Wut wie ätzendes Gift durch meine Adern jagen und Besitz von meinem Herzen ergreifen.

„Was meint Ihr?", fragte Kay vorsichtig.

„Du warst seine rechte Hand, Kay. Und jetzt hat eine andere den Platz eingenommen, der für dich bestimmt war. Wie konntest du es nur so weit kommen lassen?"

Kapitel 4

Der Abend war gelaufen. Wir fuhren direkt nach Hause und versammelten uns in Anns und meinem Wohnzimmer. Kay begleitete uns.

Meine Wut, die ich blind gegen ihn richtete, ertrug er still und erhobenen Hauptes. Obwohl wir beide wussten, dass sie unbegründet war, zumindest was sein Verhalten betraf. Dennoch half sie mir, mich zu fokussieren.

„Also wie geht es nun weiter?", fragte Skip und nahm mein Gesicht genauestens unter die Lupe.

Ich atmete tief ein, schaute dann zur Decke unseres Apartments und danach hinaus aus dem Fenster zum Central Park. „Wir werden zurückgehen."

„Aber unsere vierundzwanzig Stunden sind noch nicht um, wir wollten doch so richtig eskalieren", maulte Anni und verschränkte beleidigt die Arme vor der Brust.

„Wie Ihr wisst, meine Teuerste, ist es durchaus möglich, auch in Black York entsprechende Etablissements aufzusuchen, um, wie Ihr es nennt, zu eskalieren", schnurrte Kay mit einem charmanten Unterton, der Anns Stimmung sofort aufhellte. Mir hingegen trieb er den Würgereflex in die Kehle. Flirtete Kay etwa schon wieder mit meiner besten Freundin? Hatte er vergessen, was beim letzten Mal passiert war, als er das getan hatte?

Ich schnippte entnervt mit den Fingern, um so wieder die Aufmerksamkeit der Anwesenden auf mich zu lenken. „Hallooo", schnipp, schnipp, „hört ihr mir noch zu? Ich sagte, wir werden zurückkehren, und zwar jetzt. Wir sollten keine Zeit verlieren. Wir haben das Unvermeidliche nur hinausgezögert. Also seht zu, dass ihr alles Wichtige zusammenpackt und euch abmarschbereit macht. Bedenkt allerdings, dass wir schon nach wenigen Wochen wiederkommen werden. Alles, was ihr in Black York bei einer schnellen Abreise verlieren oder vergessen könntet, wird auf Nimmerwiedersehen verschwinden. Die Dämonen werden am Tag der Abrechnung versuchen, unsere Welt auszulöschen, ihr solltet also nur das Nötigste einpacken."

Und mit diesen Worten ließ ich meine Freunde im Wohnzimmer stehen und verschwand in mein Schlafzimmer, um genau das zu tun, worum ich die anderen gerade gebeten hatte.

Es dauerte nicht lang, da klopfte es leise an meiner offenstehenden Tür.

„Tisiphone", ertönte es zurückhaltend, doch ich ignorierte den Vampir geflissentlich und lief weiterhin in meinem Zimmer herum und überlegte, welche Dinge ich einpacken und welche lieber hierbleiben sollten.

„Was ist mit Euch?", fragte er weiter und schien offenbar nicht zu erkennen, wie sehr seine Worte an meinem Geduldsfaden zerrten. Vielleicht wollte er aber auch die Furie in mir reizen. Vielleicht hatte er Spaß daran, mich zum äußersten zu treiben und mir den letzten Schubs zu geben, damit ich endgültig die Klippen hinabstürzte.

„Tess", sagte Kay und dieses Mal schwang ein drohender Unterton mit.

„Was ist?", fauchte ich und drehte mich – komplett verwandelt – zu meinem untoten Liebhaber um.

„Sprecht mit mir", forderte er, ohne sich von meiner Erscheinung einschüchtern zu lassen. Schnell schloss er die Schlafzimmertür hinter sich, damit Ann und Skip nichts von unserem Gespräch und der drohenden Bombe, die hier gleich hochgehen würde, mitbekommen würden und wandte sich mir dann wieder zu.

„Es gibt nichts zu sagen", knurrte ich und warf wahllos Klamotten in meine Reisetasche.

„Tisiphone", sagte er bedauernd, doch ein warnender Blick meinerseits ließ Kay innehalten.

Als meine Tasche fertiggepackt war, rauschte ich an ihm vorbei ins Wohnzimmer und rief meine Freunde zu mir.

„Abmarsch!" Ich deutete mit meinem Finger eine kreisende Bewegung an und sah mich noch einmal um. „Verabschiedet euch. Wir verlassen die Party!" Und damit trat ich durch die Tür und ließ die Menschenwelt wieder einmal hinter mir zurück.

Nachdem wir das Portal passiert hatten, fuhren wir direkt zur Black Company. Wie auch bei Kays Auftauchen in der Menschenwelt wurde ich bei meiner Rückkehr nach Black York von Déjà-vus heimgesucht. Mit dem Unterschied, dass ich dieses Mal nicht Gefahr lief, eingesperrt oder gefoltert zu werden. Hoffentlich!

Als ich die heiligen Hallen der Black Company betrat und auf den Fahrstuhl zuhielt, stellte ich beeindruckt fest, dass das Gebäude ohne irgendwelche Makel wieder instand gesetzt worden war. Man sah nichts mehr von der Verwüstung, die die Dämonen damals hinterlassen hatten. Allerdings dürfte die Nächste auch nicht mehr lange auf sich warten lassen, warum also hatte man sich überhaupt die Mühe gemacht, alles wieder herzurichten?!

Na ja, irgendwie musste die Regierung die zehn Jahre ja genutzt haben – wenn schon nicht für die Vorbereitung auf den Tag der Abrechnung, dann doch zumindest für den Wiederaufbau.

Verdammte Werwolfkacke!

Als ich den Fahrstuhl betrat, folgte Kay mir dicht auf den Fersen. Ann und Skip hatten wir bei meiner Wohnung abgesetzt, sie sollten erst einmal ankommen, bevor der Wahnsinn für sie losging. Ich allerdings konnte nicht still sitzen und meinen Besuch bei Jack noch länger hinauszögern. Ich musste wissen, was mit ihm los war und herausfinden, warum der Halbgott diese Laissez-faire Haltung an den Tag legte.

Ich hatte auf dem Weg zur Company nicht einen Trupp Agenten erspähen können, die den Eindruck erweckten, Evakuierungsmaßnahmen einzuleiten. Da waren keine Empyrianer, die samt gepackter Koffer mit ihren Familien an den Grenzen darauf warteten, in die Menschenwelt umgesiedelt zu werden. Es sah für mich auch nicht danach aus, als wäre die Barriere zur Unterwelt sonderlich gut bewacht.

Hatte Jack wirklich überhaupt keine Vorkehrungen getroffen, die uns für den Tag der Abrechnung wappnen würden?

Wozu hatte er denn ein Team an erstklassigen Beratern und einen Stabschef, wenn nicht um die bestmöglichen Vorbereitungen zu treffen?

Apropos … Kay.

„Was machst du eigentlich hier?", fragte ich den Vampir genervt und beobachtete, wie die Anzeige des Fahrstuhls ein Stockwerk nach dem nächsten aufleuchten ließ.

„Ich begleite Euch zu Pers. Ich bin Euer Rückhalt."

„Ich brauche keinen Rückhalt, es ist immer noch Jack, von dem wir hier sprechen", entgegnete ich und verschränkte die Arme vor der Brust.

„Tisiphone, glaubt mir, Ihr werdet meine Unterstützung benötigen", bekräftigte Kay und strich mir leicht mit seinem Handrücken über den Oberarm.

Ich zuckte genervt zurück und funkelte den Fürsten der Finsternis aufgebracht an. „Ich brauche keine Unterstützung von dir. Jack hätte sie gebraucht, aber anstatt ihm dabei zu helfen, Empyrion auf den Tag der Abrechnung vorzubereiten, kommst du mir in die Menschenwelt nachgelaufen, lässt zu, dass er sich eine neue Stabschefin zulegt und flirtest lieber mit meiner besten Freundin, anstatt dir dein Amt zurück zu erkämpfen!" Ich war so wütend und außer mir, dass ich heftig und laut zu schnauben begann und spürte, wie die Furie sich erneut in mir regte. So oft wie in den vergangenen Stunden hatte ich, die letzten zehn Jahre zusammengenommen, nicht mehr die Kontrolle über mich verloren. Was war nur los mit mir?!

„Tisiphone, ich war acht Jahre einer der engsten Berater des Halbgottes. Ich war seine rechte Hand beim Wiederaufbau unserer Stadt, bei der Errichtung der neuen Mauer und habe ihm bei der Erstellung eines Evakuierungsplans mit Rat und Tat zur Seite gestanden. Ich war da … bis diese Hexe in Erscheinung getreten ist. Seitdem wurde ich von Tag zu Tag weiter degradiert, bis mein Rat und meine Anwesenheit irgendwann gar nicht mehr erwünscht waren. Ich kann nicht sagen, wo genau sich die ausgearbeiteten Pläne für die Vorkehrungen auf den Tag der Abrechnung befinden, aber ich könnte mir vorstellen, dass sie nach meiner Entlassung in einer Schublade verschwunden sind, die zu öffnen der Halbgott nie mehr vorgesehen hat. Ich muss Euch also widersprechen, Tisiphone, denn Ihr erweckt den Anschein, als hätte ich zehn Jahre lang tatenlos dabei zugesehen, wie sich Jack Pers, unser Staatsoberhaupt, mehr und mehr verliert. Doch so war es nicht. Ich habe meine Pflicht erfüllt, bis ich meines Amtes enthoben wurde, und nun stehe ich hier bei Euch und tue alles in meiner Machtstehende, um unsere Welt, unser Volk, vor dem Untergang zu bewahren. Ihr habt kein Recht, meine Ehre und die Beweggründe meines Handelns infrage zu stellen." Die Brust des Vampirs hob und senkte sich schnell und unregelmäßig, woran ich erkannte, wie aufgebracht er war. Der verletzte Blick, den er mir zuwarf, sprach Bände.

Und er hatte recht!

Wie hatte ich Kays Handlungen nur so anzweifeln können?

Ich selbst war in all den Jahren nie auf dieser Seite der Grenze gewesen, wie konnte ich es mir erlauben, ein Urteil zu fällen?

„Es ... ich ... Es tut mir leid“, hauchte ich beschämt und versuchte, den schwarzen Augen des Vampirs auszuweichen.

„Schon gut, Tisiphone, ich verzeihe Euch. Ihr wisst, Euch könnte ich nie etwas nachtragen. Mir ist wohl bewusst: Die Tatsache, dass ich nicht länger Stabschef unseres Oberhauptes bin, ist es im Grunde nicht, was Euch erzürnt, zumindest nicht ausschließlich, habe ich recht? Euch bedrückt noch etwas anderes“, stellte Kay wissend fest und lehnte sich lässig gegen die Wand der Fahrstuhlkabine.

„Nein, ich ... Ach vergiss es“, fluchte ich und konzentrierte mich wieder auf die Anzeige. Wie lange konnte es verdammt noch mal dauern, das oberste Stockwerk zu erreichen? Hätte ich es nicht besser gewusst, hätte ich behauptet, Kay sei ein Magier, der mit Absicht unsere Fahrt verlangsamte.

„Es sind immer noch der Halbgott und meine Wenigkeit, die Euer Herz für sich beanspruchen und Euer Gemüt in Wallung bringen ... Daran hat sich in all der Zeit nichts geändert, auch wenn Ihr vehement etwas anderes behauptet“, der Vampir grinste anzüglich und ließ mich nicht aus den Augen.

„So ist das nicht“, murmelte ich wagte es jedoch nicht, Kay dabei anzusehen.

Elegant stieß er sich von der Wand ab und trat von hinten an mich heran. Ich konnte seinen Atem an meinem Hals spüren und schloss genießerisch die Augen, während eine Gänsehaut über meinen Rücken jagte. Es war viel zu lange her, seit ich einem Mann so nah gewesen war und Kay schien dies zu spüren.

„Ich kann Euch geben, was Ihr braucht, Furie“, schnurrte der Vampir und legte mir eine Hand an die Taille.

Doch ich schüttelte entschlossen mit dem Kopf und machte einen Schritt nach vorn, um den dringend benötigten Abstand zwischen Kay und mich zu bekommen.

„Du liegst falsch“, sagte ich atemlos und stützte mich mit der Hand an der Fahrstuhltür ab. „Es hat sich etwas geändert. Ja, ihr beide geht mir immer noch unter die Haut“, ich drehte mich zu Kay um und sah ihn traurig mit schiefgelegtem Kopf an, „aber ich habe mich entschieden, Kay. Es war und wird für mich immer Jack sein. Er ist es, den ich will, er ist es, den ich …“ Ein dicker Kloß bildete sich in meiner Kehle und die alles verzehrende Angst, eine unglaubliche Chance auf die große Liebe verstrichen lassen zu haben, übermannte mich, sodass ich nicht weitersprechen konnte. Um Fassung ringend atmete ich tief durch und drehte mich dann wieder um.

Ein leises Ping kündigte unsere Ankunft in der Chefetage an, und als ich den Fahrstuhl verließ und auf die imposante Doppeltür zuhielt, ließen mich die leisen Worte des Vampirs kurz innehalten.

„Ich habe mit ihr geflirtet … mit Ann. Aber Ihr wisst, wen mein Herz begehrt und daran, Tisiphone, wird sich nichts ändern.“

Ich hörte, wie auch Kay den Fahrstuhl verließ, atmete noch einmal tief durch, um das Gesagte in eine Schublade irgendwo in der hintersten Ecke meines Herzens zu verstauen und hielt dann entschlossenen Schrittes auf Jacks Büro zu.

Was soll ich sagen, ich liebte einfach große Auftritte, aus diesem Grund konnte ich der Versuchung auch dieses Mal nicht widerstehen und stieß die Türen mit einer dramatischen Geste auf, bevor ich das Büro des Halbgottes betrat.

„Ich bin zu Hause, Baby! Die Furie ist zurück!“

Es war erstaunlich, wie gut die Maske der Arroganz mir noch passte, die ich wie selbstverständlich aufgesetzt hatte, um mich vor allen Eventualitäten zu schützen. Und da es hier um Jack Pers ging, war Vorsicht definitiv besser als Nachsicht.

Unsere Vergangenheit hatte gezeigt, dass unsere unterdrückten, leidenschaftlichen Gefühle für einander dazu in der Lage waren, ganze Gebäude in Schutt und Asche zu legen. Wir waren vor zehn Jahren nicht im Schlechten auseinandergegangen, aber zu behaupten, er wäre mit meiner Reise in die Menschenwelt einverstanden gewesen, wäre gelogen.

Ich wusste also nicht, was mich erwartete, aber nichts hätte mich auf das vorbereiten können, was meine Augen in dieser Sekunde erfassten – so viel stand fest.

Der Schreibtisch des ehemaligen Leiters der Black Company, Cole Black, stand noch genauso da, wie er ihn zurückgelassen hatte, nur saß auf dem imposanten Stuhl dahinter nicht mehr der Mensch, den jeder von uns fälschlicherweise für einen Empyrianer gehalten hatte, sondern Jack Pers, der Halbgott, mein ehemaliger Partner. Und auf ihm saß eine rothaarige, mit üppigen Kurven gesegnete Schlampe, die ihn ritt wie der Teufel persönlich. Obwohl sich die Türen laut polternd hinter Kay und mir schlossen, hörte dieses rothaarige

Biest nicht auf, sich wie eine Schlange auf dem Schoß des Halbgottes zu winden, im Gegenteil, sie legte noch einen Zahn zu, und in dem Moment, in dem Jack kam und laut kehlig aufstöhnte, trafen sich unsere Blicke.

„Tess", hauchte er, bevor sein Kopf mit einem vor Lust verzerrten Gesichtsausdruck nach hinten sank und sein vor Schweiß glänzender Brustkorb sich hektisch hob, um neue Luft in seine Lungen zu pumpen.

„Tess, dich hatte ich hier nicht erwartet." Jack räusperte sich und bedeutete der Rothaarigen, von seinem Schoß zu steigen. Sie tat dies mit einer Seelenruhe, die mich fast explodieren ließ. Wie gerne hätte ich ihr eine meiner Saigabeln ins Auge gerammt und ihr selbstzufriedenes Grinsen mit einem Schnitt links und rechts noch etwas breiter gemacht. Der Joker wäre stolz auf mich gewesen und ich hätte definitiv einen Grund zum Grinsen gehabt.

„Stören wir?", knurrte ich zwischen zusammengebissenen Zähnen hervor und funkelte die Schlampe an, die sich gerade auf meinem Halbgott vergnügt hatte.

„Hat euch die Show gefallen?", schnurrte sie, machte eine schnelle Bewegung mit der linken Hand und stand plötzlich in einem Businessanzug mit strengem Haarknoten und makellosem Make-up vor uns.

„Ehrlich, eine Hexe?", fragte ich Jack spöttisch und erdolchte ihn mit meinem Blick. „Sieht sie manchmal aus wie ich, wenn ihr es treibt?", zischte ich und sah die Rothaarige an, in deren Gesicht keine Regung zu erkennen war.

Jack zog sich gelassen sein Hemd über, ließ es aber aufgeknöpft, dann stand er auf, zog seine Hose hoch und kam, während er diese schloss, auf mich zu.

„Bild dir nicht zu viel ein, Furie. Amanda ist meine neue Stabschefin."

Aha, Miss Luise hatte also auch einen Vornamen. Amanda ... wer hieß denn bitte so? Klang wie eine Sir-, eine Nutte, die sich für den nächsten Schuss buchstäblich auf alles und jeden setzen würde.

Der Halbgott trat an eine Minibar in der Ecke des Büros und schenkte sich eine cognacfarbene Flüssigkeit ein. Das Glas schwenkend lehnte er sich lässig gegen seinen Schreibtisch und musterte mich anzüglich von oben bis unten.

„Was machst du hier?", fragte er gelassen und nahm einen Schluck aus seinem Glas, seine Augen immer noch auf mich gerichtet.

„Ich mache meinen Job", knurrte ich.

„Ich ebenso", entgegnete er knapp. „Ich bin der Leiter der Black Company und frage dich, was du hier tust."

„Die Zufluchtsorte und Refugien in der Menschenwelt stehen bereit. Sie können bezogen werden und dafür wird es auch allerhöchste Zeit. Dir ist bewusst, dass uns nur noch zwei Wochen bleiben?"

„Seit wann bestimmst du den Zeitplan?", fragte Jack amüsiert, stellte das Glas ab und verschränkte seine Arme vor der Brust.

„Ähm, der Tag der Abrechnung steht bevor und es wurden, soweit ich das bei meinem Eintreffen erkennen konnte, noch keinerlei Maßnahmen für die Evakuierung getroffen! Seit wann stellst du dein Privatleben über dein Amt als oberster Befehlshaber?", fragte ich vor unterdrückter Wut zitternd.

„Arbeit und Vergnügen können durchaus Hand in Hand gehen. Wie du weißt, ist es nicht das erste Mal, dass dieses Büro zweckentfremdet wird ..." Jack ließ seine Worte sacken und beobachtete meine Reaktion, während er mich von oben bis unten musterte. Auf meine andere Anschuldigung ging er nicht ein.

Als ich einen Schritt auf ihn zumachte, räusperte sich jemand hinter mir und mir wurde mit einem Mal bewusst, dass wir nicht allein waren. Ich hatte Kay vollkommen ausgeblendet.

„Wie ich sehe, hast du deinen Lückenbüßer mitgebracht." Jack überwand die Kluft zwischen uns und kam mir so nahe, dass ich bei jedem Atemzug den Geruch nach Sex einatmete und die Furie sich bedrohlich unter meiner Haut regte.

„Sag mir, Tisiphone, wenn er dich nimmt, kann er dich dann so befriedigen wie ich?", hauchte Jack nahe bei meinem Ohr und ein Schauer jagte über meinem Rücken.

„Jack." Kay trat nach vorn und warf dem Halbgott einen warnenden Blick zu. „Ich bin nicht hier, um vergangene Rivalitäten wieder aufleben zu lassen. Wir wollen lediglich das weitere Vorgehen mit Euch abstimmen."

„Wage es nicht, mich zu unterbrechen, Vampir. Du hast in dieser Etage nichts mehr verloren." Jack sagte dies mit einer so leisen, drohenden Stimme, dass mir das Blut in den Adern gefror. Ich wagte es nicht, mich zu bewegen, geschweige denn zu atmen, die Luft war so elektrisch aufgeladen, dass ich förmlich spüren konnte, wie meine Haare in alle Richtungen abstanden.

Mit gespitzten Ohren lauschte ich auf ein Zeichen von Kay, doch der schien sich nicht zu rühren. Nach einer gefühlten Ewigkeit wandte Jack seine Aufmerksamkeit wieder mir zu und ich wurde von seinem Blick in den Bann gezogen.

„Du kannst jetzt gehen“, forderte der Halbgott und Kay machte einen Schritt auf uns zu.

„Jack, Ihr müsst Tess anhören, die Rettung der Empyrianer –“

„Er hat nicht mich gemeint, Kay“, unterbrach ich den Vampir, dessen Blick sich in meinen Rücken bohrte.

„Seid Ihr sicher, Tisiphone?“

Ich nickte, ohne meinen Blick von dem Halbgott abzuwenden und das Nächste, was ich hörte, waren die Flügeltüren, die sich leise hinter Kay schlossen.

„Du kannst ebenfalls gehen, Amanda, ich rufe dich, wenn ich dich brauche“, sagte Jack und schaute kurz zu der Hexe herüber. Diese sah aus, als hätte sie dem Halbgott gerne widersprochen, überlegte es sich dann aber anders und löste sich an Ort und Stelle in Luft auf.

„Du erlaubst es den Hexen, sich hier zu materialisieren?“, fragte ich mit hochgezogener Augenbraue und versuchte cool und gelassen rüberzukommen.

„Ich gewähre dieses Privileg meiner Stabschefin“, antwortete Jack und ließ mich keine Sekunde aus den Augen.

Ich ging um ihn herum auf seinen Schreibtisch zu und versuchte, einen Blick auf die darauf verstreuten Dokumente zu erhaschen.

„Noch so eine Fehlentscheidung. Wieso kommt Kay plötzlich für das Amt des Stabschefs nicht mehr infrage?“ Ich versuchte, beiläufig zu klingen, aber um ehrlich zu sein, interessierte es mich brennend, welcher Dämon ihn geritten hatte, dass er Kay durch diese verdammte ... Hexe ersetzt hatte.

„Vielleicht vertraue ich dem Geliebten einer Verräterin nicht“, säuselte Jack und fegte mit einer kleinen Bewegung seines Handgelenks die Dokumente über das Mahagoniholz und jegliche Möglichkeit, einen Einblick in seine Regierungsgeschäfte zu erhaschen, war dahin.

„Jetzt bin ich also plötzlich eine Verräterin, ja?“, fragte ich provozierend und verschränkte die Arme vor der Brust.

„Du hast einen Deal mit den Dämonen ausgehandelt“, konterte Jack.

„Für dich! Und das wusstest du, als du das Amt des Leiters der Black Company angenommen und Kay zum Stabschef befördert hast, also tu nicht so, als wäre das alles neu für dich“, fauchte ich und spürte, wie meine Armreifen sich zu einer silbernen Schlange formten, die sich meinen Arm hinunter wand, bereit, als Waffe eingesetzt zu werden. Mein Blickfeld verdunkelte sich und ich wusste, dass die Furie die Kontrolle übernommen hatte.

„Da ist sie ja“, knurrte Jack und auf seinem Gesicht breitete sich ein höhnisches Grinsen aus.

„Was ist los mit dir, Jack?“, fauchte ich und trat auf den Halbgott zu.

„Ich wollte nur dein wahres Gesicht sehen, das Gesicht einer Verräterin, das ist alles.“

„Ich habe Empyrion gerettet, ich habe *dich* gerettet. Meine Mission war erfolgreich und nun stehe ich vor dir, um das Überleben der Empyrianer zu sichern, aber du hast nichts Besseres zu tun, als deinen Stabschef zu feuern, irgendeine Schlampe zu vögeln, mich als Verräterin zu beschimpfen und obendrein auch noch diese verkackte Laissez-faire-Haltung an den Tag zu legen. Also: Was zum Teufel stimmt nicht mit dir?"

Binnen Sekunden hatte Jack seine lässige Haltung abgeworfen, seine Flügel ausgebreitet und die Macht des Olymps angezapft, was ich an dem strahlenden Leuchten seiner Augen erkannte. Erschrocken wich ich mehrere Schritte zurück, bis ich das kühle Glas der Fensterfront im Rücken spürte. Hier würde ich vermutlich nicht so einfach rausspringen können, das war Panzerglas, bruchsicher.

Verdammt, verdammt, verdammt!

„Erhebst du noch einmal das Wort gegen mich, Furie, verspreche ich dir, wirst du die nächsten Wochen im Kerker verbringen oder ich werde dich den Dämonen zum Fraß vorwerfen!" Jack kam drohend auf mich zu und baute sich in seiner ganzen goldenen Pracht vor mir auf.

„Das bist nicht du", hauchte ich und schüttelte irritiert den Kopf. „Ist es die Macht? Hat sie dich korrumpiert? Stehst du unter einem Bann? Jack, was ist los mit dir?" Ich wusste, wie verzweifelt ich klang, doch irgendwie musste es mir doch gelingen, zu Jack durchzudringen. Wenn es denn Jack war, der da vor mir stand.

„Ach Tess, nur weil ich nicht die Person bin, für die du mich gehalten oder die du hier in Empyrion zurückgelassen hast, musst du doch nicht gleich sämtliche meiner Motive infrage stellen. Das ist erbärmlich, selbst für dich."

„Ach ja?", knurrte ich und spürte, wie meine Wut die Furie fütterte. „Und sich hier in diesem Büro von einer Verräterin ficken zu lassen ist es nicht? Was ist passiert in den letzten Jahren? Hast du es dir anders überlegt?

Hasst du mich jetzt wieder, Jack? Sind wir wieder an diesem Punkt angelangt, ja? Das Spiel wird langsam langweilig." Ich versuchte, so viel Verachtung wie möglich in meine Stimme einfließen zu lassen, aber eigentlich fühlte ich mich hilflos. Ich hatte mir meine Rückkehr anders vorgestellt. Vielleicht nicht so leidenschaftlich, wie ich es mir in meinen Träumen ausgemalt hatte, aber dennoch nicht so abweisend und verletzend.

„Du solltest dringend dein Verhalten gegenüber Vorgesetzten überdenken, Furie. Ich werde dieses Auftreten dem langen Aufenthalt in der Menschenwelt zuschreiben und erwarte morgen einen ausführlichen Bericht über deinen Fortschritt. Du darfst jetzt wegtreten, Agentin Hope!"

Ich wollte etwas sagen, ja wirklich. Einen letzten frechen, kecken, provozierenden Spruch, der ihn auf die Palme bringen würde, aber ich war damit beschäftigt, meine Kinnlade wieder an Ort und Stelle zu rücken, denn mein Mund stand sperrangelweit offen. Hatte mich dieser Arsch von einem Halbgott gerade abgefertigt und tatsächlich meine Worte von damals gegen mich verwendet?

Die Macht war ihm gehörig zu Kopf gestiegen, so viel stand fest!

Kapitel 5

Nachdem ich die Black Company verlassen hatte, flog ich zu meiner Wohnung und hoffte inständig, dass ich noch irgendwo eine Flasche Whiskey versteckt hatte. Ich brauchte dringend Alkohol.

Als ich dort ankam, erwarteten mich bereits zwei Gossip Girls, die neugieriger nicht hätten sein können. Wie auf heißen Kohlen mussten Skip und Ann auf meiner Couch gesessen und sich sensationslüstern die Hände gerieben haben, während sie auf mich warteten. Ganz offensichtlich platzten sie fast vor Neugierde zu erfahren, wie mein Aufeinandertreffen mit dem Halbgott verlaufen war.

„Hallo beste Freundin, so schnell schon wieder zurück vom Big Boss?" Ann wackelte anzüglich mit den Augenbrauen und während sie taumelnd auf mich zu schwankte, lugte ich hinter ihr ins Wohnzimmer und entdeckte eine halb volle Flasche meines Lieblingswhiskeys. Dem Olymp sei Dank!

Ich ging auf ihre Frage nicht ein, sondern drängte mich an Ann vorbei in meine Wohnung und schnappte mir den Whiskey, sehr zum Protest der Sirene, die definitiv betrunken war. Sie brachte keinen geraden Satz mehr heraus, sonst hätte sie mich gewiss noch viel penetranter über Jack ausgequetscht. Gut so, ich hatte wirklich keine Lust, darüber zu reden.

Ann pflanzte sich beleidigt, weil ich nicht mit der Sprache rausrückte, wieder aufs Sofa und machte sich dort maulend lang.

„Schlaf deinen Rausch aus, Süße! Wir reden morgen, versprochen." Ich strich meiner besten Freundin zärtlich das lange blonde Haar aus dem Gesicht und deckte sie zu, während ich mich nach Skip umschaute.

Der Gestaltwandler, der meine unterirdische Stimmung bereits beim Betreten der Wohnung registriert hatte, war auf dem Balkon in Deckung gegangen und tat, als würde er dort unbeteiligt die Aussicht genießen. Ich wusste, wie sehr meinem Freund Empyrion und Black York gefehlt hatten. Anders als die Sirene und ich hatte er zuvor nie längere Zeit in der Menschenwelt gelebt. Sein Zuhause war hier.

Seine scheinbar desinteressierte und gelassene Haltung konnte allerdings nicht darüber hinwegtäuschen, dass er sich Sorgen um mich machte und nur darauf wartete, dass ich mich ihm anvertraute. Skip hatte da so seine Methoden, um mich zum Reden zu bringen, nur waren diese im Gegensatz zu der der Sirene weniger Radikal. Gewissermaßen spielten die beiden *guter Cop, böser Cop.*

„Hey", begrüßte ich ihn und gesellte mich zu ihm auf den Balkon. Die Aussicht war wirklich atemberaubend. Black York glitzerte zu unseren Füßen und am Horizont thronte über all dem die Black Company mit ihrem kolossalen, glänzenden Palast der Finsternis.

„Wie ist es gelaufen?", fragte Skip auf dem Kanal der gespielten Beiläufigkeit. Offensichtlich war er noch nüchtern und hatte es Ann überlassen meinen Whiskey zu köpfen.

Ich nahm einen großen Schluck direkt aus der Flasche und spürte, wie die bernsteinfarbene Flüssigkeit meine Speiseröhre verätzte.

„So schlecht also?", hakte der Gestaltwandler nach. „Was ist passiert, Tess?"

Ich nahm einen weiteren tiefen Schluck und wagte es nicht, meinem Freund in die Augen zu sehen. „Er hat seine verfluchte Stabschefin gevögelt, als wir reinkamen!" Ich spukte die Worte förmlich aus, um die Bilder aus meinem Kopf zu katapultieren, aber diese Gnade war mir nicht vergönnt. Oh nein, dieser Anblick hatte sich auf meiner Netzhaut eingebrannt und würde dort bis in alle Ewigkeit wie ein grauenvoller Film wieder und wieder abgespielt werden.

Skip stutzte. „Das ist ein Scherz, oder?"

„Siehst du mich lachen?", fragte ich trocken und leerte den Whisky mit dem nächsten Schluck. „Das reicht nicht", hustete ich und hielt mich leicht schwankend am Geländer fest.

„Vielleicht hast du da etwas falsch interpretiert. Kann doch gut sein." Skip nickte, um seinen Worten Nachdruck zu verleihen, während ich ihn mit erhobener Augenbraue ansah.

„Sie saß nackt auf ihm und hat ihn geritten. Er ist gekommen, als ich durch die Tür trat und unsere Blicke sich trafen! Aber hey, vielleicht hast du recht und ich habe da einfach etwas falsch verstanden! Unglaublich, so etwas kann auch nur ein Mann behaupten. Da hofft man, der Feminismus irrt sich und wir leben nicht in einem Patriarchat, und dann haut mein bester Freund so einen Satz raus!"

Als ich mit meiner Tirade geendet hatte und mich schwer atmend gegen die Hauswand lehnte, räusperte Skip sich verlegen und ließ seinen Blick über die lebendige Stadt schweifen. „Tut mir leid, Tess. Du hast recht. Das kann man nicht fehlinterpretieren.“

„Nope“, machte ich und spürte, wie der Wind an meinen Haaren zerrte.

„Außerdem bin ich selbst Feminist! Ich steh da ganz hinter euch, das weißt du!“

Ich musste schmunzeln. Dafür liebte ich ihn. Freundschaftlich boxte ich ihm gegen den Arm und schaute dann wieder hinauf in die sternenklare Nacht.

„Ich dachte …“, begann ich, stockte dann aber. Skip wandte sich mir zu und schenkte mir seine gesamte Aufmerksamkeit. Ich spürte, wie mir die Tränen in die Augen stiegen, als ich meinem besten Freund ins Gesicht sah. „Ich dachte, wir hätten eine Chance. Nach all dem Scheiß, der passiert ist … Ich dachte, wenn ich meine Aufgabe erfüllt und die Empyrianer gerettet hätte und die nächsten zehn Jahre vor uns liegen, dann könnten wir … Jack und ich …“

Ohne zu zögern oder meine abwehrend erhobenen Hände zu beachten, trat Skip auf mich zu und schloss mich in eine tröstende, freundschaftliche Umarmung, die auch die letzten Schutzmauern in mir niederriss.

„Ich habe ihn verloren“, schluchzte ich und krallte mich in die Jacke meines besten Freundes, um mich irgendwo festhalten zu können. „Ich habe ihn verloren, Skip!“

„Nichts ist verloren, Tess“, murmelte er in mein Haar und strich mir beruhigend über den Rücken. „Es gibt immer einen Weg und ich verspreche dir, ich werde nicht ruhen, bis wir deinen gefunden haben!“

Nachdem ich mich wieder beruhigt hatte, fuhr Skip zu sich nach Hause, um nach dem Rechten zu sehen. Ich blieb auf dem Balkon sitzen und genoss die Aussicht. Eigentlich wäre ich gerne noch etwas geflogen, aber ich wollte Anni nicht allein lassen. Die kleine Sirene schlummerte seelenruhig ihren Rausch aus und schien von all dem Schlamassel nichts mitbekommen zu haben. Ich war nicht naiv, ich wusste, dass am nächsten Morgen die spanische Inquisition auf mich wartete. Sie würde mich nicht so einfach davonkommen lassen und die Begegnung mit dem Halbgott bis ins kleineste Detail mit mir durchgehen. Ich liebte sie, ja wirklich, aber manchmal wünschte ich, ich hätte eine Vorspultaste.

Seufzend ließ ich mich in meinem Liegestuhl zurückfallen, als es leise an der Wohnungstür klopfte. Erschöpft von den Strapazen des Abends schlurfte ich zur Tür und öffnete diese in Erwartung, Skip vorzufinden, doch ich wurde überrascht.

„Kay, was machst du hier?“

„Gewährt Ihr mir Einlass, Tisiphone?“ Der Vampir schenkte mir ein melancholisches, aber dennoch charmantes Lächeln und ich ließ ihn passieren.

Ich lotste ihn auf den Balkon, vorbei an der schnarchenden Sirene, die Kay mit einem amüsierten Schmunzeln bedachte.

Leise schloss ich die Balkontür hinter uns und wandte mich dem Vampir zu.

„Also, was tust du hier?“

„Ich wollte nach Euch sehen. Wie geht es Euch?" Kay strich mir eine Haarsträhne hinter das Ohr und ich spürte das vertraute, wohlbekannte Kribbeln in meiner Magengegend. Die Augen des Vampirs verdunkelten sich und ich wusste, dass Kays Jagdtrieb erwacht war.

„Lass das bitte", forderte ich mit heiserer Stimme und versuchte, etwas Abstand zwischen uns zu bringen.

Kay hob beschwichtigend die Hände und trat zurück.

„Entschuldigt. Bitte nehmt es mir nicht übel. Ihr übt immer noch diese Anziehung auf mich aus, Tisiphone, und auch ich bin von Zeit zu Zeit nur ein willenloser Vampir, der sich seinen Gelüsten hingibt."

Bei dieser altmodischen und geschwollenen Art zu sprechen, konnte ich mir ein amüsiertes Lächeln nicht verkneifen. Kay war eben Kay und ich wünschte wirklich, mein Herz wäre nicht so ein sturer Esel und würde sich für den charmanten Vampir anstatt für den verschlossenen, launischen, arroganten, vollkommen unberechenbaren Halbgott entscheiden. Aber nein, warum die unkomplizierte Beziehung wählen, wenn es auch einen qualvollen Weg voller Unsicherheiten und Misstrauen gab. Dieses verfluchte Herz!

„Es geht mir gut!" Meine halbherzige Antwort klang selbst in meinen Ohren hohl und leer.

„Wem wollt Ihr das erzählen, Furie?" Kay lächelte mich an und ich knickte ein.

„Der Tag der Abrechnung steht kurz bevor, bald schon wird es hier nur so von Dämonen wimmeln und alles, woran ich denken kann, ist, warum Jack nicht auf mich gewartet hat und sich wie ein Halbgott-Arsch benimmt." Ich stöhnte frustriert auf und ließ den Kopf in den Nacken fallen. „Was sollen wir denn nur tun, Kay?

Er hat mir nicht mal zugehört. Ich soll ihm morgen ganz offiziell meinen Plan vorstellen, als hättest du ihm nicht in den letzten zehn Jahren immer wieder einen Zwischenbericht gegeben und ihn auf den neusten Stand unseres Projektes gebracht."

„Angenommen, Ihr wärt Leiterin der Black Company, wie würdet Ihr vorgehen?", fragte Kay ruhig und lehnte sich lässig gegen die Balkonbrüstung.

Ich schaute weiter zum Himmelszelt hinauf, während ich meine Hände abwechselnd ballte und das leise Knacken meiner Fingerknöchel zu hören war.

„Tisiphone?", hakte Kay nach.

„Was?", fragte ich überrumpelt und schnellte mit meinem Blick in die Waagerechte, um Kay in Augenschein zu nehmen.

„Wie sähe *Euer* weiteres Vorgehen aus?"

„Ich ... ich bin nicht die Leiterin."

„Aber mal angenommen, Ihr wärt es ... was würdet Ihr tun?"

„Nicht mit irgendwelchen Hexen-Schlampen vögeln, vermutlich", entgegnete ich trocken und schaute mich suchend auf dem Balkon um, in der Hoffnung, noch irgendwo eine Flasche mit meiner Lieblingsflüssigkeit darin zu finden.

Kay schmunzelte. „Natürlich nicht. Und darüber hinaus?"

„Kaaay", sagte ich drohend. „Das wird doch hier kein Putschversuch, oder?"

„Tisiphone, ich würde lediglich gerne Eure Strategie zur Verteidigung unserer Nation hören, das ist alles."

Die Art, wie Kay seine Worte formulierte und sein Gesichtsausdruck dabei verrieten mir, dass dem nicht so war. Ich wusste es natürlich nicht mit Gewissheit, aber es fühlte sich so an, als plante er einen Sturz. Als sollte ich die neue Rolle als Führungsoberhaupt Empyrions einnehmen. Kay würde mir ohne Weiteres folgen, egal, in welche Richtung ich marschieren würde und sei es in eine Sackgasse. Doch es ging nicht nur darum, welche Befehle befolgt werden sollten. Wir mussten über den Dingen stehen und vorausschauend handeln. Das bedeutete auch, nicht einfach blind einem Kommando zu gehorchen, sondern getroffene Entscheidungen zu hinterfragen. Wir waren eben keine Soldaten, wir waren Agenten. Und mal ehrlich, blinder Gehorsam war sowieso nie meine Stärke gewesen. Die Frage, die wir uns also stellen sollten, war, konnten wir dem Halbgott noch länger vertrauen?! Offensichtlich hatte irgendjemand Jacks Gehirn verzaubert und–

„Oh verdammt", rief ich aus und wagte es nicht, den Gedanken zu Ende zu denken.

„Was ist mit Euch, Tisiphone", fragte Kay besorgt und stieß sich von dem Geländer ab.

„Was ist, wenn du recht hattest und Jack nicht freiwillig so handelt?"

„Was genau meint Ihr?" Kay kam mit gerunzelter Stirn auf mich zu.

„Was ist, wenn er tatsächlich verzaubert wurde? Ich meine, als ich Empyrion verließ, da waren wir einer Meinung. Ich hätte niemals vorgeschlagen, ihn zum Leiter der Black Company zu wählen, wenn ich seine Ansichten nicht geteilt hätte. Als ich ging, da war ..."

„Alles in Ordnung?", beendete Kay meinen Satz und schenkte mir ein melancholisches Lächeln.

„Na ja ..." Ich zögerte. „Vielleicht nicht Friede-Freude-Eierkuchen, aber wir sind nicht im Schlechten auseinandergegangen."

„Tisiphone, Ihr solltet darauf achten, dass Euer Urteilsvermögen nicht unter dem Umstand leidet, dass Ihr Jack mit einer anderen Frau gesehen habt", sagte Kay vorsichtig.

Ich kniff die Augen zusammen und funkelte den Vampir zornig an. „Mein Urteilsvermögen ist nicht getrübt. Aber du musst doch auch zugeben, dass dich zu feuern, es mit dieser ... Hexe zu treiben", das Wort nicht mit einer Beleidigung zu tauschen, fiel mir wirklich sehr schwer, „und das Krisenmanagement einzustellen, spricht nicht gerade für den Jack Pers, den wir kennen, oder?"

„Empyrion und Eure Freunde hinter Euch zu lassen, spricht auch nicht für Euch und trotzdem seid Ihr immer die Furie gewesen, die Ihr seid!"

Bei diesen Worten zuckte ich verletzt zurück und in Kays Augen erkannte ich, dass auch er realisierte, dass er zu weit gegangen war.

„Das war unter der Gürtellinie!"

„Tisiphone, verzeiht. Ich ging zu weit. Kommen wir auf meine Anfangsfrage zurück: Sagt mir, was würdet Ihr an Jacks Stelle tun?", wollte der Vampir wissen, ohne auf meine irrwitzigen Verschwörungstheorien einzugehen.

Ich wusste, worauf Kay hinaus wollte und alles in mir sträubte sich dagegen. Jack vom Thron stoßen und mich selbst draufsetzen? Ganz blöde Idee, aber hatte ich eine Wahl? Der Halbgott fuhr die Evakuierung für den Tag der Abrechnung so richtig gegen die Wand.

Ich bedachte Kay mit einem langen, wütenden Blick, atmete tief durch, schloss resigniert die Augen und lehnte mich über die Brüstung meines Balkons, um Black York in mich aufzusaugen. Ich würde der Liebe meines Lebens gleich ein imaginäres Messer in den Rücken rammen, es drehen, wieder herausziehen und eine beachtliche Menge Salz in die Wunde streuen. Ich würde Jack Pers so richtig ficken und das nicht auf die Art, die ich bevorzugen würde. Das würde ein unschönes Erwachen geben!

Ich wandte der Stadt meinen Rücken zu und schaute Kay lange in die Augen, auf der Suche nach einem Zeichen, dass ich gerade einen kolossalen Fehler beging, weil ich bereit dazu war, die große Liebe meines Lebens zu verraten. Ich wollte diesen nächsten, gefährlichen Schritt nicht tun, der mich unwiderruflich in die Tiefe stürzen und der Beziehung zu Jack irreparable Schäden zufügen würde. Doch da war nichts in Kays Augen zu erkennen, das mich verurteilte oder mir Einhalt gebot. Kein Funke, kein Zeichen.

Ich atmete tief durch, zog die Schultern bis zu meinen Ohren hoch, machte mich klein, so klein, um mich zu verstecken. Vor den Augen des Halbgotts, des Olymps, der Black Company, aber vor allem vor der Scham und Schande, die mit dem Vertrauensbruch an einer geliebten Person Hand in Hand einhergingen.

„Na schön", seufzte ich, „lass Skip herkommen, wir müssen einen Schlachtplan ausarbeiten!"

Kapitel 6

Es dauerte keine zwanzig Minuten und schon stand Skip erneut mit mir auf dem Balkon. Kay brachte die schnarchende Ann in mein Schlafzimmer, bevor er sich zu uns gesellte.

„Du hast einen Plan?", fragte Skip mich geradeheraus und ich nickte langsam.

„Das wird hässlich, Skip", hauchte ich und drehte mich zu ihm um. „Richtig hässlich. Aber es muss sein. Ich glaube, dass Jack gerade nicht in der Lage ist, bedacht zu handeln. Wir haben nicht mal mehr zwei Wochen Zeit, sämtliche Empyrianer in die Menschenwelt umzusiedeln, und ich soll ihm morgen das weitere Vorgehen darlegen, damit er entscheiden kann, wie die Evakuierung ablaufen wird?! Dafür ist keine Zeit!"

„Ich stimme dir voll und ganz zu. Also instruiere uns!", forderte der Gestaltwandler und in diesem Moment hätte ich ihn für seine bedingungslose Loyalität einfach nur küssen können. Auch wenn Skip einen Deal mit den Dämonen ausgehandelt hatte, wegen dem wir jetzt mehr oder weniger in diesem Schlamassel saßen, wenn es darauf ankam, stand er immer hinter mir! Dafür liebte ich ihn einfach. Skip war durch und durch ein treuer Soldat und tat immer das, was sein befehlshabender Offizier ihm auftrug, aber wenn ich etwas von ihm brauchte, dann war er sofort zur Stelle.

„Weißt du, wem in der Black Company du noch vertrauen kannst? Ich rede nicht nur von unserem Standort in Black York, ich rede von ganz Empyrion. Wir brauchen Verbündete an allen Standorten."

Kay trat einen Schritt vor. „Ich weiß, wem wir vertrauen können, Tisiphone. Ich werde Skip dabei helfen, die richtigen Agenten auszuwählen."

Ich nickte dankbar. „Gut. Macht euch gleich an die Arbeit. Kontaktiert die Agenten und sagt ihnen, sie sollen alle Zivilisten zu den entsprechenden Portalen führen. Skip, du wirst ihnen die Adressen und Beschreibungen der Refugien in der Menschenwelt nennen. Unsere Arbeit soll sich nun bezahlt machen. Es ist unabdingbar, dass spätestens nächste Woche Donnerstag alle Empyrianer in der Menschenwelt untergebracht sind. Zumindest alle, die gehen wollen. Einige von uns werden hierbleiben müssen, um die Dämonenbewegungen im Auge zu behalten. Fragt nach Freiwilligen und weist sie auf das Risiko dieser Mission hin. Empyrion wird in wenigen Tagen buchstäblich zur Unterwelt, ihnen sollte also bewusst sein, dass diejenigen von uns, die hier die Stellung halten, die vierundzwanzig Stunden möglicherweise nicht überleben werden."

Skip nickte und wollte sich gerade auf den Weg machen, als ich die beiden noch einmal zurückrief. „Ich brauche außerdem den Kontakt einer Hexe", sagte ich langsam und drehte mich wieder der Stadt und meinen Freunden den Rücken zu, um ihnen nicht in die Augen sehen zu müssen.

„Einer Hexe?", fragte Skip perplex. Ich konnte förmlich spüren, wie er sich verdutzt an Kay wandte.

Als ich den beiden einen Blick über die Schulter zuwarf, sah ich wie Skips Kopf zu mir schnellte und Kay mit einem unergründlichen Gesichtsausdruck in meine Richtung sah. „Ja, einer Hexe, der ich vertrauen kann. Die der Black Company nicht treu ergeben ist und die bereit ist, eine der ihren zu verraten."

Und da schien es Skip zu dämmern.

Kay machte einen Schritt auf mich zu. „Tisiphone ..."

Doch ich wandte mich um und stoppte ihn mit erhobener Hand. „Es mag sein, dass ich voreingenommen bin, aber der Halbgott, der mich heute empfangen hat, war nicht Jack Pers, zumindest war er nicht Herr seiner Sinne ..."

„Tess, du verrennst dich da in eine hirnrissige Idee, die–"

„Nein! Und wenn schon ...", frustriert fuhr ich mir durch meine langen, schwarzen Haare. „Ich brauche eine Hexe, die integer ist, auf die ich zählen kann. Wenn diese Idee zu nichts führt, dann sei's drum. Aber ich muss überprüfen, ob ich mit meiner Vermutung richtig liege!"

„Tisiphone, Ihr ..."

„Ihr könnt jetzt gehen", unterbrach ich Kay sofort und funkelte ihn an.

„Ich habe zur Kenntnis genommen, wie ihr zu diesem Thema steht, aber es ist meine Entscheidung. Ihr wollt Empyrion retten? Dann haltet euch an den Plan! Unterstützt diejenigen, die bei der Suche nach den Unterkünften und Verstecken Hilfe benötigen, ich kümmere mich währenddessen um Jack. Die Zeit, die uns noch bleibt, sollten wir so gut und effektiv wie möglich nutzen. Wir werden nicht alle Empyrianer zur gleichen

Zeit hinüberschleusen können, das muss in Etappen geschehen, aus diesem Grund ist es umso wichtiger, zeitnah mit der Evakuierung zu beginnen. Also, fangt noch heute an, die Agenten zu instruieren und sorgt dafür, dass die ersten Empyrianer in Black York durch das Portal am See geführt werden. Agent Bay soll sie zu den entsprechenden Schutzeinrichtungen führen."

Skip und Kay sahen so aus, als würden sie noch etwas erwidern wollen, hielten aber besseren Wissens den Mund und nickten lediglich knapp. Gut für sie. Ich wollte ihre Worte nicht hören. Ich musste meinem Bauchgefühl vertrauen und das sagte mir, dass mit Jack irgendetwas nicht in Ordnung war. Sobald Ann wieder unter den Lebenden weilte, musste ich mit ihr darüber sprechen. Sie würde meinem Verdacht hoffentlich mehr Gehör schenken und mich nicht direkt für eine eifersüchtige Furie halten, die ihren Ex nicht loslassen konnte, wie Kay und Skip es offensichtlich taten.

Mit Widerwillen verließen die beiden meine Wohnung und ich legte mich eine Weile aufs Sofa, um mich etwas auszuruhen. An Schlaf war gerade nicht zu denken, aber ich musste mich entspannen, bevor ich den nächsten Teil meines Plans umsetzen und die Ruhe vor dem Sturm vorbei sein würde.

Ich wurde von einem energischen Klopfen an meiner Haustür geweckt. Über die Ereignisse des Vorabends war ich wohl doch eingenickt und musste erst einmal Revue passieren lassen, wo ich mich überhaupt befand und was geschehen war. Als die Szenen auf mich einprasselten, wünschte ich mir fast, wieder in einem traumlosen Schlaf zu versinken.

Immer noch leicht benommen öffnete ich die Tür und erblickte einen verärgerten und etwas gestresst dreinschauenden Skip.

„Hey!“, sagte ich gähnend und erntete ein wütendes Stirnrunzeln. „Was ist?“

„Du schickst mich los, um dir eine Hexe zu besorgen, die nebenbei bemerkt nicht gerade scharf darauf sind, ihresgleichen zu verraten und du hältst ein Nickerchen, obwohl der Weltuntergang kurz bevorsteht?“ Während seiner Schimpftirade hatte sich Skips Erscheinung von einem Soldaten in einen Hexer und dann in einen Hulk-ähnlichen Koloss verwandelt, nur ohne die grüne Farbe.

„Sei nicht so melodramatisch, Skip. Der Weltuntergang steht nicht bevor. Es wird uns vielleicht nach den vierundzwanzig Stunden so vorkommen, als hätte die Apokalypse stattgefunden, aber wir werden überleben, zumindest die meisten von uns. Das ist ein kleiner, aber entscheidender Unterschied zum Tag des Jüngsten Gerichts.“

Skip wollte gerade zu einer zornigen Erwiderung ansetzen, als ich ihm auch schon das Wort abschnitt. „Es tut mir leid, in Ordnung? Ich wollte mich nur etwas ausruhen und bin dabei eingenickt. Nimm es mir nicht übel.“

Der Gestaltwandler kniff verbissen die Lippen zusammen, sagte aber nichts weiter, sondern trat stattdessen einen Schritt beiseite und machte einer korpulenten, etwas schrullig aussehenden, in bunte Glitzertücher gehüllten Hexe Platz.

„Iselda, das ist Tess Hope. Sie braucht Ihre Hilfe!“

„Die letzte Furie Empyrions bittet *mich* um Hilfe? Welch eine Ehre!" Die spleenige Hexe verbeugte sich überschwänglich, was eher einer Verspottung gleichkam und drängte sich mit einer dramatischen Geste und aufflatternden Tüchern an mir vorbei in die Wohnung.

Meine Augenbrauen schossen in die Höhe und verschwanden vermutlich irgendwo weit unter meinem Haaransatz.

„Was zum ...?"

„Du wolltest eine verdammte Hexe", knurrte Skip und ich hob beschwichtigend die Hände.

„Danke", flüsterte ich und warf ihm einen Kussmund zu.

Skip rollte lediglich mit den Augen, drehte sich auf dem Absatz um und machte sich wieder aus dem Staub.

Ich konnte mir ein Lächeln nicht verkneifen, schloss die Tür und drehte mich zu der Hexe um.

„Also", sagte ich und klatschte in die Hände, „herzlich willkommen in meinem bescheidenen Reich. Iselda, richtig? Ich bin Tisiphone, aber meine Freunde nennen mich Tess." Ich streckte der bunten Dramaqueen meine Hand entgegen, sie musterte sie naserümpfend und gab mir mit einer wedelnden Geste zu verstehen, diese wieder von ihr zu entfernen.

Ich ließ den Arm fallen, sodass er klatschend auf meinem Oberschenkel zum Ruhen kam und sog scharf die Luft ein.

Wen zum Teufel hatte Skip mir hier angeschleppt?!

„Okay, na schön. Kann ich Ihnen etwas zu trinken anbieten?"

„Was haben Sie denn im Haus, Schätzchen? Iselda trinkt nicht jedes Gesöff, so viel sollte gesagt sein." Als wäre sie auf einem Laufsteg, stolzierte die Hexe in meinem Wohnzimmer herum und betrachtete meine spartanische Einrichtung mit einer süffisanten Verachtung, die ohne Umschweife meine Furie erwachen ließ.

„Was würde Ihnen denn belieben? Champagner vielleicht?", fragte ich ironisch durch zusammengebissene Zähne und mahnte mich ruhig Blut zu bewahren. Ich war auf die Hilfe dieser ... Person angewiesen und sollte sie nicht gleich verprellen.

„Champagner trinkt Iselda außerordentlich gern. Sagen Sie bloß, Sie haben etwas von diesem prickelnden Perlenwasser da?!"

Ganz ruhig Tess, tief durchatmen! Wenn du sie umbringst, kann sie dir nicht bei deinem Problem helfen, also schluck es einfach runter.

„Eigentlich war das ein Scherz, aber wenn Sie möchten, kann ich jemanden losschicken, um uns eine Flasche zu besorgen." Skip würde mich umbringen.

„Oh, Iselda möchte keine Umstände bereiten. Sie sollten allerdings wissen, dass ich bedeutend konzentrierter und effektiver arbeite, wenn–"

„Alles klar, kapiert", unterbrach ich diese unmögliche Empyrianerin sofort und zog mein Handy aus der Gesäßtasche.

„Geben Sie mir eine Minute!"

Ich verschwand in die Küche und hämmerte mit einer solchen Wut auf dem Touchscreen meines Smartphones herum, dass es mich wunderte, dass keine Risse auf dem Display entstanden.

Als ich Skips Nummer aufgerufen hatte, wartete ich auf das Freizeichen und betete, er möge nicht rangehen.

„Was gibt's?", blaffte er ins Telefon, ohne irgendeine Art von Begrüßung.

„Hi, ähm ... du musst mir einen Gefallen tun." Ich biss mir beschämt auf die Lippen und linste durch die Küchentür ins Wohnzimmer.

Iselda verhöhnte noch immer meine Einrichtung, indem sie pikiert mit ihren Fingernägeln über die Möbel strich und dabei angewidert die Nase krauszog. Viel Spaß dabei, wenn du mein Schlafzimmer siehst, Bitch.

„Ich besorge dir keine neue Hexe", kam es aus dem Telefon.

„Nein, nein, nein. Die brauche ich auch nicht, allerdings benötige ich etwas *für* die Hexe ..."

„Und was soll das sein?", fragte Skip resigniert und ich wünschte mich auf einen anderen Planeten, um der Welle der Demütigung zu entkommen.

„Eine Flasche Champagner?"

„Champagner? Ha-ha sehr witzig. Also, was brauchst du, Tess?"

Uff. Ich war so was von tot!

„Das war kein Witz."

„Verdammt Tess, ist das dein Ernst? Wir stecken mitten in den Evakuierungsvorbereitungen." Skips fluchende Stimme wurde leiser, als hätte er ausgeholt, um das Handy auf Nimmerwiedersehen im See zu versenken, doch dann war er wieder klar und deutlich zu verstehen.

„*Du* hast die Hexe ausgesucht", murrte ich leise und fuhr mir entnervt durchs Haar. „Iselda ist ..."

„Ja, ich weiß … Gib mir zehn Minuten!"

Ich hob triumphierend meine Faust in die Höhe und versuchte, meine Stimme nicht überschwänglich klingen zu lassen. „Danke Skip, du bist der Beste!"

Ich verließ die Küche und trat mit einem erneuten Händeklatschen an Iselda heran.

„Der Champagner ist unterwegs. Reden wir also übers Geschäftliche!"

Kapitel 7

Iselda stemmte die rechte Hand in ihre opulente Hüfte und kräuselte herablassend den Mund.

„Und wofür braucht die Furie Iseldas Hilfe?"

Ich knirschte zornig mit den Zähnen und versuchte, eine neutrale Mimik beizubehalten. Wenn diese Hexe allerdings nicht bald aufhörte, in der dritten Person von sich zu sprechen, konnte ich für nichts garantieren. Meine entgleisten Gesichtszüge, die sich verdunkelten, wären dann nämlich das Letzte, was sie zu sehen bekommt.

„Sie müssen mir einen–"

Ich wurde jäh von dem Klingeln an der Tür unterbrochen.

Ich hob den Finger, um Iselda zu bedeuten, dass sie kurz warten sollte, und rannte in den Flur.

Vor meiner Tür stand ein schnaufender, ziemlich gehetzt aussehender Skip, der zwei Flaschen Champagner hochhielt.

„Hier ist dein Champagner, ruf mich heute nicht mehr an, es sei denn, es ist ein Notfall. Keine Besorgungen mehr! Wir schleusen die ersten Empyrianer über die Grenze, das hat jetzt oberste Priorität, Tess!"

Ich nickte und küsste meinen besten Freund dankbar auf die Wange.

Als ich ihm die beiden Flaschen abnehmen wollte, hielt er die eine zurück und fixierte mich mit seinen leuchtenden Augen. „Die hier ist für mich!"

Ich prustete los, doch als Skip mich immer noch mit diesem ernsten Gesichtsausdruck anblickte, wusste ich, dass er nicht scherzte.

Ich räusperte mich verlegen und nickte. „Verstanden! Ich werde sie dir kaltstellen!"

Und damit verschwand Skip wieder und ließ mich mit zwei Flaschen des edelsten Champagners aus Empyrion in meiner offenen Tür stehen.

Ich schmunzelte immer noch, als ich die Wohnung wieder betrat und sofort eine Kurve in die Küche einschlug, wo ich eines meiner Gläser mit der prickelnden Flüssigkeit befüllte.

Mir selbst schenkte ich keines ein. Ich benötigte alle verfügbaren Neuronen meines Verstandes in Höchstform und konnte mir keine Ablenkung erlauben!

„Wie versprochen, hier Ihr Champagner. Also wo waren wir?"

„Das ist keine Champagnerflöte." Iselda hob das Glas mit gerümpfter Nase empor und ich spürte, wie mein Blickfeld sich verdunkelte.

„Nein", knurrte ich, „das ist es nicht. Es ist ein Wasserglas, da passt viel mehr rein. Sie haben Ihren Champagner und jetzt kommen wir zu meinem Anliegen!"

Die Hexe wackelte pikiert mit dem Kopf, bevor sie einen Schluck von dem Champagner nahm und sich sichtlich entspannte.

„Also", begann ich erneut und schwor mir bei der nächsten Unterbrechung, Iselda aus dem Fenster zu schubsen. „Sie müssen mir einen Wahrheitstrank brauen."

„Einen Wahrheitstrank?", fragte die Hexe misstrauisch und fixierte mich aus zusammengekniffenen Augen, ehe sie das Glas in einem Zug hinunterstürzte und es mir auffordernd hinhielt.

Ich knurrte leise, riss ihr das Glas aus der Hand und befüllte es erneut.

Als sie auch dieses zur Hälfte geleert hatte, ließ sie sich auf einen Stuhl an meinem Esstisch sinken und gab mir mit einem Wink zu verstehen, mich zu ihr zu setzen.

„Wofür benötigen Sie den Wahrheitstrank?"

Ich zögerte. Konnte ich der Hexe vertrauen? Ich konnte ihr nicht die ganze Wahrheit sagen, das wäre ein zu großes Risiko, wenn ich allerdings sichergehen wollte, dass dieser Zaubertrank seine Wirkung nicht verfehlte, musste ich ein stückweit ehrlich sein.

„Es ist so ..." Ich kratzte mich verlegen im Nacken und schaute überall hin, nur nicht in Iseldas Augen. „Der Ex-Freund ... meiner besten Freundin wurde verflucht von seiner neuen Freundin ... und jetzt ist er irgendwie nicht mehr er selbst. Wir müssen herausfinden, was mit ihm geschehen ist. Dafür müssen wir mit seinem früheren Ich, also seinem wahren Ich sprechen. Wir brauchen den alten Ja-, Jason ... zurück! Verstehen Sie, was ich meine? Bekommen Sie so einen Trank hin?"

„Vielleicht ist sein *neues* Ich ja sein wahres Ich. Vielleicht hat er seine Seelenverwandte getroffen und kann jetzt erst sein wahres Selbst entfalten. Vielleicht war Jason nicht er selbst, als er mit Ihrer besten Freundin zusammen war", überlegte Iselda laut, während sie an ihrem Champagner nippte, und ich hatte das Gefühl, meine Eingeweide würden im nächsten Moment durchbrennen.

„Das ist nicht möglich", knurrte ich. „Jason trifft irrationale Entscheidungen und tut sehr untypische Dinge, die er vorher nicht getan hat."

„Wie gesagt, vielleicht–"

„Vielleicht interessiert es mich nicht, wie Sie das Ganze sehen! Schaffen Sie es, mir so einen Trank zu brauen oder muss ich mir eine andere Hexe für diesen Job suchen?" Ich sprach mit geschlossenen Zähnen und meine Flügel schlugen wild aus, sodass Iseldas Frisur ein klein wenig zerzauste.

Die Hexe rutschte unbehaglich auf meinem Stuhl herum, der sich laut ächzend unter der Last des Übergewichtes beschwerte. Iselda musterte mich noch einige geschlagene Sekunden lang, nahm einen weiteren Schluck von dem Champagner und nickte dann langsam.

„Das dürfte kein Problem sein. Ich kann Ihnen den Trank bis Sonntag liefern. Gegen eine gewisse Bezahlung, versteht sich." Iselda rieb ihren Daumen und Zeigefinger aneinander und grinste gierig.

„Ich brauche ihn bis morgen früh. Sagen Sie mir, was Sie benötigen und ich besorge es Ihnen."

„*Morgen?*", kreischte Iselda und ich zuckte erschrocken zusammen, während sie wild mit dem Kopf wackelte. „Unmöglich. Unmöglich!"

„Machen Sie es möglich", forderte ich und spürte, wie die Furie sich in mir sträubte, mit dieser Person zu diskutieren.

„Das kostet extra", zeterte die Hexe.

Ich verdrehte die Augen und bat sie erneut, mir eine Liste mit den Zutaten zu geben.

Iselda suchte in ihrer Handtasche nach etwas zu schreiben und notierte mehrere Dinge auf einem Blatt Papier, das sie mir schließlich entgegenstreckte.

Ich ging die Liste durch und schluckte.

„Wie soll ich das denn heute Abend noch alles besorgen?", fragte ich fluchend.

„*Sie* wollen den Trank morgen früh haben, Schätzchen!"

Ich murrte vor mich hin, während ich mir eine Tasche aus dem Schlafzimmer und meinen Geldbeutel holte.

Als ich wieder ins Wohnzimmer trat, hatte Iselda die Flasche Champagner neben sich auf dem Tisch stehen und goss sich feixend noch mal nach.

„Die andere Flasche wird nicht angerührt!"

„Es gibt noch eine Flasche?", fragte sie erfreut und ich rollte genervt mit den Augen.

„Als wenn Sie die nicht schon gesehen hätten. Ich bin bald zurück."

Es dauerte geschlagene zwei Stunden, bis ich alle Zutaten auf Iseldas Liste zusammen hatte. Als ich wieder zurück zu meiner Wohnung flog, hoffte ich, keine weitere Schnapsleiche auf meinem Sofa vorzufinden.

Wer hätte gedacht, dass Hexen ebensolche Schluckspechte waren wie Sirenen?!

Doch zu meiner Überraschung saß Iselda genau dort, wo ich sie zurückgelassen hatte, allerdings standen zwei leere Flaschen Champagner neben ihr, was ich zähneknirschend zur Kenntnis nahm. Sie selbst schien sich in einem seligen Gemütszustand zu befinden. Das machte ich an dem erfreuten, geradezu beseelten Lächeln fest, das sich bei meinem Auftauchen auf Iseldas Gesicht ausbreitete. So glücklich und gelassen sah sie richtig hübsch aus. Es war erstaunlich, was ein Lächeln aus einer Person herausholen konnte, die eigentlich so giftig wie die Klinge eines Schwarzblutdolches war.

Ich zog mir die prall gefüllte Tasche von der Schulter, mit der es erstaunlich schwer gewesen war, entspannt zu fliegen. Das Gewicht war mir immer wieder an die Hüfte oder gegen meine Flügel geknallt und hatte meinen Gleichgewichtssinn gestört. Beim nächsten Mal würde ich zum Einkaufen wieder zu Fuß gehen.

Ich kippte die Tasche mit der Öffnung nach unten auf meinem Esstisch aus und verstreute Kräuter, Elixiere und Heilpflanzen vor Iselda auf dem polierten Holz.

„Es ist alles da, was auf Ihrer Liste stand."

„Danke dir, Schätzchen. Und sag gerne Du, wir Frauen müssen doch zusammenhalten, oder?" Iselda zwinkerte mir mit geröteten Wangen zu und wühlte sich durch meine Beute.

„Zusammenhalten?", fragte ich verständnislos.

„Na gegen die Männer. Ich bin absolute Feministin und wenn ich mit meiner Arbeit einem Exemplar der männlichen Spezies eins auswischen kann, oh, dann bin ich so was von dabei!"

Amüsiert hob ich meine rechte Augenbraue und lachte herzhaft. Der Champagner schien der Hexe gehörig zu Kopf gestiegen zu sein. Doch das sollte mir recht sein, solange sie den Job anständig erledigte. Eine angenehmere Gesellschaft als noch vor ein paar Stunden war sie in jedem Fall.

„Wie lange wird es dauern, den Trank herzustellen?"

Iselda stellte alle Zutaten feinsäuberlich nebeneinander auf und verschwand dann geschäftig in meiner Küche, wo es klimperte und klirrte. Kurze Zeit später kam sie mit vollbepackten Armen zurück ins Wohnzimmer und breitete lauter Schüsseln, Messer, eine Küchenwaage – ich hatte eine Küchenwaage? – und viele weitere Gegenstände vor sich aus.

„Ich denke, zwei bis drei Stunden sind realistisch", antwortete sie auf meine Frage und ich blies frustriert die Backen auf.

„Okay ... dann ... stört es dich, wenn ich mich währenddessen hinlege? Du kannst mich ja wecken ... wenn ... sobald du fertig bist?"

Ich war etwas unsicher, sollte ich Iselda beaufsichtigen oder konnte ich ihr vertrauen?

„Geh nur, Kind. Iselda macht sich gleich ans Werk!"

Ich nickte, ging zum Sofa und streckte mich dort ächzend aus.

Eigentlich hätte ich mich nach einem Update bei Skip und Kay erkundigen oder nachfragen müssen, ob sie noch Hilfe bei der ersten Etappe der Evakuierung benötigten. Allerdings hätte ich vermutlich keine sonderlich gute Unterstützung abgegeben. Mein Kopf und mein Herz waren hier in diesem Raum und überwachten die Hexe dabei, wie sie meine einzige Hoffnung in ein kleines Fläschchen füllte, das mir dabei helfen sollte, Jack wieder in sein altes Selbst zu verwandeln. Wenn er denn überhaupt verwandelt oder verflucht worden war, gab die rationale Stimme meines Verstandes zu bedenken. Doch genau dies galt es herauszufinden.

Schläfrig beobachtete ich die Hexe dabei, wie sie um meinen Esstisch herumwuselte und sich an die Arbeit machte.

Sie sollte öfter Champagner trinken. Iselda trat nicht länger wie eine übergewichtige, zynische Diva auf, sondern verhielt sich eher wie eine liebevolle Großmutter, die etwas für ihre Enkelkinder backte. Sie hatte sich tatsächlich um 180 Grad gedreht und war plötzlich eine angenehme Persönlichkeit, die man gerne um sich hatte. Verrückt.

Und während ich noch die umherflatternden bunten Tücher verfolgte, die wie ein Wirbelwind durchs Wohnzimmer schwebten, fielen mir auch schon die Augen zu.

„Tess", zischte eine Stimme direkt neben meinem Ohr.

Ich murrte irgendetwas Unverständliches, schlug mit der Hand nach dem enervierenden Geräusch und drehte mich auf den Bauch.

„Willst du nun das Wahrheitsserum oder nicht?"

Mit einem Mal war ich hellwach und saß kerzengerade auf der Couch.

Iselda stand nach vorn gebeugt über mir und schaute mich herausfordernd an.

„Bist du fertig?", fragte ich und fuhr mir mit den Händen über das Gesicht.

„Und wie ich das bin. Iselda befindet sich absolut im Zeitplan." Die Hexe richtete sich wieder auf und stemmte selbstgefällig die Hände in die Hüften, ein hämisches Grinsen auf den Lippen.

Anscheinend hatte sie den Champagner bereits abgebaut und mit ihm ihre freundliche und quirlige Art.

Ich fuhr mir durch die Haare und massierte meinen Hinterkopf, um den Durst nach Rache aus meinen Gedanken zu vertreiben. Dieses selbstgefällige, hochmütige Grinsen, das mir diese Hexe schenkte, bettelte nämlich danach, aus ihrem Gesicht geprügelt zu werden.

„Also", räusperte ich mich und stand von der Couch auf. „Wo ist der Trank?"

Iselda verschränkte die Arme vor ihrer üppigen Brust, die dadurch nur noch opulenter wirkte und den Ausschnitt ihrer Flatterbluse zu sprengen drohte.

„Schätzchen, ich bin doch nicht naiv. Ehe ich mich versehe, hast du dir meine Fertigung geschnappt und bist aus dem Fenster dort geflogen. Nein, Iseldas Waren werden erst gegen eine Entlohnung herausgegeben. So war es immer und so wird es auch immer sein!"

Ich rollte mit den Augen und griff in meine hintere Hosentasche, aus der ich ein saftiges Bündel Geldscheine hervorholte. Als ich es gerade abzählen wollte, stockte ich allerdings in der Bewegung.

„Moment, woher weiß ich, dass dein Trank wirkt?" Ich zog die rechte Augenbraue hoch und beobachtete, wie Iseldas Kiefer zu malmen begann.

„Willst du Iselda etwa unterstellen, dass sie arglistig gehandelt hat und nicht integer ist? Iselda steht zu ihrem Wort! Aber bitte, ich habe genug gekocht. Du kannst gerne ein Schlückchen nehmen!" Die Hexe warf aufgebracht die Arme in die Luft und watschelte, ungestüm vor sich hin fluchend, in die Küche. Ich folgte ihr auf dem Fuß und lehnte mich lässig gegen den Türrahmen.

„Hier." Iselda hielt mir ein Glas mit einer lilafarbenen fluoreszierenden Flüssigkeit entgegen. „Probiere es."

Ich schüttelte vehement den Kopf und hob abwehrend die Hände. „Nein, lieber nicht. Ich bin weder verflucht noch möchte ich dir all meine Geheimnisse anvertrauen. Ich muss dir wohl oder übel vertrauen. Solltest du mich allerdings doch übers Ohr hauen wollen dann ..." Ich nutzte die dramatische Pause, um einen winzigen Teil meiner Furie an die Oberfläche zu lassen und schlagartig verdunkelte sich mein Blick, mit dem ich Iselda fixierte. Diese wich einige Schritte zurück, sodass sie mit ihrem Hintern gegen meine Küchenzeile stieß und sich panisch daran festkrallte. „Du weißt ja, nichts ist so grausam wie die Rache einer Furie." Ich zwinkerte der erschrocken dreinblickenden Hexe zu und konnte mir ein fieses Grinsen nicht verkneifen.

Iselda schluckte trocken und nickte dann mehrmals schnell hintereinander. Die aufsteigende Panik verschwand allerdings nicht aus ihren Augen, auch nicht, als ich mich wieder zurückverwandelt hatte.

Als sich mein Blick wieder geklärt hatte, betrachtete ich das heillose Chaos, das Iselda in meiner Küche hinterlassen hatte und verzog angewidert eine Grimasse. „Vom Aufräumen hältst du wohl nichts?"

„Das kostet extra", kommentierte Iselda, die sich von dem Schreck meiner plötzlichen Verwandlung wieder erholt hatte. „Für wen genau brauchst du das Serum überhaupt? Kennt Iselda diesen ominösen Ex-Freund deiner besten Freundin?", fragte sie neugierig und zeichnete bei den Worten *beste Freundin* imaginäre

Anführungszeichen in die Luft, als hätte sie die ganze Zeit gewusst, dass es eigentlich um *meinen* Ex-Freund ging und nicht um den der impulsiven Sirene.

„Das geht dich nichts an", entgegnete ich, zählte die Scheine ab und warf der Hexe das Bündel hin. Gierig grapschte Iselda danach und ich begann damit, den Trank in ein kleines Fläschchen abzufüllen.

„Na ja, Iselda soll es egal sein", die Hexe zuckte desinteressiert mit den Schultern, während mein Geld in ihrem ausufernden Ausschnitt verschwand. „Solange du meine Arbeit nicht dem Leiter der Black Company verabreichst, ist es Iselda herzlich egal, wer von dir diesen Trank eingeflößt bekommt."

Damit hatte ich nicht gerechnet. Entgeistert wirbelte ich zu der Hexe herum und schaute sie perplex an. „Wieso nicht?", sprudelte es aus mir heraus.

„Kindchen, du willst diesen Zauber doch nicht für den Halbgott verwenden, oder?"

Als ich nicht reagierte, schien Iselda selbst zur Furie zu mutieren.

„Oh nein, nein, nein, nein, nein, nein!" Mit einer Geschwindigkeit, die ich ihr gar nicht zugetraut hätte, schnappte sich Iselda das Fläschchen aus meiner Hand und warf es auf den Boden. Mit dem Schnippen ihrer Finger verwandelte sich der Topf mit dem restlichen Trank darin in eine lilafarbene, schleimige Flüssigkeit und alles, was von dem Wahrheitsserum nun noch übrig war, versickerte langsam in den Fugen meiner Küchenfliesen.

Verzweifelt griff ich mir in die Haare. „Warum hast du das getan?"

„Ich möchte nicht in die Dämonenwelt verbannt werden, ganz einfach. Dem Leiter der Black Company Wahrheitsserum unterzujubeln, grenzt an Hochverrat und die Stabschefin ist die mächtigste und furchteinflößendste Hexe, der ich je begegnet bin. Ich bin zwar gut, aber sie …"

Mein Blickfeld verdunkelte sich und ich spürte, wie meine Haare wuchsen und die Reifen an meinen Armen zum Leben erwachten.

„Oh, bitte nicht die Furie rausholen, Iselda hat dich vor einem schlimmen Fehler bewahrt", quietschte die Hexe.

„Einem Fehler? Ich wollte herausfinden, warum Jack Pers sich verändert hat. Dieses Serum war meine einzige Chance. Der Leiter der Black Company ist nicht mehr er selbst und in zwei Wochen steht uns der Tag der Abrechnung bevor. Wir brauchen einen Anführer, der uns in dieser aufreibenden Zeit leitet und nicht seine Stabschefin vögelt." Ich hatte schon mehr gesagt, als ich eigentlich sollte, aber die Furie hatte nun die Oberhand gewonnen. Wie Iselda sich da so panisch gegen den Küchentresen quetschte, hatte ich fast ein bisschen Mitleid mit ihr, aber als ich meine Macht einsetzte, bis sie sich unter Schmerzen krümmte, spürte ich so ein berauschendes Gefühl der Macht, dass das Mitleid schnell in den Hintergrund rückte.

Es war schon zu lange her, dass ich die Furie entfesselt hatte. Es war wie ein Rausch, eine Droge, nach der ich mich die ganze Zeit gesehnt hatte, und nun konnte ich mich ihr endlich hingeben. Iselda wimmerte und flehte um ihr Leben, ihre Agonie war Musik in meinen Ohren.

„TESS! HÖR AUF!"

Mein Blick schnellte herum und da stand Ann, die Hände vor den Mund geschlagen und starrte mich aus weit aufgerissenen Augen an.

„Was tust du denn?" Ann sah mich entsetzt an, während sie in die Küche stürmte und sich zu Iselda hinunterbeugte, um ihr beruhigend über den Rücken zu streicheln.

Kaum hatte die Furie sich zurückgezogen, setzte die Reue ein. Augenblicklich hatte ich wieder die Kontrolle über mein Handeln, als wäre Anns Auftauchen wie eine kalte Dusche für meine Rachefantasien gewesen. Ja, der Machtrausch war eindeutig vorüber.

„I-ich … ich wollte …"

„Es ist meine Schuld", schnaufte Iselda und rappelte sich mit Anns Hilfe ächzend vom Boden auf. „Iselda hat der Furie etwas versprochen und es nicht eingehalten. Tut mir sehr leid, Tess, wirklich. Aber Iselda muss sich schützen."

Ann lehnte sich mit gerunzelter Stirn in meine Richtung und flüsterte: „Iselda?"

„Frag nicht", entgegnete ich und wandte mich an die Hexe. „Wovor musst du dich schützen?"

„Jede Hexe hinterlässt eine Signatur in ihren Zaubern und Tränken. Iselda ist gut und webt jedes Mal einen starken Verschleierungszauber, aber die Stabschefin ist viel mächtiger, als ich es bin. Es wäre für sie ein leichtes, Iseldas Signatur zu erkennen und wenn sie herausfindet, dass ich daran beteiligt war, ihren Zauber aufzudecken, dann würde Iselda mit Freuden, ja mit Freuden, lieber von einer Furie heimgesucht werden!"

„Und das soll schon was heißen“, murmelte Ann hinter mir.

„Also gibt es einen Zauber?“, hakte ich begierig nach.

Iselda sah unsicher von mir zu Ann und wieder zurück. „Wir sprechen hier von Hochverrat! Nicht nur der Black Company gegenüber, sondern auch gegenüber meinem Volk ...“

„Alles, was du sagst, wird diesen Raum nicht verlassen.“

Ann nickte neben mir beteuernd und Iselda beäugte uns misstrauisch.

„Iselda soll einer Furie und einer Sirene vertrauen?“ Die Hexe griff sich theatralisch an die Stirn und seufzte.

„Dir bleibt keine andere Wahl, du wirst diese Wohnung nicht verlassen, ehe du mir nicht bei meinem Problem geholfen hast“, knurrte ich ungeduldig und Ann legte mir beschwichtigend die Hand auf die Schulter.

„Tess, sei nett! Hören Sie, Iselda, wir alle wollen doch dasselbe oder etwa nicht? Empyrion muss für den Angriff der Dämonen gewappnet sein–“

„Den hat sie zu verantworten“, unterbrach Iselda die Sirene und fuchtelte anklagend mit dem Finger in meine Richtung.

„Das weiß ich“, zischte Ann. „Aber wenn unser Anführer keinen klaren Verstand hat, werden die Dämonen unsere Welt dem Erdboden gleichmachen, das dürfte auch nicht in Ihrem Interesse sein. Also rücken Sie verdammt noch mal mit der Sprache raus!“

Ich musste zugeben, Anni die Beherrschung verlieren zu sehen und das auch noch so schnell, war ... faszinierend. Aber zurück zum Thema!

„Rede endlich, Hexe!"

Iseldas Schweinsäuglein zuckten panisch zwischen Ann und mir hin und her, doch keine von uns bot ihr einen Ausweg. Mit einem ergebenen Stöhnen schloss sie resignierend ihre Augen. „Für die Geschichte muss Iselda sich setzen!" Zeternd watschelte die Hexe zurück ins Wohnzimmer und ließ sich ächzend auf mein Sofa plumpsen, das unter ihrem Gewicht bedrohlich quietschte. „Haben wir noch Champagner da?"

„Davon hattest du mehr als genug", entgegnete ich knurrend, während Ann hoffnungsvoll fragte: „Wir haben Champagner?"

„Hatten wir, ja, bevor Iselda alles ausgesoffen hat."

Anns Gesichtsausdruck verfinsterte sich, ebenso wie meiner, wenn auch aus anderen Beweggründen.

„Lockere deine Zunge, Hexe, sonst lockere ich sie dir!"

„Ist ja gut, ist ja gut … Iselda erzählt euch ja schon alles …!"

Pfeifend holte Iselda Luft und ließ sich dann bequem in die Kissen meiner Couch sinken.

„Miss Amanda Luise tauchte vor vielen Jahrhunderten in Black York auf. Woher sie kam oder wo sie geboren wurde, kann Iselda nicht sagen, aber sie trat zusammen mit Cole Black in Erscheinung und verschwand nach dessen Entlarvung wieder von der Bildfläche. Bis sie vor etwa zwei Jahren an der Seite von Jack Pers, dem neuen Leiter der Black Company, wieder auftauchte. Und seitdem scheint sich der Halbgott mehr und mehr zu verlieren. Außerdem ist es Hexen seit Kurzem untersagt, die Chefetage zu betreten, vermutlich, um den Zauber nicht aufzudecken. Was auch gar nicht nötig ist, denn dort oben pulsiert so eine immense Macht, dass wir die Ausläufer der Magie bereits von Weitem erkennen können!"

Ann klappte neben mir die Kinnlade herunter und auch ich musste mich zusammenreißen, um nicht die Furie zu entfesseln und vollkommen auszurasten.

Ich hatte also recht gehabt mit meiner hirnrissigen Vermutung. Unglaublich!

„Und warum tut niemand von den Hexen etwas dagegen?", fragte Ann entsetzt.

„Hochverrat und die Angst vor den damit verbundenen Konsequenzen", antwortete Iselda.

„Aber warum habt ihr euch niemandem anvertraut? Schließlich geht es um die Sicherheit unseres Landes, unser Oberhaupt wurde korrumpiert", hakte ich nach.

„Hochverrat!"

„Aber wenn ihr euch zusammen tun würdet, wärt ihr viel stärker als sie. Ihr seid es Empyrion und den Menschen schuldig oder etwa nicht?"

„Hochverrat und Rebellion", entgegnete Iselda und verschränkte die Arme vor der Brust. „Wie kommt ihr dazu, Iselda ein schlechtes Gewissen einzureden? Deinetwegen stecken wir überhaupt in diesem Schlamassel." Iselda deutete mit dem Finger auf mich. „Iselda wird sicherlich nicht allein eine Revolte anzetteln. Ich bin doch nicht lebensmüde!"

„Entschuldige", versuchte ich die Hexe zu besänftigen, „aber wenn es stimmt, was du sagst, dann hat Amanda nicht nur bei Jack ihre Finger mit im Spiel gehabt, sondern auch schon bei Black. Das würde auch erklären, warum niemand von uns wirklich herausfinden konnte, welcher Gattung er angehörte. Der Komplott reicht vielleicht viel tiefer, als wir zunächst dachten. Wir müssen herausfinden, wie Amanda Jack verzaubert hat, was sie vorhat und wenn wir weiter zurückgehen, wo sie herkam und wie sie auf Cole Black getroffen ist." Ich begann, in meinem Wohnzimmer auf und ab zu tigern und dachte unentwegt an das kleine, zerbrochene Fläschchen mit dem Wahrheitsserum, das verstreut auf dem Boden meiner Küche herumlag.

„Diese Fragen kann Iselda dir nicht beantworten, aber ich kann dir etwas geben, mit dem du zumindest herausfinden kannst, was mit dem Halbgott geschehen ist." Iselda hielt eine kleine fluoreszierende Pille zwischen ihren wurstigen Fingern hoch und trat auf mich zu. Hoffnungsvoll ruckte mein Blick in Richtung der Hexe und scannte die kleine unscheinbare Tablette.

„Nimmt der Halbgott diese Pille ein, wird Amandas Zauber kurzzeitig außer Kraft gesetzt. Du wirst mit Jack Pers sprechen können – dem wahren Jack Pers. Allerdings kann ich dir nicht sagen, wie lange die Wirkung anhält. Amanda ist eine mächtige Hexe, du hast vielleicht nur eine Minute Zeit. Finde heraus, was mit deinem Halbgott geschehen ist. Das ist die einzige Hilfe, die Iselda dir anbieten kann."

Kapitel 8

Ich fiel in einen traumlosen Schlaf, nachdem Iselda gegangen war und Ann mir eine Predigt über Gastfreundschaft gehalten hatte.

Ich wollte, dass die verbleibenden Stunden bis zum Morgengrauen so schnell wie möglich verstrichen, damit ich den Zauber bei Jack ausprobieren konnte. Hoffentlich wirkte Iseldas kleine Wunderpille, ansonsten stünde ich wieder am Anfang und mir lief die Zeit davon.

Als mein Wecker klingelte, sprang ich sofort aus dem Bett und machte mich in Windeseile fertig. Dafür, dass ich weniger als vier Stunden Schlaf abbekommen hatte, war ich erstaunlich fit.

Die Pille versteckte ich in meinem BH, wo ich schnell an sie herankommen würde, dann schrieb ich Ann eine kurze Nachricht und flog zur Black Company.

Geschäftiges Treiben und eine Hektik, die mich auch hier oben in der Luft nicht unberührt ließ, breiteten sich unter mir in den Straßen Black Yorks aus. Die Evakuierungsmaßnahmen waren offensichtlich im vollen Gange. Empyrianer rannten mit Taschen und Koffern umher, vernagelten ihre Fenster und Türen in der Hoffnung, ihre Behausungen mochten dem Angriff der Dämonen standhalten. Ich glaubte kaum, dass ein wenig Holz und Eisen tatsächlich etwas gegen die Schattenwesen ausrichten konnte, doch ich wollte ihnen diese

Illusion nicht nehmen. Viel wichtiger war, dass die Umsiedlung endlich begonnen hatte, wenn es mich auch schmerzte zu sehen, welche Panik unter den Empyrianern herrschte. Die Dringlichkeit, mit der unser Evakuierungsplan nun umgesetzt wurde, war daran nicht ganz unschuldig. Doch das hatten wir Jack zu verdanken, der bisher nichts getan hatte, um sein Volk vor der Ausrottung zu bewahren.

Skip hatte mit Sicherheit schon die ersten Empyrianer durch das Portal geschickt. Es war für uns nun essenziell, das Tempo anzuziehen, ansonsten würde es kaum möglich sein, all die verschiedenen Lebewesen unbemerkt in die Menschenwelt zu schmuggeln. Die Zeit rannte uns davon.

Ich landete direkt vor der Black Company und konnte die Tore, ohne einer Wache zu begegnen, passieren.

Beim Betreten des Fahrstuhls drückte ich den obersten Knopf und pustete angespannt die Wangen auf. Während er losfuhr, überlegte ich, wie ich Jack die Pille unterjubeln könnte, und tatsächlich fiel mir nur eine Möglichkeit ein. Diese könnte ich aber erst kurz vorher umsetzen. Hoffentlich würde mein Plan aufgehen.

Mit einem leisen *Bing* kündigte der Fahrstuhl seine Ankunft an und ich trat vor die reich mit Schnitzereien verzierte Doppeltür zu Jacks Büro. Die Gedanken vom gestrigen Tag kamen wieder hoch und ich hatte das Gefühl, als würde ich in der Zeit zurückreisen.

Nachdem wir Cole Black besiegt hatten, hätte ich nie gedacht, dass ich jemals wieder mit einer so tief in mir verwurzelten Angst vor diese Türen treten würde, aber hier stand ich nun und wünschte, ich wäre vor zehn Jahren nicht einer Mission nachgegangen, die ich mir mehr oder weniger selbstauferlegt hatte, nur um mir darüber klar zu werden, was ich eigentlich wollte. Und um Empyrion zu retten, natürlich ... deswegen auch.

Ich atmete einmal tief durch und betrat das Büro des Halbgottes. Angespannt hielt ich die Luft an, die mir kurz darauf erleichtert wieder entwich, denn dieses Mal fand ich Jack nicht in einer anstößigen Position mit seiner Stabschefin vor. Das Büro war leer.

„Hallo?", rief ich und trat an den Schreibtisch heran, der ordentlich aufgeräumt war und keinen Einblick in Papiere gewährte, derer ich die Verteidigungspläne der Black Company entnehmen konnte. Schade, dann hätte ich die Wartezeit immerhin sinnvoll nutzen können.

„Jack Pers? Wir hatten einen Termin", rief ich und spürte die Gereiztheit, die langsam meinen Nacken heraufkroch. Wenn er sich gerade mit Amanda vergnügte, würde ich die Furie entfesseln und dann wäre mein Plan so gut wie gescheitert. Rationales Denken war in diesem Zustand unmöglich!

Ich spürte sie bereits, die Furie, sie dürstete nach Blut.

„Tess, schön, dass du es einrichten konntest." Jack kam oberkörperfrei durch eine Seitentür ins Büro marschiert und lächelte mir frivol entgegen.

Mein Mund wurde trocken und ich musste mich zwingen, ihm weiter in die funkelnden Augen zu sehen und meinen Blick nicht tiefer wandern zu lassen, denn seine Hose saß ihm verführerisch tief auf den nackten Hüften. Verdammt, verdammt, verdammt!

Doch damit nicht genug. Amanda folgte ihm und hatte lediglich einen Morgenmantel übergeworfen. Das beantwortete meine Frage von vorhin.

Mein Blick schwenkte wieder zu Jack und glitt über seine goldene Haut, die von einem leichten Schweißfilm bedeckt war. Ich musste schlucken und sah dann wieder auf.

„Gefällt dir, was du siehst?", fragte er mit seiner dunklen, samtigen Stimme und fixierte mich.

„N-nein", sagte ich und musste mich räuspern, weil meine Stimme so belegt war.

„Nein?", fragte Jack schnurrend und trat an mich heran. Nun konnte ich ihn auch noch riechen und meine Sinne drehten durch. So roch Jack Pers, nachdem er Sex gehabt hatte.

Es war viel zu lange her, dass ich ihn berührt hatte und alles, wirklich jede Zelle meines Körpers und der der Furie, sehnte sich danach, meine Hand über seine Haut gleiten zu lassen. Mir zu nehmen, wonach mein Herz verlangte. Aber das ging nicht. Nicht jetzt. Nicht so. Nicht während er den Geruch einer anderen an sich trug. Ich hasste ihn in diesem Moment. Hasste ihn und vermisste ihn zugleich schmerzlich. Der Gefühlscocktail, der in meiner Brust einen Tornado heraufbeschwor, machte mich fast trunken und nicht mehr zurechnungsfähig.

Ich musste mich konzentrieren. Augen nach vorn und nicht mehr nach unten wandern lassen. Ich hatte eine Mission, verdammt!

„Ich bin nicht deswegen hier", entgegnete ich mit erstaunlich fester Stimme, machte einen entschlossenen Schritt zurück und klopfte mir innerlich auf die Schulter. „Ich würde gerne unter vier Augen mit dir sprechen."

Jack trat ebenfalls zurück und ging zu seinem Schreibtisch. „Amanda ist meine Stabschefin, sie muss bei allen Regierungsangelegenheiten anwesend sein. Außerdem verheimliche ich nichts vor ihr, du kannst offen vor ihr sprechen. Und was die andere Angelegenheit betrifft", Jack ließ seinen Blick langsam und gierig über meinen Körper wandern, sodass ich das Gefühl hatte, es wären nicht seine Augen, sondern seine Hände, die jede Kurve erforschten, „Amanda sieht gerne zu."

„Bitte, Jack, es ist wichtig", wiederholte ich mit Nachdruck.

Jacks Feixen verschwand und ein nicht identifizierbarer Gesichtsausdruck folgte.

„Lass uns allein", forderte er schließlich und hielt meinem Blick stand.

Ohne Widerworte verschwand Amanda durch dieselbe Tür, durch die sie gekommen war und ließ den Halbgott und mich allein.

Ich ging auf die bodentiefe Fensterfront zu und beobachtete in dem spiegelnden Glas, wie Jack sich einen Whiskey eingoss.

Schnell griff ich mir in den BH und steckte mir unauffällig die fluoreszierende Pille in den Mund.

Als Jack sich zu mir umdrehte, schaute ich auf die gehetzte Betriebsamkeit, die in den Straßen unserer Stadt vorherrschte, hinab und fragte mich, wie er sein Volk nur so im Stich lassen konnte.

Der Halbgott trat neben mich, und als ich ihn ansah, musterte er mich so intensiv, dass ich glaubte, mein Herz würde jeden Augenblick stehen bleiben.

Jetzt oder nie, dachte ich bei mir und stürzte mich im nächsten Moment auf den Leiter der Black Company. Noch ehe er reagieren konnte, zog ich ihn an mich und küsste ihn mit all der Sehnsucht und Leidenschaft, die in meiner Brust wüteten. Jack stöhnte dunkel auf und ich drängte mich an ihn, während er sich mir öffnete. Mit meiner Zunge schob ich die Pille in seinen Mund und als er realisierte, was ich getan hatte, verwandelte ich mich so schnell in die Furie, dass ihm keine Zeit mehr blieb, sich gegen mich zu wehren. Mit aller Kraft hielt ich ihm den Mund zu und brachte ihn dazu, den Zauber meiner Hexe zu schlucken. Es dauert keine zehn Sekunden, da erlahmte seine Gegenwehr und ich sah plötzlich nicht mehr den kalten Augen des Halbgotts ins Antlitz, sondern Jack. Meinem Jack!

„Tess", keuchte er und ich trat einen Schritt zurück.

„Jack?", fragte ich unsicher und als Jack sich mit den Händen durch die Haare fuhr, sich zu seiner vollen Größe aufrichtete und seine Muskeln sich verführerisch streckten, war es mir egal, dass wir nicht viel Zeit hatten und die wenige lieber nutzen sollten, um Empyrion zu retten. Ich stürzte mich erneut auf ihn nur dieses Mal war es mein Halbgott. Meine große Liebe, mein Partner, der wahre Jack Pers.

Ohne zu zögern wirbelte er mich herum, sodass ich mit dem Rücken gegen das Panoramafenster gepresst wurde und küsste mich mit all dem Feuer, das seit unserem letzten Wiedersehen in ihm geschlummert hatte.

Ich keuchte an seinem Mund und spürte, wie sich alles in mir vor Lust zusammenzog.

Jack drängte sich an mich und ich konnte seine harte Länge an meiner Hüfte spüren. Verdammter Halbgott, wie sehr wollte ich ihn in mir fühlen!

„Jack", hauchte ich, doch er ignorierte mich und fuhr damit fort, mein Top nach oben zu schieben.

„Jack!" Ich schubste ihn von mir weg und lehnte meinen Kopf mit geschlossenen Augen gegen das kalte Fenster, um wieder zur Besinnung zu kommen. Mein Atem kam stoßweise, abgehackt, als hätte ich gerade einen Sprint hingelegt. Mein Herz pochte so schnell, dass ich glaubte, es würde gleich explodieren.

Doch nichts dergleichen geschah. Wir standen uns lediglich gegenüber und betrachteten einander, keuchend, mit vor Lust vernebelten Augen und schienen uns dieselbe Frage zu stellen. Was war nur geschehen?

„Wir haben nicht viel Zeit", durchbrach ich die Stille mit rauchiger Stimme. „Ich habe dir eine Pille untergejubelt, um den Zauber dieser Hexenschlampe außer Kraft zu setzen, aber die Wirkung hält nicht ewig. Wir müssen über Empyrion sprechen!"

Jack schüttelte ungläubig den Kopf und dann sah ich etwas in seinen Augen aufblitzen. Erkenntnis.

„Ich ... Dann war das kein ... kein Traum? Ich habe diese Frau ... Amanda ... getroffen, als ich Blacks altes Quartier bezog. Ich vermutete, sie war mit ihm liiert", sinnierte Jack laut und seine Stirn kräuselte sich konzentriert.

„Ich ... ich habe keine Ahnung, welcher Tag heute ist ... Hast du deinen Auftrag in der Menschenwelt bereits abgeschlossen?"

Jack sah mich so verzweifelt und desorientiert an, dass sich ein kalter, stetig zuschnürender Ring um meine Brust legte. Er wusste rein gar nichts mehr. Ein Teil von mir hatte das – aus ganz egoistischen Gründen – gehofft, aber das bedeutete auch, dass der Zauber von Amanda um einiges stärker war, als wir angenommen hatten.

„Jack ... es sind fast zehn Jahr vergangen! Die Öffnung unserer Grenzwälle steht kurz bevor. Wir haben bereits mit der Evakuierung der Empyrianer in die Menschenwelt begonnen. Die Refugien sind fertiggestellt und warten auf den Bezug unserer Leute ... Von all dem hast du offensichtlich nichts mitgekriegt, konntest du auch gar nicht ..." Ich räusperte mich verlegen und fuhr dann mit meiner Erklärung fort. „Amanda, die Frau, die du in Blacks Gemächern angetroffen hast, sie ist eine Hexe, Jack! Sie hat einen Bann über dich gelegt, dich verzaubert ..."

„Ich ... *was?*" Der Halbgott sah mich mit einem solchen Entsetzen in den Augen an, dass in mir eine Lawine der Angst ins Rollen kam. Jack schüttelte wieder und wieder den Kopf, ganz so, als wollte er die schockierende Wahrheit aus seinen Gedanken vertreiben.

„Das darf nicht wahr sein ... Tess, ich bin der Leiter der Black Company ... *shit!* Ich darf nicht unter einem Bann stehen! Ich bin für unsere Verteidigung verantwortlich ..."

„Genau genommen übernimmst du gerade für gar nichts die Verantwortung. Das tun Skip, Kay und ich", flüsterte ich und kaute unangenehm berührt auf meiner Lippe herum.

„FUCK", schrie Jack aus und mein Blick scannte in wilder Panik den Raum.

„Jack, bitte ... nicht so laut! Ich weiß nicht, wo die Hexe sich gerade aufhält.“

Der Halbgott war der Verzweiflung nahe, ich konnte es an seiner eingesunkenen Haltung erkennen, in seinen Augen. „Amanda ... hat sie dasselbe mit Black getan? Ihn verzaubert?“

„Das weiß ich nicht“, hauchte ich betrübt, „aber die Vermutung liegt nahe.“

Jack begann, in dem Büro auf und ab zu tigern, während er sich immer wieder durch die Haare fuhr. Es schien, als sei er ein Gefangener seiner eigenen Gedanken. Wüste, nebulöse Erklärungen und gemurmelte Flüche drangen über seine Lippen. In seinen Augen war der Anflug von Panik zu erkennen. Sein Zustand schien sich von Sekunde zu Sekunde zu verschlechtern und grenzte fast an Raserei.

„Jack“, rief ich, doch der Halbgott hörte mir gar nicht zu. „Jack!“

Ich stieß mich von dem Panoramafenster ab und stellte mich dem Halbgott in den Weg. Dabei stieg mir sein herber Geruch nach Zedernholz, Minze und der leichte Anflug von männlichem Schweiß entgegen. Ich musste mich sehr konzentrieren, damit diese Aromen mir nicht die Sinne vernebelten.

„Hör mir zu! Ich weiß, du hast Fragen, glaub mir, die habe ich auch, aber wir haben keine Zeit. Wir müssen– “

„Fuck, Tess! Keine Zeit? Willst du mich verarschen? Mir fehlen zehn Jahre! Und ich bin nicht irgendwer. Ich bin der oberste Befehlshaber! Ich ... ich versteh das alles nicht. Diese Hexe hat vielleicht auch Black verzaubert und das alles hier von langer Hand geplant. Vielleicht sogar das, was mit Meg geschehen ist oder den Deal mit Skip oder deine Abmachung mit den Dämonen, fuck! Sie hat uns genau dort, wo sie uns immer haben wollte. Wohlmöglich steckte Cole Black mit ihr unter einer Decke ... sie muss seine Geliebte gewesen sein, was sonst hatte sie in seinen privaten Gemächern zu suchen?"

„Aber was interessiert uns Black?", unterbrach ich den Halbgott, der sich wie von Sinnen immer wieder mit den Händen durch seine goldene Mähne fuhr und dessen Brust sich hektisch hob und senkte. „Wir müssen die Empyrianer in Sicherheit bringen, Jack! Ich habe Skip und Kay schon angewiesen, die anderen Standorte zu informieren und sie darüber in Kenntnis zu setzen, wo die Unterschlüpfe in der Menschenwelt zu finden sind, damit sie die Zivilisten dort hinführen können. Die Evakuierung hat schon begonnen. Außerdem sollten wir eine Task Force erstellen, die am Tag der Abrechnung hier vor Ort bleibt und die Schattenwesen im Auge behält. Die mögliche gezielte Angriffe der Dämonen auf die Grenze zur Menschenwelt meldet und sicherstellt, dass die Barriere zur Unterwelt wieder ordnungsgemäß aktiviert wird, sobald die vierundzwanzig Stunden vorüber sind."

„Tess, Amanda war vermutlich mit Black liiert und nicht nur das, sie muss es gewesen sein, die den Zauber um ihn gewoben hat, damit niemand von uns auch nur eine Vorstellung davon bekommt, welcher Scheiß-Gattung er angehört. Sie hat ihn aus der Menschenwelt hierhergeschafft und ihn zum mächtigsten Mann Empyrions gemacht. Wir müssen herausfinden, wer sie ist und wie sie Black verzaubert hat." Jack fuhr sich mit den Händen über sein Gesicht und fluchte frustriert.

„Das alles ist jetzt nicht wichtig, Jack! Die Sicherheit unserer Welt sollte deine oberste Priorität sein, nicht Blacks und Amandas Vergangenheit."

Der Halbgott blieb mitten in der Bewegung stehen und starrte mich entgeistert an. „Nicht wichtig?"

Ich sah beklommen zu Boden.

„Sie hat mich verhext. Diese Schlampe kontrolliert mich, stiehlt mein Bewusstsein und du sagst, die Vergangenheit dieser Hexe sei unwichtig? Geht es dir überhaupt um mich oder ist die Tatsache, dass ich der Leiter der Black Company bin, dein einziger Beweggrund, mir zu helfen? Nicht ich bin derjenige, der seine Prioritäten überdenken sollte, Tess!"

„Wie kannst du es wagen, meine Motive infrage zu stellen oder ernsthaft zu glauben, dass du mir nicht wichtig bist?", fauchte ich verletzt.

„Das fragst du wirklich?", knurrte Jack. „Du tauchst hier auf und erzählst mir, es seien fast zehn Jahre vergangen ... zehn Jahre, in denen ich offensichtlich unter dem Bann einer verdammten Hexe stand, und du befreist mich erst jetzt aus diesem mentalen Gefängnis? Kurz bevor die Dämonen sich blutgierig auf unserer Türschwelle die Knöchel wundklopfen? Komm schon, Tess, das Timing müsste selbst dich wundern! Wo warst du all die Jahre, dass du nicht wahrgenommen hast, wie sich eine andere Frau in mein Leben schleicht?"

Verletzt, wütend und missverstanden holte ich bebend Luft und legte meinen Kopf in den Nacken, um meine Tränen zurückzublinzeln. „Du weißt, wieso ich unbedingt diesen Auftrag in der Menschenwelt wollte!

Ich brauchte den Abstand ... nach allem, was du mir angetan hast, musste ich mir erst darüber klar werden, ob ich bereit bin, dir all die Dinge zu vergeben. Du hast recht, ich war die letzten zehn Jahre nicht ein einziges Mal hier und manch einer würde mein Verhalten vielleicht sogar als Flucht verstehen, aber so war es nicht! Ich brauchte diese Distanz und ich war bereit, bei meiner Rückkehr einen Neuanfang mit dir zu wagen." Zitternd ballte ich meine Hände zu Fäusten und blinzelte die Tränen in meinen Augen fort. „Ich habe erst gestern von deiner neuen Stabschefin erfahren. Kay hat es mir erzählt. Wir hatten unseren Auftrag abgeschlossen, also sind wir frühzeitig nach Empyrion zurückgekehrt und als ich dich in diesem Büro aufsuchen wollte, um dich über den aktuellen Stand in Kenntnis zu setzen, durfte ich Amanda sogar live kennenlernen. Sie saß zu diesem Zeitpunkt auf dir und hat dich geritten wie ... keine Ahnung", schrie ich und warf frustriert die Hände in die Luft. „Wie eine Hexenbitch eben einen Halbgott reitet. Was meinst du, wie es für mich war, dich so zu sehen? Nach allem, was zwischen uns war, nach allem, was wir durchgemacht haben ..."

„Dann hättest du vor zehn Jahren vielleicht bleiben sollen, dann wäre all das nicht passiert", knurrte Jack.

„Ach, dann bin ich jetzt daran schuld? Wie konnte Amanda in deinen Kopf gelangen, Jack? Wie ist sie da reingekommen?" Ich klopfte mit meinem Zeigefinger gegen Jacks Stirn, was ihn irritiert zurückweichen ließ.

„Was meinst du?"

„Ich meine, dass sie nicht sofort einen Zauber gesprochen hat, sobald du Blacks Gemächer betreten hast, sondern dass vorher schon irgendeine Art von Interaktion zwischen euch stattgefunden haben muss ...“

„Du willst mir also unterstellen, dass ich sie gefickt habe? Bei vollem Bewusstsein?“

Ich verschränkte die Arme vor der Brust, öffnete den Mund und wollte den Halbgott vor mir anbrüllen, ihn beschuldigen, ihn als illoyalen Arsch abstempeln, aber die Wahrheit war, ich wusste nicht, was geschehen war. Nur eines konnte ich mit Sicherheit sagen: Jack wurde nicht auf Anhieb verzaubert, die Hexe musste ihm dafür nähergekommen sein. So war das bei mächtigen Zaubern, sie wurden nicht aus der Ferne gewoben, sondern dem Opfer direkt eingeflößt.

„Ich ... das ist jetzt unwichtig“, entgegnete ich zerstreut und aufgewühlt. „Wir müssen uns um den Schutz Empyrions kümmern. Alles andere ... klären wir nach dem Tag der Abrechnung!“

Jack atmete schnaufend aus und ich konnte an den weiß hervortretenden Knöcheln seiner geballten Fäuste erkennen, dass er kurz davor stand, sich vollkommen zu verlieren. Doch das alles musste warten. Auch mit mir waren die Eifersucht, der Schmerz und der Verlust durchgegangen, doch das durfte nicht noch einmal geschehen. Nicht bevor die Bürger Empyrions in Sicherheit waren.

„Bitte!“, hauchte ich.

„Du musst herausfinden, wer genau sie ist und wie wir diesen Zauber lösen können, denn sonst werden die Dämonen in unserer Welt nicht mehr die einzige Bedrohung sein. Sie kontrolliert mich, Tess, und damit einfach alles!“

Ich trat auf Jack zu und wusste nicht, was ich tun sollte. Ich strich ihm über die nackte Brust und bewunderte das Spiel seiner Muskeln, während ich fieberhaft überlegte, was ich tun konnte. Ich musste mit dem einzigen Menschen sprechen, der uns helfen konnte – Cole Black.

„Ich reise in die Unterwelt“, sagte ich langsam und traute meinen eigenen Ohren kaum. Hatte ich das gerade wirklich vorgeschlagen?

„Einen Scheiß wirst du.“ Jacks Blick schnellte zu mir und fixierte mich mit funkelnden Augen.

„Und was sollen wir sonst tun, Jack? Sobald die Dämonen abgezogen sind, müssen wir unsere Welt wiederaufbauen und einen Weg finden, um die Schattenwesen das nächste Mal abzuwehren. Wie sollen wir das anstellen, wenn unser Anführer nicht er selbst ist? Skip und Kay haben mit der Evakuierung begonnen, dieser Teil des Plans läuft also schon. Ich werde mich in die Unterwelt stehlen und am Tag der Abrechnung, wenn die Grenzen unten sind, heimlich zurück nach Empyrion reisen. Die Dämonen werden zu diesem Zeitpunkt beschäftigt sein“, erklärte ich mit einem trockenen Unterton, „sie werden nicht darauf achten, was hinter ihrem Rücken geschieht. Und wenn ich erst einmal wieder hier bin, werde ich das Chaos für mich nutzen und …“

„Ja?“, knurrte Jack. „Was dann? Dann kämpfst du allein gegen ein Dutzend Dämonen?“

„Keine Ahnung. Dann verstecke ich mich oder was weiß ich. Einige Freiwillige müssen sowieso hierbleiben, um die Dämonenbewegungen im Auge zu behalten. Ich werde eine von ihnen sein.“

„Verflucht noch mal, Tess!" Jack stemmte die Hände in die Hüften und sah mich frustriert an.

„Jack, ich kann dich nicht in diesem Zustand lassen. So verloren und nicht du selbst." Tränen stiegen mir in die Augen, als ich zu ihm aufsah. „Ich dachte, wenn ich nach zehn Jahren zurückkomme, dann könnten wir endlich ... Ich hatte Angst davor und habe gleichzeitig davon geträumt. All die Jahre und jetzt bist du von einer verdammten Hexe verzaubert worden und ich weiß nicht, wie ich dich retten kann. Ich muss unbedingt herausfinden, wer sie ist, um sie besiegen zu können!" Ich zögerte, bevor ich weitersprach. Mit meinen nächsten Worten würde ich ein Versprechen brechen, doch ich war verzweifelt. Ich musste Jack vom Ernst der Lage überzeugen und hatte nicht viel Zeit. „Jack, Iselda war die einzige Hexe, die wir finden konnten, die mutig genug war, uns zu helfen. Keine der anderen Hexen hätte eine der ihren verraten, aus Angst oder Loyalität sei dahingestellt. Iselda ist zwar stark, aber nicht so mächtig wie deine neue Stabschefin. Wir müssen einen Weg finden, um dich zu befreien ..."

„Schon wieder", fluchte Jack. „Letztes Mal musstest du einen Deal mit den Dämonen eingehen, dieses Mal betrittst du ihre Welt, um jemanden zu finden, der vielleicht schon längst tot ist, Tess ... Wie weit wirst du beim nächsten Mal gehen? Ich kann das nicht zulassen!"

Vorsichtig strich ich über Jacks nackte Brust und sah dabei verführerisch zu ihm auf. „Du hast gar keine Wahl, denn in wenigen Minuten, ja, vielleicht Sekunden, wirst du wieder unter ihrem Zauber stehen. Lass mich das für dich tun. Ich will meinen Jack zurückhaben. Ich will dich ..." Die letzten Worte flüsterte ich nur und Jacks Herz schlug mit einem Mal sehr viel schneller, das konnte ich unter meiner Hand spüren.

Ohne Vorwarnung zog er mich fest an sich und senkte seine Lippen auf die meinen. Ich konnte ein entzücktes Seufzen nicht unterdrücken. Jack Pers, mein Halbgott, küsste mich.

Ich erwiderte den Kuss mit all meiner Leidenschaft und versuchte, seine Hose zu öffnen.

„Tess, ich weiß nicht ..."

„Bitte", hauchte ich verzweifelt. „Wir haben vielleicht nur noch wenige Minuten, lass uns diese kostbare Zeit nicht verschwenden."

Ich sah Jack tief in die Augen und in diesem strahlenden, intensiven Blau sah ich meine ganze Welt, unsere Zukunft und das Leben, das wir haben könnten, wenn nur einmal das Schicksal auf unserer Seite stehen würde.

Meine Hände fuhren in sein goldenes, langes Haar und ich zog ihn erneut zu mir herab. Dieses Mal küsste Jack mich ungezügelter und öffnete meine Hose. Schnell zog ich sie aus. Ohne lange zu zögern, sprang ich meinem Halbgott in die Arme und schlang ihm die Beine um die Hüfte. Jack drängte mich gegen das deckenhohe Fenster, und als er mir tief in die Augen sah, spürte ich, wie er sich langsam Zentimeter für Zentimeter in mich schob.

„Jack", keuchte ich, wagte es aber nicht eine Sekunde, die Augen zu schließen, um den Blickkontakt nicht zu unterbrechen. Ich wollte alles von ihm sehen. Wie seine Augen funkelten, seine Lippen sich leicht öffneten, sein Atem sich beschleunigte und sich seine Gesichtszüge vor Lust verzerrten. Jack begann, sich langsam in mir zu bewegen und ich spürte schon nach wenigen Augenblicken, wie ein Feuer in mir zu lodern anfing.

Ich bewegte meine Hüfte, um ihn noch tiefer in mich aufzunehmen und Jacks Kopf fiel vor Ekstase nach hinten, sodass sich mir sein muskulöser, goldschimmernder Hals darbot. Ich beugte mich vor und leckte mit meiner Zunge genüsslich über seine Haut, schmeckte seine leicht salzige, erdige Note.

„Verdammt, Tess", keuchte Jack und fing an, schneller in mich zu stoßen.

Ich zerfloss buchstäblich in seinen Händen, als der erste Orgasmus mich überrollte und Jack mich dabei beobachtete, wie ich auf seinem Schwanz kam und schluchzend seinen Namen schrie.

Ungeduldig und vor Lust wie von Sinnen trug Jack mich zu seinem Schreibtisch und legte mich behutsam darauf. Er spreizte meine Beine, soweit es ging und beobachtete unsere Vereinigung, während er immer wieder in mich glitt. Seine Hände wanderten über meinen Körper, liebkosten meine Brüste durch mein Oberteil, spielten mit ihren Spitzen und legten sich um meinen Hals.

Und dann plötzlich passierte es.

Ich konnte es in seinen Augen aufblitzen sehen, die Verwandlung, der Zauber, der erneut seine Macht wob und mir meinen Halbgott nahm.

Jacks Gesicht verzog sich zu einer aufgegeilten, feixenden Maske. Sein Griff um meinen Hals wurde immer fester, während er mich brutal fickte und mir mit aller Macht meine Lebensenergie abdrückte. Seine Stöße wurden gröber, härter, schmerzvoller und ich konnte spüren, wie der Halbgott mir mit jeder Bewegung weitere Verletzungen genau dort zufügte, wo er mich zuvor auf so erregende und leidenschaftliche Weise berührt hatte.

Es brannte wie Feuer und war auf so demütigende Weise verletzend, dass die Risse und Prellungen meinen Körper in eine Art Schockzustand versetzten. Ich war nicht länger im Stande, mich zu wehren, zu kämpfen oder mich gar zu befreien. Ich erstarrte, verkrampfte mich, wodurch der Schmerz nur noch stärker wurde.

Alles, jede Zelle meines Körpers, wurde von ihm malträtiert. Es fühlte sich an, als würde ich innerlich zerrissen werden und niemand war da, um mir zu helfen oder um mich zu retten.

Meine einsetzenden Selbstheilungskräfte, die meine Verletzungen kurierten, entzogen mir sämtliche Energie und ich spürte bereits, wie meine Kraft dahinschwand.

„NEIN", kreischte ich verzweifelt und mit so einer gequälten Stimme, dass ich mich selbst darin kaum wiedererkannte.

So etwas durfte mir nicht passieren, ich war eine Furie! Ich war stark, ich ließ Männer für ihre Taten leiden, quälte sie, rächte mich auf grausame Weise! Ich war eine trainierte Agentin der Black Company, ich hatte Dämonen zu Fall gebracht!

Den Unglauben und diese lähmende Angst abschüttelnd, versuchte ich mich verzweifelt zu wehren, doch Jack stieß weiter in mich und hielt mich an Ort und Stelle gefangen. Gewaltsam riss er an meinem Oberteil und entblößte meinen schwarzen Spitzen-BH.

„Sag mir nicht, dass du es nicht auch willst, Furie. Du hast dich extra für mich hübsch gemacht. Wie eine kleine, geile, wollüstige Hure." Der Halbgott legte den Kopf in den Nacken und lachte dreckig, während er mir brutal in die Brüste kniff und mich noch schneller und härter penetrierte.

Ich wehrte mich mit Händen und Füßen, kreischte, schlug und boxte um mich, aber er war wie ein Berg aus Muskeln, der keinen Zentimeter von mir abrückte. Verschwitzt und stinkend legte er sich komplett auf mich und erdrückte mich mit seinem Gewicht, sodass ich keine Luft mehr bekam. Panik schnürte mir die Kehle zu und ich konnte hören, wie die Furie in mir rasend aufschrie.

Nein! Bitte nicht! So durfte ich einfach nicht sterben!

Der Schmerz, der in brennenden Wellen zwischen meinen Beinen in meinen Körper strahlte, lähmte meine Gegenwehr und ließ mich kraftlos zurück. Als würde ich versuchen, mich unter Wasser gegen Jack zu verteidigen.

Als vor meinen Augen plötzlich schwarze Punkte zu tanzen begannen, wusste ich, dass ich einer Ohnmacht nahe war und Jack damit ungeschützt ausgeliefert sein würde.

Was würde er mit mir, mit meinem Körper, anstellen, wenn sämtliche Widerstände meinerseits scheiterten? Wie weit würde er gehen?

NEIN! Das konnte ich nicht zulassen!

Ich würde Jack Pers nicht die Macht über mich geben und mich in diese Ohnmacht flüchten, egal, wie demütigend, verletzend und traumatisierend dieser Zustand, in dem ich mich befand, auch war.

Mit der getroffenen Entscheidung einhergehend, ließ ich sämtliche Kontrollmechanismen fallen und übergab meiner Furie das Steuer.

Binnen Sekunden hatte ich mich verwandelt und mein Blickfeld verfärbte sich so dunkel wie der Hass, der meine verletzte Seele tränkte.

Die silbernen Armreifen erwachten zum Leben, schlängelten sich von meinen Handgelenken und verwandelten sich in glänzende Peitschen, um mir als Waffe zu dienen.

Von der energetischen Macht der Rache erfüllt, stemmte ich mich von dem riesigen Schreibtisch hoch und schlug so kräftig mit meinen Flügeln, dass Jack von dem Windstoß nach hinten und gegen die nächste Wand geschleudert wurde.

Bebend schöpfte ich neuen Atem und saugte gierig die Luft in meine erdrückten Lungen.

Endlich war ich frei!

Schluchzend, zitternd und bis ins Mark erschüttert stürzte ich kraftlos vom Schreibtisch zu Boden auf die Knie und versuchte hektisch, meine Blöße mit den Überresten meiner Kleidung zu bedecken.

Von Zorn, Ekel und Hass erfüllt, durchbohrte ich den Halbgott mit meinem Blick.

Die Überraschung über die plötzliche Unterbrechung seiner Gräueltat brachte ihn nur kurz aus dem Konzept und mit Entsetzen erkannte ich, dass sich bereits wieder ein hämisches Grinsen auf Jacks Lippen ausbreitete.

Er setzte an, etwas zu sagen, doch noch ehe er sich wieder aufgerappelt hatte und mich erneut erniedrigen konnte, stürmte ich an ihm vorbei aus dem Büro.

Ein grausames, spöttisches Lachen folgte mir, während ich in blinder Wut und Panik im Flur nach dem nächsten Fenster suchte. Mein Selbsterhaltungstrieb hatte das Steuer übernommen, alle Instinkte schrien nach Flucht und ohne lange zu fackeln, stürzte ich mich hinaus in die Freiheit und flog so schnell meine Flügel mich tragen konnten davon.

Kapitel 9

Ich weiß nicht, wie lange ich geflogen war, aber da das trübe Grau der Dunkelheit und den Sternen am Himmelszelt wich, mussten es einige Stunden gewesen sein.

Die Gelenke meiner Flügel und meine Schultern schmerzten von der monotonen Bewegung, mein Kopf schien gleich zu explodieren und mein Hals fühlte sich von meinem Geschrei und der Würgeattacke von Jack rau und geschwollen an. Doch vor allem anderen tat mir meine Seele weh. Es war dumm, so dumm gewesen, mich meinen Gefühlen hinzugeben, mit dem Wissen, dass es so enden könnte. Und doch schienen mein Kopf und mein Herz nicht verarbeiten zu können, was vor wenigen Stunden geschehen war.

Jack hatte mir das angetan!

Nein, sagte ich mir immer und immer wieder, nicht Jack, sondern Amanda. Amanda und ihr verfluchter Zauber. Verdammt, warum hatte ich das nur getan?! Ich hasste mich und meine Gefühle und ja, ich hasste auch Jack. Hoffentlich würde mein Herz mit der Zeit den Unterschied zwischen diesem und jenem Jack erkennen. Ansonsten wusste ich nicht, wie ich dieses Trauma jemals verarbeiten sollte, damit der Halbgott und ich unseren Traum von einer gemeinsamen Zukunft Wirklichkeit werden lassen konnten.

Irgendwann flog ich zu meiner Wohnung zurück. Ich landete direkt vor der Eingangstür des Hochhauses und verschwand so schnell wie möglich im Inneren, um nicht von irgendwelchen Empyrianern gesehen zu werden. Ich musste furchtbar zugerichtet aussehen. Ich konnte froh sein, dass meine Selbstheilungskräfte die meisten von Jacks Verletzungen bereits geheilt hatten, allerdings war meine Kleidung unwiderruflich zerstört. Ich betete, dass Ann nicht zu Hause war und sich irgendwo mit Skip herumtrieb, denn wenn sie mich in diesem Zustand sah, würde es einige Fragen aufwerfen, die zu beantworten ich noch nicht bereit war.

Ich schloss die Augen, atmete tief durch und öffnete die Tür zu meiner Wohnung. Ich horchte in die Stille hinein und als sich nichts in meinen vier Wänden regte, atmete ich erleichtert aus.

Ich entledigte mich sofort meiner Sachen und sprang unter die Dusche. Auch wenn Jacks Geruch noch an mir haftete und ich hier eigentlich keinen Unterschied wahrnahm – es roch eben einfach nach Jack, meinem Jack – musste ich ihn dennoch abwaschen. Flashbacks übernahmen bereits die Kontrolle über meine Gedanken und schienen Gefallen daran zu finden, meine Netzhaut wieder und wieder mit den quälenden Szenen zu verätzen.

Ich stellte das Wasser so heiß, dass es mich fast verbrühte und versuchte, die Furie in mir zum Schweigen zu bringen, denn ein Teil von mir wollte zurück zur Black Company fliegen und diese verdammte Hexe Amanda ein für alle Mal vernichten. Doch das war leider nicht so einfach. Erstens würde ich zunächst an Jack vorbeimüssen und noch viel wichtiger: Ich wusste nicht, wie mächtig ihr Zauber war. Manche Zauber blieben auch nach dem Tod einer Hexe bestehen und war die Hexe erst einmal tot, wäre es unmöglich, ihren Bann zu brechen. Außerdem musste ich wissen, *wie* ich Amanda tötete, denn jede Hexe musste auf einem anderen Wege vernichtet werden. Das machte ihre Spezies so gefährlich. Manche Hexen mussten verbrannt werden, einige starben nur durch die Klinge eines Schwarzblutdolches, wiederum andere mussten bei Vollmond geköpft werden. Ich sollte herausfinden, zu welcher Art Hexe Amanda gehörte, bevor ich auf die Jagd ging, und dazu musste ich mit Cole Black sprechen, und der war in der Unterwelt. Gott, ich wünschte wirklich, wir hätten ihn nicht den Dämonen übergeben. Wenn er nicht schon tot war, würde er mir sicherlich nicht aus altruistischen Motiven behilflich sein. Ich würde für seine Dienstleistung bezahlen müssen und eines wusste ich jetzt schon mit Sicherheit: Der Preis würde hoch sein. Sehr hoch! Vielleicht so hoch, dass ich ihn nicht bezahlen konnte.

Nachdem ich geduscht hatte, schlüpfte ich in meine weitesten und wärmsten Klamotten, die ich besaß, holte mir eine Flasche Whiskey und ging auf den Balkon. Ich würde Iselda kontaktieren müssen, damit sie mir einen Zauber brauen konnte, der mich in der Unterwelt vor den Augen der Dämonen verbarg, und ich würde Ann darüber aufklären müssen, dass ich Skip darum bitten würde, sie in eine der nächsten Evakuierungsgruppen einzuteilen, die in den kommenden Tagen die Grenze zur Menschenwelt passierten. Das würde von allen Angelegenheiten immer noch die unangenehmste werden. Und das, obwohl ich bereit war, buchstäblich die Höhle des Löwen zu betreten!

Ich lehnte mich gerade auf die Brüstung und versuchte, die Erinnerung an Jack in Whiskey zu ertränken, als es leise klopfte. Als ich mich zur Wohnungstür umdrehte, war ich bereits in meiner wahren Erscheinungsform und einmal mehr dankbar dafür, dass die Furie die Kontrolle übernahm. Ich öffnete die Tür und vor mir stand ein besorgt dreinblickender Kay, der bei meiner Erscheinungsform sofort unterwürfig den Kopf neigte und so um Einlass bat.

Ich ließ ihn gewähren, auch wenn mir im Moment gar nicht nach Gesellschaft zu Mute war.

„Was willst du?", fragte ich kalt und verwandelte mich zurück.

„Tisiphone, was ist in Pers' Büro geschehen?", fragte er vorsichtig und hielt die ganze Zeit Abstand zu mir, was merkwürdig war, denn normalerweise suchte Kay immer sofort Körperkontakt zu mir.

Bedauerlicherweise hatte ich mich nicht beherrschen und jenen Abstand gegenüber Jack wahren können.

Ich schüttelte die Gänsehaut ab, die sich sofort überall dort ausbreitete, wo der Halbgott mich berührt hatte und fuhr mir mit der Hand grob durch mein noch feuchtes Haar, bevor ich Kay wieder ausdruckslos entgegensah.

„Ich weiß nicht, was du meinst", erwiderte ich trocken und nahm einen großen Schluck aus meiner Flasche.

„Doch, das wisst Ihr. Ich habe Euch fatal zugerichtet aus dem obersten Stockwerk fliegen sehen. Was hat er Euch angetan?"

Tränen stiegen mir in die Augen und ich nahm einen weiteren Schluck von der bernsteinfarbenen Flüssigkeit. Ich schüttelte den Kopf, ich wollte nicht darüber reden. Ich wollte das alles nicht noch einmal durchleben, aber Kay ließ nicht locker.

„Es war meine Schuld", hauchte ich kraftlos und ließ mich resigniert auf das Sofa sinken.

„Ich habe Euch gesehen, Tisiphone, es war nicht Eure Schuld", beteuerte Kay vehement und setzte sich mit einigem Abstand zu mir auf die Couch.

„Die Hexe Iselda hat mir einen Zauber gegeben, der den Bann von Amanda für kurze Zeit aufhebt. Ich hatte recht. Die Stabschefin hat ihn verhext, er ist nicht er selbst und sein anderes Ich interessiert sich einen Scheiß für die Rettung Empyrions. Ganz im Gegenteil, befürchte ich. Alles, woran diese Person denken kann, ist, Amanda zu vögeln und unsere Welt den Dämonen zum Fraß vorzuwerfen. Ich habe ihn gesehen, Kay. Meinen Jack, den echten Jack. Und es geht ihm nicht gut. Er kann sich an nichts erinnern. Für ihn sind nur wenige Stunden seit meiner Abreise vor zehn Jahren vergangen. Es ist, als hätte er ein nicht enden wollendes Blackout. Ich muss diesen Bann irgendwie brechen, denn wenn wir den Tag der Abrechnung überleben sollten, brauchen wir einen Anführer, der Empyrion wieder aufbaut! Jack sagte, er habe Amanda in Blacks Quartieren angetroffen und seitdem … ein großes, gigantisches, gähnendes NICHTS. Die einzige Möglichkeit herauszufinden, wer die Hexe ist und wo sie herkommt, ist Black zu finden und ihn zu befragen."

Kay öffnete den Mund, um mir zu widersprechen, doch ich fuhr weiter fort.

„Iselda war die einzige Hexe, die bereit war, uns zu helfen, doch wir werden nicht noch eine Magierin finden, die freiwillig Hochverrat an ihrem Volk begeht. Abgesehen davon sagte Iselda, dass Amanda alt sei, sehr alt, denn soweit sie sich erinnern kann, war sie vor allen anderen da. Wir müssen mit Cole Black sprechen ..."

„Cole Black wurde von den Dämonen exekutiert, Tisiphone!"

„Das wissen wir nicht mit Sicherheit. Ich werde in die Unterwelt reisen und es herausfinden. Er ist unsere einzige Chance, Informationen aus erster Hand über Amanda einzuholen. Einen anderen Anhaltspunkt haben wir nicht!"

„Das kommt nicht infrage!" Kay sprang vom Sofa auf und begann, ungehalten im Zimmer auf und ab zu laufen, während er mir immer wieder ungläubige Blicke zuwarf. „Sie werden Euch vernichten, Liebste, tut das nicht!"

„Kay, ich habe keine Wahl. Ich kann es nicht verantworten, dass Jack weiterhin von seinem Alter Ego beherrscht und kontrolliert wird. Ich werde Iselda nach einem Verschleierungszauber fragen, mir wird nichts geschehen und wenn die Grenzen fallen, werde ich unbemerkt zusammen mit den Dämonen nach Empyrion zurückkehren. Sie werden mich nicht einmal bemerken, sie werden in ihrem Seelen- und Blutrausch wie von Sinnen sein."

Kay schüttelte unverwandt den Kopf. „Dann werde ich Euch begleiten."

„Nein! Ich brauche dich hier, du musst Skip bei der Evakuierung helfen. Außerdem ziehen zwei Empyrianer mehr Aufmerksamkeit auf sich als einer. Du wirst bleiben, Kay!"

„Ich denke nicht, dass es Eure Entscheidung ist, darüber zu urteilen, wo mein Platz ist", knurrte Kay und überraschte mich mit dieser doch eher heftigen, ja fast ausfallenden Reaktion.

„Kay, ich ...", ich zögerte und versuchte, die richtigen Worte zu finden. „Ich bitte dich hierzubleiben. Die Rettung der Empyrianer ist ebenso wichtig wie Jack zu retten, deswegen brauche ich meine besten Männer hier. Du bist einer dieser Männer, bitte hilf Skip!"

„Wer soll mir helfen?" Ein gut gelaunter Skip betrat mit einer lachenden Ann im Schlepptau meine Wohnung. Ich war so sehr damit beschäftigt gewesen, mit Kay zu diskutieren, dass ich gar nicht gehört hatte, wie jemand die Tür geöffnet hatte.

„Hey, schön euch zu sehen." Ich versuchte, mein Lächeln so ehrlich wie möglich aussehen zu lassen, doch als Anns Gesichtszüge entgleisten, wusste ich, dass meine Maskerade nicht standhaft genug war.

„Warum so gut gelaunt?", fragte ich mit einer viel zu hohen Stimme.

„Wir haben gerade die letzte Truppe Empyrianer für heute in die Menschenwelt geschleust. Wir liegen genau im Zeitplan, ebenso die anderen Standorte der

Company. Wir werden rechtzeitig alle Empyrianer evakuiert haben, sodass nur noch ausgewählte Agenten in unserer Welt zurückbleiben. Du wirst noch eine Entscheidung treffen müssen, welche Agenten du hierbehalten möchtest, denn im Moment gibt es viel zu viele Freiwillige."

Ich nickte Skip zu und trank einen weiteren Schluck Whiskey. Kay warf mir einen strengen Blick zu, den ich ignorierte, der aber Skip und Ann nicht zu entgehen schien.

„Was ist hier eigentlich los?", fragte der Gestaltwandler misstrauisch und sah von mir zu dem Vampir.

Ich warf Kay einen unsicheren Blick zu, entschied mich dann aber, dass ich mit Skip und Ann allein reden musste.

„Kay, würdest du bitte Iselda holen?"

Kay zögerte und sah aus, als wollte er mir widersprechen. Unsere Diskussion war noch nicht beendet, doch für den Moment musste er sich wohl oder übel geschlagen geben. Ich nickte noch einmal, um meiner Bitte Nachdruck zu verleihen und er schien es zu akzeptieren.

„Wir reden später", antwortete er bestimmt und verließ die Wohnung.

Ich stürzte den letzten Rest aus der Flasche hinunter und wandte mich an meine beiden besten Freunde.

„Tess, was war das gerade?", fragte Ann besorgt.

Ich ließ mich zurück in mein Sofa sinken und versuchte, die Tränen zurückzuhalten, die mir in die Augen stiegen.

Und dann bereitete ich mich darauf vor, meine Freunde in alles einzuweihen. Nun ja ... fast alles.

Kapitel 10

Ann setzte sich zu mir auf die Couch und rückte ganz nah an mich heran, um mir das Gefühl von Wärme und Geborgenheit zu vermitteln. Mein bester Freund ließ sich in den Sessel auf der anderen Seite des Wohnzimmertisches sinken und beobachtete uns von dort aus. „Warum hast du Kay losgeschickt, um Iselda zurückzuholen?", fragte er misstrauisch.

„Hat der Zauber nicht gewirkt?", hakte Ann sofort nach und ich musste mehrmals tief ein- und ausatmen, um mich für meine nächsten Worte zu wappnen.

„Der Zauber hat funktioniert", begann ich leise zu erzählen. „Ich weiß jetzt, was zu tun ist."

Ich erzählte Skip und Ann von meinem Plan, in die Dämonenwelt zu reisen, um Cole Black zu finden. Beide unterbrachen mich immer wieder abwechselnd, um ihr Missfallen diesbezüglich kundzutun. Natürlich stimmten sie mit Kays Meinung absolut überein. Dennoch blieb ich standhaft und hielt an meinem Vorhaben fest.

Nach gefühlt stundenlangem Diskutieren sahen sie schließlich ein, dass ich mich von dieser Idee nicht würde abbringen lassen und dass ich auch nicht akzeptieren würde, dass einer der Männer mich begleitete, von Ann ganz zu schweigen. Keine der anwesenden Personen war nach dieser geplatzten Bombe noch sonderlich gut auf mich zu sprechen, was mehr oder weniger auch mein Ziel gewesen war. So lieb ich meine besten Freunde auch hatte, ich wollte nicht auch noch in die Bredouille kommen, über meinen traumatischen Zusammenstoß mit Jack sprechen zu müssen. Ich konnte nicht. Das würde es nur umso realer werden lassen und ich wollte nicht, dass meine Freunde ihn mit anderen Augen sahen. Denn ein Teil von mir hoffte immer noch darauf, dass ich irgendwann mit Jack mein Leben teilen könnte, eine Utopie, die angesichts der Vorkommnisse und all dem Scheiß, der gerade passierte, immer mehr verblasste. Aber sie war wie ein Hoffnungsschimmer, der in meiner Brust glühte und einfach nicht von der Dunkelheit erstickt werden wollte. Also ließ ich das Licht brennen, egal, wie viel Energie es mir auch rauben mochte. Vielleicht würde es irgendwann in seiner vollen Pracht erstrahlen, wer wusste das schon.

Jedenfalls waren Ann und Skip ziemlich sauer auf mich und so fiel bei all der Wut auf mich und die Angst um mein Leben, mein verändertes Verhalten nicht weiter auf. Keiner von ihnen fragte nach Details zu meiner und Jacks Begegnung und das war auch gut so. Nun musste ich nur noch einen hieb- und stichfesten Plan ausarbeiten, wie ich unbemerkt in und aus der Unterwelt schleichen konnte und genau hier kam Iselda ins Spiel. Hoffentlich würde Kay bald mit ihr zurück sein.

„Also Leute, ich bin ziemlich fertig. Danke für euren Einsatz heute, aber ich denke, ich werde mich noch etwas aufs Ohr hauen, bis Kay mit Iselda hier aufkreuzt. Ihr müsst nicht bei mir bleiben, aber ..." Ich zögerte, denn auch wenn ich verhindern wollte, dass meine

Freunde herausfanden, dass ich immer noch etwas vor ihnen verheimlichte, brauchte ich sie doch an meiner Seite. Mit ihnen fühlte ich mich stärker, geerdeter und nicht so einsam. Ich wollte sie hierhaben. „Ich würde mich freuen, wenn ihr es tätet, also hierbleiben meine ich." Verlegen knibbelte ich an meinen Fingernägeln herum und wagte es nicht, meinen Freunden in die Augen zu schauen.

Ann, die ihre Ellenbogen auf die Knie gestützt und ihren Kopf in die Hände gesunken lassen hatte, sah erschöpft zu mir hoch. „Du lässt diese Bombe platzen und willst dich jetzt eine Runde aufs Ohr hauen?", fragte sie verständnislos und ich schloss resigniert die Augen.

„Ann, bitte, ich bin fix und fertig!"

„Na, und ich erst. Du willst in die Unterwelt gehen, was meinst du, wie es mir damit geht?"

„Ich möchte einfach nur schlafen", jammerte ich und ahnte bereits, dass unsere eigentlich für beendet erklärte Diskussion von vorn beginnen würde. Das alles hatten wir doch schon zu Genüge durchgekaut.

„Einen Scheiß wirst du tun", fluchte Ann und boxte wie ein zorniges, unreifes Kind mit der Faust in die Sitzpolsterung des Sofas, auf dem sie saß.

„Hey", knurrte ich und rief damit auch Skip auf den Plan, der sich bis eben zurückgehalten hatte, obwohl er eindeutig auf Annis Seite stand, das konnte ich von seinem Gesicht ablesen. „Du bist mit meiner Entscheidung vielleicht nicht einverstanden, schön, wäre ich auch nicht, wenn es um dich gehen würde. Aber du wirst mich nicht davon abhalten können. Ich würde dasselbe für dich, Skip oder Kay tun, also ..."

„Altruistisch wie du bist, würdest du dich für jeden deiner Freunde opfern, verlangst aber im selben Atemzug, dass keiner von uns dies auch für dich tut? Deine Argumentation hinkt gewaltig, Tess", keifte Ann und ich warf frustriert die Arme in die Luft.

„Tess, du musst uns auch verstehen, dein Plan, die Grenze zur Unterwelt zu überschreiten, hat uns schockiert, wir wollen–" Doch weiter kam Skip nicht, denn in diesem Moment klopfte es an der Tür.

Kay und Iselda waren zurück, dem Olymp sei Dank.

Ich ließ den Vampir und die Hexe herein und dankte Iselda, dass sie sich ein weiteres Mal Zeit für mich genommen hatte.

„Ist doch kein Problem, Liebes. Für die entsprechende Summe, versteht sich", erwiderte sie augenzwinkernd und ich schenkte ihr ein erleichtertes Lächeln.

Als die Neuankömmlinge ins Wohnzimmer traten, wurde beiden sofort bewusst, dass die Stimmung in diesem Raum alles andere als ausgelassen war.

„Huch ... hier ist aber dicke Luft." Iselda wedelte demonstrativ mit der Hand vor ihrem Gesicht herum, als würde sie eine lästige, kleine Elfe verscheuchen wollen. Das Klingeln der vielen bunten Armreifen, die die Handgelenke der Hexe zierten, war das Einzige, was die anhaltende Stille in dem Zimmer durchbrach.

„Ihr habt es ihnen also erzählt?", fragte Kay neugierig an mich gewandt und ich sah betreten zu Boden.

„Ja, Kay." Ann warf mir einen selbstgerechten Blick zu und fragte dann weiter an den Vampir gewandt: „Was hältst du von Tess' Selbstmordmission?"

„Tisiphone kennt meinen Standpunkt diesbezüglich."

Ich war Kay dankbar, dass er mir nicht auch noch in den Rücken fiel, indem er die Sirene in ihrer Meinung bestätigte.

Meine beste Freundin hingegen war nicht so taktvoll, genau genommen besaß sie die Sensibilität eines Vorschlaghammers.

„Das ist alles? Mehr hast du dazu nicht zu sagen?", fauchte Ann, sodass Iselda erschrocken zusammenzuckte.

„Vielleicht sollten wir lieber später wieder kommen", murmelte die Hexe leise zu niemand Bestimmtem. Doch noch ehe sie sich fluchtartig auf die Haustür zubewegen konnte, trat ich ihr bereits entschlossen in den Weg.

„Nein, du bleibst! Ich brauche deine Hilfe. Du musst einen Verschleierungszauber für mich herstellen", forderte ich, wurde aber sofort von Kay korrigiert.

„Eigentlich benötigen wir zwei."

„Kay, wir haben doch darüber gesprochen", knurrte ich.

„Ach, dich lässt sie auch nicht mitkommen? Na, dann bin ich doch gleich weniger beleidigt", kommentierte Skip und ich verdrehte entnervt die Augen.

„Also, wie viele Verschleierungszauber soll Iselda denn nun für euch brauen?" Die Hexe sah gereizt in die Runde, als auch schon das große Geschrei folgte.

„Einen!"

„Zwei!"

„Drei!"

Iselda warf uns einen Blick zu, der eindeutig verriet, was sie von uns hielt. Ann amüsierte sich währenddessen königlich über unser wildes Gebrüll, und da ihre

Person Iselda wohl am angenehmsten war, setzte sich die Hexe kurzerhand zu ihr auf die Couch.

„Diskutiert das aus“, forderte Iselda und ließ sich von Ann zu einem Glas Wein überreden. Die Champagner-Quelle war in dieser Wohnung versiegt, was der Hexe in der Nähe meiner besten Freundin viel weniger auszumachen schien als noch vor einigen Stunden in meiner Gegenwart.

Bei der Unterwelt, hatte hier eigentlich jeder, der diese Wohnung betrat, ein Alkoholproblem?!

Ich wandte mich wieder den beiden Männern im Zimmer zu und redete eindringlich auf sie ein. „Wer evakuiert hinter Jacks Rücken die Empyrianer, wenn ihr nicht hier seid?“, fragte ich herausfordernd.

„Bay“, antwortete Skip, und ich dachte bei mir, das wäre tatsächlich eine Option, schließlich vertraute ich dem stillen Agenten ebenso wie Skip und Kay. Dennoch hatte er noch nicht so viel Erfahrung und würde Hilfe benötigen.

„Er kann das aber nicht allein tun. Bitte, macht es mir nicht noch schwerer als es ohnehin schon ist. Außerdem möchte ich euch nicht dieser Gefahr aussetzen, ich brauche euch hier. Es ist nicht eure Aufgabe, Jack zu retten.“

„Deine ist es aber auch nicht“, entgegnete Skip.

„Skip bitte, tu mir das nicht an! Wer soll auf Anni aufpassen. Ich habe solche Angst um euch, ich kann mich nicht auf meine Aufgabe konzentrieren, wenn ihr mit in der Dämonenwelt seid und sie hier ganz allein–“

„Oh nein“, mischte sich nun die Sirene wieder ein. „Mich ziehst du da nicht mit rein! Benutz mich nicht als Ausrede!“

Ich schüttelte ergeben den Kopf. Meine Freunde schienen in diesem einen Punkt alle absolut einer Meinung zu sein.

„Wenn Iselda vielleicht auch noch etwas dazu sagen dürfte?", begann die Hexe vorsichtig und erntete sofort mehrere grimmige und unnachgiebige Blicke. „Tess, es ist unabdingbar, dass jemand an deiner Seite ist, wenn du die Grenze überschreitest. Ich würde den Vampir empfehlen, ansonsten wirst du nicht heil wieder nach Empyrion zurückkehren."

„Wieso?", fragte ich skeptisch, während Kay der Hexe ein dankbares Lächeln schenkte.

„Weil dem Trank für den Verschleierungszauber Blütenblätter der Pflanze *Vulvariana* beigemischt werden."

Meine Kinnlade klappte herunter und ich war wie erstarrt. Während ich eine geschlagene Minute lang außerstande war, mich zu bewegen, raufte Skip sich frustriert die Haare und begann, in meiner Wohnung auf und ab zu marschieren. „Na großartig, das wird ja immer besser", schnaufte er zornig und funkelte Iselda wütend an.

„Wieso, was bedeutet das?", fragte Ann irritiert, die von dieser Pflanze noch nie gehört hatte.

„Angesichts dieser neuen Information gebe ich der Hexe recht. Ich sollte der Begleiter Eurer Wahl sein, Tisiphone", sagte Kay bestimmt, aber ich warf ihm nur einen drohenden Blick zu, ebenso wie Skip. Denn seine Mitreise hatte sich gerade erledigt.

„Warum? Ich verstehe nur Bahnhof", fluchte Ann und stampfte mit ihren Heels auf wie ein kleines, trotziges Kind.

„Das bedeutet, Kleines, dass wenn Tess den Vampir nicht mitnimmt, sie in der Dämonenwelt sterben wird."

Kapitel 11

„Was?", fragte Ann schrill und sah panisch in meine Richtung.

Ich schloss langsam die Augen und bedeutete ihr, dass es keinen Grund zur Hysterie gab. „Gibt es keinen anderen Zauber?", fragte ich und flehte Iselda mit meinen Augen an, dass sie noch eine andere Lösung parat hatte, doch sie schüttelte den Kopf.

„Keiner, der so lange wirkt. Du wirst auf einen Begleiter leider nicht verzichten können."

Ich stöhnte resigniert auf und tauschte mit Kay einen langen und intensiven Blick, bevor ich ihm kapitulierend zunickte.

„Na schön, Kay. Du hast gewonnen. Wüsste ich es nicht besser, würde ich sagen, du hast Iselda manipuliert." Die letzten Worte murmelte ich mehr zu mir selbst, aber ich wusste, er hatte sie gehört.

„Könnte mich mal bitte jemand aufklären?", zischte Ann und sah von mir zu Iselda und dann zu Kay. „Warum nimmt Tess plötzlich so bereitwillig Hilfe an, obwohl sie sich die letzten Minuten wie ein arrogantes Miststück aufgeführt hat, das noch nie etwas von Teamfähigkeit gehört hat?" Obwohl Ann diese Frage in die Runde stellte, warf sie mir dabei einen zornigen Seitenblick zu, der es in sich hatte.

„Also es ist so", begann Iselda mit amüsiert zuckenden Mundwinkeln, die ich ihr einmal mehr nur zu gerne aus dem Gesicht gewischt hätte. „Die Blütenblätter der Vulvariana Pflanze wirken … nun ja … erotisierend–"

„Sie machen geil", warf Skip mürrisch ein und half Ann damit auf die Sprünge.

„Ohhh", machte sie und sah dann mich an. „Und warum kannst du nicht allein gehen? Nicht, dass ich mich beschweren möchte, dass du Kay als Begleitung wählst. Damit fühle ich mich auf jeden Fall wohler. Aber rein hypothetisch? Du könntest doch zwischendurch mal schnell Hand anlegen. Ich meine, wenn Selbstbefriedigung an einem Ort erlaubt, ja sogar erwünscht ist, dann ja wohl in der Hölle, oder?"

„Ganz so einfach ist das nicht, Liebes. Diese Art der Lust kann nicht von eigener Hand gestillt werden und selbst bei fremder Hilfe hält die Befriedigung nur für kurze Zeit an. In der Regel halten es die Infizierten nicht länger als ein paar Stunden aus, bevor sie den Verstand verlieren und sich … nun ja …" Iselda strich sich in einer unmissverständlichen Geste mit ihrem Finger über den Hals und sah mitfühlend in meine Richtung.

„Verdammt noch mal", rief Ann erschrocken aus. „Aber wie können wir dann zulassen, dass Tess diesen Trank überhaupt schluckt? Wenn Kay ihr nicht helfen kann oder sie sich selbst, dann wird sie dort drüben sterben?!"

Ich trat auf Ann zu und strich ihr beruhigend über den Rücken, während sie flehentlich zu mir aufsah. „Bitte", hauchte sie unter Tränen, „geh nicht in die Unterwelt, Tess. Das ist doch Wahnsinn! Wie kommt man überhaupt darauf, solch eine Zutat seinen Zaubertränken beizumischen?", fragte sie ungläubig an Iselda gewandt.

„Nun ja, wir entdeckten die Wirkung dieser Pflanze, als wir die Menschen, die uns vor Jahrhunderten jagten, vergiften wollten. Damals starben viele meiner Schwestern auf dem Scheiterhaufen und wir wollten uns an den grausamen Wesen rächen, die uns dies antaten. Eigentlich sollten sie einfach sterben, doch die *Vulvariana* bewirkte, dass die Männer und Frauen vollkommen trunken vor Lust und Verlangen wahnsinnig wurden. Das war unsere Art, es ihnen heimzuzahlen, denn ihr Begehren wurde einfach zu groß, als dass es hätte gestillt werden können. Wir begannen damit, die Pflanze zu erforschen und entdeckten, dass die Blütenblätter in Kombination mit anderen Kräutern auch einen wirkungsvollen Verschleierungszauber unserer Kräfte bewirkten. Allerdings mussten wir uns gegen die Nebenwirkungen wappnen und entwickelten ein Gegenmittel. Wir konnten diesen Zauber nur für wenige Stunden einsetzen, bevor wir ebenso verrückt wurden wie die Menschen. Daher trugen wir immer ein Fläschchen mit unserem Gegenmittel am Leib und nahmen dieses ein, sobald wir jeglichen Verdacht, eine Hexe zu sein, bei unserem Gegenüber mit dem Verschleierungszauber zerschlagen hatten. Uns war natürlich bewusst, wie gefährlich es war, diese Art Magie zu praktizieren, aber nur so war es uns immerhin möglich, für kurze Zeit unerkannt ein Dorf zu passieren oder unter dem Deckmantel der Normalität ein Leben unter den Menschen zu führen."

„Also gibt es ein Gegenmittel?", stürzte Ann sich auf den kleinen Hoffnungsschimmer, den die Hexe mit dieser Geschichte in ihr geweckt hatte.

„Das gibt es", bestätigte Iselda. „Allerdings kann Tess es nicht in der Unterwelt einnehmen, da sonst der Verschleierungszauber binnen Sekunden aufgehoben wird."

„Aber was hat das alles dann für einen Sinn?", fauchte Ann aufgewühlt, sodass ich mich gezwungen sah, ihr wieder beruhigend über den Rücken zu streichen.

„Darum besteht Iselda darauf, dass Kay mit mir geht", sagte ich langsam und sah dabei dem Vampir tief in die Augen.

„Aber Kay muss den Zaubertrank doch auch schlucken", entgegnete Ann verwirrt und sah nun ebenfalls in die Richtung des Vampirs.

„Bei mir treten nur bedingt Nebenwirkungen der Pflanze auf, kleine Sirene, ich werde den einsetzenden Wahnsinn Tisiphones also im Zaum halten können."

„W-was? Wie? Wie ist das möglich?", stotterte Ann verblüfft.

„Die Gier nach Blut", erklärte ich. „Als Vampir ist er seit jeher auf das Lebenselixier angewiesen und im ständigen Kampf darum, nicht die Kontrolle zu verlieren. Der Drang nach Blut ist dem nach Sex gleichzusetzen und in dem ständigen Bemühen, eben jene Grenze nicht zu überschreiten, ist Kay die einzige Person hier im Raum, die genügend Willensstärke aufbringen kann, um der Wirkung der Blütenblätter zu widerstehen."

Kay beobachtete mich mit einem unergründlichen Blick, den ich nicht zu deuten vermochte, doch ich wusste, dass er schon bald darauf zu sprechen kommen würde. Nicht hier und nicht in dieser Gesellschaft, sondern wenn wir allein sein würden und davor graute mir bereits jetzt.

„Also ist die *Vulvariana* bei Vampiren wirkungslos?", stellte Ann die abschließende Frage nach meiner Erklärung.

„Nun ja, sagen wir so, bei alten Vampiren, die sich schon lange in der Selbstkontrolle üben, sind die Nebenwirkungen dieser Pflanze nur sehr gering vorhanden", antwortete Iselda fachmännisch, „allerdings ist dies von Vampir zu Vampir auch unterschiedlich. Bei einigen können sie dennoch amouröse Gefühle wecken, bei einigen wird der Drang, Blut zu trinken, stärker und bei jungen Vampiren, die gerade erst ihre Erschaffungsbindung abgeschlossen haben, kann die *Vulvariana* eben jene Gelüste entfalten wie bei jedem anderen Empyrianer auch. Aber ich denke, bei Kay müssen wir uns keine Sorgen machen", schloss Iselda und zwinkerte dem Vampir zu.

„Also wie sieht der Plan aus?", fragte ich noch einmal und sah die Hexe auffordernd an.

„Iselda wird euch den Trank brauen, wir bringen euch zu der Grenze, und bevor ihr sie überschreitet, werde ich den Zauber sprechen. Sobald ihr drüben seid, wird euch Iseldas Verschleierungszauber schützen. Kay wird dir dabei helfen, nicht den Verstand zu verlieren. Ich werde euch beiden ein Gegenmittel mitgeben, welches ihr bei eurer Rückkehr, mit Überquerung der Grenze nach Empyrion, sofort einnehmen werdet. Wenn ihr nicht länger als ein paar Stunden wegbleibt, gerechnet nach der Zeitrechnung der Unterwelt, dann solltest du mithilfe des Vampirs überleben." Iselda sah mich eindringlich an, als würde sie meinen Widerstand gegen Kays Geleit spüren.

„Moment mal, was meinst du mit ‚nach der Zeitrechnung der Unterwelt'?", fragte Ann alarmiert.

„Hier vergeht die Zeit schneller als in der Unterwelt, das ist eine der Bestrafungen der Dämonen, die wir damals festgesetzt haben. Während für Kay und mich dort unten nur ein paar Stunden vergehen, werden es für euch Tage sein. Nach meiner Berechnung werden wir zeitgleich mit dem Durchbruch unserer Verteidigungslinie wieder nach Empyrion gelangen. Bis dahin wirst du schon sicher in der Menschenwelt untergebracht sein und Skip und Bay werden hier auf mich warten."

Ann schüttelte wild mit dem Kopf. Ich konnte mir vorstellen, dass das alles ganz schön viel für sie war, aber ich konnte keine Rücksicht auf sie nehmen. Es wurde langsam Zeit, den Worten Taten folgen zu lassen.

„Iselda, schreib uns bitte eine Liste, was du alles für die Verschleierungszauber und das Gegenmittel benötigst", bat ich die Hexe, die sich sofort an die Arbeit machte.

„Iselda erhält doch ihre Bezahlung, bevor ihr in die Unterwelt geht, richtig?", erkundigte sie sich noch bevor sie den Stift überhaupt angesetzt hatte.

Ich nickte und sie begann, einen Einkaufszettel mit den Zutaten zu erstellen.

Ann wirkte unterdessen vollkommen abwesend und auch Skip schien mit der ganzen Situation alles andere als zufrieden zu sein.

Ich wandte mich zuerst an ihn, denn den Gestaltwandler zu besänftigen, würde um einiges schneller vonstattengehen als bei meiner kleinen Sirene.

„Ist es in Ordnung, dass ich dich in das Team, das in Empyrion bleibt, eingeteilt habe?", fragte ich meinen besten Freund versöhnlich und blickte in ein beinahe beleidigt dreinblickendes Gesicht.

„Wie kannst du es überhaupt wagen, mir diese Frage zu stellen?", empörte er sich und schenkte mir ein verschmitztes Grinsen. „Und du bist sicher, dass du das wirklich tun willst, Tess? Ich glaube nicht, dass Jack diese Odyssee gutheißen würde. Außerdem brauchen wir dich hier!"

„Ich glaube, du bekommst das auch ganz gut ohne meine Hilfe hin", sagte ich augenzwinkernd und stieß den Gestaltwandler freundschaftlich mit meiner Schulter an. „Nein, im Ernst, Skip, wir müssen weiter vorausdenken. Die Dämonen werden nur vierundzwanzig Stunden hier sein, unser Anführer allerdings … das hier wird nur eine von vielen weiteren Schlachten sein. Wir müssen uns heute schon auf den Krieg von morgen vorbereiten. Ob unser Plan funktioniert, werden wir erst in wenigen Tagen sehen, deswegen müssen wir unseren Anführer und obersten Befehlshaber auch unbedingt retten. Wir brauchen Jack und ja, ich würde lügen, würde ich behaupten, ich täte es nur für die Rettung unserer Welt, aber dennoch, Empyrion braucht diesen verfluchten Halbgott. Die Black Company braucht ihn und ich …", sagte ich kleinlaut, „ich brauche ihn auch!" Ein schauriges Gefühl ergriff bei den letzten Worten von meinem Herzen Besitz. Ich konnte ein unangenehmes Kribbeln, das meinen

Rücken hinaufjagte, nicht unterdrücken und auch nicht die Bilder von Jacks verzerrter Fratze über mir, die plötzlich vor meinem inneren Auge vorüberzogen. Ich schnappte panisch nach Luft und taumelte leicht.

Als ein starker Arm nach mir griff und mich stützte, kam ich wieder zur Besinnung und sah direkt in Kays tiefschwarze Augen.

„Alles in Ordnung, Tisiphone?" In seiner Stimme klang Sorge um mich mit und ich machte mich sofort wieder von ihm los.

„Mir geht es gut, mach dir keine Gedanken. Bitte hilf Iselda, die Dinge auf der Liste zu besorgen, wir sollten so schnell wie möglich mit dem Zauber beginnen!"

Kay nickte ergeben und ließ mich los. Ich entschuldigte mich bei den anderen und verschwand ins Bad. Verdammt, ich musste diese Bilder von Jack aus meinem Kopf bekommen und dringend durch andere ersetzen. Diese Version von ihm durfte nicht meinen Gefühlen und Gedanken diktieren, wie ich Jack Pers zu sehen hatte. So durfte ich ihn einfach nicht in meinen Erinnerungen behalten. So durfte meine Seele ihn nicht wahrnehmen. Das war nicht mein Jack, das war ihrer – Amandas. Mein Jack war tief in ihm gefangen, vergraben unter Gier, Hass, Arroganz und einer infernalischen Kopie seiner selbst. Ich würde meinen Halbgott wieder ans Licht holen und die dunkle Version von ihm zum Teufel jagen. Mit Gewalt, wenn es nötig war.

Kapitel 12

Während Kay und Skip mit Iselda loszogen, um die Zutaten für den Zauber zu besorgen, versuchte ich indes die Zeit zu nutzen, um mich mit Ann auszusprechen. Doch als ich das Bad wieder verließ und im Wohnzimmer die Stille wahrnahm, die auf den Aufbruch unserer Freunde gefolgt war, zweifelte ich an meinem Vorhaben. Ich riskierte erneut alles für einen einzigen Mann und eine leise, zaudernde Stimme wagte mich zu fragen, ob es all das Wert war.

Während ich meine beste Freundin ansah, wie sie da wie ein kleines Häufchen Elend auf meiner Couch zusammengesunken saß, wurde mir bewusst, dass ich mir überhaupt keine Gedanken darum gemacht hatte, wie es für sie weitergehen würde. Ich hatte für sie vorgesorgt. Sie würde während der Invasion in unserer Wohnung am Central Park sicher und behütet sein. Doch was geschah mit ihr, sollte mir etwas geschehen? Skip, Kay, Jack und ich, wir alle würden in wenigen Tagen bei dem Tod persönlich Sturm klingeln, in der Hoffnung, dass er uns nicht öffnen würde. Die Wahrscheinlichkeit, dass wir alle überleben würden, war verschwindend gering. Ich musste Ann darauf vorbereiten und mit ihr einen Notfallplan ausarbeiten ... Ein Déjà-vu nahm in meinem Kopf Gestalt an, denn vor fast zehn Jahren hatte ich ähnliche Gedanken gehegt.

Ich legte den Kopf schief und betrachtete die kleine Sirene, die mir so viel Leid erspart und mich aus der Finsternis befreit hatte. Sie wusste es nicht, aber ich hatte ihr viel zu verdanken.

„Was schaust du mich so an?", zischte die blonde Schönheit und obwohl ich wusste, wie ernst die Lage um uns stand, konnte ich mir ein amüsiertes Grinsen nicht verkneifen.

„Was ist denn so lustig?", knurrte Ann und funkelte mich wütend an, während ich mich ihr gegenüber auf den Boden niederließ.

„Ich werde gleich einen Trank zu mir nehmen, in dem die Blüten einer Pflanze mit dem Namen *Vulvariana* enthalten sind, und da wundert sich noch jemand über dessen Nebenwirkungen? Ich meine mal ehrlich, wie lange haben die Hexen bitte gebraucht, um diesen Zusammenhang herzustellen? Das Wort Vulva gibt es doch nicht erst seit dem einundzwanzigsten Jahrhundert." Ich erstickte fast vor Lachen, während ich das sagte und auch die Sirene konnte bei diesem Gedanken nicht mehr an sich halten und prustete los.

„*Vulvariana*", kicherte sie und hielt sich den Bauch.

Ich strich mir ein paar Lachtränen aus den Augenwinkeln und beobachtete dann wieder meine Freundin.

„Ich werde in wenigen Stunden den Vampir vögeln, als gäbe es kein Morgen mehr und das nur, weil ich den Mann retten möchte, mit dem ich eigentlich für den Rest meines Lebens ficken will", sagte ich trocken und warf Ann einen ernüchternden Blick zu.

Diese versuchte, ernst zu bleiben, doch dann fiel sie wieder zurück auf das Sofa und kugelte sich erneut, geschüttelt von weiteren Lachanfällen. Ich streckte mich auf dem Boden aus und stimmte mit ein.

Wir lachten viele, viele Minuten lang. Ich lachte, weil ich nicht weinen wollte und weil ich Angst hatte. Ich lachte mit meiner besten Freundin, weil ihre glockenhelle Stimme das Einzige war, was mich aufrecht hielt. Sie weinen zu sehen oder mich von ihr zu verabschieden, hätte mir das Herz zerrissen, aber zusammen zu lachen, das hielt die Dunkelheit noch eine Weile von meiner Seele fern.

Als wir uns beide wieder etwas beruhigt hatten, legte Ann sich zu mir auf den Boden und wir schauten gemeinsam an die Decke.

„Liebst du Kay?", fragte sie nach einer gefühlten Ewigkeit und ich musste lange über diese Frage nachdenken, bevor ich ihr eine Antwort geben konnte.

„Ein Teil von mir hegt Gefühle für ihn, die über eine normale Freundschaft hinausgehen, ja. Und ich begehre ihn, oh ja, das tue ich!" Ich schmunzelte entzückt, drehte mich zu meiner Freundin und zog lächelnd meine Nase kraus. „Aber ich liebe Jack. Ich muss ihn einfach retten ..." Ich räusperte mich und wand mich unangenehm auf dem Boden. Als sich wieder dieses dumpfe Gefühl des Ekels in meiner Brust regte, strich ich mit meiner Hand darüber und versuchte es so zu vertreiben, doch es blieb und setzte sich dort fest.

„Tess?", fragte Ann und sah mich misstrauisch an.

„Ja?" Ich versuchte, meine Stimme neutral klingen zu lassen, doch ich hätte wie die glücklichste und unschuldigste Person der Welt klingen können, meine Freundin hätte die Finsternis gesehen, die von mir Besitz ergriffen hatte. Meine Maske war verrutscht, ich war unachtsam gewesen.

„Was ist mit dir?", hakte sie nach und studierte eingehend mein Gesicht.

„Ich werde in wenigen Stunden in die Unterwelt reisen, das ist mit mir los", erwiderte ich und zuckte mit den Schultern, als ob sonst nichts wäre.

„Wie ist eigentlich dein Wiedersehen mit Jack verlaufen? Ich weiß, darüber haben wir schon gesprochen, der Zauber von Iselda hat gewirkt, aber ... Wie war das für dich, Tess?"

„Wie ich schon sagte, Jack war für einen Moment wieder der Alte. Er gab mir den Hinweis, Cole Black aufzusuchen." Ich räusperte mich erneut und machte Anstalten vom Boden aufzustehen.

„Halt, halt, halt!" Ann hielt mich zurück und sah mir aufmerksam ins Gesicht. „Ihr habt doch nicht nur über Cole Black gesprochen. Tess, ihr habt euch nach zehn Jahren wiedergesehen. Zehn Jahre, nachdem ihr euch nach einer leidenschaftlichen Nacht und der Hoffnung auf eine gemeinsame Zukunft getrennt habt ... Was ist da noch gewesen?"

„Gar nichts", antwortete ich arglos und drehte mich von meiner Freundin weg.

„Hör auf zu lügen, Tess, ich kenne dich! Was ist passiert?"

Ich riss mich aus Anns Griff los und ging auf den Balkon. Ich wollte nicht darüber reden. Ann sollte niemals erfahren, was Jack getan hatte, das machte es so ... so real. Ann sollte ihn nicht so sehen, wie ich es getan hatte. Ich wurde diese hasserfüllte und verzerrte Maske, die mich in jeder ruhigen Minute heimsuchte, einfach nicht mehr los. Ich konnte nicht darüber sprechen. Alles, was ich gerade im Stande war zu tun, war die Rettung von Jack Pers in Angriff zu nehmen.

Doch Ann ließ nicht locker, natürlich nicht. Sie folgte mir auf den Balkon und versperrte mir den Weg. Für eine Nanosekunde überlegte ich, mich einfach zu verwandeln und vom Balkon zu springen. Ich könnte eine Runde fliegen, danach würde ich mich sicher besser fühlen ... und Ann würde umkommen vor Sorge ...

„Es geht mir gut, es ist alles in Ordnung. Ich möchte einfach nur meinen Jack wiederhaben. Deswegen muss ich mich jetzt auf diese neue Mission konzentrieren, alles klar?! Ich kann jetzt nicht mit dir darüber reden."

„Worüber denn?"

„Ann", knurrte ich, doch die Sirene verschränkte lediglich die Arme vor der Brust und durchbohrte mich mit ihren Blicken. „Ich werde hier nicht weggehen, Tess. Ich bin deine Freundin, deine Seelenverwandte, deine Schwester. Ich habe dich lachen, weinen, wütend, verletzt und am Boden gesehen. Ich habe miterlebt, wie du deine große Liebe gefunden und fast wieder verloren hättest. Wie du deinem besten Freund vergeben und gegen deine Schwester gekämpft hast, die dir deine Liebe wieder nehmen wollte. Ich kenne dich, Tess Hope. Ich kenne dich und die Furie in dir und ich soll verdammt sein, wenn ich zulasse, dass du jemals etwas vor mir verheimlichst!"

Mit jedem ihrer Worte drohte eine weitere Mauer in mir zu zerbröckeln und Tränen sammelten sich in meinen Augen.

„Ann“, schluchzte ich und ließ mich gegen die Brüstung sinken.

„Was ist passiert?“, wiederholte sie und ihre Stimme klang dabei so sanft und vorsichtig, als spräche sie mit einem verschreckten Tier.

Ich schniefte und sah dann zu ihr auf. „Der Zauber von Iselda zeigte sofort seine Wirkung. Ich habe ihm die Pille geschickt untergejubelt und Ann, er war wieder er selbst. Jack, der Halbgott. Zuerst war er verwirrt, doch dann war er plötzlich wieder ganz klar. Er erzählte mir von Amanda und ihrem ersten Treffen ... danach weiß er nichts mehr, Ann. Er weiß rein gar nichts mehr. Und ich habe ihm alles erzählt. Jack weiß dank mir nun, dass er unter einem Bann steht und diesen ohne meine Hilfe nicht brechen kann. Ich soll ... muss alles tun, um ihn von diesem Zauber zu befreien. Er erträgt es nicht, sein Volk in den Abgrund zu stürzen, aber genau das tut er mit dieser Amanda an seiner Seite.“ Ich holte tief Luft und fuhr dann fort: „Er fand sie in Blacks privaten Räumen. Sie ist die Hexe, die dafür gesorgt hat, dass wir nie herausgefunden haben, welcher Spezies Cole Black angehört. Sie ist es, die die ganze Zeit an seiner Seite war und ihn ebenso manipuliert hat wie jetzt Jack. Cole Black ist der Einzige, der uns sagen kann wer diese Hexe ist, wo sie herkommt und wie man diesen Zauber brechen kann.“

„Aber das ist noch nicht alles, oder?“

Ich schüttelte den Kopf und alles in meinem Körper schien sich gegen die nächsten Worte zu wehren, die drohten, über meine Lippen zu schwappen. „Nein“, schluchzte ich und versteckte mein Gesicht hinter vorgehaltenen Händen. „Ich habe mich so gefreut, ihn wieder zu sehen ... ich habe mich in seine Arme geworfen und ihn geküsst. Jack wollte, dass ich aufhöre, aber ich sagte ihm, dass ich nicht wüsste, wie lange Iseldas Zauber anhalten würde und wir jede Sekunde, die uns blieb, auskosten müssten ...“

Ann trat einen Schritt auf mich zu und ergriff meine Hand.

„Die Wirkung dieser magischen Wunderpille ließ nach, als wir ...“ Ich stockte und biss mir verzweifelt auf die Lippe.

„Oh Tess!“ Ann hatte ihre Augenbrauen vor Schmerz und Mitleid zusammengezogen und versuchte, mich schnell in ihre Arme zu ziehen, doch ich hielt sie mit erhobener Hand davon ab.

Zornig wischte ich mir die Tränen weg und atmete erneut tief durch, um das letzte bisschen Kraft und Würde in mir zu bewahren. „Jack hörte nicht auf ... Er packte mich und ... er tat mir weh, verletzte mich und sein Gesicht ...“ Mein Blick glitt hilfesuchend gen Himmel. „Oh Gott, Anni sein Gesicht ... eine verhöhnende, geifernde, gierige Fratze, die es genoss, dass er mich zerstörte, seelisch wie physisch ... Ich kann ihn immer noch spüren ... überall auf und in mir ...“ Ich verzog angewidert mein Gesicht und umarmte mich so gut es ging selbst. Ohne es wirklich mitbekommen zu haben, hatte die Furie von mir Besitz ergriffen und meine schwarzen, wunderschönen Flügel legten sich schützend wie ein Kokon um mich.

Ann sah mich mit Schrecken in ihren Augen an und konnte kaum sprechen. „Er hat dich vergewaltigt?“ Leise wie der Hauch des Windes kamen die Worte über ihre Lippen und ich schrie gequält auf und presste mir die Hände auf die Ohren.

„Sag das nicht, hör auf, das zu sagen! Er wusste nicht, was er tat, er war nicht er selbst ... Er war nicht Jack!“, heulte ich auf und kniff die Augen fest zusammen, doch sofort tauchte dieses verzerrte Gesicht des Halbgotts vor meinem inneren Auge auf ...

„Das tut mir so leid, Tess.“ Ann weinte mit mir zusammen. Die Tränen liefen ihr in Strömen über die Wangen, als sie sich an mich kuschelte und wir gemeinsam, geschützt von den Flügeln der Furie, um meine verloren Liebe weinten.

„Es wird alles gut. Alles wird wieder gut, Tess.“ Anns Worte waren ein stetes Flüstern, während sie mir immer wieder über den Arm streichelte, doch jede von uns wusste, dass ich das Geschehene niemals würde vergessen können. Also weinten wir weiter. Stumm, den Halt der anderen suchend mit der Gewissheit, dass, egal, was geschehen würde, wir zumindest einander für immer haben würden!

Kapitel 13

Die Zutaten für den Trank waren schnell besorgt und so tauchten der Vampir, der Gestaltwandler und die Hexe schon bald wieder vor meiner Tür auf und verlangten Einlass.

Ann und ich hatten uns währenddessen wieder gefangen und konnten so Iselda gespannt bei ihrer Arbeit beobachten. Skip besprach mit mir noch die letzten Vorkehrungen für die Evakuierung und wie er und die Agenten weitervorgehen würden, sollten Kay und ich nicht rechtzeitig aus der Dämonenwelt zurück sein.

Ich wagte nicht daran zu denken, was geschehen würde, sollten die Grenzen fallen und Kay und ich nicht bereits wieder auf dem Weg zurück nach Empyrion sein. Skip und die Handvoll vertrauenswürdiger Agenten, die in unserer Welt zurückbleiben würden, würden den Dämonen vollkommen allein gegenübertreten. Nicht, dass Kay und ich so viel mehr würden ausrichten können, aber ich wollte doch zumindest an der Seite meiner Männer kämpfen, wenn der Tag der Abrechnung gekommen war. Stattdessen würde ich aller Wahrscheinlichkeit nach bei dem Versuch, meine große Liebe zu retten, sterben. Und das auch noch in der Unterwelt!

Ich schüttelte den Kopf, um diese dunklen und pessimistischen Gedanken zu vertreiben.

„Tess?", versuchte Skip sanft meine Aufmerksamkeit
auf sich zu lenken und mich aus den Tiefen meiner Sorgen zu ziehen. „Es wird schon alles gut gehen. Ihr werdet Cole Black finden und er wird mit euch reden.
Wenn nicht, wirst du ihn dazu bringen, so wie ich dich
kenne. Du weißt, wie überzeugend du sein kannst. Und
ehe du dich versiehst, seid ihr wieder hier!"

„Ja ... zurück in einem okkupierten Land, das ich im
Stich gelassen habe", entgegnete ich mit einem verbitterten Unterton und beobachte Iselda bei ihrem Schaffen.

„Tess ..."

„Nein, Skip. Lass es bitte. Ich weiß, dass ich das Richtige tue. Mein Herz und meine Seele wissen das, aber
ob es auch das Richtige für unser Land ist, werden wir
erst sehen, wenn ich tatsächlich Erfolg habe. Wenn
nicht, werde ich Empyrion im Stich lassen für einen
Mann, für den ich schon einmal bereit war, alles und
jeden zu opfern. Die Liebe bringt einen dazu, furcht-
bare und entsetzliche Dinge zu tun, ohne sich der Konsequenzen bewusst zu sein. Du hast selbst erlebt, zu
was die Liebe fähig ist. Ich hoffe, sie lässt mich nicht einen ebensolchen Fehler begehen", hauchte ich und
wusste, wie sehr ich Skip mit diesen Worten verletzte.
Dennoch musste ich diesen Gedanken einfach laut aussprechen, vielleicht war dies die letzte Möglichkeit mit
Skip offen und ehrlich zu sprechen. Wir hatten einen
Plan, eine Mission, durchdacht und präzise organisiert,
doch gab es immer noch zu viele Variablen, die wir
nicht bedacht hatten, die nicht berücksichtigt werden
konnten. Erst vor Ort in der Dämonenwelt würden wir

sehen, ob wir eine Chance hatten, diese Schlacht für
uns zu entscheiden.

„Fertig", rief Iselda nach etwa einer Stunde, die sich
wie Kaugummi zäh dahingezogen hatte und klatschte
erfreut in die Hände.

„Mit beiden Tränken? Mit dem Verschleierungszauber und dem Gegenmittel?", hakte ich verblüfft nach
und spürte, wie die Panik durch meine Adern bis hinauf zu meinem Herzen jagte.

Es war so weit.

Iselda nickte zufrieden und streckte mir ihre Hand
entgegen. Ich wollte gerade meine Schulden bezahlen,
als Skip mich am Arm packte und zurückhielt.

„Moment mal, woher wissen wir, dass der Verschleierungszauber funktionieren wird?", fragte er misstrauisch und unterzog der Hexe einen löchernden Blick.

„Nun, werter Gestaltwandler, ihr müsst wohl oder
übel auf Iseldas Fingerfertigkeit vertrauen. Ob mein
Zauber wirkt, werdet ihr erst in der Unterwelt selbst erfahren. Aber wie ich der Furie schon sagte ... ich bin die
Beste auf meinem Gebiet!"

„Die Beste, die wir auf die Schnelle finden konnten",
murmelte Skip zynisch und Iselda schnalzte drohend
mit der Zunge.

„Na, na, na, mein Lieber. Hüte deine Zunge, sonst
überlege ich es mir vielleicht noch einmal anders und
werde meine Dienste nicht länger zur Verfügung stellen. Also", wandte sie sich nun wieder an mich und
schnippte ungeduldig mit den Fingern, „wir hatten einen Deal, junge Dame, und soweit Iselda weiß, hältst
du dich an deine Abmachungen."

Der Dämonendeal, auf den Iselda anspielte, versetzte mir einen Stich mitten ins Herz, dort wo es am meisten wehtat. Diese Hexe war tückisch, wir mussten sie definitiv im Auge behalten, wenn dieser Kampf vorüber war. Halte deine Freunde nah bei dir, aber deine Feinde noch näher.

Ich legte ein dickes Bündel Geldscheine in ihre Hand und nickte ihr zu.

„Danke schön", flötete sie und begann gleich darauf zu zählen.

Aufbruchsstimmung herrschte plötzlich in meiner kleinen, spartanisch eingerichteten Wohnung.

Ich zog mich währenddessen in mein Schlafzimmer zurück und legte meine Kampfmontur an, die komplett aus Leder bestand. In meinen Stiefeln, an meinen Oberschenkeln, an meinen Unterarmen und am Rücken versteckte ich sämtliche Messer und Waffen, die ich zu Hause gebunkert hatte. Allen voran meine Saigabeln, die auf keiner Mission fehlen durften.

Die Zaubertränke verstaute ich sicher in der Innentasche meiner Jacke, wo ich schnell herankommen würde.

Dann war ich abmarschbereit.

Ann und Skip begleiteten Kay und mich noch bis zur Grenze. Iselda wollte nicht mitkommen, aus Angst, man könnte sie mit Verrätern wie uns zusammen sehen, doch das sollte mir recht sein. Ich *war* eine verfluchte Verräterin, aber das war noch eine der kleinsten Sünden auf meiner Liste. Ich war nicht hier, um Buße zu tun, eher wollte ich meinen Sündenkatalog noch etwas aufpeppen. Ich schmunzelte bei diesen Gedanken und atmete dann tief durch.

„Da wären wir!"

Die schimmernde Barriere, die die Mauer zur Unterwelt abschirmte, ragte wenige Meter entfernt hoch über uns auf. Verspottend und einschüchternd.

Die latente Angst des Versagens drohte, mir meine Stimme zu nehmen und ich sah mich hilfesuchend nach der wärmenden Hand meiner Freundin um.

„Du schaffst das", flüsterte sie mir leise zu, sodass die Männer uns nicht hören konnten. „Aber solltest du beschließen, dass du das hier nicht tun willst, werde ich dich auf keinen Fall verurteilen und die anderen sicher auch nicht", sagte sie bestimmt und nickte noch einmal mit Nachdruck. Dafür liebte ich die hübsche Sirene, ja wirklich. Sie wollte mich dazu bringen, einen anderen Weg einzuschlagen, doch ich hatte mir etwas in den Kopf gesetzt. Meine Seele konnte nicht weiter auf dieser Welt wandeln, solange ich Jack in seinem Inneren gefangen wusste. Ich würde das hier tun müssen, nicht nur für Jack oder Empyrion, ich tat es für mich.

„Es ist nett, dass du das sagst, Anni, aber ich werde gehen."

Ann nickte unter Tränen und ich konnte förmlich sehen, wie die Angst ihr den Rücken hinaufkletterte, sich um ihre Brust legte und einen dunklen Schatten über ihr Herz warf.

„Für dich werden Tage vergehen, bis ich hierher zurückkehren werde, aber für mich nur wenige Stunden. Ich freue mich schon darauf, dass du mir bald wieder auf die Nerven gehen kannst." Ich lächelte meiner Freundin zu und wandte mich dann an Skip.

„Wenn Ann während meiner Abwesenheit etwas geschehen sollte, werde ich dich an deinen Eiern vom

Dach der Black Company baumeln lassen“, sagte ich ruhig und sah den Gestaltwandler dabei unverfroren an.

Dieser schluckte merklich und nickte dann bekräftigend.

„Gib auch auf dich gut acht“, forderte ich mit sanfter Stimme, „ich werde hier schließlich zwei Freunde zurücklassen. Eine Stunde bevor die Grenzen fallen, wirst du Ann nach New York schicken. Danach sollen die Agenten an strategisch sinnvollen Plätzen Stellung beziehen und die Dämonen beobachten. Greift nur ein, wenn es unbedingt nötig ist, ihr werdet in der Unterzahl sein und ich möchte die Männer keiner unnötigen Gefahr aussetzen, die unweigerlich mit dem Tod enden wird. Jede Seele eines Empyrianers, die mir in der Unterwelt begegnen wird, geht auf unsere Kappe, Skip, also halte dich an den Plan! Bleib im ständigen Kontakt mit den anderen Standorten. Ich glaube zwar zu wissen, dass die Dämonen in Black York am härtesten zuschlagen werden, denn hier wurde der Deal abgeschlossen, aber was in einem Dämon wirklich vorgeht, vermag niemand von uns zusagen.“ Als ich geendet hatte, sah ich meinem besten Freund tief in die Augen und versuchte die aufsteigenden Tränen zu unterdrücken. „Wir werden uns wiedersehen“, hauchte ich und strich ihm vorsichtig über die Wange. Ich konnte meinen eigenen Schmerz auch in seinem Gesicht erkennen, Skip wusste um die Gefahren meiner Mission, auch wenn wir beide auf das Beste hofften.

„Erinnere mich daran, dich auf einen Drink einzuladen, wenn du wieder da bist. Ich schulde dir noch einen“, entgegnete der Gestaltwandler heiser.

Ich nickte und wandte mich dann an Kay. Wir holten jeweils Iseldas kleine Fläschchen mit der dunkelroten Mixtur aus unserer Tasche und prosteten uns gegenseitig zu. Der Trank sah aus wie Blut, darum rechnete ich mit einem kupferähnlichen Geschmack, doch falsch gedacht. Es schmeckte eher süßlich, mit einer nachhallenden würzigen Note, die ich nicht benennen konnte. Alle Geschmacksnerven in meiner Mundhöhle wurden aktiviert und versuchten, die verschiedenen Aromen aufzunehmen. Es war wie ein kleines Feuerwerk, das auf meiner Zunge stattfand und sich mit dem Schlucken des Zaubers in meiner Kehle, meinem Bauch, in meinem Unterleib und schließlich zwischen meinen Beinen fortsetzte.

„Verdammt …“, keuchte ich und auch Kay knurrte auf. Als ich aufsah, erblickte ich seine schwarzen, alles verschlingenden Augen, die mich in ihre Tiefen hinabzuziehen drohten.

„Hat es gewirkt?“, fragte Ann skeptisch an Skip gewandt. „Ich kann sie immer noch sehen, von wegen Verschleierungszauber!“ Das letzte Wort umschloss sie mit imaginären Gänsefüßchen, die sie in die Luft malte, was Skip nur mit einem genervten Augenrollen kommentierte.

„Es hat … gewirkt“, keuchte ich und musste mich auf meine Knie stützen, um nicht auf der Stelle umzukippen. Meine Flügel hatten sich ausgebreitet und ich spürte, dass die Furie in ihrer vollkommenen Form von mir Besitz ergriffen hatte.

„Ach ja?“, fragte Ann aufgeregt. „Ich kann deine wahre Gestalt immer noch sehen. Ich glaube, Iselda hat die Wirkung des Tranks verfehlt. Du hast auch nicht gleich Kay angesprungen, also scheinen die Nebenwirkungen ebenfalls auszufallen. Alles, was der Trank bewirkt hat, ist, dass du dich verwandelt hast. Ich denke, wir sollten diesen Auftrag an dieser Stelle abbrechen", verkündete Ann und sah erwartungsvoll in Skips Richtung.

Dieser verschränkte jedoch lediglich die Arme vor der Brust und sah mich an, während er sprach. „Der Trank soll Tess auch nicht in Empyrion verschleiern, sondern in der Unterwelt, das heißt, wir können die Auswirkungen dieses Tranks auf dieser Seite der Grenze nicht wahrnehmen, wohingegen die Nebenwirkungen ..."

„Ich bin erregt, Ann! Also ja, absolut ... der Trank wirkt!", unterbrach ich Skip knurrend in seiner Ausführung. Verdammt noch mal! Ich hatte nicht damit gerechnet, dass der Zauber so stark sein würde. Die Lust raste durch meine Adern wie Feuer. Kein Wunder, dass die Furie an die Oberfläche gedrungen war, ich hätte sie mit nichts daran hindern können. Mein ganzer Körper war damit beschäftigt, nicht in Flammen aufzugehen und sollte der Vampir mich weiterhin mit einem solch intensiven Blick mustern, würde ich ihm wohl oder übel aufs Gesicht springen müssen! Ich hatte keine Ahnung, wie ich je wieder einen klaren Gedanken fassen sollte. So eine verdammte Scheiße!!!

Kapitel 14

Nach einem deutlich zu lang andauernden und tränenreichen Abschied machten Kay und ich uns auf in die Unterwelt. Wir hatten jeder eine Flasche mit dem Gegenmittel sicher verwahrt, um dieses so schnell wie möglich einzunehmen, sollten wir zurück sein. Doch das würde dauern. Die Zeit verging hier langsamer. Stunden würden sich wie Tage anfühlen. Wenn wir allerdings wollten, dass die Nebenwirkungen des Verschleierungszaubers uns nicht schon bald übermannten, sollten wir uns damit beeilen, Cole Black in den Tiefen dieser Hölle zu finden.

Ich plante, meinem Instinkt zu folgen und logisch an die Suche nach dem ehemaligen Leiter der Black Company heranzugehen, doch alles, woran ich denken konnte, waren Jack und Kay und die Macht, die zwischen ihren Beinen wohnte. Die Wirkung der Vulvariana ließ meine Gedanken nur um diese eine Sache kreisen, der ich mich nicht hingeben wollte. Skip hatte beim Abschied die Lust in meinen Augen erkannt und nicht mehr gewagt, mich zu umarmen, wofür ich ihm sehr dankbar war. Ann hingegen war nicht so feinfühlig gewesen. Ihre Berührungen hatten sich wie Flammen, die über meine Haut leckten, angefühlt. Ich hatte krampfhaft versucht, ein Stöhnen zu unterdrücken und war unendlich dankbar, als wir endlich die Grenze überschritten hatten.

Während ich noch dachte, die Nähe zu anderen Wesen würde meine Lust anfachen und dessen Fehlen meinen Widerstand stärken, so sehr irrte ich mich, als ich mit Kay allein war. Obwohl diese sowohl wichtige als auch riskante Aufgabe vor uns lag und eine Welt voller Dämonen zwischen uns und unserem Ziel wachte, konnte ich doch nur jede Bewegung meines Gefährten mit den Augen verschlingen und mir wünschen, seine Hände auf meiner Haut zu spüren. Jeden Schritt, den ich tat, jede Anstrengung meiner Muskeln erfolgte lediglich durch automatisierte Befehle, die mein Gehirn an meine Nervenzellen weitergab. Denn alles, womit sich mein Verstand beschäftigte, war niederer und wollüstiger Natur.

Ich wusste, dass Kay mich aus den Augenwinkeln beobachtete, während wir durch eine steinige Wüste der Finsternis wanderten, die karge, ausgestorbene Welt der Dämonen vor uns.

Ich konnte dieser toten Landschaft nichts abgewinnen. Sie war mit einer leeren Einöde zu vergleichen, die sämtliches Leben, ob Vegetation oder Tiere, gänzlich vermissen ließ. Eine trostlose, raue Welt, gespickt mit messerscharfen Felsen, die Umrisse nur zu erahnen durch das blutrote Glimmen am Horizont.

Wir stiegen hinweg über Steine, keinem konkreten Weg folgend. Ich musste mich auf das wenige, was meine Augen erkennen konnten, und meinen Tastsinn verlassen. Ich hatte wahrlich das Reich der Schatten betreten.

Ich stützte mich gerade an einem der heißen, rauen Steine ab, als Kay plötzlich wie angewurzelt stehen blieb.

„Was ist?", flüsterte ich sofort alarmiert.

Kay scannte unsere Umgebung und bewegte sich dann lautlos auf mich zu, bis er dicht neben mir stand und sein Duft all meine Sinne überschwemmte.

„Wir sind nicht allein, Tisiphone."

Ich schluckte trocken und versuchte, in dem dämmrigen, rötlichen Licht irgendetwas zu erkennen, aber meine Augen hatten große Schwierigkeiten, die kantigen Felsen von den lauernden Schatten zu unterscheiden.

„Ich kann nichts–"

„Schhhh", zischte Kay und drängte mich langsam zurück.

Ich wollte gerade dagegen protestieren, mich hier so herumschubsen zu lassen, als ich eine nebulöse, kalte Präsenz direkt vor mir spürte. Erschrocken schnappte ich nach Luft und krallte mich in Kays muskulösen Unterarm.

Der Schatten manifestierte sich und noch ehe ich ein weiteres Mal blinzeln konnte, schaute ich in die rot glühenden Augen eines Dämons.

Die Kreatur blickte mich direkt an und ich wagte nicht einmal zu atmen, so sehr lähmte mich die Angst. Panik schnürte mir die Kehle zu und ich schielte mit schreckensweiten Augen zu Kay hinüber, der ebenso erstarrt war wie ich. Er fixierte die Gestalt und ich konnte spüren, wie seine Hand hinter sich und unter seine Jacke griff, um offenbar nach einer Waffe zu tasten. Doch ich drückte ängstlich seinen Arm, um ihn in seiner Bewegung innehalten zu lassen. In meinem Kopf verfestigte sich der Gedanke, dass sobald wir unser Gewicht auch nur einen Millimeter verlagerten, uns das

Schattenwesen angreifen würde. Davon war ich zu 100 Prozent überzeugt.

Der Dämon hob die Nase in die Luft und schnupperte wie ein Jagdhund, der die Fährte seiner Beute aufgenommen hatte, und ich verfluchte mich innerlich dafür, heute Morgen Parfum aufgelegt zu haben.

Die Kreatur aus der Unterwelt strich lautlos um uns herum und leckte sich gierig über die Lippen. Als es die Hand hob, um nach uns zu greifen, zuckte ich instinktiv zurück und kniff panisch die Augen zusammen, in Erwartung, der Dämon würde uns jeden Moment angreifen, doch nichts geschah. Die Klaue des Schattenwesens fuhr einfach durch uns hindurch, als wären wir nur Schall und Rauch.

Ich blinzelte vorsichtig durch meine Wimpern hindurch, und als die Kreatur uns weder packte noch angriff, breitete sich ein siegesgewisses Grinsen auf meinen Lippen aus. Ich wollte gerade einen Schritt auf den Dämon zumachen, um meinen Verdacht des körperlosen, unsichtbaren Zustandes zu bestätigen, als sich ein zweites Schattenwesen zu dem ersten gesellte.

„Was siehst du?", fauchte die zweite Kreatur und ihre Stimme, die sich anhörte wie Nägel, die über eine Schiefertafel kratzten, fuhr mir durch Mark und Bein. Eine Gänsehaut überflutete meinen Körper und ich verzog angewidert das Gesicht.

„Ich spüre eine Präsenz. Sie ist stark, aber ich kann sie nicht richtig erfassen, Meister", schnarrte der erste Dämon.

„Hier ist nichts. Zurück auf deinen Posten, Dämon! Es müssen noch einige Vorbereitungen getroffen werden,

bevor wir die Grenzen dieser lästigen Kreaturen über-
queren.“

Und mit diesen Worten löste sich der zweite Dämon
wieder in schwarzen Rauch auf und verschwand. Der
andere Dämon sah noch eine Weile in unsere Richtung,
scannte uns mit seinen durchdringenden roten Augen,
aber dann löste auch er sich in Schatten auf.

Sobald wir wieder allein waren – zumindest so allein,
wie man es sein konnte, mit Dämonen, die über uns
hinweg flogen und überall in Form von Rauch und
Schatten um uns herum waberten – atmete ich erleichtert auf.

„Das war–“

„Knapp“, beendete Kay meinen Satz und sah zu mir
herab.

„Und krass. Ich dachte wirklich, jetzt haben sie uns.
So viel können wir mit Sicherheit sagen: Iseldas Zauber
funktioniert!“

Wir setzten unseren Weg durch die tote Landschaft
fort. Je weiter wir in die Unterwelt vordrangen, desto
mehr Schatten zogen an uns vorüber. Einige Dämonen
materialisierten sich genau zwischen oder neben uns
und es dauerte eine Weile, bis ich nicht mehr ertappt
zusammenzuckte. Nach einiger Zeit gewöhnte ich mich
sogar fast daran. So skurril das auch klang.

Als die Aufregung über die Dämonen allerdings vorüber war und wir uns dank des Zaubertranks in Sicherheit wähnten, machte ein anderes Problem wieder
auf sich aufmerksam. Ich hatte das Verlangen ver-
drängt, doch es war da. Jetzt noch viel präsenter als vor
dem Vorfall mit dem Dämon. Ich fragte mich, ob auch

Kay allmählich die Nebenwirkungen zu spüren bekam, schließlich marschierten wir schon seit einigen Stunden durch die trostlose Steinwüste. Zumindest, wenn ich meiner inneren Uhr Glauben schenken durfte.

Der Vampir unterzog mich einer prüfenden Musterung, als versuchte er herauszufinden, wie sehr ich davor stand, in den Abgrund zu stürzen, und seine intensiven Blicke waren dabei nicht gerade hilfreich.

„Bitte", hauchte ich und versuchte krampfhaft, eine gerade Haltung anzunehmen, „hör auf mich so anzusehen, Kay!"

„Ihr seht nicht gut aus, Tisipho–"

„Sag nicht meinen Namen!", knurrte ich frustriert und formte mit meiner linken Hand eine Faust.

Kay nickte lediglich und ging weiter voraus.

„Woher weißt du überhaupt, dass wir auf dem richtigen Weg sind, hmm? Ich meine, kennst du dich hier aus? Wir sind doch bestimmt schon seit Stunden unterwegs und haben nichts Brauchbares entdeckt, außer einem erhöhten Aufkommen von Dämonen. Wir sind nicht einmal auf so etwas wie eine Stadt oder ein Dorf gestoßen ... haben Dämonen überhaupt Städte? Vielleicht sollten wir in der Kanalisation nach ihren Kerkern suchen, da gehört dieses Drecksvolk eh hin. Aber eine Kanalisation findet man nur in einer Stadt und da ist keine Stadt, da draußen ist rein gar nichts! Nichts außer den fliegenden Schatten, diesem gruseligen roten Glimmen und diesen spitzen Felsen, die mich bei jedem verdammten Schritt zu Fall bringen wollen." Die letzten Worte schrie ich förmlich hinaus, woraufhin Kay stehen blieb und mich besorgt musterte.

„Ihr redet wirr, Furie. Das ist das Fieber der Lust, das Euch den Verstand vernebelt, vielleicht sollte ich …“

„Nein“, entgegnete ich bestimmt und schüttelte wieder und wieder mit dem Kopf. „Ich halte es noch aus, mir ist nur etwas heiß. Ich meine, wir sind in der Hölle, logisch ist es hier heiß … vielleicht“, ich schluckte mehrmals und verschlang Kay mit den Augen, „vielleicht sollten wir uns ausziehen … ja, ich denke, das sollte helfen.“

Ohne es zu bemerken, hatte ich angefangen, mit meinen Händen über meinen Körper zu fahren, während ich mir auf die Lippen biss und den Vampir mit dieser Geste zu mir lockte.

„Tess, Ihr solltet nicht …“ Kay stand nun ganz nah bei mir und schaute mit seinen tiefschwarzen Augen auf mich herab. Erneut bewunderte ich die Dunkelheit, die in ihm zu wohnen schien, und dennoch war der Mann, der vor mir stand, alles andere als bösartig.

Als er seine Hand hob, um damit seicht über meine Wange zu fahren, stolperte ich schnell einen Schritt zurück. Was tat ich da?! Wir waren hier, um Cole Black zu finden und aus ihm die Informationen herauszuholen, die Jack retten sollten.

„Wir sollten weitergehen“, sagte ich trocken und wagte es nicht, Kay erneut anzusehen. „Hast du zumindest ungefähr eine Idee, ob wir richtig sind?“

Kay nickte. „Aye, allerdings kann ich Euch nicht sagen warum, ich habe es im Gefühl. Die Festung der Dunkelheit zieht mich an und bemächtigt sich meiner Seele. Ich kann es fühlen, die Kälte, den Tod, die Einsamkeit.“

„Solange uns dein *Gefühl* den richtigen Weg weist ...", murmelte ich spöttisch. Das war fies, aber ich war auch ziemlich gereizt. Ich konnte nur hoffen, dass Kay es mir nachsah.

Ich nickte dem Vampir zu und folgte ihm tiefer in die raue Felslandschaft hinein, natürlich nicht ohne diesen straffen, festen Hintern zu bewundern. Verdammt, warum konnte kein hässlicher Kobold mit mir in die Unterwelt reisen?!

„Spürst du ... denn gar nichts?", fragte ich unsicher und schloss auf, um neben Kay gehen zu können.

Sein Blick musterte mich von oben bis unten und ich spürte eine erneute Hitzewelle durch meinen Körper rasen.

„Nicht", flüsterte ich leise. „Schau mich bitte nicht so an, Kay, dann fällt es mir nur schwerer ..."

„Vielleicht möchte ich, dass Ihr die Kontrolle verliert, Tisiphone." Kay wandte sich wieder dem Horizont zu und ich schluckte hart. „Ich kann es ebenso fühlen wie Ihr. Die Lust glüht unter meiner Haut und wartet nur darauf auszubrechen. Ihr seid nicht die Einzige, die um ihre Beherrschung kämpft."

Es beruhigte mich, dass ich nicht allein von Wollust getrieben war, aber ein Blick in Richtung des Vampirs zeigte mir, dass er sich um einiges besser unter Kontrolle hatte als ich mich. Ich spürte den Drang, mich ihm hinzugeben, der Lust nachzugeben, der Befriedigung entgegenzufiebern ... Gott, wie gerne hätte ich einfach mein Gewissen in den Wind geschossen und diese letzte Grenze überwunden, aber ich konnte einfach nicht. Auch wenn die Pflanze mich antrieb und mein Verlangen eine Nebenwirkung war, wusste ich doch auch, dass ein Teil meiner Seele immer noch an dem Vampir hing und so durfte es auf keinen Fall er sein, dem ich mich hingab. Das konnte ich Jack nicht antun. Wir waren nicht zusammen und hatten uns nichts versprochen, aber damals vor zehn Jahren, da war etwas zwischen uns niedergerissen worden. Die Mauer, die all die Jahre da gewesen war, war endlich gebröckelt und ohne je ein Wort darüber verloren zu haben, hatte ich das Gefühl, dass wir uns damals gegenseitig etwas geschworen hatten. Ich durfte dieses ungesagte Versprechen nicht brechen. Ich konnte stark sein, ich *würde* stark sein und ich würde Jack befreien.

Ich atmete tief durch und setzte einen Fuß vor den anderen. Weitergehen, einfach immer weitergehen.

So ging es gefühlt Stunde um Stunde und während der Schweiß zwischen meinen Brüsten hinabrann, sah ich immer wieder in die tiefschwarze Finsternis, die wie eine Wand vor uns aufragte. Durchzogen von wimmelnden Schatten und lediglich unterbrochen von dem blutroten Streifen am Horizont.

Würde der Boden plötzlich vor unseren Füßen enden, hätten wir es nicht einmal bemerkt, denn die Finsternis war allgegenwärtig. Ich wusste nicht einmal, ob ich noch auf festem Grund stand. Die Dunkelheit um mich herum ließ mich orientierungslos in der Unterwelt zurück, umgeben von messerscharfen Felsen, rotäugigen Dämonen und der Angst im Herzen, hier nie wieder herauszufinden. Nur der Vampir an meiner Seite erinnerte mich daran, dass ich immer noch auf einer Mission war und nicht längst dem Tod Gesellschaft leistete.

Das Verlangen in meinem Inneren tobte derweil erbarmungslos weiter, wallende Flammen, die abflauten, nur um dann mit einer noch gewaltigeren Kraft zurückzukehren. Ich musste immer wieder stehen bleiben und mich ausruhen, um neue Kraft zu schöpfen, und weil meine Hose sich an einer unangenehmen Stelle zwischen meinen Beinen rieb. Meine Hand wanderte wie ferngesteuert immer wieder zu meinen Brüsten, um sanft über sie zu fahren und die zarte Haut zu reizen. Dann und wann war eine so elektrisierende Spannung zwischen Kay und mir zu spüren, dass ich das Gefühl hatte, die Luft knisterte um uns herum.

Meine Gedanken drehten sich fast nur noch darum, meiner quälenden Lust Abhilfe zu schaffen, doch ein kleiner, rational denkender Teil in mir wusste, sobald ich mich das erste Mal berühren würde, wäre der Damm gebrochen und es gäbe kein Zurück mehr. Sobald ich diesem niederen Instinkt nachgab, würde die eigene Selbstbefriedigung nicht länger ausreichen, um mich bei klarem Verstand zu halten. Von diesem Zeitpunkt an würden ausschließlich Kays Berührungen mir für einen kurzen Augenblick Ernüchterung verschaffen und das wollte ich unter allen Umständen verhindern.

Als Kay abrupt stehen blieb, woraufhin ich in seinen starken, muskulösen Rücken rannte, hielt ich mich unweigerlich an ihm fest, um nicht zu stürzen, doch anstatt meine Hände gleich wieder wegzureißen, weil ich mich an seiner glühenden Haut verbrannt hatte, ließ ich sie auf Erkundungstour gehen.

„Die dunkle Festung", hauchte Kay und drehte seinen Kopf leicht zur Seite, um mich aus den Augenwinkeln zu beobachten. Doch ich hörte gar nicht hin. Meine Hände und meine Libido hatten meinen Verstand okkupiert, ich war nicht mehr handlungsfähig.

Meine Handflächen strichen über Kays Rückseite und ich konnte ein Stöhnen nicht unterdrücken, als ich mich an seine Seite presste. Seine starken Arme umfingen mich und ich konnte seinen stockenden Atem an meinem Ohr fühlen.

„Ihr habt Euch den denkbar schlechtesten Zeitpunkt ausgesucht, um Eure Prinzipien über Bord zu werfen, Tisiphone."

Ich wandte den Kopf und als meine Lippen, die seinen streiften, war es um mich geschehen. „Kay", hauchte ich und der entzückte Laut, den meine Kehle von sich gab, wurde von dem leidenschaftlichen Kuss des Vampirs verschluckt.

Seine Hand grub sich in mein volles Haar und mit der anderen an meinem Rücken presste er mich noch enger an sich, sodass ich seine harte Männlichkeit an meinem Bauch spüren konnte.

„Ich will dich", keuchte ich und war vollkommen wahnsinnig vor Lust. Ich biss Kay leicht in den Hals, was ihn aufknurren ließ. Der Vampir drängte mich zurück, bis ich plötzlich eine Felswand in meinem Rücken spürte und schon machten sich seine Hände an meiner Kleidung zu schaffen. Vergessen war die Mission, unser Auftrag, der Ort, die Zeit und die Dämonen, die in unserer Nähe lauerten. Doch während ich mit meiner Gier den Jagdtrieb des Vampirs geweckt hatte, schien mein rational denkendes Bewusstsein plötzlich

Kays Worte Revue passieren zu lassen. Was hatte er gesagt, bevor ich diesem fantastischen Rücken gehuldigt hatte?! *Die dunkle Festung?*

„Kay", zischte ich und schob den Vampir mit aller Macht von mir. „Wir haben sie gefunden, die Festung!" Mein Blut geriet in Wallung und ich konnte einen kleinen Hoffnungsschimmer fühlen, der sich sofort in der unteren Region meines Körpers ausbreitete und dort zu pulsieren begann. Wie gerne hätte mein Körper diesen kleinen Triumph mit einem Orgasmus – oder einer dreitägigen Orgie – gefeiert. Ich zwang mich dazu, wieder an Jack zu denken, was meinem Verstand und meinem Herz erneut einen Stich mit einem heißen Schürhaken versetzte, doch es half dabei, meinen Körper zumindest wieder etwas herunter zu kühlen.

„Bitte", flüsterte ich an Kay gewandt, der versuchte, mich mit seinen Augen in seinen Bann zu ziehen. „Wir haben es gefunden, Kay – ihr Hauptquartier! Du hast es gefunden. Wir müssen Cole Black suchen, bitte, ich brauche deine Hilfe!" Mein flehentlicher Unterton schien den Vampir aus dem Nebel der Lust zu reißen und ich konnte sehen, wie Kay zu mir zurückkehrte.

„Verdammt, Tisiphone", knurrte er und schüttelte kurz seinen Kopf. „Das war ..."

„Knapp?", beendete ich dieses Mal seinen Satz und wagte es, ihm ein amüsiertes Grinsen zuzuwerfen. „Was du nicht sagst. Komm schon, wir haben eine Mission!"

Kay nickte und so bekämpften wir das Verlangen in unserem Inneren mit der stärksten mentalen Kraft, die ich jemals hatte aufbringen müssen. Keine Ahnung, wie lange ich das noch aushalten würde...

Kapitel 15

Wir schlichen zwischen den immer höher aufragenden Gesteinsbrocken entlang durch Höhlen und Tunnelsysteme, die keiner bestimmten Richtung oder logischen Infrastruktur zu folgen schienen. Ich hatte keine Ahnung, ob diese Festung der Finsternis tatsächlich von den Dämonen angelegt oder ob sie lediglich so genannt worden war, weil die Felsen hier immer massiver wurden und die vielen Höhlen, verbunden mit den Tunneln, eine steinerne Festung erahnen ließen.

Durch die hoch aufragenden Gesteinsschichten war es hier definitiv noch düsterer als auf der weiten Ebene und ich musste mich mehr auf meinen Tastsinn als auf meine Augen verlassen. Meine Hände und Kay wiesen mir den Weg, während die messerscharfen Felsen in all der Dunkelheit zu einer einzigen finsteren Masse mit ihrer Umgebung verschmolzen.

„Dort vorn geht es weiter", flüsterte Kay mir zu und seine Lippen plötzlich so nah an meinem Ohr zu fühlen, verpasste mir sofort wieder eine Gänsehaut und ließ eine weitere Welle des Verlangens über meinen Körper hinwegspülen.

„Nicht so nah", knurrte ich leise zurück und atmete mehrmals tief durch, um mein erhitztes Gemüt wieder zu beruhigen.

Kay nahm mich bei der Hand und zog mich zu einer Klippe von der Stufen hinab in eine Finsternis führten, dessen Treppenende durch das blutrote Flimmern gekennzeichnet war.

„Wo führst du mich hin?", fragte ich leise, wobei ich nicht wusste, ob ich die Frage mir selbst oder dem Vampir stellte.

„Kommt, Tisiphone!"

Stufe um Stufe stiegen wir hinab in die Unterwelt, die ihren Namen nicht von ungefähr besaß. Und je weiter wir hinunterschritten, desto lauter vernahmen wir die gequälten Schreie der Geächteten.

„Das sind …"

„Seelen", beendete Kay meinen Satz und in mir zog sich alles panisch zusammen.

„Das klingt, als seien es tausende."

„Es werden weit mehr sein, Tisiphone. Die Folter der Dämonen überdauert Jahrhunderte. Eine gepeinigte Seele kann erst entfliehen, wenn sie durch die eines geliebten Wesens ersetzt wird."

Erschrocken riss ich die Augen auf und starrte Kay entsetzt an. „Das ist furchtbar."

„Wir sind in der Unterwelt", entgegnete der Vampir schlicht. „Wie hoch der Preis eines Deals ist, erfahren die meisten Seelen erst, wenn sie hier unten landen."

Ich schluckte ängstlich und folgte Kay weiter die Stufen hinab.

„Cole Black ist keine dieser gepeinigten Seelen, wir werden ihn nicht im Fegefeuer finden."

„Was? Wieso? Was meinst du damit?" Irritiert blieb ich stehen und versuchte, in der Dunkelheit Kays Augen zu erspähen. „Was macht dich da so sicher?"

„Ich habe viele Seelen genommen, Tisiphone. Nicht alle davon landeten hier, aber doch einige. Ich kann sie fühlen ... jede Einzelne von ihnen. Sie wiesen mir den Weg hierher und sie verraten mir auch, dass der Mensch Cole Black nicht unter den geächteten Seelen zu finden ist."

Ich konnte nicht glauben, was Kay mir da sagte. Er war ein Vampir, einer der ältesten, die ich kannte und ich wusste, dass er gemordet hatte. Aber ich hatte mir niemals ausgemalt, dass die Seelen seiner Opfer direkt ins Fegefeuer fuhren. Kay hatte hauptsächlich Menschen getötet, und nach meinem Kenntnisstand gelangte die Seele eines Menschen nur in die Unterwelt, wenn sie einen Deal mit einem Dämon abgeschlossen hatte.

Ich versuchte, das Bild von einem wildgewordenen Vampir abzuschütteln und ließ mich weiter von ihm die steile, grob behauende Steintreppe hinuntergeleiten, die überhaupt kein Ende zu nehmen schien.

„Und wo sollen wir Cole Black dann suchen?"

„Im Gefängnis des Fürsten."

„Dem Dämonenfürsten?", quiekte ich panisch und drückte Kays Hand fester.

„Ja, meine Schöne. Cole Black ist eine wichtige Schlüsselfigur im Kampf gegen die Empyrianer. Der Fürst wird seine Seele nicht mit den anderen im Fegefeuer brennen lassen."

„Heilige Elfenscheiße!" Ich versuchte, mich zu beruhigen, was mir nur schwerlich gelang. Der Dämonenfürst war für mich immer ein abstraktes Wesen meiner gefürchtetsten Albträume gewesen. Wir hatten immer nur gehört, dass die Dämonen sich unter einem neuen Anführer vereint hatten, aber ich hatte nie damit gerechnet, ihm einmal so nah zu kommen. Geschweige denn sein Gefängnis nach meinem ehemaligen Boss zu durchforsten.

„Wir sind da", hauchte Kay und meine Füße verließen die letzte Stufe und betraten dampfenden, heißen Steinboden, der sich durch meine Schuhsohlen zu brennen schien.

„Willkommen im Fegefeuer, Tisiphone!"

Es war heiß. So brüllend heiß, dass sich meine Haut von meinen Knochen schälen wollte. Wenn ich vorher gedacht hatte, ich hielte es kaum in meinen Klamotten aus, dann wollte ich sie mir jetzt definitiv vom Leib rei-ßen – und meine Haut am liebsten gleich mit. Die Hitze des Fegefeuers und die Lust, die mich von innen auf-heizte, sorgten dafür, dass ich das Gefühl hatte, an Ort und Stelle zu schmelzen.

„Kay", keuchte ich und klammerte mich Hilfe su-chend an seinen Arm, „ich kann nicht mehr. I-ich ... es ist zu heiß. Bitte, ich muss hier raus, ich ..."

Kay wandte sich zu mir um, schob mich aus dem Gang, den wir gerade hinabschritten, und in eine dunkle Nische.

Durch das Feuer, das in jeder Ecke zündelte, konnte ich im Herzen der Unterwelt erstaunlich gut sehen, bes-ser als noch oben auf der toten Ebene.

„Ihr müsst Euch zusammenreißen, Furie. Die Kerker sind hier ganz in der Nähe, ich kann es spüren. Vergesst nicht, warum Ihr hergekommen seid. Ihr tut das für Jack!"

Jack! Da war sie, meine Schwachstelle, mein Wunder-punkt, mein Kryptonit und die Liebe meines Lebens.

Aber war dem wirklich so? Die Hitze in meinem Inneren, die mich immer näher zu Kay zog, vernebelte allmählich meine Sinne. Ich konnte nur noch an ihn denken und ich wusste nicht, ob das so war, weil er der einzige Mann in der Nähe war oder wegen dem, was kürzlich zwischen Jack und mir geschehen war.

Ich presste mich an die heiße Steinwand und versuchte, etwas mehr Abstand zwischen mich und Kay zu bringen, denn ein neuer Schauer der Lust züngelte über meinen Körper hinweg.

„I-ich ... oh Gott." Ich schloss die Augen und lehnte den Kopf zurück, um die Gedanken an einen nackten Vampir, der sich auf mir bewegte, aus meinem Kopf zu verbannen, aber die Bilder verschwanden nicht. Meine Hände krallten sich in den Stein, damit sie nicht auf die dumme Idee kamen, Kay hier und jetzt die Klamotten zu zerfetzen.

„Tisiphone, Ihr müsst Euch befriedigen, Ihr könnt Euch kaum noch bewegen. So werden wir es nie rechtzeitig aus der Unterwelt schaffen. Denkt an Jack, denkt an Eure Freunde, an Empyrion."

Ich schüttelte den Kopf, die Augen weiterhin geschlossen.

Ein ungeduldiger und zerknirschter Kay – ja, zerknirscht! So hatte ich ihn noch nie erlebt – beugte sich zu mir, sodass ich seine Stimme direkt neben meinem Ohr vernahm. „Ich werde Euch hier nicht mit Gewalt nehmen, Tisiphone, aber wenn Ihr nicht sofort selbst Hand an Euch legt, werde ich es tun müssen."

Und mit diesen Worten war es um mich geschehen.

Wie in Trance lösten sich meine Hände von der Steinwand in meinem Rücken und machten sich fahrig an dem Knopf meiner Hose zu schaffen. Kay wich nicht von meiner Seite, sondern lehnte sich weiter vor, so nah, dass ich von seinem Geruch und seinem leisen Knurren betört wurde, als ich meine Hand in die Hose fahren ließ.

Ich glitt in mein Höschen und fand das Zentrum meiner Lust nass und bereit vor. Nur eine federleichte Bewegung meines Fingers über die kleine Knospe und ein Blitz zuckte durch meinen Körper. Ich riss die Augen auf, obwohl ich mir fest vorgenommen hatte, sie geschlossen zu halten. Ich wollte Kay nicht ansehen, wollte seinen Ausdruck der Gier und dieses verruchte Grinsen nicht sehen, mit dem er mich bedachte. Sein Blick senkte sich zu der in meiner Hose steckenden Hand hinab und seine Augen wurden eine Nuance dunkler. Ich begann, mich zu streicheln und wanderte mit der anderen Hand zu meiner Brust, die ich sanft knetete.

Kays Hände krallten sich nun krampfhaft in den Felsen neben meinem Kopf und brachen sogar faustgroße Stücke heraus, so sehr musste er sich zurückhalten, mir nicht zur Hand zu gehen.

Ich spürte seinen Atem an meinem Hals und schloss ergeben die Augen. Wie sollte ich auch nur eine weitere Minute durchstehen, ohne Kay an mich heranzulassen?

„Tisiphone", stöhnte er in diesem Moment und ich drängte mich mit meinem Körper an ihn, während ich mich weiter befriedigte. Ich spürte, dass ich kurz davor stand, die Beherrschung zu verlieren. Ich musste so schnell wie möglich einen Orgasmus bekommen, ansonsten würde ich mich der Gier des Vampirs jeden Moment hingeben.

Ich keuchte und bewegte meine Hand schneller, doch immer, wenn ich kurz davor stand, über die Klippe zu stürzen, schien jede Zelle meines Körpers sich gegen mich verschworen zu haben. Der letzte Funke, die Berührung, die mich endlich in andere Sphären katapultieren sollte, blieb aus. Mein Geschlecht war so sensibel, dass der kleinste Windhauch allein hätte ausreichen müssen, um mich zum Orgasmus zu bringen, doch ... nichts. Was hatte Iselda mir noch erzählt?! Mich selbst zu befriedigen, würde mir keine Linderung verschaffen. Das war Teil des Fluchs.

Mit geschlossenen Augen ließ ich meinen Kopf frustriert zurückfallen und rieb so rabiat über meine Klit, dass es fast schmerzte, doch da war kein Kribbeln, kein Zusammenziehen, kein Orgasmus.

„Beiß mich", knurrte ich und öffnete meine Augen, um Kay fixierend zu beschwören.

„Seid Ihr Euch sicher? Eure Lust wird dadurch nicht gemildert, sondern gesteigert."

„Tu es", forderte ich und legte den Kopf zur Seite, um Kay einen besseren Zugang zu meinem Hals zu gewähren. Ich dachte, er würde sofort seine Zähne in meinem Fleisch versenken, doch sowohl zu meinem Entsetzen als auch zum Vergnügen meines Lustzentrums leckte er zunächst über die empfindliche Stelle meines Halses und ich glaubte, vor Wonne sterben zu müssen.

„Kay", stöhnte ich, krallte mich in sein Hemd und zog ihn näher an mich heran. „Verdammt!" Ich schlang mein Bein um die Hüfte des Vampirs und begann mich an seiner harten Mitte zu reiben. Dieses Gefühl … Gott, dieses Feuerwerk, was in diesem Moment zwischen meinen Beinen stattfand, war unbeschreiblich. Und dann endlich biss Kay zu und ich stöhnte kehlig auf.

„Ja … verflucht ja, mach weiter." Ich bewegte mich heftiger zwischen ihm und den Felsen und wie von Sinnen wanderte Kays Hand in meine Hose und ersetze meine eigene, die sich nun an seiner Erektion zu schaffen machte. Wahllos strich ich über seine lange Härte und hatte längst sämtliche Kontrolle über Bord geworfen. Als Kays Finger genau den richtigen Punkt fanden, krallte ich mich nur noch fester in seine Hüfte und ließ die Ekstase über mich hinwegfegen. Ich kam so heftig, dass ich glaubte, die Besinnung zu verlieren. Kays Saugen an meinem Hals, seine geschickte Hand und seine Männlichkeit, die sich an mich drängte, taten ihr Übriges und ich kam sofort ein weiteres Mal.

„Kay", stöhnte ich laut, riss ihn von meinem Hals und begann, ihn so leidenschaftlich und wild zu küssen wie eine Ertrinkende. Ich schmeckte ihn und die kupferne Note meines Blutes auf seiner Zunge und wie schon damals wirkte diese Kombination wie ein Aphrodisiakum. Wir bewegten uns wie eine Einheit und ich verlor mich in dem Verlangen, der Ekstase und der Leidenschaft, die in uns wütete wie um uns herum das Fegefeuer.

Als ich mich an seinem Gürtel zu schaffen machte, allerdings ohne Erfolg, weil meine Hände zu stark zitterten und mir ihren Dienst in jeglicher Weise versagten, stoppte Kay mich. Er stieß sich schweratmend von mir ab und verschlang mich mit gierigen Blicken.

„Wollt Ihr das Feuerwerk hier fortführen oder ist Eure Lust fürs Erste gestillt und wir können weiter nach Mr. Black suchen?", fragte er ruhig und schien die Kontrolle über seinen Körper schneller zurückzugewinnen als ich.

Meine Brust hob und senkte sich schnell und ich brauchte einige Sekunden, um zu verstehen, was der Vampir gerade gesagt hatte.

„J-ja ich denke …", ich schluckte mehrmals und versuchte, mich nicht in Kays Augen zu verlieren, „ich denke, wir können weiter."

Immer noch von Sinnen und auch beschämt, weil ich einfach nicht genug bekommen konnte und Kays Verhalten einer Zurückweisung glich, schloss ich meine Hose wieder und wischte mir über den Hals und den Mund, um die Reste meines Blutes zu entfernen.

„Danke", murmelte ich mit gerunzelter Stirn und immer noch leicht neben mir stehend.

„Gern geschehen und seid gewiss, meine Schöne, ich für meinen Teil hoffe, dass diese Mission noch einige Stunden anhält, denn ich kann es kaum erwarten, Euch auf die Weise zu nehmen, wie Ihr es Euch eben von mir gewünscht habt." Mit einem süffisanten Schmunzeln ging Kay an mir vorbei und übernahm wieder die Führung in die Tiefen der Unterwelt.

Und schon spürte ich, wie das Lustzentrum in mir erneut anschwoll und eine Reihe von Schauer über meine Haut jagte. Ehrlich jetzt, musste er diese Nebenwirkung der Pflanze auch noch mit seinen Worten anheizen?

Ich schüttelte den Kopf, um wieder einen klaren Verstand zu bekommen und schloss zu dem Vampir auf.

Kapitel 16

Je näher wir dem Zentrum der Hölle kamen, ich glaubte zumindest, dass es das Zentrum war, desto mehr Dämonen begegneten uns.

Als wir um die nächste Ecke bogen, hielt Kay abrupt an und duckte sich. Ich tat es ihm gleich und zückte eine meiner geliebten Saigabeln.

„Ärger?", fragte ich und sah über meine Schulter, um uns Rückendeckung zu geben, doch der Gang hinter uns war leer.

„Wir sind da." Kay drehte sich zu mir und deutete mit seinem Kopf in die Richtung, in die er eben noch angespannt gespäht hatte. Und tatsächlich: Vor uns lag eine Reihe von Gefängniszellen, die meisten von ihnen leer. Mein Verstand wusste warum, aber ich wollte mir nicht einmal vorstellen, wie viele unschuldige Empyrianer in diesen Zellen um ihre Freiheit gefleht hatten, die ihnen letztendlich verwehrt worden war.

Wir schlichen an den Gittern vorbei und linsten in jedes dunkle Loch, bis wir nach etwa der Hälfte endlich fündig wurden. Ich konnte meinen Augen kaum trauen. Da war er, der ehemalige Boss der Black Company, und saß zusammengesunken in seiner Zelle. Ein falsches Abbild dessen, was er einst gewesen war. Nein, das war nicht mehr Cole Black. Vor uns saß ein gebrochener Mann, dem man alles genommen hatte.

Ich konnte die Genugtuung, die ich bei diesem Anblick verspürte, kaum in Worte fassen, so eine diebische Schadenfreude erfüllte mich.

„Hallo Boss, schön, Sie zu sehen", flüsterte ich und konnte den spöttischen Unterton in meiner Stimme kaum verbergen.

Cole Blacks Kopf schoss nach oben und seine Augen suchten hoffnungsvoll die Person, zu der die Stimme gehörte, die er gerade vernommen hatte. Als unsere Blicke sich trafen, erlosch der Hoffnungsschimmer in seinen Augen allerdings wieder. Ich wusste nicht, was er in meiner Miene gelesen hatte, aber es musste etwas gewesen sein, was ihn an jeglicher Rettung zweifeln ließ. Zumindest durch meine Person.

„Und, wie gefällt Ihnen Ihr neues Büro?", fragte ich feixend und vernahm beleidigt Kays drohendes Knurren. Durfte man sich keinen Spaß mehr mit seinem infernalischen Boss erlauben?

„Tess Hope, was verschafft mir die Ehre?" Der Arroganz, die seit eh und je in Cole Blacks Stimme mitschwang, wurde auch in den Tiefen der Unterwelt, nur wenige Meter vom Fegefeuer entfernt, kein Abbruch getan. Die Selbstsicherheit, die nun in seine Haltung zurückkehrte, brachte mich dazu, die Gitterstäbe vor mir noch fester zu umgreifen, sodass meine Fingerknöchel weiß hervortraten. Dieser verdammte Bastard war immer noch ein Arschloch durch und durch. Hoffentlich konnten wir ihn ködern, damit er uns etwas über seine Schlampe von einer Stabschefin erzählte, ansonsten wäre alle Anstrengung umsonst gewesen.

„Ach wissen Sie, ich wollte mich nur ein wenig an Ihrem Leid ergötzen. Sie machen sich gut im Arsch des

Teufels, das muss ich Ihnen lassen. Allzeit eine gute Figur." Ich zwinkerte ihm frech zu und grinste hämisch.

Cole Black erhob sich aus seiner sitzenden Position und trat an das Gitter heran. „Nun da Sie sich an meinem Leid geweidet haben, stellt sich mir die Frage, was Sie von mir wollen. Denn bei einer Sache bin ich mir sehr sicher, Miss Hope, Sie haben diese Reise nicht auf sich genommen, nur um sich in meiner ausweglosen Lage zu suhlen."

Ich kniff misstrauisch die Augen zusammen und trat noch etwas näher an die Gefängniszelle heran. „Was sind Sie doch für ein schlaues Kerlchen", zischte ich und warf Kay einen schnellen Blick zu, um ihm deutlich zu machen, dass ich nicht länger um den heißen Brei herumreden wollte.

Dieser nickte und ich wandte mich wieder an Black.

„Wir haben die nette Amanda kennengelernt", sagte ich tonlos und versuchte, jegliche Emotion aus meiner Stimme zu verbannen.

Auf Cole Blacks Gesicht breitete sich ein höhnisches Grinsen aus und ich wusste, dass er uns an den Eiern und Eierstöcken gepackt hatte.

„Das können Sie doch besser, Miss Hope. Wir sind in der Unterwelt! Dank Ihres Verrats sitze ich in dieser Zelle und warte darauf, dass mir das Feuer der Hölle das Fleisch von den Knochen brennt ... seien Sie ruhig ehrlich. Ich bin nicht länger Ihr Boss und Sie nicht mehr meine Angestellte, wir können auf einer ganz neuen Ebene kommunizieren." Der ehemalige Leiter der Black Company verschränkte lässig die Arme vor der Brust und funkelte mich aus sadistischen Augen heraus an.

„Ich muss alles über diese Schlampe wissen. Woher sie stammt, wie sie Sie gefunden hat, was sie für Sie getan hat und wie ich sie wieder loswerde", fauchte ich und spürte, wie meine Flügel sich ausbreiteten und einen Großteil der Länge des Kerkertraktes einnahmen.

„Jetzt können wir verhandeln!" Black sah mir feixend entgegen, während Kay an meine Seite trat und den Menschen aus finsteren Augen fixierte.

„Das hier ist keine Verhandlung!", erinnerte Kay den ehemaligen Leiter der Black Company. „Ihr helft uns und dann werden wir Euch wieder Eurem Schicksal überlassen."

„Nun, Vampir. Ich habe es immer sehr bedauert, dass ich Sie nicht für unsere Agency gewinnen konnte. Erst als diese Furie wieder aufgetaucht ist, haben Sie sich dazu herabgelassen, Ihrem Volk zu dienen. Ich habe Sie nie für dumm gehalten, ehrlicherweise glaubte ich, Sie seien einer der klügsten Empyrianer, ja, ich könnte Sie mir sogar an der Spitze der Black Company vorstellen. Aber nun muss ich doch etwas enttäuscht feststellen, dass Sie reichlich naiv hierhergekommen sind, so ganz ohne Verhandlungsgrundlage. Ich warte hier auf den Tod und habe nichts mehr zu verlieren, Sie hingegen schon. Also ... verhandeln wir!"

Ich schnaufte und scharrte mit den Füßen, als wollte ich wie ein wildgewordener Stier in diese Zelle stürmen und Cole Black mit meinen Hörnern aufspießen.

Wir hatten alles zu verlieren, verdammt. Einfach alles! Und er maß sich an zu feilschen? Er kannte die Antwort auf meine Frage, das konnte ich an dem siegesgewissen Glitzern seiner Augen erkennen. Doch ich würde ihm etwas für seine Antwort bieten müssen. Um einen Deal kämen wir nicht herum, so viel stand fest.

„Was wollen Sie?", fragte ich geradeheraus.

„Tisiphone", warnte Kay und warf Black einen verachtenden Blick zu.

„Holen Sie mich hier raus!"

„Und was dann? Wollen Sie zurück nach Empyrion? Sie haben gelogen und sind ein Mensch, man wird Sie dort jagen und an den nächsten Pranger stellen. Ihre Knochen werden den Werwölfen als Zahnstocher dienen, die Sirenen werden Ihren Verstand vernebeln, die Vampire werden sie aussaugen und die Hexen, nun, Sie werden schon sehen, spätestens nach einer Woche wären Sie tot. Es gibt keinen Ort auf der Welt, an den wir Sie bringen könnten, an dem Sie Ihres Lebens wieder froh werden. Es ist vorbei, Black!"

„Miss Hope, nun beleidigen Sie meine Intelligenz. Ich gedenke nicht, nach Empyrion zurückzukehren. Ich möchte nach Hause!"

„Nach … Hause?", verwirrt sah ich zu Kay, der ratlos mit den Achseln zuckte.

„In die Menschenwelt", half Black mir auf die Sprünge. Man könnten meinen, ich sei schwer von Begriff, das war mir durchaus klar, aber der Gedanke, dass dieser Mann tatsächlich dachte, ich würde ihn zurück in die Welt schaffen, die ich zu beschützen geschworen hatte, war so absurd, dass ich nicht im Entferntesten daran gedacht hatte.

„Das ist ein Witz." Ich lachte schallend auf und hielt mir ungläubig die Hand vor den Mund.

„Die Welt der Menschen ist der einzige Ort, wo man mich nicht kennt und wo ich am sichersten bin", klärte

Black uns auf, als wüsste ich nicht, welchen Hintergedanken er hegte.

„Sie glauben doch nicht ernsthaft, dass wir Ihnen bei diesem hirnrissigen Plan behilflich sind?"

„Und wie Sie das werden, Miss Hope. Ich bin im Bilde über die Beziehung, die Sie zu dem Halbgott pflegen, der nun hinter meinem Schreibtisch sitzt. Auch wenn Sie denken, Ihr Verhältnis sei vor der Führungsebene gänzlich unentdeckt geblieben, so waren meine Augen immer auf Sie gerichtet, als ich noch das Oberhaupt der Black Company war."

„Auf mich?"

„Sie waren meine beste Agentin und die aufmüpfigste noch dazu. Ich musste Sie im Auge behalten und ich weiß aus erster Hand, dass Sie alles für Ihre Lieben tun werden. Unschwer an der misslichen Lage zu erkennen, in der wir uns gerade befinden ... Verzeihung ... Sie, in der *Sie* sich gerade befinden. Denn mich betrifft diese Misere nicht länger. Ich bin hier gefangen und warte auf meine Verurteilung, es sei denn, Sie geben mir, was ich will." Black schenkte mir sein widerlichstes, spöttischstes Zähnefletschen und mein Magen drehte sich um.

„Eher bringe ich Sie zurück nach Empyrion und sehe dabei zu, wie Sie von den Werwölfen zerfleischt werden", fauchte ich und brachte mein Gesicht dabei so nah an die Gitterstäbe, dass Black mich hätte berühren können, wenn er gewollt hätte.

„Ach Miss Hope, das hatten wir doch schon. Ich meine, ich würde mich geehrt fühlen, dieselben Qualen zu erleiden, die auch Ihre geliebte Schwester ertragen musste ... nun ja, nicht genau dieselben ..." Black zwinkerte mir schelmisch zu und ich rüttelte rasend vor Zorn an der Zellentür.

„Vorsicht", knurrte ich, „oder Sie werden sich noch wünschen, das Fegefeuer möge Sie verbrennen, denn wenn ich erst mit Ihnen fertig bin–"

„–wird Jack Pers die Marionette einer Hexe bleiben und die Welt ins Chaos stürzen ... nur zu! Das nennt man dann wohl ein klassisches Patt", schnurrte Black selbstzufrieden.

„AHHHH", schrie ich und stieß mich von der Zelle ab. Zitternd vor Wut begann ich in dem kochenden und vom Gestank der Verwesung erfüllten Gang auf und ab zu tigern.

Wie hatte so eine widerliche Person wie Black es so weit bringen können? Warum hatten wir nicht schon früher herausgefunden, wer oder was er wirklich war? Wie hatten wir ihm den Zugang zu so viel Macht gewähren und wie hatte ich ihm gerade so viel Macht über *mich* geben können?!

Seinetwegen, murmelte die finstere Stimme in meinem Inneren und sogleich tauchte das Bildnis der verzerrten Fratze des Halbgottes vor meinem inneren Auge auf.

Doch ich tat das hier nicht für diesen Jack, sondern für meinen. Ich musste ihn befreien, mir blieb keine Wahl.

Ich schritt noch eine Weile auf und ab, frustriert und innerlich zerrissen an meinem Daumennagel kauend, während Kay mich besorgt beobachtete und jeder meiner Bewegungen folgte. Ich atmete tief durch und trat dann wieder vor die Zelle des Monsters.

„Na schön“, fauchte ich.

„Tess!“ Kay trat so dicht an mich heran, dass sein herrlicher, erdiger Geruch mich umfing und meine Sinne vernebelte. „Tut es nicht! Das würde Jack nicht wollen.“

„Welche Alternative bleibt mir denn? Wir werden Jack ohne Blacks Hilfe nicht von diesem Fluch befreien können. Kay, ich muss das tun! Es gibt keine andere Möglichkeit!“

In meinem Kopf entwarf ich bereits einen Plan, wie ich Cole Black am Tag der Abrechnung in unsere Welt schmuggeln und Jacks Befreiung vorantreiben konnte, aber...

„Nun, jetzt da wir einen Deal haben, müssten wir noch über die Rahmenbedingungen verhandeln. Ich hätte da einige Forderungen ...“, wagte Black sich zu erdreisten.

Ich schnaufte und spürte, wie meine Nasenflügel sich aufblähten. Wäre ich ein Drache, hätte es hier im Kerker mächtig zu qualmen angefangen, nicht zuletzt, weil ich dieses Stück Dreck vor mir in Flammen hätte aufgehen lassen.

Geschmorter Mensch, hmm, lecker!

„Sie haben Ihren Deal, was wollen Sie noch?“

„Ich benötige eine Garantie für meine Sicherheit, sonst werden Sie die erste Gelegenheit nutzen, um nach mir fahnden zu lassen. Miss Hope, Sie verstehen sicherlich mein Dilemma. Meine neugewonnene Freiheit soll nicht von derlei Bedrohung überschattet werden.“

„Dann nennen Sie Ihre Bedingungen“, forderte ich mit zusammengebissenen Zähnen und ballte meine Hände zu Fäusten.

„Erstens: Sie werden mich nicht verfolgen, verfolgen lassen oder auf sonst irgendeine Art nach mir fahnden oder suchen lassen. Zweitens: Für meinen Aufenthalt in der Menschenwelt muss mir ein gewisses Budget zur Verfügung gestellt werden, ich kann schließlich nicht von Luft und Liebe leben. Drittens: Dieser Pakt wird mit einem Zauber besiegelt, erst dann werde ich Ihnen die entsprechenden Informationen liefern, wegen derer Sie hergekommen sind!"

„Was zum–"

„Tisiphone!" Der Vampir schritt sofort ein. Während Kay mich hinter sich schob, wandte er sich direkt an Black, sodass er von Angesicht zu Angesicht mit ihm sprechen konnte. „Wenn wir diesen Bedingungen zustimmen, dann werdet Ihr uns helfen?"

Black nickte und linste an dem Vampir vorbei zu mir herüber.

„Bevor wir Sie in die Menschenwelt schleusen, werden Sie Ihren Teil der Abmachung erfüllen, das ist meine Bedingung", knurrte ich. „Sobald eine von uns ausgewählte Hexe diesen Schwur besiegelt hat, verraten Sie uns alles über Amanda Luise, was wir wissen müssen, um Jack zu befreien und die Hexe zu vernichten!"

„Vernichten? Das ist doch sehr ..."

„Ja, vernichten. Absolute Vernichtung! Von nichts Geringerem sprechen wir hier. Haben Sie damit etwa ein Problem?", hakte ich provokant nach.

„Nein", knurrte Black, „kein Problem."

„Dann haben wir einen verfluchten Deal!"

Kapitel 17

Es war nicht schwer, Cole Black aus der Gefängniszelle zu befreien. Man hätte meinen sollen, in der Unterwelt seien Gefangene besser geschützt. Aber tatsächlich war es ein Leichtes für Kay, die Gitterstäbe herauszubrechen und Black aus dem Verließ zu holen.

Was das mit meiner Libido anstellte, war allerdings kontraproduktiv. Denn während der korrupteste und heimtückischste Mensch auf Erden seine Zelle verließ, konnte ich nur daran denken, wie der Vampir seine Muskeln hatte spielen lassen, um die Gefängnistür buchstäblich einzureißen.

Gott, wie sehr ich mir wünschte, diese Hände würden mich berühren.

Als wir aus dem Kerker schlichen, hatte meine Haut die Farbe der in mir brodelnden Temperatur angenommen, was Kay leider nicht entgangen war.

„Geht es Euch gut, Tisiphone? Ihr seht erhitzt aus.“

Ich konnte das laszive Lächeln, welches dem Vampir auf den Lippen lag, nur allzu deutlich erkennen. Diesem Bastard machte es anscheinend Spaß, mich so leiden zu sehen.

Wir huschten so schnell es uns möglich war zwischen den Felsen hindurch, immer entlang des Fegefeuers, dessen Hitze unsere Haut bis zum Zerreißen spannte. Die Schreie der gequälten Seelen, ein erschreckender

Soundtrack in unseren Ohren, der unsere Flucht begleitete.

Wäre es nur um Kay und mich gegangen, hätten wir uns unerkannt zwischen den Dämonen bewegen können, aber im Gegensatz zu uns wurde Black nicht durch einen Zauber geschützt und war für jedermann sichtbar.

Daher huschten wir wie Schatten durch die Unterwelt, die Angst im Nacken sitzend, von den Dämonen entdeckt zu werden. Das stetige Pochen unseres Pulses wie das Ticken einer Bombe, die jeden Moment ohne Vorwarnung hochgehen konnte. Die Qualen der Geächteten, die sich in hohen, spitzen Schreien äußerten und die Felsen zum Erzittern brachten, konnte ich irgendwann schon gar nicht mehr hören, so laut pulsierte das Blut in meinen Ohren. Meine Augen begannen zu tränen, so stark behielt ich die Finsternis, die hinter jeder Ecke lauerte, im Blick.

Trotz des steigenden Adrenalinpegels kamen wir bei unserer Flucht nur schwerlich voran. Das Dämonenaufkommen hatte in den letzten Stunden deutlich zugenommen.

„Wo kommen die plötzlich alle her?“, fluchte ich und blickte panisch zu Black, der sich hinter einen Felsen duckte.

„Vielleicht haben sie mein Verschwinden bemerkt.“ Cole Black sah sich gehetzt um.

Obwohl wir in dieser misslichen Lage steckten und uns die Zeit davonrannte, kam ich nicht umhin, mich über diesen Anblick zu freuen. Man sah den ehemaligen Leiter der Black Company nicht oft panisch wie ein verschrecktes, in die Ecke getriebenes Tier umherblicken, deswegen genoss ich diesen kleinen Triumph, wenn er auch nur von kurzer Dauer war.

„Wir müssen weiter", hauchte Kay und so schlichen wir durch die Finsternis.

Das dichte Aufkommen an Schattenkreaturen deutete darauf hin, dass der Tag der Abrechnung kurz bevorstand. Die Sorge, dass meine Freunde nicht länger von den Grenzen unserer Welt geschützt wurden, presste mein Herz schmerzhaft zusammen.

„Verdammt, dieser Lärm, wann hören die endlich auf zu schreien?" Black fuchtelte entnervt mit den Armen in Richtung der gepeinigten Seelen, als würde er eine lästige Fliege verscheuchen und ich hätte ihn am liebsten in das Fegefeuer gestoßen.

„Hören Sie gut hin", knurrte ich. „Irgendwann werden das Ihre Schreie sein."

„Tisiphone", warnte mich Kay, doch Black kam ihm zuvor.

„Na wenn das so ist, nur zu, Miss Hope. Viel Glück dabei, Ihren Halbgott zu retten."

Ich rollte frustriert mit den Augen und folgte Kay die steile Treppe hinauf, die wir auch schon auf unserem Hinweg passiert hatten.

Endlich näherten wir uns dem Ausgang des Fegefeuers.

Als wir oben ankamen und die dunkle Festung hinter uns ließen, sank meine Hoffnung, die Unterwelt bald wieder verlassen zu können allerdings schnell wieder. Auf der toten Ebene der Steinwüste wimmelte es nur so vor Dämonen.

„Was zum Teuf–"

Doch weiter kam ich nicht, da Kay mir sofort den Mund zuhielt, damit mich keiner der vorbeiziehenden Schatten hören konnte.

„Sie machen sich bereit für den Kampf."

„A-aber wir müssen da durch", flüsterte ich verzweifelt und suchte nach einem Weg durch die wogenden Schatten, die sich da vor uns zu einem Meer der Finsternis verbunden hatten.

„Unmöglich, Tisiphone. Wir müssen warten, bis die Grenzen fallen, erst dann schaffen wir es hier lebend wieder heraus."

„Wir können nicht so lange warten. Sieh doch mal hin, Kay! Es sind Millionen von ihnen! Skip, Jack, Bay, sie alle werden tot sein, noch bevor wir einen Schritt aus dieser verfluchten Festung getan haben. Wir müssen eher zu ihnen gelangen. Bitte, ich muss an ihrer Seite sein! Ich darf sie nicht alleine kämpfen lassen ..."

Die Angst um meine Freunde hatte ihre Klauen in meinen Verstand gegraben und verwandelte jeden Gedanken in meinem Kopf in ein Endzeitszenario der dystopischen Art. Ich war nicht mehr in der Lage, rational zu denken oder zu handeln, die Furcht hatte alles vergiftet.

„Niemand wird hier sterben! Eure Freunde werden nicht kämpfen. Sie halten sich am Tag der Abrechnung versteckt und behalten die Bewegungen der Dämonen im Auge, wie Ihr es ihnen befohlen habt. Sobald die Grenzen wieder hochfahren, werden wir aus den Trümmern, die von unserer Heimat nach der Zerstörung der Schattenwesen noch übrig sein werden, eine neue Stadt errichten. Wie ein Phönix, der aus der Asche der Vergangenheit wiedergeboren wird. Das ist der

Plan. Das war immer der Plan. Und daran werden wir wie auch Eure Freunde sich halten."

„Und was machen wir in der Zeit?", fragte ich mit erstickter Stimme und versuchte, die Panik und die Tränen zurückzuhalten, die darum kämpften, herausgelassen zu werden.

„Wir warten."

„Was?", zischte ich.

„Wir werden warten und uns versteckt halten, bis die Mauern fallen."

Ich wollte Kay widersprechen, öffnete bereits den Mund, als eine weitere Salve, bestehend aus schwarzem Rauch, an uns vorbeischoss und sich dem Meer der Finsternis anschloss.

Der Vampir hatte recht. Wie sehr ich ihn dafür auch hasste, aber er hatte recht. Allein hätten wir es vielleicht unentdeckt aus dieser dunklen Welt herausgeschafft, aber unsere Fracht fiel auf wie eine singende Sirene auf elfischem Zuckerbrot – verfluchter Cole Black!

Kay zog mich zurück in eine der vielen Höhlen der steinernen Festung, als ich noch einen letzten verzweifelten Blick in Richtung der Grenze nach Empyrion warf. Die schwarze Masse teilte sich nicht ein einziges Mal, als würden Millionen von Spinnen auf der Stelle scharren und nur darauf warten, dass ihnen endlich die Beute ins Netz ging. Nur gab es kein Netz, es gab nur die Mauer zwischen der Unterwelt und Empyrion. Unser einziges Bollwerk gegen die Dämonen und meinetwegen würde es in wenigen Stunden fallen.

Dass es meine Schuld war, war mir auch damals schon bewusst gewesen und doch bekam ich eben jene

Erkenntnis in diesem Augenblick so überdeutlich zu spüren, dass ich fühlte, wie etwas in mir zerbrach. *Ich* hatte das hier meinen Leuten angetan, unsere Welt diesen Schattenmonstern ausgehändigt, die Menschenwelt in Gefahr gebracht, alles, wofür wir erschaffen worden waren, infrage gestellt. Ich hatte sämtliche Grenzen überschritten, war zu weit gegangen für die Liebe eines Mannes, der vielleicht längst verloren war.

Und der Preis ... den zahlte nicht ich, nein, sie taten es.

Ich war in Sicherheit, hier in der Unterwelt im Rücken der Dämonen, während meine Freunde, meine Agenten, direkt hinter der Barriere vom Feind entdeckt und getötet werden konnten. Und ich würde hier sitzen und abwarten, bis es vorbei war. Was war ich nur für ein Feigling.

Tränen stiegen mir in die Augen, während Kay mich weiter über den unebenen, dampfenden Boden schleifte. Der Schmutz und Staub, der mehr der Asche eines Feuers glich, haftete an meinen Kampfstiefeln und meiner dunklen Kleidung wie das Blut meiner Feinde. Ich hätte ihn am liebsten abgeklopft, doch dafür war keine Zeit.

Und so suchten wir uns einen Unterschlupf in dem Tunnelsystem und harrten in einer der finsteren Höhlen aus.

Der Lärm draußen war unbeschreiblich. Kreischende Töne, begleitet und untermalt von den Lauten der sterbenden Seelen unten im Fegefeuer. Eine Hintergrundmusik des Schreckens, die sich tief in meinem Herzen einnistete und es mit Angst und Finsternis ausfüllte.

Während wir in der Dunkelheit lauerten, hatte ich fast das Gefühl, ein Teil von ihr zu werden. Sie war überall, in meiner Kleidung, meinem Haar, meiner Haut. Sie war ich!

Ich musste mich dringend ablenken, ansonsten würde dieser Zustand meine Gedanken infizieren und wer weiß, was ich dann bereit war zu tun.

„Erzählen Sie uns etwas über Amanda." Meine Stimme klang emotionslos, abgestumpft, als würde eine leere Hülle in die Finsternis sprechen. Doch zu mehr war ich nicht fähig. Selbst die Lust, die seit Betreten der Unterwelt immer unter meiner Haut brodelte, schien gedämpft zu sein. Die Furcht saß mir so tief in den Knochen, dass ich kein anderes Gefühl zulassen konnte. Ich stellte mich innerlich tot, nur so konnte ich diese Warterei überstehen.

„Wir hatten einen Deal, Miss Hope", erinnerte Black mich mit einer Singsang-Stimme.

„Ich habe ja auch nicht gefragt, wie man den Zauber bricht und die Hexe tötet, ich wollte lediglich, dass Sie mir von ihr erzählen. Wie und wo sind Sie sich begegnet? Wie sind Sie nach Black York gekommen? Wie alt ist sie? Wer ist Amanda?", fragte ich erschöpft und ausgelaugt, unsicher, ob Black überhaupt mit irgendeiner Information herausrücken und eine meiner Fragen beantworten würde.

Cole Black zögerte einen Moment und fixierte mich mit seinem Blick. Zumindest versuchte er das in der Dunkelheit.

Nach einer Weile hörte ich ein resigniertes Ausatmen und hielt gespannt die Luft an.

„Ich war damals in New York an der Wallstreet tätig– "

„Natürlich, wo auch sonst?", unterbrach ich Black sofort, als hätte mein vorlautes Mundwerk nur darauf gewartet, dass er etwas Provokantes sagte, auf das ich mich stürzen konnte.

„Möchten Sie mir mitteilen, welche Bewandtnis Ihr Kommentar bezüglich meiner Vergangenheit hat, Miss Hope?" Seine Stimme klang gelassen, aber ich hörte ein leises Schnaufen, das seine Worte begleitete und das ließ mich feixen, auch wenn Cole Black dies nicht sehen konnte.

„Sie passen einfach an die Wall Street. Es gibt vermutlich keinen treffenderen Arbeitsplatz für Sie, außer vielleicht das Weiße Haus."

„Soll heißen?", fragte Black knurrend.

„Das soll heißen, dass sich auch über ein Jahrhundert später nichts daran geändert hat, dass der Abschaum der Menschheit, also Arschlöcher wie Sie eines sind, an der Wall Street arbeitet und den Menschen ihr Geld abknöpft oder eben in der Politik tätig ist."

Ein Schlag unter die Gürtellinie und dabei hatte die Geschichtsstunde des ehemaligen Leiters der Black Company gerade erst begonnen, aber ich konnte einfach nicht anders. Wir saßen in der Unterwelt fest und ich musste mich wirklich sehr konzentrieren, um meine Emotionen unter dieser Decke der Taubheit zu bündeln und dafür zu sorgen, dass sie nicht plötzlich durchbrachen. Ich konnte sie spüren, jede einzelne Empfindung. Ich war frustriert, hilflos, geil, stinkwütend und wollte es an jemandem auslassen. Und Black hätte wirklich einen guten Punching Ball abgegeben. Aber wenn ich all diese Gefühle an die Oberfläche ließe, dann würde die Mission mit Sicherheit scheitern. Ich würde als Wrack auf diesem heißen, rauen Boden enden und damit wäre weder Jack noch meinen Freunden geholfen. Also erstickte ich die Wut. Ich entzog ihr das Feuer und stopfte sie zurück in die Büchse der Pandora, in der Hoffnung, dass diese sich nicht ein weiteres Mal öffnete.

„Sind Sie fertig, Hope? Darf ich fortfahren oder wollen Sie die Geschichte gar nicht hören? Ich meine, wenn in *Ihrer* Vergangenheit der Schlüssel zur Rettung *meiner* Welt–“

„Sie gehören in keine Welt mehr“, entgegnete ich kalt.

„Wenn in Ihrer Vergangenheit der Schlüssel zur Rettung meiner Welt und meiner großen Liebe läge, würde ich Ihnen aufmerksam zuhören“, wiederholte Black seine Worte unbeirrt, dieses Mal um einiges lauter, was mich alarmierend den Kopf einziehen ließ. Kay und ich waren bekanntlich durch einen Tarnzauber geschützt, Black hingegen nicht.

„Bitte, fahren Sie fort. Vielleicht noch etwas lauter, der Dämon ganz vorn an der Grenze hat Sie glaube ich noch nicht gehört“, fügte ich sarkastisch hinzu und spürte, wie das von mir versprühte Gift wie Batteriesäure meine Kehle verätzte.

Black räusperte sich bestimmt und anhand des Raschelns seiner Kleidung meinte ich zu wissen, dass er eine bequemere Sitzhaltung einnahm.

„Ich war ein erfolgreicher Geschäftsmann an der Wall Street. Dank meiner Tätigkeit als Trader lag mein Umsatz im Jahr bei mehreren Million Dollar. Ich bewohnte ein Penthouse, war ein Teil der High Society Manhattans und immer auf den angesehensten Charity-Events und Galen unterwegs.“

„Lassen Sie mich raten, Sie ließen sich dort nur für die Publicity blicken, gespendet haben Sie jedoch nie. Habe ich recht?"

Black ignorierte meine Frage und fuhr fort. „Das Geld öffnete mir buchstäblich jede Tür. Das und mein Aussehen, versteht sich."

Ich verzog angeekelt das Gesicht und rümpfte über diese Arroganz und so viel Narzissmus die Nase.

„Ich traf Amanda auf einer Gala, die zu Ehren eines Vorstandsvorsitzenden eines milliardenschweren Unternehmens gegeben wurde, das gerade an die Börse gegangen war. Ich war wie verzaubert ... allein ihr Anblick brachte mich um den Verstand. Ich besaß zu diesem Zeitpunkt alles, wovon ein Mann nur träumen konnte: Geld, Macht, Erfolg, Drogen – verdammt, wie ich die Drogen vermisse – und Frauen. Ich konnte einfach jede von ihnen besitzen. Es waren mein Auftreten, meine Ausstrahlung, diese Aura von Macht und Reichtum, die jeden an der Wall Street umgab, es zog die Schlampen an wie die Motten das Licht. Primitiv und wollüstig und ich schwelgte darin. Doch Amanda ... sie war anders. Anders als all die anderen Nutten, die nur zu gern ihre Beine breitmachten, damit sie sich in meinem Ruhm und meinem Geld baden konnten. Doch nicht so sie. Ich war fasziniert von ihr. Noch nie hatte ich eine so unnahbare, elegante, eloquente, majestätische, faszinierende, mysteriöse, wunderschöne–"

„Jaja, schon klar, kommen Sie zum Punkt", unterbrach ich Black und bohrte meine Fingernägel so tief in meinen Arm, dass ich den kupferartigen Geruch von Blut einatmete. Dieses frauenfeindliche Arschloch trieb mich wirklich an meine Grenzen. Offenbar war die Wut meine stärkste Empfindung und die ließ sich in Gegenwart von Cole Black nur schwerlich in eine Box oder unter der Taubheit vergraben. Wem wollte ich hier eigentlich etwas vormachen? Ich war schließlich eine Furie.

„... Frau gesehen", fuhr Black eisern fort, als hätte ich ihn nicht zum wiederholten Male unterbrochen. „Sie strahlte Macht aus, sehr viel Macht. Sie war umgeben von einer dunklen Aura, die jeden Mann dazu verleitete, ihr aus dem Weg zu gehen und sie zu meiden. Ich konnte es an ihren gierigen Fratzen erkennen, jeder in diesem Saal wollte sie haben, sie besitzen, wie all die anderen Frauen, doch niemand wagte es sich ihr zu nähern. Bis auf meine Wenigkeit. Die Finsternis, die diese Frau umgab, zog mich förmlich an."

Ich verspürte das dringende Bedürfnis, mich einer Ganzkörper-Grundreinigung zu unterziehen. Inklusive meines Gehirns, das diese Geschichte mit blühenden Fantasiebildern untermalte. Doch ich hielt mich zurück, um weiter Blacks Vergangenheit und seinen chauvinistischen und überkandidelten Ausführungen zu lauschen. Offensichtlich waren er und Amanda wie füreinander gemacht. Einer infernalischer, grausamer und perfider als der andere und dennoch fragte ich mich, wie das Schicksal nur so teuflisch sein konnte. Warum war es zwei grausamen Wesen vergönnt die Liebe – konnten diese Personen überhaupt so etwas empfinden? – zu finden, während ich und Jack immer wieder auseinandergerissen wurden wie ein Blatt Papier, das man in den Müll warf?

„Auch ohne, dass sie mir die Wahrheit über ihre wahre Natur verraten hatte, wusste ich, wer Amanda wirklich war und vertraute ihr. Ich war vom ersten Moment an verliebt und trunken vor Macht. Sie hätte mir alles erzählen können und ich hätte es geglaubt. Und so begann unsere Geschichte ... Wir verbrachten Tage, Wochen in meinem Bett, in zerwühlten verschwitzten Laken, Gott, konnte diese Frau ficken–"

„Diesen Teil können Sie überspringen", befahl ich mit gepresster Stimme und kniff die Beine zusammen. Ich war angewidert von mir selbst und von Black. Ich wollte mir nicht vorstellen, wie er mit Amanda das Penthouse kaputt vögelte, doch die Bilder nisteten sich unwiderruflich in meinem Hirn ein und bewirkten eine erneute Kettenreaktion, die auf die Nebenwirkungen des Tranks zurückzuführen war. Kay bewegte sich neben mir und ich wusste, dass er den Duft meiner Lust nur allzu deutlich vernommen hatte.

„Sind Sie sicher, Miss Hope? Wollen Sie keine Details hören? Vielleicht lernen Sie noch etwas dazu. Glauben Sie mir, nachdem Jack Amanda besessen hat, wird er sich mit nichts Geringerem zufriedengeben!"

„Ich muss nichts dazu lernen und keiner von Ihnen hat Amanda jemals besessen. Niemand besitzt eine Frau, nicht einmal, wenn sie so ein Miststück ist wie ihre Hexe!"

Black lachte höhnisch auf und ich ballte meine Hände zu Fäusten.

„Nun gut, überspringen wir den interessanten Teil. Gehen wir dazu über, wie Amanda und ich uns New York untertan machten. Ihre Magie öffnete uns Tür und Tor zu den Mächtigen und zu Reichtümern, von denen jeder nur träumen konnte. Jeder Mensch, ob Mann oder Frau, fraß uns buchstäblich aus der Hand.

Wir besaßen alles, konnten tun, was wir wollten, brachen Gesetze, taten, wonach uns der Sinn stand, bis es irgendwann nicht mehr genügte. Wir wollten mehr. Selbst das Blut vergießen, das Töten unserer Gegner, das Foltern intriganter Geschäftspartner, der Sex inmitten des Blutes unserer Feinde, das alles verlor irgendwann seinen Reiz. Ich wollte mehr! Mehr Macht ... und so erzählte sie mir von Empyrion.

Sie schuf einen mächtigen Zauber, der meine Menschlichkeit, meine wahre Natur, verbarg. Einen Zauber, der stark genug war, das Portal zu täuschen und jeden Empyrianer hinters Licht zu führen. Sie versprach mir, mich zum mächtigsten, furchteinflößendsten Wesen Empyrions zu machen und so sollte es sein. Niemand von euch, nicht einmal die Werwölfe konnten meine wahre Gestalt erschnüffeln. Amandas Zauber war so gewaltig, selbst ihresgleichen konnten diesen nicht erfassen und mehr noch ... es war ihnen nicht einmal möglich zu erkennen, dass ein solch machtvoller Zauber gewoben wurde. Es dauerte nicht lang und Amanda putschte mich an die Spitze der mächtigsten Verteidigungsorganisation eurer Welt, der Black Company. Wie Sie wissen, tragen große Anführer auch große Namen und so gab ich mir einen, der der Leitung dieser Company würdig war – Cole Black. Und alle primitiven, naiven Kreaturen, jeder Empyrianer folgte blind meinen Befehlen. Blind! Ich war ein Mensch, nur ein Mensch, und doch stand ich an der Spitze der Verteidigungsorganisation einer Welt, die die Macht besaß, Dämonen in die Unterwelt zu verbannen. Ich kontrollierte euch! Amandas und mein Aufstieg machten uns tollkühn und unachtsam, aber ich liebte sie dafür.

Sie schenkte mir alles! Sie war die Liebe meines Lebens."

Black schwelgte in diesen Erinnerungen. Das Leuchten seiner Augen hätte die Dunkelheit beinahe in die hintersten Winkel der Höhle verbannt, so sehr ging er in seiner Vergangenheit auf. Dieser Mann lechzte nach der Herrschaft, der Eroberung, der Macht. Und ohne Amanda hätte er es nie so weit gebracht.

„Und wenn sie nicht gestorben sind ... ups, ist ja gar keiner gestorben, zumindest noch nicht." Ich versuchte, meinen Ekel und den in mir anschwellenden Hass wirklich zu dämpfen, aber das fiel mir unglaublich schwer, wenn Cole Black von der großen Liebe faselte, während Jack von eben jener Hexe verzaubert worden war.

„So Gott will werde ich wieder mit ihr vereint sein", murmelte Black leise und ich glaubte fast, mich verhört zu haben. Dieser korrupte, arrogante und durchtriebene Mann, der so lang an der Spitze Empyrions gesessen hatte, war wirklich so naiv zu glauben, dass er Amanda wiedersehen würde?

„Das ist ein Witz, oder? Sie wissen schon, dass Amanda sich wie eine Zecke an der Person festsaugt, die das Potenzial besitzt, eine Welt zu regieren und dieses privilegierte Amt innehat. Sie werden nie wieder ganz oben stehen, egal in welcher Welt. Sie sind nutzlos für sie. Sie wurden damals gerade von den Dämonen abgeführt, da hatte sie sich bereits den Weg zum nächsten Leiter der Black Company geebnet. Sie hat sich durch Jacks Gehirnwindungen gewühlt wie ein Virus, der einen Organismus infiziert. Ich habe die beiden beim Sex erwischt ..."

„Miss Hope, ich bezweifle, dass Sie nachvollziehen können, was wahre Liebe bedeutet. Ihre Gefühle ändern sich stetig mit der Richtung des Windes. Sie sind vielleicht hier, weil Sie Ihren Halbgott retten wollen, aber wir beide wissen, dass auch ein gewisser anwesender Vampir eine große Rolle in Ihrem Herzen spielt, sonst hätten Sie sich bei Ihrer Rückkehr nicht wie eine wollüstige Hündin beiden angeboten."

„Sie wissen rein gar nichts über mein Herz", fauchte ich und stürmte in meiner Furiengestalt auf Cole Black zu, um ihm seine verdammte Kehle herauszureißen. Doch Kay versperrte mir den Weg und zog mich von Black fort, tiefer in die Höhle hinein.

Wir folgten dem Tunnelsystem, bis ich die dreckige Lache des Menschen nicht mehr hören konnte und Kay endlich stehen blieb.

„Tisiphone, Ihr müsst lernen, Eure Emotionen zu zügeln. Wollt Ihr, dass die Dämonen uns entdecken, dass Jack ungeschützt Amandas Macht ausgesetzt ist, dass Eure Freunde allein gegen das Dunkle Heer kämpfen müssen?"

Ich schüttelte schuldbewusst den Kopf und schaute zu Boden.

„Dann reißt Euch verdammt noch mal zusammen. Wir müssen nur noch wenige Stunden ausharren und es werden keinerlei Barrieren mehr zwischen dieser und unserer Welt existieren. Wir werden zurück nach Empyrion kehren und dann werden wir Jack befreien. Wir werden einen Plan ausarbeiten, um zu verhindern, dass die Dämonen ein weiteres Mal unsere wunderschöne Welt zerstören und dann könnt Ihr endlich mit

Eurem Halbgott das Leben leben, nach dem Ihr Euch immer gesehnt habt. Aber bitte, haltet Euch zurück. Nur noch für ein paar Stunden."

Ich hörte Kays Worte, verinnerlichte sie. Sie zerrissen mein Herz, ließen meine gespaltene Seele in unterschiedliche Richtungen davonschweben, nur um zu erkennen, dass einer der beiden Wege eine Sackgasse war.

Ich wusste nicht, warum, aber etwas störte mich an seinen Worten. Ich wollte etwas anderes von ihm hören, doch konnte ich nicht sagen, was. Es war, als wüsste meine Seele nicht, wo sie hingehörte, was sie wollte, als hätte sie ihr Zuhause verlassen, um endlich an den richtigen Platz zu gelangen, den, der für sie bestimmt war, doch nun schien der Weg versperrt, nicht mehr deutlich zu erkennen. Als würde der Kokon nicht mehr richtig passen.

Ich hob den Kopf und blickte dem Vampir tief in die Augen. „Ich ... ich weiß nicht, ob ich so ein Leben noch will", hauchte ich tonlos und Tränen traten mir in die Augen.

Kay schloss die Lücke zwischen uns mit einem einzigen großen Schritt und legte seine kalten Hände an mein Gesicht. „Wovon sprecht Ihr?"

Ich konnte den flehenden Blick in seinen Augen erkennen und es tat mir in der Seele weh, dass ich Kay ebenso sehr verletzt hatte, wie Jack es all die Jahre unwissentlich mit mir getan hatte. „Auch wenn wir Jack zurückbringen, den wahren Jack ... werde ich ihn nie wieder so lieben können wie früher", flüsterte ich und sah auf meine Füße hinab. Doch Kay drückte mit einer sanften Bewegung seiner Finger mein Kinn wieder hoch und sah mir in die Augen.

„Erzählt mir, was passiert ist, Tisiphone. Ich weiß, Ihr sagtet nicht die ganze Wahrheit, als Eure Freunde Euch danach fragten."

Ich versuchte, Kays Blick auszuweichen, doch er ließ es nicht zu und so hatte ich keine andere Wahl – wollte diese vielleicht auch gar nicht haben – und öffnete ihm mein geschundenes Herz.

„Er ... er hat mir wehgetan", flüsterte ich mit vor Schreck aufgerissenen Augen, aus denen der stumme Schrei der Verzweiflung drang. „Ich hatte die Möglichkeit, mit Jack zu sprechen ... dem echten Jack und ich habe mich ihm hingegeben, wohl wissend, dass Iseldas Zauber womöglich nicht lang genug anhalten würde ..." Ich hielt kurz inne und musste mehrmals tief durchatmen, um mich für die nächsten Worte zu sammeln. „Er verwandelte sich zurück und ... und ... Kay, er hat mich ... mich vergewaltigt. Und seitdem ... immer wenn ich an Jack denke, meinen Jack, sehe ich nun diese Fratze. Diese verachtende, höhnische Fratze, die ein sadistisches Vergnügen dabei empfand, als er meine Seele und meinen Körper geschändet, mir meine Würde genommen, mich gebrochen hat."

Kay zog mich ohne weitere Worte in seine Arme und hielt mich so fest, wie er konnte, ohne mich zu erdrücken. Er gab mir Halt. Er war wie eine Insel mit von Sonnenstrahlen erwärmtem Sand, die wie ein Hoffnungsschimmer im Meer aufragte, nach dem ich auf der Suche nach Land aus den dunklen, kalten Tiefen der zerstörerischen See aufgetaucht war. Er gab mir die

Kraft, den Schmerz, der mit den ausgesprochenen Worten einherging, etwas zu lindern. Der Druck auf meiner Seele wurde etwas leichter und ich war unendlich dankbar dafür, dass er bei mir war.

„Wir sollten zurück zu Black gehen, nicht, dass er uns noch entwischt und auf eigene Faust versucht, das Land zu verlassen", schluchzte ich schließlich und wischte mir hastig die Tränen fort.

„Ich kann ihn hören, Tisiphone, habt keine Angst. Wir sollten die Zeit bis zur Öffnung der Barriere nutzen, um uns auszuruhen. Schlaft ein wenig. Ich wecke Euch, wenn es so weit ist."

Ich nickte dankbar, zu schwach und ausgelaugt, um zu widersprechen. Ich hatte mein Urvertrauen in die Liebe auf der Suche nach dem richtigen Weg verloren. Im Kampf um diesen einen Mann, der Liebe meines Lebens, war ich einmal zu oft falsch abgebogen, hatte zu viele Grenzen überschritten und hatte unserer Welt und mir selbst zu viele irreparable Schäden zugefügt. Ich war unreparierbar. Meine Beziehung zu Jack war nicht mehr zu flicken, es waren zu viele Löcher, zu viele Risse entstanden, als dass es ausgereicht hätte, ein paar Streifen Panzertape darüber zu kleben. Wir waren am Ende und die Erkenntnis traf mich hier auf dem rauen, dreckigen Boden der Unterwelt so hart, dass ich sämtliche Hoffnung verlor, jemals wieder glücklich zu werden. Es war, als hätten die Werwölfe, die meine Schwester in den Selbstmord trieben; Jack, Skip, Kay, die Dämonen und ja, auch ich, die letzte Kerze, die in der Finsternis flackerte, mit zwei angeleckten Fingern ausgelöscht und jegliche Hoffnung mit sich genommen.

Ich kannte dieses Gefühl nicht. Elende Hoffnungslosigkeit. Egal, was mir in meinem Leben widerfahren war, ich hatte stets irgendwo in den Tiefen meines Herzens einen kleinen Funken entdecken können, der mich wärmte, mir Zuversicht schenkte. Doch nun war ich zum allerersten Mal ohne Hoffnung. Ohne den Glauben, dass es einen Ausweg gab. Es fühlte sich taub an, abgestumpft, leer, so gähnend leer, dass ich das Bedürfnis hatte, meine Arme schützend, um mich zu schlingen, um das Loch in meinem Inneren zu verstecken.

Unendlich erschöpft und ausgelaugt legte ich mich in den Tiefen der dunklen Festung auf die kantigen, unbequemen Felsen und deckte mich notdürftig mit meiner Jacke zu.

Zunächst glaubte ich in dieser finsteren Welt kein Auge zu tun zu können, doch sobald mein Kopf den Boden berührte, war ich auch schon eingeschlafen.

Kapitel 18

Eine wütende Hitze riss mich aus meinem Schlaf. Ich verbrannte von innen heraus. Lechzend nach Fleisch schienen die Zungen der Flammen über meine Haut zu lecken. Ich wälzte mich stöhnend hin und her und noch bevor ich nach ihm gerufen hatte, war Kay auch schon an meiner Seite.

„Tisiphone!"

„Ich ... ich halte es nicht mehr aus ... Kay du musst ..."

Ich hatte meinen Satz nicht einmal beendet, da stürzte Kay sich bereits auf mich und ragte dunkel und bedrohlich über mir auf. Eigentlich hätte mir dieser Anblick Angst einflößen müssen, doch das tat er nicht. Alles, was ich wahrnahm, waren Kays wunderschöne, finstere Augen, hinter denen sich eine ganze Welt zu verbergen schien.

„Sagt mir, was ich für Euch tun soll", knurrte er leise und seine samtene Stimme schmeichelte meine Ohren. Ich räkelte mich auf den erwärmten Steinplatten unter mir. Ohne zu zögern, öffnete ich meine Hose und zog sie hastig hinunter. Hektisch, der Verzweiflung nahe, riss ich mir die Jacke und mein Oberteil vom Leib, sodass ich binnen Sekunden nackt und schutzlos vor dem Vampir lag.

Kay verschlang mich mit den Augen, doch er rührte sich nicht, sah nur auf mich herab.

Ich wand mich unangenehm und versuchte, den Vampir zu mir herabzuziehen, doch er bewegte sich keinen Millimeter.

Eine Statue, so kalt und hart wie aus Marmor gemeißelt.

Kay hob seine Hand und strich damit federleicht über mein Gesicht. Obwohl seine Finger eiskalt waren, flammte lodernde Hitze in mir auf, als wäre Kays Berührung das Öl, das in die Flammen gegossen wurde.

Seine Hand wanderte tiefer, über meinen Hals, mein Brustbein, meinen Bauch hinab, stetig verfolgt von einer Gänsehaut, die meinen ganzen Körper erzittern ließ.

Sein Blick folgte dem feurigen Pfad seiner Finger, und als er an meinem Schambein angelangt war, stoppte er und sah mir erneut in die Augen.

Ich verlor mich in der Dunkelheit seines Blickes und während ich noch dachte, wie sehr ich diesen Mann begehrte, strichen Kays Fingern auch schon durch meine feuchten Schamlippen und benetzten sich mit der Nässe meiner Lust.

„Oh Gott, Kay! Bitte ... hör nicht auf ...“ Ich hob meine Hüfte, um mich seiner Hand entgegen zu bäumen, doch der Vampir ließ wieder von mir ab.

„Was zum Teufel?“, knurrte ich und hob bebend meinen Blick.

„Wenn wir wieder in Empyrion sind, wird dieser Zauber vergehen und Ihr werdet mich nicht noch einmal so verlangend um etwas bitten, Tisiphone. Dieser Moment gehört nur mir und ich werde ihn genießen. Ich werde Euch geben, wonach Ihr gelüstet, doch auf die Weise, wie es mir beliebt.“ Ein amüsiertes, laszives

Grinsen zupfte an Kays Mundwinkeln und ich warf stöhnend den Kopf nach hinten.

Der Vampir ließ sich langsam auf mich sinken und platzierte seine Hüfte direkt zwischen meinen Beinen. Sofort stemmte ich mich nach oben, um mit meinen zitternden Händen nach seiner Hose zu langen, doch Kay packte blitzschnell meine Handgelenke und hielt sie über meinem Kopf am Boden fest.

Wie eine schnurrende Katze leckte er mir über den Hals und bahnte sich küssend einen Weg zu meinen Brüsten. Dabei ließ er seine harte Männlichkeit immer wieder über meinen Venushügel kreisen und zog die Hüfte sofort zurück, sobald ich mich gegen ihn pressen wollte.

Es war zum verrückt werden. Ich war wie Wachs in seinen Händen, ein reines, zitterndes Wrack mit blank liegenden Nerven, lechzend nach Berührungen, um endlich die Befriedigung zu erlangen, nach der ich mich seit Betreten der Unterwelt gesehnt hatte.

„Kay ich … bitte, tu mir das nicht an … ich kann nicht …", ich spürte, wie mir die Tränen der Verzweiflung über die Wangen liefen, als der Vampir von meinen Händen abließ und seine Hose öffnete.

Keuchend sog ich den Atem ein, während er seine schwarze Kampfmontur abstreifte und sich erneut auf mich legte. Mit einem intensiven und zügellosen Blick über meinen Körper drang Kay mit einem schnellen, tiefen Stoß in mich ein.

Ich stöhnte entzückt auf und erstickte den Laut an Kays Hals.

„Was ist mit Black?", keuchte ich erschrocken ob der Geräusche, die ich bereits jetzt schon von mir gab und dabei hatte der Vampir sich noch nicht einen Millimeter in mir bewegt.

„Macht Euch um den Menschen keine Sorgen, Tisiphone, alles, woran Ihr denken solltet, bin ich und wie tief ich in Euch stoße, meine Schöne." Kay begann sich mit einer Wildheit und Hemmungslosigkeit auf mir zu bewegen, dass ich glaubte, die Haut meines Rückens müsste bis auf meine Knochen aufgerissen worden sein, so grob und wild, bewegten wir uns auf dem unbequemen, rauen Boden. Alles war sensibel und hyperempfindlich. Meine Haut, meine Lippen, meine Brüste, meine Klit.

„Beiß mich", keuchte ich und bot Kay meinen Hals dar.

„Nein, ich habe letztes Mal zu viel von Euch genommen."

Ohne Vorwarnung griff ich nach meiner Kleidung und zog die Saigabel aus der Wulst an Klamotten hervor und hielt sie Kay an die Kehle.

„Beiß mich!", forderte ich ihn erneut auf und als der Vampir sich herabbeugte und seine Zähne in meine Vene gleiten ließ, stöhnte ich kehlig auf und spürte die Wellen des ersten Orgasmus über mich hinwegtoben.

„Ja", hauchte ich und brachte Kays Hals mit der scharfen Klinge der Waffe einen Schnitt bei. Sobald das dunkelrote Blut hervorsprudelte, beugte ich mich nach oben und begann daran zu saugen.

„Verdammt ... Tisiphone", stöhnte Kay und griff nach meinen Brüsten, um sie hingebungsvoll zu massieren und mit meinen Nippeln zu spielen.

Der Geschmack seines Blutes war atemberaubend auf meiner Zunge und die pure Ekstase, die aus den verschiedensten Lustzentren bis hinab zwischen meine Beine floss und meinen Körper bis an den Rand des Wahnsinns trieb. Mit jedem Schluck spürte ich, wie sich jeder Muskel in meinem Körper verkrampfte und sich immer enger um Kays Schwanz zusammenzog.

„Tisiphone, macht weiter! Ich kann Euch fühlen, Ihr seid so eng, meine wunderschöne Furie!" Kays Bewegungen wurden träge, tiefer, lasziver, unendlich langsam und intensiv, sodass ich jeden Zentimeter seiner glatten, harten Haut spüren konnte. Ich hörte das schmatzende Geräusch, wenn er in mich glitt, spürte seine Hüfte, die sich zwischen meine Beine presste, fühlte seinen stockenden, keuchenden Atem an meinem Hals. Und als ich meinen Blick hob und in seine Augen sah, war sein Gesicht vor Lust schmerzlich verzerrt.

Als sich der nächste Orgasmus ankündigte, biss ich noch fester in die glatte, kalte Haut des Vampirs und ließ ihn knurrend aufstöhnen. Ich schlang meinem toten Geliebten die Beine um die Hüfte und bewegte mich mit ihm. Meine Brüste schwangen im selben Takt mit und ich spürte, wie Kay immer weiter in mir anschwoll. Unsere Bewegungen wurden rabiater und hektischer, wir waren vollkommen verloren in dem Rausch der Leidenschaft, verschmolzen miteinander. Heiß und kalt. Feuer und Eis.

Und dann, kurz bevor er kam, löste Kay sich von meinem Hals und sah mir tief in die Augen, bis hinab in meine Seele.

„Tisiphone“, hauchte er und mit einem tiefen und inbrünstigen Stöhnen ergoss er sich in meinem Inneren.

Kapitel 19

Ich wurde unsanft aus einer tiefen, befriedigten Ohnmacht herausgerissen. Eine starke Hand packte meine Schulter und schüttelte mich so heftig, dass meine Zähne laut klappernd aufeinanderschlugen.

„Wer immer du bist, verzieh dich", murrte ich und wollte mir die Decke über den Kopf ziehen, doch ich griff ins Leere. Da waren keine Decke und auch kein weiches Bett, auf dem ich lag. Es war warm. Stickig. Und hart. Vorsichtig öffnete ich die Augen einen Spalt breit, um vor den Sonnenstrahlen gewappnet zu sein, die durch das Fenster meines Zimmers fielen, doch da war auch keine Sonne. Tiefe, undurchdringliche Finsternis umgab mich.

„Wo bin ich?"

Und da stürmten all die Ereignisse der letzten Stunden auf mich ein, sodass ich buchstäblich zu Boden gedrückt wurde und kaum fähig war aufzustehen.

„Was ist passiert? Wo ist Black?" Orientierungslos suchte ich in der Dunkelheit nach Kay, war mit einem Sprung auf den Beinen und taumelte durch die finstere Höhle.

„Ich bin hier, Tisiphone." Der Vampir reichte mir seine Hand und ich packte diese, dankbar etwas Vertrautes zu fühlen.

Kay strich mit seinem kalten Daumen über meinen Handrücken und versuchte so meinem aufgewühlten

Gemüt etwas Ruhe zu verschaffen. „Es ist alles in Ordnung, Liebste. Black befindet sich genau dort, wo wir ihn zurückgelassen haben. Wir sollten uns für den Aufbruch wappnen, es ist Zeit!“ Kay räusperte sich verlegen und ich konnte spüren, dass ihm noch weitere Worte auf der Zunge lagen. „Die letzte Nacht“, begann er leise, doch ich entzog ihm abrupt meine Hand und hielt sie schützend an meine Brust, als hätte der Vampir mich gerade gebissen.

„I-ich denke nicht, dass wir ... jetzt ist nicht der richtige Zeitpunkt, um ... Kay ... das war–“

„Iseldas Zauber“, beendete der Vampir meinen Satz mit einem melancholischen Unterton in der Stimme. „Dies ist mir wohl bewusst, Tisiphone. Ich wollte nur, dass Ihr wisst ...“

„Das weiß ich bereits“, erwiderte ich leise und trat zaghaft einen Schritt auf Kay zu, um ihm vorsichtig über die Wange zu streichen.

Der Vampir nickte resigniert und brachte etwas Abstand zwischen uns. Ich konnte es ihm nicht verdenken. „Wir müssen los!“

„Die Grenzen?“, fragte ich ängstlich.

„Sie sind gefallen. Wenn wir die Unterwelt verlassen wollen, dann jetzt“, bestätigte Kay.

Wir verließen unser Versteck und rannten durch die Tunnel zurück zum Eingang der Höhle, Cole Black direkt in die Arme, der schon in den Startlöchern stand und es ebenso wie wir kaum erwarten konnte, die Welt der Dämonen endlich hinter sich zu lassen.

„Ich wollte euer inniges Beisammensein nicht stören, es klang, als hättet ihr einige nicht aufschiebbare Dinge zu klären gehabt. Ich frage mich, was der Halbgott dazu sagen würde oder ob er die Befriedigung seiner Furie vertrauensvoll an den Vampir weitergereicht hat?! Nun ja, das soll nicht meine Sorge sein. Wollen wir?" Black deutete eine spöttische Verbeugung an und trat auf den Ausgang der dunklen Festung zu.

Ich kommentierte die Geste lediglich mit einem Schnaufen und Schritt an ihm vorbei.

Als wir die Ebene der Steinwüste erreichten, waren keine schwarzen Schatten mehr auszumachen. Kay und ich warfen uns einen kurzen Blick zu und nickten knapp. Ohne auf Black zu warten, begannen wir loszulaufen. Die Zeit im Genick und die Sorge um unsere Freunde trieb uns an, schneller zu rennen.

Es dauerte keine Stunde, bis wir die Grenze erreicht hatten und hätten doch am liebsten wieder kehrtgemacht. Der Anblick, der sich uns darbot, war so erschreckend, dass ich nur atemlos nach Luft schnappen konnte und die Hände über meinem Mund zusammenschlug.

Die Mauern, die einst unsere Welt geschützt und diese seelenlosen Kreaturen eingesperrt hatten, waren nicht nur gefallen, sie waren zerstört. In Fetzen gerissen, zu Staub zerfallen und in alle Himmelsrichtungen verstreut worden. Unsere Sicherheit, unser Leben, unsere Aufgabe vernichtet. Sollten sich die Dämonen wie vereinbart nach den vierundzwanzig Stunden zurückziehen, würden zunächst lediglich die Schutzzauber und Banne der Hexen, mit denen wir die Mauer unserer Verteidigungsbarriere verstärkt hatten, diese Höllenwesen davon abhalten, unsere Welt erneut zu okkupieren.

Es war alles auf null gesetzt, wir mussten unseren Schutzwall komplett neu hochziehen.

Ich hatte mit so etwas gerechnet, aber es leibhaftig vor mir zu sehen, die Infiltration der Dämonen in Empyrion, das weckte in mir die Angst, einen kolossalen Fehler begangen zu haben.

Ich war wie erstarrt, vollkommen aufgelöst und stand unter Schock. Doch das durfte ich nicht zulassen. Jack brauchte mich. Skip brauchte mich! Und inmitten des Chaos schloss ich die Augen und richtete mein Gesicht gen Himmel.

„Wir werden das hier überleben", hauchte ich leise und als ich meinen Kopf wieder senkte und die Augen öffnete ... war ich bereit.

Wir übertraten die Grenze und sobald wir wieder empyrianischen Boden unter unseren Füßen hatten, schluckten Kay und ich Iseldas Gegenmittel. Sobald die brodelnde Lust, die mein dauerhafter Begleiter in der Unterwelt gewesen war, im Keim erstickt wurde, fühlte ich mich stärker und mächtiger. Denn ich war nun wieder Herrin über meine Sinne und das fühlte sich gut an.

„Kay, du suchst Skip und die anderen, finde heraus, wo sie sich versteckt halten. Ich werde Jack aufsuchen. Bring Iselda zu mir und berichte mir alles, was du in der Zwischenzeit aufschnappst. Ich muss wissen, wo sich die größten Ballungszentren der Dämonen befinden. Versuch auch mit den anderen Zurückgebliebenen Kontakt aufzunehmen. Wir haben hier mehr als einen Agenten der Black Company, der bereit ist, die Dämonen zu vernichten. Die Schattenwesen wollen sich hier austoben, schön, sollen sie. Aber wir werden nicht sang und klanglos dabei zusehen!"

Kays Augen begannen zu leuchten, als er meine Worte vernahm. Er nickte mir knapp zu und schon war er verschwunden.

Dann drehte ich mich zu Cole Black um.

„Kommen Sie! Wir werden Ihrem ehemaligen Arbeitsplatz und Ihrer Ex-Freundin einen Besuch abstatten." Ich begann bereits in Richtung Black Company zu gehen, als ich spürte, dass Black mir nicht folgte. „Wo bleiben Sie? Ich habe nicht den ganzen Tag Zeit!"

„Ich habe Ihnen versprochen, dass ich Ihnen nach Besiegelung des Deals Amandas Geheimnis verrate, aber ich habe nie zugestimmt, in die Company zurückzukehren. Ich gehe nicht mit Ihnen dort hin. Lassen Sie die Hexe hierherkommen."

„Hier sind wir ungeschützt. Die Black Company ist der sicherste Ort in Empyrion, das wissen Sie besser als ich. Also seien Sie nicht so infantil und hören Sie auf, hier so einen Aufstand zu machen."

Doch Black weigerte sich, auch nur einen weiteren Schritt zu tun.

Ich seufzte resigniert und drehte mich zu ihm um. Und wie ich ihn dort so stehen sah mit dieser latenten Panik im Gesicht, die sich langsam in seinem Körper auszubreiten schien und kurz davor war, dessen natürlichen Fluchtreflex auszulösen, wusste ich was los war.

„Sie wollen *sie* nicht sehen. Unter gar keinen Umständen, habe ich recht? Deswegen wollten Sie auch sofort in die Menschenwelt, damit Sie ihr nicht begegnen müssen ... Das ist ... interessant, ja wirklich. Der große Cole Black hat Angst und ist in seinem Stolz verletzt. Oh, das ist wirklich fantastisch und wenn nicht gerade der Weltuntergang bevorstünde, würde ich mich an Ihrem Leid und Ihrer Qual ergötzen." Ich war mit wenigen großen Schritten wieder bei Black und musterte ihn mit schiefgelegtem Kopf. „Aber dafür haben wir keine Zeit." Binnen Sekunden war ich in meiner Furiengestalt, holte mit meiner gesamten Kraft aus und schlug Black mit voller Wucht mitten ins Gesicht. Ich hörte ein widerliches und zutiefst befriedigendes Knacken und rechnete mit einem Schrei, doch mein Schlag war so heftig, dass Black auf der Stelle umkippte.

Na gut, dann eben so.

Es war gar nicht so leicht, einen bewusstlosen, neunzig Kilo schweren Menschen durch Black York zu fliegen, vor allem, weil ich mich möglichst tief in den Schatten der Wolkenkratzer bewegen musste. Auf keinen Fall wollte ich die Aufmerksamkeit meiner Feinde auf mich lenken. Dumm war nur, dass Blacks Füße ein ums andere Mal den Boden streiften, unschwer an den zerkratzten, abgewetzten teuren Lederschuhen von Armani zu erkennen. Ein anderes Mal stieß sein Kopf laut scheppernd gegen ein Straßenschild. Zum Glück war der Mann bewusstlos. Wäre die Situation nicht so ernst gewesen, hätte ich mich diebisch über dessen Lage gefreut. Doch ich konnte jenen Triumph, meinem Ex-Boss all die verbalen Beleidigungen physisch zu vergelten, nur geringfügig auskosten. Der Anblick meiner zerstörten Heimatstadt fraß sich in mein Herz und schien dort jegliches Gefühl der Freude zu ersticken.

Die Anstrengungen, unentdeckt in das Stadtzentrum zu gelangen, kostete mich enorme Energie und raubte einen Großteil unserer Zeit. Es dauerte eine Ewigkeit, bis wir die Verteidigungszentrale erreichten und uns in der Eingangshalle der Black Company verstecken konnten.

Das Gebäude erzitterte so stark, dass ich zwischenzeitlich sicher war, die Mauern würden über uns einstürzen.

Ein Orkan aus schwarzen Schatten toste um die Black Company und ich hoffte, dass wir irgendwann ins Zentrum des Sturms geraten würden, dann hätten wir zumindest für einige kostbare Sekunden Zeit, neuen Atem zu schöpfen, um nicht vollends in der Angst zu ertrinken.

Als Black neben mir stöhnend erwachte, konnte ich mir ein genervtes Seufzen nicht verkneifen.

„Willkommen zurück, Arschloch!"

„Wo sind wir zum Teufel?" Black tastete vorsichtig sein lädiertes Gesicht ab, für das ich mir im Übrigen immer noch selbst Beifall klatschte, und zuckte zischend zusammen.

„Ich werde Sie ..."

„Na, na, na." Ich schnalzte tadelnd mit der Zunge und schaute auf den Haufen Dreck hinab, der sich vor mir langsam aufzurichten versuchte. „Wir wollen doch nicht unhöflich werden, oder? Nicht, wo dort draußen Ihre Gefängniswärter gerade eine fette Party feiern und Sie der Ehrengast sein könnten. Ich würde mich an Ihrer Stelle zurückhalten. Sie sind noch nicht in der Menschenwelt und tun Sie etwas sehr Dummes, wie die Furie in mir zu wecken, dann werden Sie auch nie wieder einen Sonnenaufgang erleben, sondern sich stattdessen im Fegefeuer wiederfinden. Mal sehen, wie lange Sie es dort aushalten, bis Sie darum betteln, dass man Ihnen die Eier abschneidet und Ihnen in die Kehle stopft, um kläglich an Ihrer nicht vorhandenen Manneskraft zu ersticken.“

„Ich liebe Eure bildhafte Ausdrucksweise, Tisiphone, Eurer Fantasie sind keine Grenzen gesetzt.“

Ich zuckte nicht einmal erschrocken zusammen, als Kay gefolgt von Iselda die Halle betrat, so sehr hatte die Wut meine Adern verstopft. Ich konnte nur das dumpfe Pochen meiner pulsierenden Venen hören.

„Da seid ihr ja endlich“, begrüßte ich die Neuankömmlinge und drehte mich zu ihnen um.

„Wo ist Skip?“

„Er wird nachkommen. Macht Euch keine Sorgen. Wir sind wegen des Halbgottes hier, Tisiphone, vergesst das nicht!“

Kays plötzliche Anspielung auf Jack verunsicherte und irritierte mich. Ich hegte den Verdacht, dass er mir etwas verschwieg und mich aus diesem Grund sofort mit Jack abzulenken versuchte. Ich beruhigte mein Gewissen damit, dass es sich um keine lebensbedrohliche Angelegenheit handeln konnte, ansonsten hätte er mir sicherlich etwas gesagt, also bedachte ich ihn nur mit einem misstrauischen Blick und wandte mich an Iselda.

Die Hexe tat jeden Schritt in einer geduckten Haltung, als rechnete sie jeden Moment damit, dass der Himmel über ihr zusammenstürzen würde. Verdenken konnte ich es ihr nicht. Die Welt fiel buchstäblich in sich zusammen. Es wurde höchste Zeit, unseren Anführer zu retten und gegen die Dämonen vorzugehen. Der Lärm der Vernichtung lockte mich nach draußen und die Furie in meinem Inneren schrie nach Rache.

„Iselda du musst einen Schwur besiegeln, andernfalls wird dieses Arschloch uns nicht verraten, wie wir Amanda vernichten können.“

„I-ich ... Iselda wollte eigentlich schon längst in der Menschenwelt sein. Hier ist es viel zu gefährlich!“

„Ich weiß und Kay wird dich und Black auch sofort zum Portal geleiten, aber zuerst musst du einen Bindungszauber sprechen. Bitte tu’ mir diesen letzten Gefallen.“ Ich warf der Hexe einen flehentlichen Blick zu und hoffte, dass ich ihr Herz ein letztes Mal erweichen konnte. Wenn das nicht ausreichte, dann würde es sicherlich ein prall gefüllter Geldbeutel tun. Iselda war unglaublich berechenbar.

„Na schön. Nennt eure Bedingungen und gebt euch die Hände!“

Zähneknirschend standen mein ehemaliger Boss und ich uns gegenüber und folgten der Anweisung der Hexe. Mit Widerwillen umschloss ich seine große Hand, dessen weiche Haut jegliche Schwielen oder Hornhaut vermissen ließ und davon zeugte, dass dieser Mann niemals seinen Schreibtisch verlassen und einer harten, körperlichen Arbeit nachgegangen war – geschweige denn für sein Land gekämpft hatte. Ich konnte einen angeekelten Schauer, der mir über den Rücken jagte, nicht unterdrücken.

Wir nannten unsere Bedingungen und nach ein paar gemurmelten Worten von Seiten Iseldas leuchtete plötzlich ein helles, fluoreszierendes Band auf, das sich um unsere Hände schlängelte und kurz darauf wieder verblasste, als wäre es lediglich ein Konstrukt unserer Fantasie gewesen.

„Das war’s?“, fragte ich überrascht.

Als die Hexe nickte, riss ich sofort meine Hand zurück und warf Black einen auffordernden Blick zu.

„Reden Sie, Black! Und wehe, Sie halten auch nur ein Detail zurück und sei es noch so klein und unbedeutend! Wer. Ist. Amanda?"

„Nun, ich denke dieses Gespräch sollten wir an der Grenze zur Menschenwelt fortführen, damit ich, nachdem ich Euch die Informationen gegeben habe, diese Gefilde verlassen kann ..."

„Einen Scheiß werden Sie! Wir werden hier und jetzt darüber sprechen und sollten Sie nicht auf der Stelle Ihre Zunge lockern, dann glauben Sie mir, werde ich Ihnen dabei behilflich sein!"

„Miss Hope, ich hoffe sehr, Sie bekommen irgendwann Ihre angestauten Aggressionen in den Griff. Man sollte meinen, die kürzlich mit dem Vampir getätigten Handlungen hätten dazu beigetragen, doch dem ist wohl nicht so. Vermutlich hätte ein anderer Partner größere Abhilfe schaffen können. Ich bedaure daher sehr, dass Ihnen lediglich der Vampir zur Verfügung stand."

Mit einem lauten Knall brannte gleichzeitig eine Sicherung in meinem Kopf durch und meine Flügel schlugen wild aus, während ich mich auf diesen versnobten, pseudo-aristokratischen, blasierten Widerling stürzte.

Lediglich Kays kräftiger Arm, der mich fest umschlang und daran hinderte, dem Menschen den Kopf abzureißen, holte mich wieder ins Hier und Jetzt zurück.

Zornig schüttelte ich den Vampir ab und tigerte laut schnaufend wie ein Drache vor Black auf und ab.

„Sie sind noch nicht in der Menschenwelt, wenn also ein Dämon hier hereinschneit und Ihnen den Stock aus dem Arsch reißt und in Ihr nicht vorhandenes Herz stößt, habe ich meinen Teil der Abmachung theoretisch nicht gebrochen. Also nur zu, spielen Sie weiter Ihre intriganten Spiele, ich habe Zeit."

„Sie vielleicht, aber was ist mit Mr. Pers?" Black bedachte mich mit einem spöttischen, zähnefletschenden Lächeln, dessen Anblick sich brodelnd in meinem Bauch bemerkbar machte. Am liebsten hätte ich ihm in seine hässliche Visage gespuckt.

„Black, erzählen Sie uns, was wir über die Hexe wissen müssen!", forderte nun auch Kay und wie um die Dringlichkeit seiner Worte zu verdeutlichen, erschütterte eine weitere Salve Dämonen die Festung der Black Company, woraufhin Cole Black offenbar einmal mehr bewusst wurde, dass wir uns mitten in einer Schlacht befanden.

„Nun ja, das ist zunächst einmal das Problem. Amanda ist nicht nur eine Hexe ..." Black legte eine dramatische Pause ein und wandte sich mit einem überheblichen, schadenfrohen Grinsen in die Runde, damit auch jeder sehen konnte, dass er wusste, die Information, die er uns gleich preisgeben würde, würde uns nicht weiterhelfen. Er würde als Einziger seinen Vorteil aus unserem Deal ziehen. Ein ungutes Gefühl breitete sich in meiner Brust aus, das langsam Stück für Stück meinen Körper außer Gefecht setzte und mich zu einer Salzsäule erstarren ließ. Und dass noch, ehe er die nächsten Worte aussprach: „Sie ist ebenso eine Dämonin!"

Ich keuchte erschrocken auf und auch Kay schien es aus der Fassung gerissen zu haben, denn mit nur wenigen Schritten baute er sich bedrohlich vor Cole Black auf und schaut voller Verachtung auf ihn herab. „Ihr lügt, das ist unmöglich!"

„Der Zauber eurer Hexe verbietet mir, dies zu tun. Aber nur zu, nennt mich einen Lügner. Niemand außer meiner Wenigkeit kennt die Wahrheit über Amanda Luise. Ihr werdet kein Wesen in Empyrion finden, welches meine Aussage bestätigen oder widerlegen kann."

Meine Nasenflügel blähten sich in blinder Wut auf und mein Blickfeld verdunkelte sich mit jedem weiteren Ton, der Cole Blacks Lippen verließ.

„Ihr wisst um die Bedeutung meiner Worte", fuhr Black unbeirrt ob unserer Reaktionen fort und versetzte unserer Hoffnung den letzten Todesstoß. „Nur ein Dämon kann Amanda töten und da sie eurem Feind mit der Manipulation des Anführers der Black Company in die Hände spielt, werdet ihr keinen Dämon auf diesem Planeten finden, der sie vernichten wird. Ich bedauere zutiefst, euch diese schlechte Kunde unterbreiten zu müssen, aber ihr werdet den Halbgott niemals von seinem Fluch befreien. Nur der Tod der Hexe wird ihren Bann brechen und da ihr keinen der Schatten euren Verbündeten nennt und der Fürst der Dämonen keine Allianz mit euch schließen wird, ist euer Plan zur Rettung Empyrions so gut wie gescheitert." Black sah feixend in jedes unserer Gesichter und wandte sich dann mit einem selbstzufriedenen Grinsen an Kay. „Ich würde sagen, ich habe meinen Teil der Abmachung eingehalten. Ihr habt eure Antworten. Nun bring mich in die Menschenwelt, Vampir!"

Kapitel 20

„NEIN!" Mit einem hysterischen Aufschrei warf ich mich Black in den Weg und schubste ihn mit aller Kraft zurück. „Sie werden nirgendwo hingehen, bis Sie uns verraten haben, wie wir diese Hexe vernichten. Das war der Deal! Sie sollten uns eine Lösung liefern ..." Doch weiter kam ich nicht. Denn ein gleißender Schmerz, der mir die Tränen in die Augen und die Luft aus der Lunge trieb, bemächtigte sich meines Körpers und zwang mich in die Knie.

„Was zum Teufel?", keuchte ich auf, krümmte mich im nächsten Augenblick kreischend am Boden und stand die schlimmsten Schmerzen aus, die ich jemals erdulden musste.

Es fühlte sich an, als wäre meine Haut einmal umgedreht und dann an meinen Körper getackert worden. Das rohe Fleisch, die offenliegenden Nervenenden meiner Umwelt schutzlos ausgeliefert.

So musste es sich anfühlen, jahrhundertelang im Fegefeuer eingesperrt zu sein. „Tess, du verstößt gegen die Abmachung. Du musst ihn gehen lassen, dir bleibt keine Wahl!" Iselda hatte sich zu mir auf den Boden gekniet und schien weitaus besorgter um mich zu sein, als ich es ihr zugetraut hätte. Doch diese Erkenntnis nahm ich nur am Rande meines Bewusstseins wahr, der Rest wurde von quälenden Schmerzen überflutet und ließ mich jeden klaren Gedanken vergessen.

„TESS!", rief eine Stimme aus Richtung des Eingangsportals.

„Was ist hier los, was habt ihr getan?"

Die Neuankömmlinge in der Eingangshalle waren keine geringeren als meine besten Freunde Ann und Skip.

Moment mal, was hatte Ann immer noch hier zu suchen? Sie sollte schon längst in der Menschenwelt in Sicherheit sein!

„Skip, wieso zum … oh mein Gott." Wieder versank mein Körper in der Agonie und ließ jedes Wort auf meinen Lippen in einem gellenden Schrei untergehen.

„Sie bricht den Bindungszauber! Wenn sie Black nicht gehen lässt, wird sie sterben, und zwar hier und jetzt!"

Ich hatte Iseldas Stimme vernommen und doch wehrte sich jede Zelle meines Körpers, die nicht damit beschäftigt war den Tod herbeizusehnen, dagegen, den ehemaligen Leiter der Black Company ziehen zulassen. Wir hatten keine Lösung, keine Antworten. Im Gegenteil: Blacks Worte hatten nur weitere Fragen aufgeworfen. Fragen für deren Beantwortung uns die Zeit fehlte.

Doch was blieb mir für eine Möglichkeit? Ich konnte hier liegen und sterben oder ich besorgte mir einen Dämon, der bereit war, die Hexe zu töten. Nur wo bekam ich ein Schattenwesen her, das entgegen des Befehls seines Fürsten handelte? So grausam, furchteinflößend und infernalisch diese Wesen auch waren, sie blieben doch stets loyal. Mit dem Feind sympathisieren? Unmöglich! Es sei denn …

Und da war er. Dieser eine Gedanken, den ich am liebsten sofort wieder aus den Windungen meines Gehirns gerissen und in den vernichtenden Flammen, die sich bereits in Empyrion ausgebreiteten hatten, verbrannt hätte. Doch sie war da, diese Idee. Die Hoffnung, ebenso dumm und naiv wie der letzte Einfall, den ich vor genau zehn Jahren gehegt und damit meine Welt ins Armageddon gestürzt hatte.

„Na schön", keuchte ich hustend und just in dem Moment, als ich eine Entscheidung getroffen hatte, ließ der Schmerz abrupt nach.

Erschöpft und immer noch leicht zitternd schälte ich meinen geschundenen Körper vom Boden wie eine zu Matsch zertrampelte Bananenschale und stützte mich schweratmend auf meinen Knien ab. „Fuck ... das tat echt weh", keuchte ich und nahm mir einige kostbare Sekunden, um meinem Körper die Zeit zu geben, dieses Trauma zu überwinden.

„Also gut ...", ächzte ich, während ich mich langsam aufrichtete und dabei jeden Knochen knacken fühlte, als wäre ich eine alte Frau. Dabei ging ich gerade mal auf die 550 zu. „Sie können gehen! Kay, bring ihn zusammen mit Iselda und Ann zum Portal. Wir werden uns schon etwas einfallen lassen, wie wir diese Schlampe vernichten. Jack wird schon bald nicht mehr unter dem Einfluss von Amanda stehen, dafür werde ich persönlich Sorge tragen."

„Nein, Tess–", versuchte Ann zu widersprechen, doch mit einer erzürnten, ruckartigen Bewegung meines Kopfes in ihre Richtung, bei der ich mir fast noch einen Wirbel ausgerenkt hätte, verstummte ihr Protest augenblicklich.

„Du hast hier nichts mehr verloren! Was beim verdammten Olymp machst du noch hier, Anni? Ich wollte, dass du vor dem Fall der Mauer in der Menschwelt bist. Ich wollte dich in Sicherheit wissen! Ich kann nicht kämpfen, solange du hier bist. Warum hat Skip dich nicht zum Portal gebracht?" Die letzte Frage richtete ich an den Gestaltwandler.

„Aber, aber, Tess! Sie wollen Ihren Freunden doch nicht das große Finale verwehren. Sie werden Empyrion schließlich nie wieder zu Gesicht bekommen."

Eine schnurrende Stimme, die vor Arroganz und Überheblichkeit nur so triefte, hallte plötzlich von den Wänden der Empfangshalle wider und ließ jeden der Anwesenden, einschließlich Black, erschrocken zusammenzucken.

„Amanda", hauchte dieser und drehte sich mit einem sehnsüchtigen Blick zu seiner ehemaligen Geliebten um.

„Ja, mein Liebling, ich bin hier." Amanda schenkte Black ein zähnefletschendes Lächeln, bei dem ich mich innerlich schüttelte und betete, diesen Anblick nie wieder ertragen zu müssen. Die Hexe sah aus, also würde sie uns alle am liebsten an Ort und Stelle auffressen. Wir waren Rotkäppchen und sie der große, böse Wolf. Hätte ich doch nur ein verdammtes Gewehr dabei.

Mit einem lasziven Lächeln und wiegendem Gang trat Amanda auf Black zu und strich ihm fast zärtlich mit den rot lackierten Fingernägeln über die Wange.

„Ich hatte so gehofft, dich wieder zu sehen, Darling", gurrte sie und Cole Black schien in ihren Händen zu zerfließen.

„Ich glaub, ich muss mich gleich übergeben." Ann machte ein würgendes Geräusch, zog aber Gott sei Dank nicht die Aufmerksamkeit der Hexe auf sich.

Langsam, fast in Zeitlupe, machte ich mehrere Schritte zurück, bis ich in der Nähe von Skip und Ann stand und neigte den Kopf in ihre Richtung, ohne Amanda und Black aus den Augen zu lassen. „Verschwindet von hier", zischte ich leise. „Jetzt!"

„Tess, hier wird es gleich ein Blutbad geben." Skip schüttelte entschieden den Kopf und erntete dafür einen funkelnden Blick von mir.

„Ich habe dir *eine* verfluchte Aufgabe gegeben. Du solltest alle Zivilisten in Sicherheit bringen und Ann gehört dazu–"

„Sie hat mich nicht gelassen. Du weißt selbst, wie stur sie ist, was hätte ich denn tun sollen? Sie bewusstlos schlagen, kidnappen und in die Menschenwelt überführen? Ich bin doch kein verdammter Werwolf!"

„Dann wäre sie zumindest in Sicherheit", fauchte ich.

„Hey, ihr redet gerade über mich! Niemand schlägt mich K. O. und bringt mich hier weg. Ich möchte kämpfen, das hier ist auch mein Zuhause." Ann stemmte auf gewohnte Art die Hände in die Hüften und warf ihr langes, blondes Haar zurück.

Gott, wie ich diese Sirene verfluchte.

„Ihr werdet jetzt beide sofort die Company verlassen und eines der Portale aufsuchen. Nimmt Iselda mit und dann komm zurück, Skip. Allein!" Meine geknurrten Worte zeigten leider nur bedingt Wirkung, denn meine besten Freunde hatten ihre Aufmerksamkeit von meiner Wenigkeit auf etwas hinter mir gelenkt. Oder besser gesagt auf jemanden.

„Du willst deinen Freunden doch das Vergnügen nicht nehmen, den Untergang Empyrions mitzuerleben, oder Tess?"

Jacks Stimmte umfing mich wie ein eisiger Hauch und ließ mein Herz einen kurzen Augenblick erstarren. Als es stotternd weiterschlug, war ich der festen Überzeugung, der Halbgott würde es mir jeden Moment aus der Brust reißen. Angewidert von seinem Klopfen, weil es ausschließlich für ihn schlug.

Ich versuchte, meine Gefühle und meinen Gesichtsausdruck unter Kontrolle zu bekommen und drehte mich dann mit einem süffisanten Grinsen zu dem Halbgott um.

„Jack, du hier? Ich dachte schon, du wärst mit deinem Bürostuhl verwachsen. Offenbar bist du der Meinung, dein Land von dort oben aus regieren zu können, ohne je wieder ein Fuß auf Empyrions Grund und Boden setzen zu müssen." Ich deutete mit dem Finger an die Decke, wo sich mehrere Stockwerke über uns das Büro des Leiters der Black Company befand.

„Glaub mir, dort oben hat man eine hervorragende Aussicht auf das, was von Black York noch übrig ist. Wenn du willst, zeige ich es dir, so wie beim letzten Mal." Jack leckte sich mit einer obszönen Geste über die Lippen und schloss stöhnend die Augen, während mir bei diesem Anblick das Blut in den Adern gefror.

„Oh Tess, ich kann dich immer noch an mir riechen. Lass uns das bei Gelegenheit wiederholen. Ich liebe es, wenn du dich gegen mich wehrst und ich dir Schmerzen bereite, das turnt mich besonders an."

„Genug!" Mit einem einzigen Satz war Kay an Jacks Seite und holte zum Schlag aus. Doch der Halbgott reagierte ebenso schnell und als ich seine Hände gleißend aufblitzen sah, versuchte ich Kay noch eine Warnung zuzuschreien, doch es war zu spät.

Kay flog einmal quer durch die Halle und krachte an die nächste Wand, an der er in sich zusammensackte und schließlich reglos auf dem Boden liegen blieb.

„Du verdammtes ...“

„Ach Tess, ehrlich? Der Vampir? Hast du dich immer noch nicht entschieden? Ich werde es dir leicht machen und dir die Entscheidung abnehmen. Am Ende wird nämlich nur noch einer von uns übrig sein.“ Jack fletschte mit einem unheimlichen Lächeln die Zähne und ging mit großen ausholenden Schritten auf den zusammengesunkenen Vampir zu.

„Skip bring Ann und Iselda hier raus, ich werde es nicht noch einmal sagen!“, schrie ich in die Richtung meines besten Freundes, ohne den Halbgott dabei aus den Augen zu lassen.

„Oh nein, niemand von deinen Freunden wird die Company je wieder verlassen“, knurrte Jack.

Und dann geschahen mehrere Dinge gleichzeitig. Ich sammelte all meinen Mut zusammen, schlug kräftig mit meinen schwarzen, wunderschönen Flügeln und stieß mich vom Boden ab – Jack im Visier. Kaum hatte ich mich in der Luft vor ihm aufgebaut, klatschte dieser mit einem Feixen im Gesicht in die Hände und plötzlich zersplitterte jedes Glaselement im Foyer der Black Company. Ich drehte mich noch in der Luft einmal um die eigene Achse und ließ den Halbgott mit einem gezielten Tritt gegen die Brust mehrere Meter nach hinten schlittern. Als ich wieder auf dem mit Schutt und Asche übersäten Boden landete, registrierte ich schockiert die ausgefransten, gewaltigen Löcher, die nun in dem massiven Mauerwerk klafften und dem Tod ungehindert Einlass gewährten.

Die Finsternis floss wie wabernder Nebel ins Herz unserer Verteidigungsorganisation, deren Steinwände uns nicht länger zu schützen vermochten. Und mit Schrecken erkannte ich, dass wir nie die geringste Chance gegen das Böse aus der Unterwelt hatten. Wir waren den Dämonen schutzlos ausgeliefert.

Kapitel 21

Ich hatte keine Ahnung, wo sich Skip, Ann oder Iselda aufhielten. Ich war umgeben von schwarzem Rauch, der alles um mich herum verschluckte und mich von meiner Umwelt abschirmte. Nicht als wolle er mich beschützen, sondern um mir sämtliche Sinne zu rauben und mir die Orientierung zu nehmen. Ich wurde von der Bestie verschluckt und hatte keine Ahnung, ob sie mich je wieder ausspucken würde.

Und dann hörte ich es. Frivoles, höhnisches Gackern und meinen leise gewisperten Namen ...

Megaera war hier.

Die Finsternis lichtete sich und einzelne Umrisse und Gestalten wurden sichtbar, aber ich wünschte fast, der Rauch hätte sie wieder verschluckt und unsere Umgebung in undurchdringliche Dunkelheit getaucht.

Als mein Blick durch die Eingangshalle der Black Company huschte, sah ich meine Freunde, jeder von einem Dämon gepackt und gefangen gehalten. Schwarze Rauchsäulen umfingen den Gestaltwandler, die Sirene, die Hexe und Black. Lediglich Kay, der neben mir immer noch zusammengesunken auf dem Boden lag, und ich wurden nicht von einem schwarzen Schatten bewacht.

Neben dem Halbgott materialisierte sich meine Schwester und warf mir ein laszives Lächeln zu, während sie um Jack herumschritt und ihn von oben bis unten musterte.

„Endlich gehört er mir", schnurrte sie und schmiegte sich lüstern an seinen starken Körper.

Meine Hände ballten sich zu Fäusten und ich musste all meine Beherrschung aufbringen, um mich nicht auf die Dämonin zu stürzen.

Wenige Meter von mir entfernt kämpfte meine beste Freundin gegen den schwarzen Rauch an, der sie wie eine Kletterpflanze umrankte und sich immer enger zusammenzog, bis sie sich gar nicht mehr bewegen konnte. Flehentlich sah Ann mir entgegen.

„Warum bist du nicht mit den anderen in die Menschenwelt gegangen? Ich habe dich nur um diese eine Sache gebeten, Ann!" Ich zischte meine Worte zitternd vor unterdrückter Wut.

„Ich konnte dich, Skip und die anderen doch nicht einfach so zurücklassen. Ich möchte helfen. Wenn euch etwas passiert, was wird dann aus mir? Glaubst du, ich führe einfach so mein Leben in der Menschenwelt fort? Tess, du und Skip ihr seid mein Leben, meine Familie!" Tränen rannen Ann über die Wangen. Ich schüttelte betrübt den Kopf und versuchte, meine Emotionen unter Kontrolle zu behalten. Warum war sie nicht gegangen? Eine Person mehr, die mir genommen werden konnte.

„Tess, es tut mir leid ... ich weiß nicht was ich sagen soll ..." Skip versuchte, sich aus den Fängen des Dämons zu befreien, doch der lachte nur spöttisch auf und ein

Geräusch ähnlich dem, als würde man mit Fingernägeln über eine Tafel kratzen, erfüllte den Raum.

Megaera, auf Skip aufmerksam geworden, löste sich von Jack und schwebte neugierig auf den Gestaltwandler zu.

„Rühr ihn nicht an“, knurrte ich und machte einen drohenden Schritt auf sie zu.

„Du erteilst hier keine Befehle mehr, Schätzchen, krieg das endlich in deinen sturen Schädel.“ Megaera schenkte mir ein süffisantes Grinsen, das es mir eiskalt den Rücken runterlief.

Die Angst um meine Freunde zurückdrängend, setzte ich meine gewohnte Maske auf und grinste meiner Schwester feixend entgegen. „Du aber auch nicht, Schwester. Du bist nur ein Handlanger und hast in der Welt der Dämonen ebenso wenig zu melden wie damals in Empyrion. Tja, schade, selbst nach deinem Tod konntest du nichts reißen, das muss dich furchtbar frustrieren.“ Die Worte trieften vor Bitterkeit. Ich konnte die Säure auf meiner Zunge schmecken, die Stück für Stück meine Seele vergiftete. Doch ich musste die Aufmerksamkeit meiner Schwester unbedingt auf mich lenken, damit sie Skip nicht anrührte.

Als sie sich mir zuwandte, dachte ich, dass ich mein Ziel erreicht hatte, doch ich hatte mich zu früh gefreut.

Die Gestalt meiner Schwester verwandelte sich vor meinen Augen erneut in schwarzen Rauch und flog mit einer solchen Geschwindigkeit auf mich zu, dass ich gegen die nächste Mauer flog und daran heruntersackte. Sie ließ mir keine Zeit, mich wieder aufzurappeln, denn ich wurde sofort wieder in die Luft gehoben und krachte mit voller Wucht gegen etwas Hartes, das mich mindestens drei meiner heilen Rippen kostete. Ich stöhnte gequält auf und hörte von irgendwo her jemanden meinen Namen schreien. Doch ich war vollkommen orientierungslos, denn der schwarze Nebel hatte mich umschlossen und presste meine Flügel an meinen Körper, sodass ich nicht einmal in der Lage war, meinen kleinen Finger zu rühren. Die Finsternis war allumfassend und das boshafte Lachen meiner Schwester überall. In meinen Ohren, in meinem Kopf, in meinem Herzen.

Als ich den Mund öffnete, um keuchend Luft zu holen, drangen die Schatten in mich ein. Ich hustete und spuckte, um die Dunkelheit zu vertreiben, doch Megaera war erbarmungslos. Ich sackte in mich zusammen, am Rande einer Ohnmacht, wobei ich nicht sagen konnte, ob das schwarze Flackern vor meinen Augen daher rührte, dass ich keine Luft mehr bekam oder weil alles um mich herum in Finsternis versank.

„TESS! Steh auf, verdammt noch mal!"

Ich konnte die Todesangst meiner Freundin mit jeder Nervenzelle meines Körpers spüren. Jede Silbe, die über ihre Lippen kam und sich wie der Schall im Raum verteilte, überschlug sich vor lauter Panik.

Ich stemmte mich auf die Knie und versuchte aufzusehen.

„Du kannst es nicht lassen, oder?", zischte es neben meinem Ohr, doch ich versuchte, die spöttische Stimme meiner Schwester zu ignorieren.

Meine Arme zitterten vor Anstrengung, als ich versuchte, mich vom Boden hochzuhieven, doch die Macht des Dämons drückte mich immer weiter hinab.

Eine Last, so schwer und zerstörerisch, unmöglich zu tragen.

„Du wirst sie alle verlieren. Für jedes Wort, das du sagst, jeden Schritt, den du tust und jeden Atemzug den machst, nehme ich ein Leben!"

Wie Messer bohrten sich ihre Worte in mein Herz, doch ich dachte nicht daran aufzugeben. Ich war eine Furie, eine Rachegöttin! Meine Feinde zu bestrafen, war meine Bürde. Ich war es, die zerstörte! Ich war diejenige, die Leid über die Sünder brachte! Vor meinem Anblick erzitterten all jene, die meine Macht zu spüren bekamen! Nein, ich würde nicht aufgeben! Niemals, nicht solange meine Freunde noch am Leben waren, denn jede Seele von ihnen war es Wert für sie zu kämpfen!

Ich nahm all meine Kraft zusammen und stellte einen Fuß neben meine auf den Boden gestützten, zitternden Arme. Ein letzter rasselnder Atemzug und ich erhob mich Zentimeter für Zentimeter wieder in die Senkrechte. Nicht ohne zu keuchen, doch die Worte konnte und wollte ich dennoch nicht zurückhalten, auch wenn sie zu sagen mich fast meine ganze Energie kostete. „Du ... wirst mich ... niemals stürzen! Ich werde niemals vor dir kriechen ...! Ich bin es, die dich vernichten wird, merk dir das ... Schwester!"

Mit all der Stärke, die ich aufbringen konnte, befreite ich meine Flügel und schlug so schnell mit ihnen, dass meine Gelenke an den Schulterblättern laut knackten.

Mit einem kräftigen Sprung, der meinen Muskeln in den Beinen alles abverlangte, stieß ich mich vom Boden ab und schwebte in der Luft. Durchflutet von der kurzweiligen Euphorie einer Befreiten. Der Rauch hatte sich etwas gelichtet und als ich sanft auf dem Marmorboden landete, war die Dunkelheit wie durch ein Wunder verschwunden. Etwas unsicher und schwankend stand ich wieder auf meinen Füßen, aber immerhin ... ich stand.

Ich hatte keine Zeit, mich nach meinen Freunden umzugucken, denn dieser friedliche Moment, der mit dem Verschwinden der Finsternis einherging, war nur von kurzer Dauer. Im nächsten Augenblick materialisierte sich meine Schwester direkt vor mir und etwas Hartes traf mich direkt am Solarplexus.

Ich stöhnte und rieb mit schmerzverzerrtem Gesicht über die Haut unterhalb meines Brustbeins, als auch schon der nächste Schlag folgte. Reflexartig zog ich meinen Arm hoch, blockte den nächsten Hieb und stieß mich mit den Füßen vom Boden ab. Ich machte einen Salto in der Luft und landete hinter meiner Schwester, die ich mit einem gezielten Tritt in die Nieren zum Taumeln brachte.

Das Antlitz Megaeras verschwamm vor meinen Augen und der schwarze Rauch toste wieder durch die Halle.

„Dein Ernst jetzt? Einen ehrlichen Kampf von Angesicht zu Angesicht hast du schon damals immer gescheut. Du hattest nie eine Chance gegen mich", giftete ich in keine bestimmte Richtung, denn meine Schwester flog gleichzeitig überall und nirgends umher.

Aus den Augenwinkeln nahm ich eine Bewegung wahr. Ich sah, wie Cole Black sich rückwärts auf das große klaffende Loch zubewegte, welches früher einmal das Eingangsportal gewesen war, und für einen kurzen Moment war ich abgelenkt, sodass mich der nächste Schlag unvorbereitet traf. Megaera schlug mir mitten ins Gesicht und ich landete im nächsten Moment wieder rücklings auf dem Boden. Tränen schossen mir in die schwarz gefärbten Augen und ich kniff mir schniefend in die Nasenwurzel.

„Das war der letzte Treffer, den du versenkt hast", knurrte ich und mit einem Satz war ich wieder auf den Beinen. Ich wirbelte herum und war gerade dabei, eine Abfolge von Tritten auf meine Schwester loszulassen, als der laut gebrüllte Befehl von Jack mich innehalten ließ.

„Das reicht jetzt! Versteht mich nicht falsch, Ladys, ich bin immer für eine Schlammschlacht, vor allem zwischen Schwestern-" Ann, die schräg hinter mir immer noch von Rauschschwaden umhüllt war, machte ein Würgegeräusch, welches mich sofort die passenden Bilder assoziieren ließ und Jack ein anerkanntes Zwinkern entlockte.

Nun hätte *ich* mich tatsächlich am liebsten übergeben.

„... aber wir haben Wichtigeres zu klären. Nicht wahr, Teuerste?", fuhr der Halbgott fort und wandte sich nun an Amanda, die gemächlich auf Cole Black zu schlenderte, der sich während unserer Auseinandersetzung beeindruckend nah an den Ausgang geschlichen hatte.

Bei dem ehemaligen Leiter der Black Company angekommen, strich die Hexe zärtlich über die schlecht rasierte Wange des Menschen und biss sich lasziv auf die Lippen. „Oh Baby, du willst doch nicht etwa schon gehen, oder? Wir haben uns doch gerade erst wiedergefunden. Ich habe dich so vermisst. Es ist viel zu lange her, ich denke jede Nacht an dich."

Entgegen der latenten Angst, die sich in Cole Blacks Mimik widerspiegelte, begannen seine Augen zu leuchten und ich meinte, so etwas wie Lust und Sehnsucht darin zu erkennen. Unglaublich, dass dieser Mann überhaupt zu so einem Gefühl wie Liebe fähig war.

„Du musst mir nur eines verraten, danach können wir von hier verschwinden. Egal wohin, ich folge dir, wie ich es versprochen habe."

Black nickte wie in Trance und ich hatte eine dumpfe Ahnung, was als Nächstes geschehen würde. Trotzdem konnte ich meine Augen nicht davon abwenden, geschweige denn einschreiten.

Es war, als würde ich in Zeitlupe dabei zusehen, wie zwei Autos aufeinander zurasten, der Unfall vorprogrammiert, und ich stand da als stummer Zuschauer, als wäre es lediglich ein Film, der sich vor meinen Augen abspielte. Die Furie in mir hatte sich in ihrem Sessel zurückgelehnt, eine Flasche Champagner geöffnet, Popcorn bereitgestellt und war bereit, mit Pompons zu wedeln, sollte die Hexe gleich tatsächlich das tun, was ich vermutete.

Aller Augen im Raum waren nun auf Amanda und Cole Black gerichtet. Die Hexe trat auf vertraute Weise an den ehemaligen Leiter der Black Company heran und schaute ihm tief in die Augen. „Hast du oder hast du nicht mein Geheimnis an diesen Abschaum verraten?", schnurrte Amanda und streichelte mit ihren lackierten Krallen über Blacks Brust.

„I-ich ... ich wollte dich nie verraten. Alles, wonach ich strebte, war, zu dir zurückzukehren, Liebste!"

„Hast du es ihnen erzählt?", knurrte Amanda und bohrte ihre Nägel in Blacks Haut.

„Ja, aber sie können dir nichts tun. Kein Dämon würde es wagen, dich zu vernichten. Dessen war ich gewiss, und wenn wir erst einmal in der Welt der Menschen sind, werden sie dich niemals finden. Ich bin einen Pakt mit der Furie eingegangen. Sie darf nicht nach uns fahnden lassen. Wir könnten irgendwo auf der Welt ganz von vorn beginnen oder da weitermachen, wo wir damals aufgehört haben, ganz wie es dir beliebt, meine Schöne!“

An dieser Stelle fühlte ich mich dann doch genötigt, kurz einzuschreiten, jemand verdrehte hier nämlich gerade die Fakten. „Ähm“, räusperte ich mich und trat etwas näher an das verliebte Paar heran. „Ich habe nur zugestimmt, die Hetzjagd gegen *Black* auszusetzen.“ Ich richtete meinen Blick auf Amanda. „Dich verfolge ich bis ans Ende der Welt, wenn es sein muss. Glaub mir, du wirst es noch bereuen, dir eine Furie zur Feindin gemacht zu haben!“ Meine Augen funkelten sie voller Hass und unterdrückter Wut an. Doch die Hexe hatte keine Angst vor mir. Sie grinste mich auf eine solch herablassende Art und Weise an, dass ich dachte, ihr Gesicht würde sich jeden Moment in zwei Teile spalten. Sie war in diesem Augenblick weder hübsch noch sexy, eigentlich war sie nur noch angsteinflößend. Eine erschreckende, verzerrte, höhnische Fratze.

„Oh, glaub mir, du wirst nicht bis ans Ende der Welt fliegen müssen, um mich zu finden!“ Und mit diesen Worten wandte sie sich wieder an Black und nun war sämtlicher Hohn aus ihrer Mimik verschwunden. Geblieben waren nur Verachtung und Kälte, bei deren Anblick selbst mir alle Härchen zu Berge standen.

„Du hast mich verraten!“

„N-nein ich ... bitte, Amanda. Ich verehre dich! Ich wollte immer nur zurück an deine Seite." Cole Black war drauf und dran vor der Hexe auf die Knie zu fallen, doch Amanda packte ihn am Kinn und hielt ihn aufrecht.

Black, der diese Geste fälschlicher Weise als einen Akt der Vergebung verstand, sackte erleichtert in sich zusammen und strich zärtlich über den dünnen Arm seiner Hexe.

„Es tut mir leid! Wir werden ein ganzes Leben haben, in dem ich dich um Vergebung bitten kann, Amanda, Liebste. Du darfst mich so lange leiden lassen, wie du möchtest, wenn du mir nur wieder deine Liebe schenkst."

„Ich dulde keinen Verrat", zischte Amanda und binnen Sekunden leuchtete ihr Gesicht vor Zornesröte auf und tiefe Furchen gruben sich in ihre glatte Alabasterhaut.

„Ich werde dich leiden lassen wie jeden Feind, der sich mir die vergangenen Jahrhunderte in den Weg gestellt hat. Leb wohl, Cole Black, du jämmerlicher Verräter! Deine Angst hat sich bewahrheitet. Du wirst sterben, wie du auf diese Welt gekommen bist. Unbedeutend, machtlos und allein!"

Und dann geschahen mehrere Dinge gleichzeitig. Blacks Miene wechselte von sanft zu verblüfft und fiel dann ins Bodenlose, als ihm die Bedeutung der Worte seiner Geliebten dämmerten. Amanda trat einen Schritt zurück, um dann eine winzig kleine Bewegung mit ihrer rechten Hand auszuführen. So minimal, dass ein Mensch sie mit seinem bloßen Auge gar nicht als eine Geste wahrgenommen hätte und Blacks Mund klappte plötzlich zu einem stummen Schrei auf.

Ich blieb wie angewurzelt stehen und beobachte mit einer Mischung aus Schrecken und Faszination, wie sich die Mundhöhle des ehemaligen Leiters der Company immer weiter öffnete. Seine Augen traten aus ihren Höhlen. Panisch aufgerissen waren sie und ich konnte die Erkenntnis des baldigen Todes in ihnen lesen. Blacks Mund, nicht länger als solcher erkennbar, glich mehr einer dunklen, blutigen Öffnung, die immer weiter aufklaffte, bis seine Knochen knackten und sein Gesicht vollkommen von diesem Loch vereinnahmt wurde. Blut tropfte aus seinen Augen, spritzte aus seinen Ohren. Seine Hände waren in einer Geste der Hilflosigkeit zu Klauen versteift und seine aufrechte Haltung krümmte sich Stück für Stück nach vorn. Immer weiter hinab zu Amanda, auf deren Gesicht sich ein grausames Lächeln ausbreitete, das ihre Wangen spitzer werden und fast schon unnatürlich aussehen ließ.

Mit einem lauten, ekelerregenden Splittern brach der Kopf von Cole Black auseinander und der einst mächtigste Mann Empyrions, der erste Mensch, der es vollbracht hatte, in unsere Welt zu gelangen, sackte leblos in sich zusammen.

Kapitel 22

„Oh Gott!" Ann schaffte es gerade noch, diese beiden Worte zu keuchen, bevor sie den Anwesenden vor die Füße kotzte. Auch Skip wandte sich mit einem angewiderten Gesichtsausdruck ab. Mein Herz pochte mir so dröhnend in den Ohren, dass ich es kaum wagte zu atmen. Ich wusste nicht, ob ich mich ebenfalls übergeben oder der Freude nachgeben sollte, die im Herzen der Furie ihre Pirouetten drehte. Cole Black hatte endlich das Zeitliche gesegnet.

Amanda begutachtete gelangweilt ihre Nägel und stieg über den Kadaver von Black hinweg, als handelte es sich lediglich um eine Pfütze auf dem Asphalt.

„Wer ist der Nächste", fragte sie dann und lächelte gierig in die Runde.

„Niemand", antwortete ich mit fester Stimme und brachte all meine Willensstärke auf, um ruhig zu bleiben. Ich drehte mich von Amanda zu dem Halbgott. „Jack, bitte lass uns reden! Lass die anderen gehen! Ich bin es doch, die du leiden sehen willst. Also bitte, hier bin ich." Ich breitete die Arme aus, als wollte ich mich auf der Bühne meinem Publikum präsentieren und trat auf den Leiter der Black Company zu. „Ich meine", ich lachte nervös auf, „sind wir realistisch, niemand von uns wird diese Schlacht überleben. Die Dämonen durchkämmen jeden Winkel und jedes Versteck. Niemand, der sich noch dort draußen aufhält, hat gegen diese Armee der Unterwelt eine Chance. Genauso gut kannst du meine Freunde gehen lassen. Weit werden sie sowieso nicht kommen und du musst dir nicht die Finger schmutzig machen." Bei den letzten Worten neigte ich meinen Kopf unbemerkt in Skips Richtung und warf ihm einen bedeutungsschweren Blick zu. Ich konnte nur hoffen, dass er meinen Hinweis verstand und sich bei der erstbesten Gelegenheit Anni schnappen und sich irgendwo mit ihr verbarrikadieren würde, damit die Dämonen sie nicht entdeckten.

„Und warum sollte ich dir diesen Gefallen gewähren, Furie, wenn es doch so viel amüsanter ist, dir dabei zuzusehen, wie du mit jedem Tod deiner Freunde ein kleines bisschen mehr stirbst?" Jack trat gelassen auf den zusammengesunkenen Vampir zu und beugte sich feixend zu ihm herunter. Kay, der gemächlich wieder zu sich kam, hatte kaum eine Chance zu reagieren, als der Halbgott ihn auch schon mit einem tödlichen Griff um den Hals packte und langsam hoch in die Luft hob.

„Du hast es nie verstanden. Du warst immer nur ihre zweite Wahl. Sie wäre zu keinem Zeitpunkt zu dir gekommen, wenn ich sie für mich beansprucht hätte. Sie hat dich nicht im Geringsten geliebt, Vampir. Egal, wie sehr dein totes Herz für diese Furie geschlagen hat, sie hätte es, ohne zu zögern zermalmt ... für mich! Denn es gab immer nur mich!" Jack sah wieder in meine Richtung und ich erkannte den Hass und die Verachtung, die sich in seinem Blick widerspiegelten.

Panisch und mit einer Kälte im Herzen, die ich bisher nur einmal in meinem Leben empfunden hatte, flog ich auf die beiden zu, doch meine Schwester und ein weiterer Dämon packten meine Flügel und rissen sie mit einem lauten knacken zurück. Ich schrie schmerzerfüllt auf, ebenso wie Ann, die voller Furcht die Augen aufgerissen hatte.

Der Schmerz bohrte sich wie ein glimmender Schürhaken in meine Schulterblätter und strahlte von dort in meinen gesamten Rücken aus.

Tränen stiegen mir in die Augen und ich presste den Kiefer so fest zusammen, dass selbst Jack aus dieser Entfernung meine Wangen pulsieren sehen müsste. Hysterisch und laut brüllend versuchte ich mich gegen die Fänge der Dämonen zu wehren.

„LASST MICH LOS! DU VERFLUCHTES MISTSTÜCK“, schrie ich meine Schwester an, während Spucketröpfchen aus meinem Mund flogen.

„Na, na, beruhig dich Schwester und genieß die Show!“

„NEIN“, kreischte ich und kämpfte, trat mit den Füßen, spannte meine Arme an, warf den Kopf hin und her, doch aller Widerstand nützte nichts gegen die unbändige Macht der Dämonen.

Megaera lachte gackernd neben mir auf und die Finsternis um mich herum nahm mich immer mehr gefangen.

„Bitte! Bitte, Jack, ich tue alles, was du willst! Töte mich! Bitte, töte einfach mich, nur lass Kay gehen! Er bedeutet mir nichts, du hast recht, es gab immer nur dich! Also nimm mich, bitte, nimm doch mich!“

Mein ganzer Körper wurde von hysterischen Schluchzern geschüttelt, was die Dämonen nur noch mehr anstachelte, an meinen Flügeln zu zerren. Doch ich spürte die Qualen schon gar nicht mehr, ich fühlte nur das wachsende, schwarze Loch in meiner Brust, das alle Empfindungen zu verschlingen drohte und die Kälte, die sich in der Eingangshalle ausbereitete.

Ann hatte die Hände vor die Augen geschlagen und sich abgewandt, als hätte sie schon aufgegeben.

Ich wollte sie anbrüllen, sie schütteln. Wir waren noch nicht am Ende! Wir konnten noch kämpfen! Kay war noch nicht tot!

„Bitte", flehte ich und sah Jack mit all der Liebe entgegen, die ich nach dem Trauma, das er mir zugefügt hatte, für ihn aufbringen konnte. „Bitte, tu das nicht! Ich gehöre dir! Mach mit mir, was du willst, nur lass ihn am Leben!"

„Das ist wirklich ein verlockendes Angebot, Tess, vielleicht komme ich darauf zurück."

Jack grinste mich mit einem mordlüsternen Funkeln in den Augen an. „Doch zuerst ... sieh zu, wie dein Freund stirbt!"

Es war, als würde alles in Zeitlupe geschehen und ich war gezwungen zuzuschauen, wie mein Vampir stirbt, ohne etwas dagegen tun zu können. Jack griff hinter sich und zog einen kurzen Silberdolch hervor.

Kays Kopf drehte sich in meine Richtung und ich konnte das Blut in meinen Ohren rauschen hören, wie es sich mit jedem Schlag meines Herzens durch meine Venen pumpte – das Lebenselixier, welches Kay so viele Jahrhunderte als Nahrungsquelle diente, um auf dieser Erde zu wandeln.

Ich öffnete den Mund, versuchte zu schreien, doch nicht ein Ton verließ meine Lippen. Der Vampir neigte leicht den Kopf und schenkte mir zum letzten Mal in seinem langen Leben dieses verführerische Lächeln – dann stach der Halbgott zu. Ich keuchte auf und ohne sie aufhalten zu können, flossen die Tränen in einem nicht endenden Strom meine kalten Wangen hinunter und sammelten sich in einer Pfütze vor mir auf dem Boden.

„NEEEIIIN! DU MONSTER! DU BARBARISCHER MISTKERL, WAS HAST DU GETAN?" Schluchzend sah ich mit panisch aufgerissenen Augen dabei zu, wie Kay in sich zusammensackte und seine Haut einen ungesunden Grauton annahm.

Mein Herz gefror zu Eis und während Amanda auflachte und begeistert in die Hände klatschte, spürte ich jede Berührung, jeden Kuss, den mein toter, ewig treuer Begleiter mir je geschenkt hatte. Die dunklen Augen, die mir so viel mehr Gefühle entgegengebracht hatten, als ich zu geben bereit war. Die unumstößliche Loyalität, mit der er stets hinter mir gestanden hatte, obwohl ich ihn immer wieder von mir gestoßen hatte und das Verlangen, welches er auf eine Weise in mir geweckt und gestillt hatte, dass ich mich seiner Anziehung nie gänzlich hatte entziehen können. All das stürmte in diesem Moment auf mich ein. Kay, mein Freund, mein toter Geliebter, der Empyrianer, an den ich mich immer hatte wenden können, ohne fürchten zu müssen, verurteilt zu werden, war tot.

Jacks hämische Fratze sog all das Leid, das über mich hinwegspülte, mit einer diabolischen Freude in sich auf, und während er mich noch fixierte, öffnete er die Hand um Kays Hals, mit der er den Vampir aufrecht gehalten hatte.

Wie in Zeitlupe sah ich dabei zu, wie Kays lebloser Körper zu Boden krachte und noch bevor er in Gänze die von Dreck und Schutt verunstalteten Marmorfliesen berührte, löste er sich in seine Bestandteile auf und war nur noch ein Haufen Asche. Die grauen, zerfallenden Partikel stoben in alle Himmelsrichtungen davon und nahmen allen Anwesenden in der Eingangshalle für einen kurzen Moment die Sicht. Ganz so, als wäre das alles nur ein schlimmer Albtraum, aus dem wir bald erwachen würden.

Doch es war kein Traum und wir schliefen nicht. Kay war tot, Empyrion zerstört und es war nur eine Frage der Zeit, bis wir anderen folgen würden.

Kapitel 23

Mein Herz donnerte in meiner Brust mit einem Tempo und einer Kraft, dass ich glaubte, es würde sich jeden Moment aus meinem Brustkorb kämpfen, um Jack ... ja, was? Umzubringen? Zu foltern? Leiden zu lassen? Die Furie in mir wollte ihn tot sehen. Ich konnte den Drang, Rache zu üben, in mir spüren wie die Luft in meinen Lungen. Sie war ein Teil von mir, das Natürlichste auf der Welt. Sie steckte in meiner DNA und doch wusste meine Seele, dass Jack gerade Höllenqualen durchlitt. Nicht der Jack, der sich in einer respekt- und taktlosen Geste Kays Asche von den Klamotten klopfte und mir dabei einen provozierenden Blick zuwarf. Nein, mein Jack.

Amandas Kreatur wollte, dass ich auf ihn losging, wollte, dass ich ihn vernichtete. Doch so leicht würde ich es ihm nicht machen! Er sollte leiden, den Schmerz durch seine Venen jagen fühlen, wie ich es hatte erleiden müssen!

Amanda schenkte dem Halbgott ein verführerisches Lächeln und drehte sich dann in Skips Richtung.

„Nein!", rief ich panisch und wollte auf die Hexe zu stürzen, doch meine grausame Schwester hielt mich weiterhin gefangen.

Und dann geschah plötzlich alles ganz schnell.

Ein gleißend helles Licht durchzuckte den Raum wie ein Blitz. Ich spürte plötzlich die wiedergewonnene

Freiheit meiner Flügel und breitete sie mit einem er-
leichterten Seufzen weit aus.

Hektisch blickte ich mich in der Halle um und versuchte, Skip und Ann auszumachen. Die Sirene hockte
in einer Ecke und hielt die Hände schützend über ihren
Kopf, Skip kämpfte gegen Amanda und Iselda rannte
panisch auf mich zu. Offensichtlich hatte unsere Hexe
einen Zauber gesprochen. Eine willkommene Ablenkung zum richtigen Zeitpunkt.

„Tess, wir müssen hier weg. Amanda wird jeden von
uns töten, wenn wir nicht von hier verschwinden.“

„Was du nicht sagst“, antwortete ich sarkastisch, ergriff die hysterische Hexe am Handgelenk und zog sie
in Anns Richtung.

Als wir vor der Sirene zum Stehen kamen, sah diese
ängstlich auf und atmete erleichtert auf.

„Tess, Gott sei Dank“, hauchte sie. Ich zog Ann auf die
Füße und wandte mich an Iselda.

„Ihr müsst hier sofort raus. Sucht euch ein sicheres
Versteck! In die Menschenwelt werdet ihr es nicht
mehr schaffen. Fast jeder Dämon in Empyrion hat ein
Auge auf die Portale zur anderen Seite geworfen. Unsere Wohnungen werden garantiert ebenfalls über-
wacht. Ihr müsst irgendwo hin, wo ihr in Sicherheit
seid, bis diese verdammten 24 Stunden vorüber sind.“
Ich fluchte leise vor mich hin, während ich über geeig-
nete Verstecke nachdachte, nicht ohne Skip und
Amanda aus den Augen zu lassen, die einander immer
noch umkreisten. Jack konnte ich in dem ganzen Getümmel aus schwarzem Rauch nicht erspähen.

„Wir könnten zu den Sirenen“, schlug Ann vor und
sah abwartend von mir zu Iselda.

Ich sezierte die Idee meiner Freundin im Kopf und suchte fieberhaft nach einer Schwachstelle. Doch es war unter den gegebenen Umständen unsere beste Möglichkeit.

„Das muss reichen! Iselda, versuch dich und Ann so gut es geht mit Zaubern zu schützen. Ich kann euch nicht begleiten, Skip und ich müssen kämpfen. Ihr werdet dort draußen in Lebensgefahr schweben, aber eure Chancen stehen immer noch besser als hier. Sprich einen Tarnzauber … irgendetwas, das dich und Anni beschützen wird, bitte, ich …", ich schluckte und sah die Sirene durch einen Tränenschleier hindurch an, „ich darf meine beste Freundin nicht auch noch verlieren!" Danach ergriff ich Iselda an der Schulter und drückte sie bestärkend. „Passt auf euch auf. Ich werde versuchen, so schnell wie möglich nachzukommen."

Iselda nickte und ergriff Anns Hand. Der aufgelösten Sirene liefen die Tränen in Strömen die Wangen hinab, während sie sich in meine Arme warf. Ich drückte sie schnell an mich und schob sie dann von mir.

„Ann bitte, ihr müsst los!"

Die Hexe zog sie bereits auf den Ausgang zu, als Ann noch einmal stehen blieb und sich zu mir umwandte.

„Tess", hauchte sie. „Kay ist doch nicht wirklich tot, oder? Ich kann nicht glauben, dass …" Ann schluchzte auf und ich wischte mir hastig die Tränen fort.

„Ich auch nicht! Und jetzt geht!", flehte ich und sagte meiner besten Freundin Lebwohl.

Sobald Ann und Iselda die Black Company in Windeseile verlassen hatten, schickte ich ein schnelles Stoß-
gebet gen Himmel und hoffte, dass ihnen auf dem Weg
ins Vergnügungsviertel keine Dämonen begegnen würden. Wenn das Viertel denn noch stand. Es gab dort
draußen viele Arten zu sterben, doch ich konnte mich
damit nicht auseinandersetzen, denn mein Kampf fand
hier statt.

„Du hast deinen Freunden also noch einen kleinen
Aufschub verschafft." Jack tauchte mit einem Mal vor
mir auf und bedachte mich mit einem herablassenden
Lächeln, während er seine geliebten Kurzschwerter
zückte und seine Hände weiß zu glühen begannen. „Ihr
Vorsprung wird nicht von Dauer sein, schon bald werden sie deinem toten Liebhaber ins Jenseits folgen."

„Ist das eine Drohung?", zischte ich.

„Das ist ein Versprechen!", knurrte der Halbgott.

Ich nickte und zückte meine Saigabeln, während sich
meine schwarzen Flügel hinter meinem Rücken auf-
spannten. „Ich gebe dir auch ein Versprechen, Jack. Ich
werde dich von diesem Fluch befreien und ein Teil von
mir freut sich bereits darauf, dich leiden zu sehen,
wenn die Konsequenzen deiner begangenen Verbrechen, die du an unserem Volk verübt hast, dich einho-
len werden. Wenn dir endlich bewusst wird, was für
ein Monster du in den letzten zwei Jahren gewesen
bist."

Und mit diesen Worten wollte ich mich auf die Liebe
meines Lebens stürzen, doch eine Wand aus undurchdringlicher Finsternis baute sich plötzlich zwischen
uns auf und machte jeden Kampf unmöglich.

„Was zum ..." Doch weiter kam ich nicht, denn meine Stimme wurde von dem schwarzen Rauch erstickt, der sich um mich wandte und in die Knie zwang.

„Megaera", vernahm ich Jacks tadelnde Stimme.

„Oh Jack, du spielst noch nicht lange für unser Team, daher hast du auch nicht das Vorrecht auf den Tod dieser Furie. Der gebührt mir, wenn du damit ein Problem hast, dann beschwer dich beim Boss."

Meg umfasste mit ihren Händen meinen Hals und zog mich an sich, als ich plötzlich den Boden unter den Füßen verlor und der Wind tosend um uns herum donnerte. Ich wusste, dass wir uns nicht länger in der Company befanden. Sie hatte mich einfach mit sich gerissen und schnürte mir immer mehr die Luft ab.

„Megaera!" Ich hustete und versuchte, den schwarzen Rauch auszuspucken. „Wo fliegen wir hin, Meg?" Meine Stimme klang gepresst, als wäre ich kurz davor zu ersticken und ich spürte bereits, wie sich meine Brust schmerzhaft um das Vakuum in meiner Lunge zusammenzog.

Nicht sterben, bitte nur nicht sterben, noch nicht. Nicht so!

Und dann krachten wir mit einem Mal wieder auf die Erde zurück und kalte, beißende Luft füllte meinen Mund und meine Nase. Ich konnte den Qualm der brennenden Feuer, die Angst und die Zerstörung auf meiner Zunge schmecken. Wir waren auf dem Dach der Black Company gelandet und ich konnte sehen, was die Dämonen unserer Welt angetan hatten. Die Hölle wäre ein schönerer Anblick gewesen als die Zerstörung Empyrions, die sich mir nun darbot. Meine

Welt starb und ich hatte keine Macht, dies zu verhindern! Ich selbst hatte ihren Tod besiegelt, bei einem bescheuerten Deal mit meiner Schwester, und dass nur, um den Mann zu retten, der mich vergewaltigt und Kay getötet hatte und mit der Dämonenhexe persönlich unter einer Decke steckte. Der rational denkende Teil meines Gehirns wusste, dass mein Jack all diese Dinge nicht getan hatte. Aber mit jeder weiteren grausamen Tat wurde es immer schwieriger, sein Alter Ego von seinem wahren Ich zu unterscheiden.

Kapitel 24

Innerlich zerbrochen und schon lange nicht mehr Herrin über die Lage kam ich schwankend wieder auf die Füße.

Ich legte den Kopf in den Nacken und schaute hinauf zum dunklen, wolkenbehangenen Himmelszelt und sehnte mich mit einem Mal nach der Sonne. Als ich meinen Blick wieder senkte, fiel er auf meine Schwester, die sich vor mir materialisiert hatte. „Worauf wartest du, Meg, töte mich endlich!" Ich hatte keine Kraft mehr, ich war am Ende und sah dem Tod mit Hoffnung entgegen, denn er würde nicht nur meine Bestrafung und Erlösung sein. Er würde mir auch die letzte Gelegenheit bieten, Jack zu befreien.

Ich steckte die Arme zur Seite aus und präsentierte meiner Schwester meine ungeschützte Brust. „Du hast so lange darauf gewartet und nun steh ich vor dir. Ich verspreche dir, mich nicht zu wehren."

Megaera schnalzte tadelnd mit der Zunge. „Tess, Tess, Tess ... So läuft das nicht. Es macht keinen Spaß, wenn du nicht kämpfst. Außerdem werde ich dir nicht die Gnade eines schnellen Todes gewähren. Für wen hältst du mich?" Megaera lachte schreiend auf und ich musste mir dir Ohren zuhalten, damit sie von dem Geräusch nicht anfingen zu bluten.

„Was willst du?“ Ich sah die Dämonin aus zusammengekniffenen Augen an und folgte ihren Bewegungen misstrauisch.

„Ich will, dass du leidest! Ich will, dass du dich vor Qualen windest! Ich will, dass du mich anbettelst, dich zu töten, nur damit du den Schmerz nicht länger ertragen musst! Das will ich!“

„Schade, dass du keine Furie mehr bist, Meg. Du wirst mich wohl auf die unehrenhafte, schmutzige Weise töten müssen, wie ihr Dämonen es euch zu eigen gemacht habt.“ Ich schenkte meiner Schwester ein herablassendes Lächeln und tastete mit meiner linken Hand an meinem Rücken nach dem versteckten Dolch, den ich immer am Leib trug. Meine Saigabeln lagen links und rechts von mir verstreut auf dem Dach. Ich musste sie wohl fallengelassen haben, als Megaera mich abgeworfen hatte, und es wäre zu auffällig, nach ihnen zu langen.

„Glaub mir, unsere Art Wesen wie euch zu vernichten ist nicht nur effektiv, sie ist auch unendlich befriedigend. Und während wir hier reden, wird Amanda sich gerade einige Stockwerke unter uns aus Skips Knochen ein Paar hübsche Ohrringe basteln. Oh, ich kann das Knacken seines Schädels fast bis hier oben hören.“ Meine Schwester schaute immer noch mit diebischer Freude gen Himmel, als ich den Dolch zückte und so schnell ich konnte auf sie zuflog. Mit einem Schrei holte ich aus und fuhr mit der Klinge gezielt über ihre Kehle. Doch ... nichts. Alles, was mein Dolch durchschnitt, war schwarzer Rauch.

„Gott, Tess, deine Taktik ist so vorhersehbar. Du solltest dringend an deiner Technik feilen. Vielleicht kann

Kay dir ja ein paar Tipps geben ... das heißt, wenn ihr euch im Fegefeuer wiederseht, natürlich!"

Ich brüllte wütend auf und wirbelte zu meiner Schwester herum, die sich hinter mir wieder in feste Materie verwandelt hatte. Mit aller Kraft stieß ich mich vom Boden ab und flog geradewegs auf die Dämonin zu, doch gerade als ich sie packen und mich mit ihr vom Dach stürzen wollte, löste Megaera sich erneut auf und materialisierte sich wieder am anderen Ende des Daches.

„Du nimmst seinen Namen nie wieder in den Mund!", stieß ich vor Wut zitternd hervor und war mit wenigen großen Schritten wieder bei ihr.

„Oh, vielleicht werde ich nicht mehr seinen Namen in den Mund nehmen, er doch aber ganz sicher den meinen. Ich bin die Einzige, die ihn aus dem Fegefeuer befreien kann."

„Kay ist nicht im Fegefeuer, er hat weder einen Deal mit euch abgeschlossen noch in eurem Auftrag gehandelt."

„Oh, wenn du dich da mal nicht irrst. Der Vampir hat jedes Recht, dort zu sein, wo er gerade ist. Glaub mir! Aber das alles spielt sowieso keine Rolle mehr, denn du wirst ihn nie wiedersehen!"

„Sei dir da mal nicht so sicher", murmelte ich und stürzte mich erneut auf meine Schwester.

Dieses Mal löste sie sich nicht in ihre Bestandteile auf, sondern blieb, wo sie war, und wir begannen zu kämpfen.

Es war ein wilder, blutiger und schmerzvoller Tanz, der uns an den Rand des Daches führte und darüber hinaus. Ich versuchte, mit meinen Fäusten so viele

Treffer wie möglich zu landen. Mein Dolch verletze Meg an mehr Stellen, als ich zählen konnte, doch das schien ihr nichts auszumachen. Es wirkte fast so, als würde es ihr gefallen. Das schwarze Blut quoll aus jedem der Schnitte und besudelte uns beide, bis wir aussahen wie eine noch düstere Version von Carrie bei ihrem Abschlussball.

Als ich ein letztes Mal verzweifelt ausholte, um Meg die Klinge in die Brust zu rammen, schleuderte sie mich plötzlich von sich, sodass ich mehrere Meter durch die Luft wirbelte und dann hart auf dem rauen Boden des Daches schlitternd zum Liegen kam. Sofort sprang ich wieder auf die Beine und nahm meine Verteidigungshaltung ein, doch Megaera begann sich gerade wieder aufzulösen.

„Entschuldige, Schwesterherz, wir müssen diese Unterhaltung später fortführen, der Boss ruft nach mir." Meg zwinkerte mir noch einmal zu, wie sie es früher immer getan hatte, als sie noch eine Furie und nicht so ein Miststück gewesen war, und dann war sie auch schon wieder verschwunden.

Ich wirbelte auf dem Dach herum, in Erwartung, einen weiteren Dämon oder gar Jack oder Amanda anzutreffen, doch da war niemand. Nur schwarzer Rauch, der stetig vom Boden aufstieg und unsere Welt unter eine Glocke der Finsternis tauchte. Ich schaute mir die Stadt zu meinen Füßen an und brach in Tränen aus. Wie sollten wir das hier überleben? Wie sollte Empyrion sich je davon erholen? Hilfesuchend starrte ich in den Himmel hinauf, doch auch der Olymp schien keine Antwort für mich bereitzuhalten. Es lag an mir. So wie schon immer. Ich hatte mein Schicksal selbst in der

Hand und offensichtlich auch das meiner Welt. Wir mussten diesen Krieg ein für alle Mal beenden. Und zwar jetzt!

Ich nahm Anlauf und sprang mit ausgebreiteten Armen vom Dach. Meine Flügel spannten sich weit aus und ich konnte den Widerstand der Luft zwischen meinen Federn fühlen. Wie gerne hätte ich diesen Flug genossen, mir vorgestellt, dass es einfach eine ganz normale Nacht in Black York war. Aber Kay war tot und Empyrion brannte lichterloh. Ich konnte nur hoffen, dass Skip noch lebte und Ann und Iselda ein sicheres Versteck gefunden hatten.

Als ich am Boden ankam, schlich ich leise auf den Eingang der Black Company zu und versuchte, irgendetwas in dessen Inneren zu erkennen. Doch dort war niemand. Die Eingangshalle lag verlassen da. Lediglich die Trümmer der zerstörten Türen und Fenster und der leblose Fleischhaufen, der früher einmal Cole Black gewesen war, zeugten von dem Kampf, der vor Kurzem hier stattgefunden hatte.

Auf Zehenspitzen schlich ich in das Gebäude und drehte mich suchend um die eigene Achse.

„Skip?", flüsterte ich in die Stille hinein und eine leise Stimme in meinem Inneren wunderte sich darüber, dass hier und auch in der Stadt kaum noch schwarze Rauchsäulen umherflogen.

„Tess?"

Erschrocken fuhr ich zu dem Krächzen herum und spürte, wie mein Herz fast stehen blieb. Skip lag offenbar schwer verwundet auf dem Boden und versuchte, wieder auf die Beine zu kommen.

„Verdammt noch mal, was ist denn mit dir passiert?"

„Du solltest den anderen sehen." Skip startete einen Versuch mich anzugrinsen, worin er kläglich scheiterte, denn alles, was sein Gesicht zustande brachte, war eine schmerzverzerrte Fratze.

„Du lebst noch, das ist die Hauptsache!"

Skip hustete Blut und wischte sich in einer langsamen, trägen Bewegung den Mund sauber. „Ich wünschte, ich könnte sagen, ich habe gewonnen, aber der einzige Grund, warum ich noch lebe, ist, dass Jack und die Dämonen ... Amanda ... sie sind einfach verschwunden. Keine Ahnung, was das zu bedeuten hat ..."

„Meg ist auch davongeflogen. Sie sagte irgendetwas von einem Rückzugsbefehl durch den Boss oder so was. Ist auch egal, wir müssen erst einmal Ann und Iselda finden, dann können wir uns darum Gedanken machen."

„Gott, Tess, das mit Ann tut mir so leid. Diese verdammte Sirene, ich hätte sie in die Menschenwelt schleifen sollen, ich ..."

Doch ich legte Skip den Finger auf die blutigen Lippen oder das, was von ihnen noch übrig war. „Für Schuldzuweisungen ist jetzt nicht der richtige Zeitpunkt. Die vierundzwanzig Stunden sind noch lange nicht um. Wir müssen Ann und Iselda finden, uns verstecken und einen Plan aushecken, wie wir hier lebend wieder rauskommen."

„Meinst du, sie haben einen sicheren Unterschlupf gefunden?" Ich stützte Skip und legte mir seinen rechten Arm über die Schulter, während ich ihm aus den Trümmern der Black Company half. Hoffentlich würde ich ihn nicht allzu lange so durch die Gegend schleifen müssen, mein bester Freund war alles andere als leicht.

Doch eigentlich müssten seine Selbstheilungskräfte jeden Moment einsetzen, und ich fand, sein Gesicht sah auch nicht mehr allzu lädiert aus.

„Bevor Iselda und Ann die Company verlassen hatten, wollten Sie ins–"

„Sirenenviertel?", fragte Skip sofort und ich nickte zustimmend. „Ich kann nur beten, dass sie es lebendig bis dorthin geschafft haben."

Während wir uns einen Weg durch die zerstörte Stadt bahnten, scannte ich die Umgebung nach Dämonen ab, doch es waren weit und breit keine Schatten zu erkennen.

„Ich muss mir dringend irgendwo ein Headset besorgen", murmelte ich mehr zu mir als zu Skip. Ich hatte die leise Hoffnung, dass ich so Bay und die anderen Agenten kontaktieren konnte, die ebenfalls hiergeblieben waren.

„Was sagst du?", ächzte Skip und verzog gequält das Gesicht.

„Ich brauche dringend ein Headset. Ich muss mich mit den anderen in Verbindung setzen oder zumindest mit dem kläglichen Rest, der von ihnen noch übriggeblieben ist."

„Ich habe eins." Skip griff in seine Jackentasche und zischte, als ihn der Schmerz durchfuhr. Mein bester Freund war wirklich übel zugerichtet. Wenn man bedachte, dass er mit der Bitch von einer Hexe gekämpft hatte, die Menschen gerne in Hackfleisch verwandelte, hatte es Skip allerdings noch verhältnismäßig gut getroffen.

Der Gestaltwandler reichte mir das Headset und verzog erneut das Gesicht. „Ich hatte es rausgenommen, als wir zu euch stießen."

Ich nickte ihm dankbar zu und zögerte kurz, bevor ich es mir einsetzte.

„Gut, dass dir nichts passiert ist ..." Ich sah betreten zu Boden und als ich meinen besten Freund wieder anblickte, schaute dieser mich gespielt entrüstet an und dann demonstrativ an sich herab.

„Du weißt, was ich meine. Amanda hat Black zermalmt, ein Wunder, dass all deine Knochen noch ganz sind."

„Ich schätze, das habe ich dem Timing des Rückzugs zu verdanken. Ansonsten wäre ich nämlich wie dieser Haufen Scheiße als ein ... nun ja, Haufen Scheiße geendet. Entschuldige, mein Gehirn ist noch Matsch, da fällt mir einfach kein besserer Vergleich ein." Skip versuchte, mich schelmisch anzugrinsen, was ihm allerdings kläglich misslang.

Ich setzte mir das Headset ein und wartete, bis ich das vertraute Knacken in der Leitung vernahm.

„Hier ist Captain Hope, bitte kommen!" Ich wartete gespannt, doch ich hörte nichts als Rauschen. „Hier ist Captain Hope, Statusbericht bitte!"

Wieder nichts.

Ich warf Skip einen ängstlichen Blick zu und schwankte mit ihm in die nächste Gasse. Ich wollte es noch ein letztes Mal versuchen, dann sollten Skip und ich hier schleunigst verschwinden. Wir gaben vor der Black Company ein wirklich gutes Ziel ab und ich wollte diesen Monstern nicht wie auf einem Silbertablett ausgeliefert sein.

„Bay, kannst du mich hören? Hier ist Tess!"

„Tess?"

Die verzerrte Stimme meines loyalsten Mitstreiters war durch den schlechten Empfang kaum zu verstehen und doch wusste ich, dass Bay zu mir sprach.

„Wo steckst du? Wer ist noch bei dir?"

„Tess ... wo bist ... brauchen Verstärkung ... alle hier ... durchgebrochen ..."

Ich blieb abrupt stehen und legte meine linke Hand an das andere Ohr, um Bays Worte besser verstehen zu können. Durch meine schnelle Bewegung fiel Skip beinah zu Boden, doch das bemerkte ich nicht einmal. Das Einzige, worauf ich mich zu diesem Zeitpunkt konzentrieren konnte, war das eine Wort, das immer und immer wieder in einem Kopf widerhallte.

Durchgebrochen!

„Bay, bitte wiederholen! Erbitte um sofortigen Statusbericht!"

Rauschen.

„Bay, sag mir sofort, wo du bist!"

Nichts als das stetige Rauschen einer leeren Leitung.

„BAY!" Dieses Mal brüllte ich in das Headset, dass ich sicher war, jeder verfluchte Dämon in einem Umkreis von zwanzig Meilen musste uns gehört haben. Doch wenn ich mit meiner Vermutung Recht behielt, war das nicht länger wichtig. Nichts war dann noch von Bedeutung.

Knisternd erwachte das Headset erneut zum Leben und ich vernahm Bays fahrige Stimme: „Sie haben die Verteidigungslinie fast durchbrochen, Tess. Die Dämonen haben ein Schlupfloch in die Menschenwelt gefun-

den. Sie werden jede Sekunde mit der Infiltration beginnen. Es steht nur noch ein einziger Bann zwischen
ihnen und den Menschen. Möge der Olymp uns beistehen!“

Kapitel 25

Es fühlte sich an, als wäre mein Herz zu Eis gefroren, zu Boden gefallen und in tausend Scherben zersprungen. Ich wollte die Worte nicht glauben, konnte sie nicht verstehen, mein Gehirn musste mir einen Streich gespielt haben. Unmöglich konnten die Dämonen einen Weg in die Menschwelt gefunden haben. Und doch sprach die Abwesenheit der Finsternis im Zentrum von Black York geradezu dafür, dass das Interesse der Dämonen sich auf etwas anderes konzentrierte. Die Welt der Menschen.

„Tess was hat er gesagt?" Skip musste den Schrecken in meinem Gesicht gelesen haben, denn wenn seine Mimik nur ansatzweise das widerspiegelte, was ich gerade ausstrahlte, dann musste ich furchterregend aussehen.

„Wir müssen sofort zur Grenze", entgegnete ich tonlos und griff Skip wieder unter die Achsel, um ihm Halt zu geben, doch der Gestaltwandler machte sich von mir los.

„Sag mir erst, was passiert ist, verdammt noch mal! Du machst mir Angst, Tess! Wir haben keine Ahnung, ob es Ann und Iselda gut geht, wir sollten zuerst nach ihnen sehen, bevor wir Bay und die anderen unterstützen. Wir haben heute schon einen Freund verloren, ich möchte nicht noch Weitere sterben sehen!"

Ich raufte mir frustriert die Haare, sodass sie in alle Himmelsrichtung abstanden. Tränen der Wut, der Hilflosigkeit und auch des Verrats, den ich Ann gegenüber empfand, traten mir in die Augen. Wild gestikulierend drehte ich mich zu meinem Freund und versuchte ihm zu verdeutlichen, dass Anns Sicherheit in direktem Zusammenhang damit stand, Bays Einheit zu verstärken. Ansonsten würde niemand weder Mensch noch Empyrianer, seines Lebens jemals wieder froh werden.

So viele Seelen. So viele leuchtende Seelen für die Dämonen.

„Die Dämonen werden die Grenze zur Menschenwelt jeden Moment durchbrechen, Skip. Das hat Bay mir gesagt. Und glaub mir, ich hoffe, ja, bete, dass es Ann und Iselda gut geht, aber wir dürfen unsere Zeit jetzt nicht mit der Suche nach ihnen verschwenden." Skip öffnete verärgert den Mund, um mir zu widersprechen, doch ich sprach schnell weiter und nahm ihm den Wind aus den Segeln. „Ich weiß, wie sich das anhört. Aber wir sind Agenten der Black Company, Skip. Unsere Aufgabe ist es, die Menschen zu schützen und jetzt gerade schweben sie in höchster Gefahr. Ich bin nur dankbar, dass ganz Empyrion sich auf der anderen Seite dieser Mauern befindet, damit sind wir den Dämonen einen Schritt voraus." Ich atmete erschöpft ein und sah Skip traurig in die Augen. „Die Menschen sind das höchste Gut unserer Welt, sie müssen am Leben bleiben. Wir dürfen nicht schon wieder private Konflikte oder Personen, die uns am Herzen liegen, über unsere Mission stellen, das hat uns diesen ganzen Mist doch erst eingebrockt. Die Mission hat immer oberste Priorität!"

Skip zuckte bei meinen letzten Worten merklich zusammen. Ich wusste, dass ich ihn damit traf und ich wollte ihn ganz sicher nicht verletzen, aber es entsprach leider der Wahrheit. Tatsache war, dass Skips Deal mit den Dämonen und meine Abmachung, die darauffolgte, unsere Welt in das absolute Chaos gestürzt hatten und ich wusste nicht, ob wir je wieder Ordnung in diese haltlose Anarchie bringen würden.

„Auch ich möchte heute keinen Freund mehr sterben sehen und du solltest das auch nicht müssen, aber ...“ Ich zögerte und versuchte, den großen Kloß, der sich in meinem Hals zu bilden begann, herunterzuschlucken. Der Druck auf meinem Brustkorb wuchs und wurde mit jeder Sekunde größer. Ich musste weitersprechen, denn ich konnte an Skips Blick, den er mir erst fragend und dann skeptisch zuwarf, erkennen, dass er misstrauisch wurde.

„Tess?“

Ich räusperte mich verlegen. „Wir sollten jetzt zur Grenze aufbrech–“

„Stopp, was wolltest du gerade sagen?“

„Nichts. Lass uns bitte gehen! Die anderen brauchen unsere Hilfe.“

Skip griff nach meinem Arm und zog mich mit aller Kraft zurück. „Du wirst mir jetzt auf der Stelle sagen, was da oben vor sich geht.“ Der Gestaltwandler deutete auf meinen Kopf und mein Gehirn arbeitete panisch an einer Ausrede. Konnte ich Skip von meiner Idee, wie ich Jack zu retten gedachte, erzählen? Nein, das würde nur eine Diskussion nach sich ziehen und dafür hatten wir keine Zeit.

„Bitte, Skip. Ich mache mir einfach Sorgen um Ann und kann nicht klar denken. Bitte lass uns jetzt Bay suchen gehen, er braucht dringend Verstärkung. Die hätte er schon vor zwei Stunden benötigt.“

Skip kniff noch einmal die Augen zusammen und bedachte mich mit einem Blick, der mir sagen sollte, dass dieses Gespräch noch nicht beendet war. Und doch atmete ich fürs Erste erleichtert auf.

Wir marschierten los. Fliegend wäre ich zwar deutlich schneller gewesen, aber ich wollte Skip nicht einfach hier zurücklassen. Er hatte sich noch nicht komplett von seinen Verletzungen erholt, auch wenn seine Selbstheilungskräfte schon ganze Arbeit geleistet hatten und er inzwischen um einiges besser aussah als zum Zeitpunkt seines Fundes.

„Fürs Protokoll ich glaube dir kein einziges Wort, Tess Hope!“, griff Skip das Thema ein letztes Mal auf und verfiel schließlich in einen zügigen, aber immer noch sehr wackligen Trab in Richtung der Grenzen.

„Das habe ich auch nicht erwartet“, murmelte ich leise und folgte meinem besten Freund in die Schlacht.

Wir benötigten keine halbe Stunde, bis wir die Mauer zur Menschenwelt erreichten. Angesichts der zunehmenden Rauchschwaden, die zum Himmelszelt emporstiegen, und den von Schreien durchbrochenen Kampfgeräuschen, die uns entgegenschallten, beschleunigten wir unser Tempo noch mal. Außer Atem suchten wir Deckung zwischen den Bäumen und machten uns ein Bild von der Lage.

„Was siehst du?“, fragte mich Skip und scannte bereits die gesamte Umgebung.

„Du meinst außer schwarzen Rauch?" Ich hatte meine Furiengestalt angenommen, die bereits nach Blut lechzte, und profitierte nun von der Sicht eines Adlers, womit ich einen Umkreis von mehreren Kilometern kinderleicht sondieren konnte.

„Sie haben die ersten Schutzwälle bereits durchbrochen. Die Zauber werden nicht mehr lange standhalten. Aber dafür, dass sie offensichtlich eine Möglichkeit gefunden haben, hier durchzubrechen, sind mir das vor Ort noch zu wenige von diesen seelenlosen Monstern."

„Gut für uns oder schlecht für uns?"

„Die Frage ist, wenn nicht alle von ihnen hier sind, wo sind sie dann? Hier liegen verhältnismäßig wenig von diesen Schatten-Arschlöchern auf der Lauer und auch sonst kann ich weit und breit nur wenige Dämonen erspähen. In der Stadt sind sie auch nicht mehr und da ihnen nur noch wenige Stunden bleiben, wird auch keiner von ihnen in ihre Welt zurückgekehrt sein. Die Party ist schließlich noch im vollen Gange ..."

„Also ...?", hakte Skip nach, damit ich offensichtlich endlich zum Kern meiner Überlegungen vordrang.

„Ich vermute, dass dies hier nicht der einzige Durchbruch ist, den sie gewagt haben. Die Frage ist: Wo wird unsere Hilfe dringender benötigt? Hier oder sind sie woanders schon weiter vorgedrungen? Bay steht doch mit den Agenten der anderen Städte im Kontakt, nicht wahr?"

„Ja, zumindest war das der Plan. Und offenbar hat er sein Headset noch, also denke ich schon."

„Wir müssen Bay finden, dann sehen wir weiter."

Ich nahm meinen besten Freund prüfend unter die Lupe. „Dir geht es so weit wieder gut?", fragte ich besorgt. Er hatte auf jeden Fall wieder eine gesündere Gesichtsfarbe.

„Ich bin bereit, Tess, mach dir keine Gedanken. Auf dein Zeichen."

Ich nickte und schaute wieder zu dem Getümmel herüber, welches aus schwarzem Rauch und zeitweilig immer wieder aufblitzenden, hässlichen Fratzen bestand.

„Dann mal los!"

Und so stürzten wir uns in die Finsternis, in der Hoffnung, Bay rechtzeitig zu finden und der Angst im Herzen, von weiteren Durchbrüchen wie diesem hier erfahren zu müssen. Die Welt der Menschen durfte nicht fallen. Und wenn wir dafür unser Leben geben mussten, wie Kay es getan hatte, dann sollte es so sein!

Kapitel 26

Das stetige Schlagen meines Herzens, welches in einem Stakkatorhythmus in meiner Brust pochte, gab den Takt meiner Flügelschläge vor, mit denen ich auf das Schlachtfeld zuflog. Die Angst war mein ständiger Begleiter. So vieles war bereits verloren. Was würde am Ende dieser Nacht noch übrig sein? Meine Freunde? Würden sie fallen? Meine Liebe? Wäre ich noch fähig, sie in mein Herz zu lassen? Meine Stadt, die ich so mühsam zu schützen versucht hatte? Empyrion oder die Welt der Menschen, für die ich beide mein Leben geben würde?

Ich wusste es nicht. Alles, was ich zu sagen vermochte, war, dass uns nichts blieb außer unser Mut und die Kraft, das Richtige zu tun. Zu kämpfen für jene, die ihre Seelen noch nicht verloren hatten und zu sterben für diejenigen, die wir liebten.

Ich sah auf meinen besten Freund hinab, der in einen Gepard verwandelt unter mir über das von Blut und Leid getränkte Gras sprang. Seinen hinausgebrüllten Schmerz trug der Wind bis zu mir herauf. Ich zückte meine Saigabeln und während ich noch die blutige Ebene nach meinem ersten Offizier absuchte und nichts als die Dunkelheit, die alles zu verschlucken drohte, ausmachte, flog ich mit einem letzten Aufschrei ins Zentrum der Schlacht.

Die scharfen und tödlichen Klingen meiner Waffen schnitten durch schwarzen Nebel, der um uns herumtanzte und der Grausamkeit frönte, die Empyrianer zu schänden. Ich konnte die Schmerzensschreie und die Qualen meiner Männer hören. Meine Sicht verdunkelte sich und ich schmeckte den Blutdurst meiner Furie, die jeden einzelnen Dämon, der einen Empyrianer auf dem Gewissen hatte, vernichten wollte. Ich breitete meine schwarzen, wunderschönen Flügel aus und schlug so heftig mit ihnen, dass der schwarze Rauch sich lichtete und eine kreisrunde Fläche entstand, die ich ansatzweise überblicken konnte. Für einen kurzen Augenblick blieb dieser Kreis von den finsteren Kreaturen aus der Unterwelt verschont.

Ich konnte die Agenten der Black Company sehen, verschwitzt, mit Blut besudelt, schweratmend, erschöpft, verzweifelt, aber immer noch bereit, für Empyrion und die Menschen zu sterben. Einige von ihnen hatten unsere Welt bereits auf dem Weg ins Jenseits verlassen, doch ebenso viele bündelten ihre verbliebenen Kräfte und erhoben mutigen Herzens ihre Schwerter.

Während die finsteren Nebelschwaden, die um unseren Kreis herumwaberten, sich zu den infernalischen Ausgeburten der Hölle manifestierten, trat ich an den erst besten Agenten heran, ohne die Dämonen aus den Augen zu lassen.

Skip, der neben mir Stellung bezogen und sich inzwischen wieder in einen Kämpfer verwandelt hatte, gab mir Deckung.

„Wo ist Bay?“

„Captain Hope, ich bin so froh, dass Sie an unserer Seite kämpfen." Der Krieger atmete hektisch und seine Beine zitterten, doch trotz all der Anstrengung, ließ er seine Waffe keinen Zentimeter sinken.

„Ich muss dringend mit Bay sprechen, er muss die anderen Agenten warnen. Ich befürchte, dies ist nicht der einzige Durchbruch."

Der Agent nickte schnell. „Sie haben recht, Kommandant, aber hier sind die Dämonen am weitesten vorgedrungen. Bay hat bereits aufseiten der Menschenwelt Stellung bezogen. Er ist mit einigen Kriegern hinübergewechselt, um dort einen Verteidigungswall zu errichten. Die anderen Standorte der Company sind informiert, jetzt bleibt nur zu hoffen, dass wir diese Bastarde so lange unter Kontrolle halten, bis die Zeit abgelaufen ist."

Ich nickte und beobachtete, wie immer mehr Dämonen sich um uns herum transformierten.

„Wir sollten uns nicht auf unsere Hoffnung, sondern auf unsere Kraft besinnen, Agent. Wir haben die Macht, sie zu schlagen, so wie viele Jahrzehnte zuvor. *Hört zu!*", die letzten Worte schrie ich so laut heraus, wie ich konnte, damit ein jeder Agent, der noch die Kraft besaß zu kämpfen, mich auch hören konnte.

„Unsere Stadt liegt in Trümmern! Die destruktive Okkupation unserer Feinde hat ihre Spuren auf unserem Grund und Boden hinterlassen. Wir werden in wenigen Stunden so viele Tote zu betrauern haben, wie schon seit Jahrhunderten nicht mehr. Und es werden nicht die Letzten sein ...! Aber wisst ihr, was ich sehe, wenn ich über Empyrion hinwegfliege?! Ich sehe eine Welt, die es stets vollbracht hat, sich und die Welt der Menschen zu beschützen. Die Bewahrung der menschlichen Seelen war seit jeher unsere Bürde, unsere Aufgabe und wir sind dieser noch immer gerecht geworden. Es wird Entschlossenheit, Tapferkeit und all unsere Kraft kosten, unsere Welt neu zu errichten, das möchte ich nicht bestreiten, aber wir besitzen alles, was dafür nötig ist. Starke, furchtlose Empyrianer ... und Mut in unseren Herzen! Mehr braucht es nicht, um eine Welt wie die unsere wieder aufzubauen!"

Schweratmend und voller Entschlossenheit blickte ich in die Augen eines jeden Soldaten, der nun mit mir Seite an Seite in die Schlacht ziehen würde. Ich konnte die Treue, Loyalität und die Hoffnung in jedem ihrer Gesichter erkennen. Sie glaubten an mich, an Empyrion, an unsere Welt und unsere Aufgabe. Sie hatten noch nicht aufgegeben, noch nicht resigniert, sie würden kämpfen bis zum Tod, ebenso wie ich.

„Ihr geht falsch in der Annahme, ihr würdet das hier überleben." Jack trat in unseren Kreis und trug ein schauriges Feixen auf den Lippen zur Schau, welches mir das Blut in den Adern gefrieren ließ.

„Ihr werdet euch den Dämonen ergeben oder ich werde euch vernichten, mit der Macht des Olymps und allem, was dazu gehört."

Ich trat auf Jack zu, während die Dämonen den Kreis um uns wieder enger zogen.

„Niemand wird sich euch beugen! Wir halten die Stellung so lange, bis eure Zeit abgelaufen ist. Und eure Uhr tickt." Die Furie verlieh meiner Stimme einen arroganten, herablassenden Tonfall, der Jack sichtlich pikierte.

„Ich werde dich töten, Furie", knurrte der Halbgott und das rötlich, weiße Glühen, welches er in Wellen ausstrahlte, untermauerte seine Drohung auf erschreckende Weise.

„Ja, vielleicht wirst du das", entgegnete ich traurig und legte den Kopf schief, um Jack Pers zu betrachten.

„Doch eines Tages und ich hoffe, dieser Tag liegt in nicht allzu ferner Zukunft, wirst du aus dieser Trance erwachen, Jack. Und der Olymp möge dir in dieser Stunde beistehen, denn du wirst dich und deine Taten so verabscheuen, dass der Selbsthass dich zerstören wird. Und dann ...", ich machte einen weiteren Schritt auf ihn zu, sodass nur er mich noch hören konnte, „werde ich in der Hölle auf dich warten, um dir deine gerechte Strafe zuzuführen."

Zornig brüllte der Halbgott auf und zückte seine beiden Kurzschwerter. Ich wirbelte im selben Moment herum und noch während ich ausholte, um Jack einen gezielten Tritt gegen die Brust zu verpassen, flogen die Dämonen ins Zentrum unserer Blase und die Schlacht begann von Neuem.

Kapitel 27

Mein Fuß traf auf feste Muskeln und knackende Knochen, doch ich wusste nicht, wen ich getroffen hatte, denn um uns herum tobte wieder ein Orkan der Finsternis.

Ich schlug wild mit den Flügeln, um uns die Sicht auf unsere Feinde zu erleichtern, doch mehr als einen winzigen Radius, der gerade mal Skip und mich sowie unsere Gegner, Jack und ausgerechnet meine Schwester Megaera, freigab, vermochte auch ich nicht zu lüften.

„Hallo Skippy, na, wie geht es dir? Hast du mich vermisst? Lust auf einen Deal?", schnurrte Meg und warf dem Gestaltwandler ein laszives Lächeln zu.

Der verfaulende Gestank nach Tod, Blut, Schweiß und feuchter Erde vernebelte mir für einen winzigen, fatalen Moment die Sinne, als ich gerade noch rechtzeitig in Jacks Richtung blickte und seinem Schwert auswich.

In der Kunst des Schwertkampfes besser bewandert als jeder andere Agent der Black Company, tänzelte Jack in einer solchen Geschwindigkeit um mich herum, dass ich seine Gestalt nur noch als goldenen Schweif wahrnahm.

So gut ich konnte, parierte ich seine Angriffe mit meinen Saigabeln, doch der Halbgott schaffte es immer öfter, unter meiner Deckung hindurch zu tauchen und mich zu verwunden.

Als ich mich mit meinen Füßen vom Boden abstieß und mit einem gekonnten Salto hinter ihm landete, versuchte ich Jack mit einem Tritt zu Boden zu stoßen, doch noch während er fiel, zückte er seinen Kurzdolch und schlitzte mir damit den Arm auf.

Schreiend ließ ich meine Saigabel fallen und holte meine Handfeuerwaffe hervor.

Jack war in Windeseile wieder auf den Beinen und ich entsicherte zeitgleich die Waffe und zielte auf seinen Kopf, meinen Finger am Abzug.

„Wirst du es tun, Furie, oder lassen dich unsere gemeinsamen Stunden zögern?"

Frustriert und knurrend brüllte ich auf, wirbelte die Waffe in einer kreisenden Bewegung in meiner Hand und schlug Jack mit dem Griff ins Gesicht.

Sein Kopf flog zur Seite und der Halbgott spuckte Blut auf die matschige Erde zu unseren Füßen.

„Das war dein erster und einziger Treffer, Furie."

Und dann begann ein wilder Tanz, der dem von damals, als wir uns in der Company duelliert hatten, in nichts nachstand. Diesen sogar noch übertraf, denn dieses Mal ging es um Leben und Tod.

In einem zornigen, hysterischen Durcheinander flogen unsere Fäuste umher, trafen auf Fleisch und Knochen oder parierten die Angriffe des Gegners. Verbissen versuchten wir, eine Lücke in der Deckung unseres Gegenübers zu finden, um mit einem gezielten Tritt den entscheidenden K.O.-Treffer zu landen. Dolche und Messer wurden gezückt und ich spürte so viele Schnitte an meinem Körper, dass ich irgendwann aufhörte, sie zu zählen.

Die Wolken über unseren Köpfen verdunkelten sich und als ich gerade dachte, die Dämonen hätten sich wie ein Himmelszelt über uns aufgespannt, um jeden Moment über uns hereinzubrechen, rissen die Wolken auf und der Regen ergoss sich in Strömen über den Kriegsschauplatz.

„Empyrion wird untergehen, Furie, und du wirst dabei zusehen", hauchte Jack mir ins Ohr und gerade als ich mein Knie zwischen uns hochreißen wollte, um ihn dort zu treffen, wo es so richtig wehtat, spürte ich einen schmerzhaften Stich, der sich wie brennendes Feuer einen Weg zwischen meine Rippen hindurch direkt in meine Lunge suchte.

Keuchend stürzte ich zu Boden und hielt mir die Seite. Mein Atem kam in rasselnden Zügen, der sich in kleinen weißen Wölkchen vor meinem Gesicht bildete. An meiner Hand spürte ich etwas Nasses, Heißes, das meine Kampfmontur tränkte und die Wärme verriet mir, dass es sich dabei nicht um Regen handelte.

Unter Tränen sah ich zu dem Mann auf, den ich einst geliebt hatte und versuchte zu atmen, doch ich konnte kaum mehr Luft holen, ohne dass das stechende Gefühl in meiner Brust sämtliche meiner Bewegungen lähmte.

Ich wartete darauf, dass meine Selbstheilungskräfte einsetzten, die Wunden auf meinen Händen und Armen und an meinem Hals verschwanden bereits, doch der Schmerz in meiner Brust wurde mit jedem Atemzug stärker.

„W-was ... was hast du getan?"

Jack kniete vor mir nieder und sah mich aus seinen kalten, toten Augen an. „Mein Versprechen gehalten, Tisiphone."

Panisch sog ich die wenige Luft ein, die mein zerstörter Lungenflügel noch verarbeiten konnten und sah auf die Hände des Halbgotts hinab. In dem fahlen Licht erkannte ich eine Schwarzblutklinge und die Angst schnürte mir die Kehle zu.

Jack würde mich töten! Ich konnte ihn bereits fühlen – den Tod. Die Finsternis und Kälte breiteten sich in meinem Inneren aus wie Feuer auf vertrocknetem Gras. Unzusammenhängende Gedanken nahmen in meinem Kopf Gestalt an und ich musste ihn schütteln, um Herrin über meine Sinne zu bleiben.

„Du tötest …", ich schluckte und versuchte, um den Kloß herumzusprechen, der in meiner Kehle festsaß, „du tötest mich, Jack? Du?"

Die Tränen rannen in Bächen über meine Wangen, vermischten sich mit den Regentropfen, als würde nicht nur ich die Tragik dieser Situation beweinen, sondern auch der Himmel. Das letzte bisschen Hoffnung, die Liebe, die ich für diesen Mann empfand, zerbarst mit einem solchen Knall, einer solchen Endgültigkeit, dass der Schmerz in meinem Herzen größer war als die nicht heilende Wunde zwischen meinen Rippen.

Wie war es nur so weit gekommen?

Wie konnte Jack mir das antun?

Ich war noch nicht so weit! Wo war Ann, war sie in Sicherheit? Was würde aus Skip werden?

„Skip", rief ich kraftlos und das boshafte und siegesgewisse Lachen von Jack drang in meine Ohren.

„Dein Freund wird als Nächstes sterben."

„Du Scheusal", hauchte ich und hustete so stark, dass mein ganzer Körper erschüttert wurde. Ich schmeckte Blut und das Jenseits auf meinen Lippen.

Mein Plan war aufgegangen, viel zu früh und auf eine Art und Weise, die ich nie für möglich gehalten hatte, aber er war aufgegangen. Doch was tat ich nun mit dieser Erkenntnis, die so gar nichts zu bedeuten hatte, wenn der Schmerz des Verlustes, der Enttäuschung und des Verrats, so schwer wog?

„Ich ...“ Ich holte so tief Luft, wie es mir mit der Verletzung möglich war, um die Kraft für meine nächsten Worte zu mobilisieren. „Ich werde dich heimsuchen, Jack Pers. Dessen kannst du gewiss sein. Du wirst dir noch wünschen, mir niemals begegnet zu sein!“

„Leere Drohungen. Drohungen einer toten Furie.“ Jack sah verachtend auf mich herab und beugte sich zu mir nach unten, um die Klinge des Schwarzblutdolches an meiner Kleidung zu säubern. Diese Tat trug solche Demütigung und Verachtung in sich, dass alles in meinem Körper zu rebellieren begann.

Ich beugte mich nach vorn und würgte. Die Galle verätzte meine Kehle und den Rachen, sodass ich noch mehr husten musste.

„Tess!“ Skip kam schlitternd im Matsch neben mir zum Stehen und nahm mein Gesicht besorgt in seine Hände.

„Was ist mit dir, warum heilst du nicht?“

Ich schüttelte unter Tränen den Kopf und deutete auf Jack.

Skips Blick glitt zu dem Halbgott und unbändiger Zorn färbte seine Haut so dunkel, bis sie in dunklem Obsidian glänzte.

Seine Augen fanden den Dolch in Jacks Hand und ich glaubte zu spüren, wie das Herz meines besten Freundes neben mir für eine Nanosekunde aufhörte zu schlagen.

„Tess, oh mein Gott", erschrocken beugte der Gestaltwandler sich erneut zu mir herab, doch ich richtete mich so gut es ging auf die Knie auf und sah Skip in die Augen.

„Ich wollte es so. Nicht auf diese Art und ganz sicher nicht von ihm, aber ich wollte es so. Nun liegt es an dir, Skip. Du musst Empyrion verteidigen! Lass nicht zu, dass die Dämonen in die Menschenwelt gelangen. Ich werde dir so gut es geht helfen, aber ich weiß nicht, was mich auf der anderen Seite erwartet. Ich hoffe, ich werde Kay wiedersehen, er wird mir im Jenseits Gesellschaft leisten."

„Verdammt noch mal, Tess." Skips Augen füllten sich mit Tränen und ich konnte die hilflose Wut, die unter der Oberfläche des Gestaltwandlers brodelte, körperlich fühlen.

Skip vergrub sein Gesicht in meinem Haar. Es war, als würde er zum letzten Mal meinen Geruch einsaugen wollen, doch plötzlich verkrampften sich seine Hände an meiner Schulter, die er gepackt hatte, um mich aufrecht zu halten. Meine Lebenskraft sickerte gemeinsam mit dem Blut aus mir heraus. Nicht mehr lange und ich würde mich auflösen wie Kay es getan hatte.

„Sekunde, wieso hast du es so gewollt? Was verheimlichst du vor mir, Tess?"

Ich schüttelte mit einem schwachen Lächeln auf den Lippen den Kopf. „Ich hatte gehofft, dass mich eher spät als früh ein Dolchstoß das Leben kosten würde, aber hier sind wir nun und du, mein bester Freund, kannst einfach nicht von der Wahrheit lassen." Mein Schmunzeln wurde je erstickt, als Jack auf uns zutrat und mit einer glühenden Klinge auf Skip deutete.

„Die Schlacht ist noch nicht vorüber, Gestaltwandler. Lass die Furie endlich sterben und zeig mir, ob du Manns genug bist, gegen mich zu kämpfen oder ob von jeher die Furie alle Schlachten für dich geschlagen hat."

Jack legte den Kopf in den Nacken und sah hinauf in die Regenwolken, bevor er mit einem boshaften Lachen wieder auf uns hinabblickte. „Heute ist ein guter Tag, um das Antlitz dieser Erde zu verlassen, mein alter Freund!"

„Ich bin nicht dein Freund. Du hast Tess und Kay auf dem Gewissen und ich werde dafür sorgen, dass du in der Hölle schmorst! Und jetzt sag mir verdammt noch mal, was ich hier nicht verstehe, Tess!" Skip wandte sich wieder mir zu und ich tastete sein Gesicht mit meinen Augen ab.

„Wohin gehen wir, wenn unsere Seelen geschändet wurden?", flüsterte ich leise.

„Kein Empyrianer hatte je eine geschändete Seele." Skip runzelte bestürzt über meine Worte die Stirn.

„Nein, wir beide, du und ich, wir sind die Ersten. Wir haben als einzige Empyrianer einen Deal mit den Dämonen abgeschlossen."

Ich blieb stumm und beobachtete meinen Freund ganz genau. Ich nahm jede kleine Regung in seiner Mimik wahr, bis ich so etwas wie Erkenntnis aufblitzen sah.

„Nein, Tess." Skips Gesicht nahm einen gequälten Ausdruck an. „Bitte sag mir nicht ..."

„Nur so kann ich dieser Schreckensherrschaft ein Ende bereiten. Du musst dafür Sorge tragen, dass mein Tod nicht umsonst gewesen ist und alle Welten verloren sind!“

„Trag mir nicht diese Bürde auf, Tess. Lass mich mit dir gehen“, flehte Skip mich an, doch ich schüttelte den Kopf und sog vom Schmerz gepeinigt zischend die Luft ein.

„Du wirst hier gebraucht, Skip! Und wehe dir, du lässt dich mit Absicht umbringen. Ich werde deine Seele nicht wie eine Walküre nach Walhalla begleiten, dessen kannst du dir sicher sein. Ich verfrachte deinen Arsch ins Fegefeuer! Dort kannst du Kay Gesellschaft leisten.“

„Glaubst du, unser Freund wird dort sein?“, hauchte Skip leise.

Ich nickte andächtig. „Kay ist eine gute und loyale Seele, aber er ist einer der ältesten Empyrianer gewesen, die ich kenne. Ich glaube nicht, dass er immer so tugendhaft war wie es im heutigen Zeitalter den Anschein hatte.“

„Ich möchte das Pläuschchen ja wirklich nicht stören, aber langsam wird es langweilig, euch bei diesem tränenreichen Abschied zu beobachten. Ich dachte, ich hätte mehr Vergnügen daran, euch zu quälen und leiden zu sehen, aber vielleicht muss ich doch noch etwas nachhelfen!“ Ohne lange zu fackeln, stürzte der Halbgott sich auf Skip und die blutige Schlacht, die bis zu diesem Zeitpunkt für uns in den Hintergrund gerückt war, kämpfte sich mit aller Brutalität zurück in unsere Wahrnehmung.

Und während ich langsam auf den Boden sank und dabei zusehen musste, wie zwei Empyrianer, die jeder einen Platz in meinem Herzen besaßen, gegeneinander in den Krieg zogen; brach der letzte Zauber, der die Menschenwelt noch geschützt hatte und die Finsternis hielt Einzug in jene Welt, die ich so lieben gelernt und zu beschützen geschworen hatte.

Gleißend helles Licht blendete meine Augen und ich hätte mir nur zu gerne die Hand vors Gesicht gehalten, aber meine Arme waren einfach zu schwer. Mein Atem kam pfeifend und röchelnd aus meinem Mund und am Rande meines Blickfeldes wurde die Dunkelheit immer undurchdringlicher.

Ich konnte sie inzwischen gut genug von den Dämonen unterscheiden. Sie hatte etwas Endgültiges, das mir eine Heidenangst einjagte. Schon bald würde das alles vorbei sein, zumindest vorläufig. Ich konnte nur hoffen, dass ich mich in meiner Annahme, nach meinem Ableben direkt in die Hölle zu fahren, nicht geirrt hatte. Mein Tod wäre vermutlich, ob mein Plan nun aufging oder nicht, ohnehin unausweichlich gewesen, aber zumindest hätte ich besser gekämpft und alles daran gesetzt, um das finale Ende so lange wie möglich hinauszuzögern.

Ich wagte meine zugekniffenen Augen einen winzigen Spalt zu öffnen, immer noch gefeit gegen das helle Licht, doch dort war nicht länger ein greller Blitz, der mein Augenlicht zu erlöschen drohte. Sonnenstrahlen brachen durch die zerstörte Mauer, die auf unserer Seite wie ein Riss im Raum-Zeit-Kontinuum aussah, und hüllten mich in warmes Licht. Als wäre die Landschaft unserer Welt nur ein bemalter Vorhang, der aufgerissen wurde und die Welt dahinter preisgab. Ähnlich musste es auf der anderen Seite von den Menschen wahrgenommen werden.

Doch auch darüber brauchte ich mich nicht länger zu sorgen, denn meine Zeit auf dieser Welt war nun vorüber und alles, was ich jetzt noch fühlen wollte, waren das Prickeln und die Wärme meiner geliebten Sonne auf der Haut. Ich wusste, es war falsch, sich darüber zu freuen. Es war verkehrt und widerlich, dem Universum dafür zu danken, dass eben jene Wärme, die nur in der Menschenwelt existierte, in meinen letzten Augenblicken noch einmal mein Gesicht streifte und mich zum Abschied küsste. Ich schloss meine Augen und genoss für einen rasselnden Atemzug das Sonnenlicht, begrüßte den heißen Planeten wie einen alten Freund.

Als ich meine Augen wieder öffnete, krachte die Realität mit einer solch zerstörerischen Macht auf mich herab, dass ich für einen winzigen Momente glaubte, schon gestorben zu sein.

Und ja, in dieser Sekunde wünschte ich mir den Tod, denn die Finsternis drängte nun durch die zerstörte Barriere, die nur noch an einen kläglichen Haufen zerfetzter Stoffreste erinnerte. Mein sterbender Verstand glaubte, die Schreie der Menschen zu hören, als die Dämonen ihre Welt eroberten. War dies das Ende? Oder war ich bereits in der Hölle und meine Bestrafung bestand darin zuzusehen, wie die Welt der Menschen ein ums andere Mal unterging?

Mein Herz schlug panisch und versuchte, sich ein letztes Mal gegen den Sog der Dunkelheit aufzubäumen. Ich konnte die Furie fühlen, wie sie unter meiner

Haut kribbelte und verlangte, die Dämonen aus dieser wunderschönen Welt zu vertreiben. Ich versuchte, Skip in all den schwarzen Rauchschwaden ausfindig zu machen, doch es war nichts zu erkennen. Ich konnte Kampfgeräusche hören, doch gegen wen sollten sich die Dämonen noch behaupten? Fast alle Agenten, die in Empyrion geblieben waren, waren inzwischen gefallen. Waren es die Menschen, die sich selbst verteidigten? Sie waren nicht gewappnet, nicht stark genug, um gegen die Hölle zu bestehen. Aber es waren eindeutig Schlachtrufe auf der anderen Seite zu vernehmen. Hatte Bay es geschafft, genügend Empyrianer zu mobilisieren und die Stellung zu halten? Vielleicht war dies doch nicht das Ende, vielleicht ...

Und dann ... einfach so ... nach über 500 Jahren ... schlug mein Herz zum letzten Mal. Eine einzelne Träne löste sich aus meinen dichten, schwarzen Wimpern und rann meine Wange hinab, während ich den Blick gen Himmelszelt richtete.

So war es also zu sterben.

Kapitel 28

Dunkelheit … Endgültigkeit … Feuer … Stetig wachsende Hitze. Ein Brennen auf meiner Haut. Das Knistern der ewig leuchtenden Höllenfeuer. Und dann wieder die Dunkelheit, die mich hinab in die vollkommene Finsternis zog. War ich tot? War ich tatsächlich gestorben? Ich fühlte mit der Hand an meiner Brust nach einem Herzschlag. Doch nichts, kein Pochen, kein Schlagen. Ich versuchte, die Augen zu öffnen. Und da war es wieder … Feuer.

„Wo …“ Ich hustete und versuchte, den Rauch aus meinen Lungen zu vertreiben. „Wo bin ich?“

Keine Antwort. Nichts als das Feuer und der Geruch nach verbranntem Fleisch. Ich würgte, versuchte, mich zu übergeben, doch mein Magen war wie ausgehöhlt.

„HILFE!“, schrie ich und sah dabei zu, wie die Flammen über meine Haut züngelten, ohne sie zu versengen. Entgegen der Annahme warf meine Haut keine Blasen und schälte sich nicht von meinen Knochen. Erstaunlicherweise war meine äußere Erscheinung nach wie vor intakt.

Ich spürte keinerlei Schmerzen, obwohl mein Verstand mir sagte, dass ich wie am Spieß kreischen müsste.

Ich wedelte wild mit den Armen, versuchte die Flammen zu bekämpfen, eine vollkommen irrationale Handlung, doch ich wusste nicht, was ich sonst tun konnte. Meine Flügel schlugen so schnell, dass ich einem Kolibri ähneln musste. Doch die Flammen stoben nicht einmal auseinander. Ich war eingeschlossen. Eingeschlossen in einem Kerker aus Feuer.

„HIIILFEE! SO HELFT MIR DOCH!"

„Tisiphone!"

Mein Kopf schnellte herum und versuchte, die vertraute Stimme zu orten, die in meiner Brust ein klaffendes Loch der Schuldgefühle aufriss.

„Beruhigt Euch, es wird schon bald vorbei sein. Euer altes Selbst verbrennt in diesem Augenblick."

„Kay", schluchzte ich und versuchte, den Vampir zu erspähen, doch meine Augen erblickten nichts außer sämtliche Farbabstufungen von Orange, Rot und Gelb.

„Warum tut es nicht weh?", fragte ich ängstlich.

„Weil das Leben viel schwerer wiegt als der Tod", vernahm ich die geflüsterte Antwort meines Freundes.

Züngelnd steckten die Flammen meine wunderschönen Flügel in Brand, während ich lethargisch in mich zusammensackte und spürte, wie sämtliche Kraft aus meinem Körper floss. Das Feuer tanzte über die schwarzen Federn und hinterließ eine brennende Spur aus Asche. Entsetzt sah ich dabei zu, wie meine Flügel ihre wunderschönen Federn verloren und als ich sie vorsichtig berührte, rieselte die Asche herab und schwarze, ledrige Schwingen kamen zum Vorschein. Mein Mund klappte zu einem panischen, stummen Schrei auf, während jede einzelne Feder in dem Inferno verglühte. Der nicht vorhandene Schmerz machte den Anblick meiner sterbenden Flügel noch grauenerregender.

Ich spürte, wie Tränen eine feuchte Spur über meine Wangen zogen und legte den Kopf hilflos in den Nacken. Ich versuchte, hinauf in den Himmel zu sehen, doch dort war kein Himmel. Keine Wolken, keine Sonne. Nichts als schwarzer Rauch.

„Wann wird es vorbei sein?", schluchzte ich.

Keine Antwort durchbrach die Flammen.

„Kay, wann wird das Feuer erloschen sein?"

„Niemals."

Das brennende Monster schlug seine beißenden Zähne in meine Arme, meine Beine, meine Haare, meine Brust, dort, wo einst mein Herz geschlagen hatte, wo meine Seele ruhte und dann plötzlich spürte ich ihn. Schmerz! Gleißenden, scharfen Schmerz, der sich bis in meine Knochen und Zellen fraß.

Nur zu gern hätte ich ihn mit einem Lächeln begrüßt, denn Schmerz bedeutete, dass man noch lebte, aber ich war nicht mehr am Leben. Es fühlte sich an, als würde ich bei lebendigem Leibe gehäutet werden, als würden abertausende Nadeln meine Haut aufreißen, als würde sich mein Inneres nach außen kehren.

Noch nie hatte ich solch körperliche Qualen ausgestanden und da endlich wusste ich, wo ich war, denn es gab nur einen Ort auf dieser Welt, an dem ich auferstehen konnte – das Fegefeuer. Und bevor ich dieses wieder verlassen durfte, würde meine Seele so lange brennen, bis auch die letzte Verbindung zu meiner Furie – das letzte Band – zu Asche zerfallen war.

Und so breitete sich das Feuer immer weiter in meinem Inneren aus und verbrannte mich, zerstörte mich, erstickte meine Quintessenz.

Mit weit aufgerissenen Augen sah ich erneut hinauf gen Himmel und ein letzter, qualvoller, gellender Schrei drang über meine Lippen, bis mich die ewige Nacht verschluckte und ich als Dämonin wiedergeboren wurde.

Kapitel 29

Finsternis.

Tiefe, undurchdringliche Finsternis umschloss mich wie ein warmer, schützender Kokon. Die Dunkelheit, die mir noch vor wenigen Stunden wie kalte Furcht über die Haut gekrochen war, empfand ich nun als Freund. Sie versteckte mich, umhüllte mich, formte mich aus Schatten zu einem neuen Selbst.

„Kay, wo bist du?"

Meine Stimme klang kalt, fremd. Sie faszinierte mich und jagte mir doch einen Schauer über den Rücken. Diese Stimme schien nicht mir zu gehören. Keine Emotion begleitete ihre Höhen und Tiefen und zeichnete sie so in ihrer Einzigartigkeit als die meine aus.

Ich spürte, wie eine angespannte Gereiztheit in meiner Brust wuchs und drehte mich einmal im Kreis, in der Hoffnung irgendetwas in der Dunkelheit erkennen zu können.

„Kay, verdammt, antworte mir gefälligst!"

„Ich bin hier, Tisiphone!"

Früher genügte der Klang meines Namens aus seinem Mund, um mein Herz ins Stolpern zu bringen, doch ich besaß kein Herz mehr und meine Seele war in den ewigen Feuern der Hölle verbrannt.

Ein goldenes Flackern tauchte plötzlich in der Finsternis auf und ein stetig wachsender Lichtkegel erhellte langsam unsere Umgebung. Die Helligkeit nahm so rasend schnell zu, dass ich meine Augen mit der Hand abschirmen musste und erst nach mehrmaligen, schnellen Blinzeln erkennen konnte, wo ich war.

Wir befanden uns in einem gigantischen, eindrucksvollen Thronsaal, der aus glänzendem, schwarzem Obsidian geschmiedet worden war. Als Lichtquellen dienten Fackeln, die in regelmäßigen Abständen die Wände des rechteckigen Saals schmückten. Ansonsten war der Raum eher karg und spartanisch in Einrichtung und Verzierung gehalten, sollte doch nichts von dem kolossalen Thron ablenken, der an dessen Ende in seiner makabren Pracht jeden der anwesenden Dämonen überragte. Blanke Knochen und Totenschädel zierten ihn und die Dunkelheit rahmte ihn ein, als sei er ein kunstvolles Gemälde, dem man Bewunderung zollen sollte. Mit einer morbiden Faszination fixierte ich den Thron. Alles in meinem Inneren schien mich dort hinzuziehen. Als wäre dieser königliche Sitz nur für mich erbaut worden.

„Wie für mich geschaffen", hauchte ich erregt. „Von dort aus könnte ich sämtliche Welten in die Knie zwingen, bis sie vor mir kriechen."

„Ihr werdet nichts dergleichen tun, Tisiphone, habt Ihr vergessen, warum Ihr hier seid?"

Ich drehte mich zu dem Vampir herum und durchbohrte ihn mit einem tödlichen Blick. Wie konnte er es wagen, mich zur Raison zu rufen?

Ich machte eine unbewusste, kreisende Bewegung mit meiner linken Schulter. Eine kleine Geste, für jemanden, der mich nicht kannte, uninteressant und absolut irrelevant, doch Kay beobachtete mich mit einem wissenden Blick.

Seine schwarzen Augen, die mich mit dieser Intensität durchbohrten, sie riefen etwas in mir wach. Die Erinnerung eines Gefühls? Ich konnte es nicht genau benennen, aber es kollidierte mit meinem neuen Ich, so viel wusste ich. Ich konnte diesen Blick nicht ertragen, wollte diese aufsteigende, undefinierbare Emotion nicht fühlen, die sich in mir ausbreitete, und doch wurde die Empfindung stärker, je länger Kay mich betrachtete. Mein Körper begann zu zittern und ich ballte meine Hände zu Fäusten, so fest, dass sich meine Fingernägel in meine Haut bohrten und plötzlich verdunkelte sich mein Blickfeld.

Ohne es bewusst getan zu haben, hatte ich versucht, mich in die Furie zu verwandeln, doch das war nicht länger möglich, war ich doch als Dämonin wiedergeboren worden und hatte mein altes Selbst abgelegt – oder etwa nicht?

Als ich erst zu meiner linken und dann zu meiner rechten Seite schaute, erblickte ich meine Flügel, die kaum als jene von damals wiederzuerkennen waren. Schwarze, glatte, lederartige Schwingen ragten neben mir auf. Ich war so fasziniert von meinem Anblick, dass ich nicht wahrnahm, wie der Thronsaal sich leise mit meinen Artgenossen füllte.

„Vergesst Euch nicht, Tisiphone", flüsterte Kay mir noch schnell zu, bevor er so etwas wie eine Verbeugung andeutete und sich den eintreffenden Schattenwesen zuwandte, die hinter dem Thron Stellung bezogen. Den Vampir neugierig beobachtend und mich fragend, wer

Kay dazu bewegen mochte, sein Haupt zu senken, drehte ich mich in die Richtung der finsteren Ankömmlinge. Ich glaubte einen latenten Anflug von Angst zu fühlen, wenn auch nicht in der Intensität, wie mein früheres Ich es hatte spüren können. Sie war gedämpft, meine Empfindung, und überlagert von Gleichgültigkeit, aber sie war doch da.

Als die Rauchschwaden sich endlich lichteten und die Dämonen sich im gesamten Thronsaal verteilt hatten, standen wir keinem Geringeren als dem Dämonenfürsten persönlich gegenüber. Wie das personifizierte Böse thronte er dort oben auf seinem Stuhl der Macht, eine infernalische Präsenz, in seinem Rücken eine Armee seelenloser Schattenwesen. Einen Blick zur Seite und hinter uns werfend bestätigte mir, dass wir von den Unterweltlern umzingelt waren.

Ich konnte mir ein spöttisches Grinsen nicht verkneifen, begriff ich doch die Ironie dieses Augenblicks, denn ein Teil von mir fürchtete sich vor der Schattenarmee und ihrem Fürsten, doch ein anderer Teil fühlte sich auch zu ihnen hingezogen. Ich war nicht länger Tisiphone, die Furie, aber eine Dämonin war ich auch nicht.

„Sie ist aufgewacht, mein Fürst, wir erwarten Eure Befehle!"

Kay beugte unter dem kalten, abschätzigen Blick seines Fürsten weiter das Knie und sah dann zu mir herüber, als wollte er mich stumm dazu auffordern es ihm mit dem Hofknicks gleich zu tun.

Nur über meine Leiche! Oh halt, ich war ja schon tot...

Ich setzte eine gelangweilte Miene auf und suchte den Raum nach meiner Schwester ab. Mit diesem Miststück hatte ich noch eine Rechnung offen, die beglichen werden wollte, bevor ich mich dringlicheren Angelegenheiten zuwenden würde. Mein Blick fiel auf den Fürsten. Ich wollte den Thron, auf dem er saß um jeden Preis. Mein Arsch würde verdammt gut auf ihm aussehen. Und die Herrschaft über die Unterwelt, Empyrion und die Menschenwelt wäre endgültig mein! Keine Ahnung, wo diese diktatorischen Ambitionen plötzlich herkamen. Waren es meine Wiederauferstehung, meine fehlende Seele oder hatte es schon immer in mir geschlummert, dieses Herz einer Tyrannin? Wer wusste das schon. Nur eines konnte ich mit Gewissheit sagen: Ich wollte den Platz der Dämonenfürstin einnehmen – und ich würde bekommen, was ich verdiente.

„Wie fühlst du dich, Furie?", frage der Fürst und schaute mit einem Feixen auf mich herab. „Das Letzte, was deine noch lebenden Augen erblickten, war, wie meine Armee eure Mauer durchbrach und die Welt der Menschen eroberte."

Ich zuckte mit den Schultern und hob die rechte Augenbraue. „Ihr habt ganz schön lang für den Durchbruch benötigt und um die Menschwelt komplett erobern zu können, hat euch nach meinen Berechnungen auch die Zeit gefehlt. Die vierundzwanzig Stunden waren kurz vor meinem Tod fast vorüber. Ich würde behaupten, ein Anführer, der taktisch klüger vorgegangen wäre und sich nicht hinter seiner Armee versteckt hätte, hätte die vereinbarte Zeit effektiver nutzen und deutlich mehr Seelen einstreichen können. Ich denke,

Ihr verdient es nicht, auf diesem Stuhl zu sitzen!" Ich verschränkte in einer selbstsicheren und vor Arroganz nur so triefenden Pose die Arme vor der Brust und spürte ein unangenehmes Kribbeln in meinem Inneren. Mit einer leichten Drehung meines Kopfes, versuchte ich das Gefühl zu ignorieren und konzentrierte mich ganz auf den König der Unterwelt.

„Seitdem ihr uns in dieses Gefängnis gesperrt habt, sitzen die Mächtigsten und Stärksten auf diesem *Stuhl.* Wer seid Ihr, dies infrage zu stellen? Ihr redet mit Eurem Fürsten, erweist ihm den nötigen Respekt", echauffierte sich ein Dämon, der wie die rechte Hand des Königs neben dem Thron posierte und mich aus zornigen, rot leuchtenden Augen anblickte.

„Ich würde ihm Respekt zollen, wenn er mit seinen Soldaten in der vordersten Front gekämpft hätte. Ein wahrer Anführer kämpft an der Seite seiner Männer und Frauen und versteckt sich nicht hinter ihren Reihen. Korrigiert mich, wenn ich mich irre, aber ich habe Euch nirgendwo auf dem Schlachtfeld entdecken können."

„Hütet Eure Zunge, Tisiphone", zischte Kay warnend, „oder wollt Ihr den Fürsten gegen Euch aufbringen und ewig im Fegefeuer schmoren? Vergesst nicht, dass Ihr noch eine Aufgabe zu erfüllen habt. Ansonsten seid Ihr umsonst gestorben." Ich wollte Kays Maßregelung nicht einfach hinnehmen und drehte mich knurrend in seine Richtung, doch der Vampir bedeutete mir mit einem leichten, unverkennbaren Kopfschütteln, den Mund zu halten. Der Fürst inspizierte uns indessen misstrauisch, und da die Machtverhältnisse in diesem

Thronsaal nicht gerade zu unseren Gunsten standen, wagte ich es nicht, das Wort erneut zu erheben.

Die Lippen im stummen Missfallen zusammengepresst, sah ich trotzig nach vorn und versuchte, Kays Worte nicht zu nah an mich heranzulassen. Doch das stellte sich als schwieriger heraus, als ich zunächst angenommen hatte. Das Gesagte entfaltete bereits seine Wirkung und sickerte langsam in meine Haut. Ich konnte spüren, wie es durch das Fleisch und die einzelnen Muskelschichten drang, vorbei an den Knochen, bis zu dem leeren, hohlen Ort, an dem früher wohl meine Seele gewohnt hatte. Dort setzte es sich fest, verankerte sich mit dem umliegenden Gewebe und bescherte mir einen unangenehmen Juckreiz, der sich in meinem gesamten Körper ausbreitete. Während ich mir mit zitternder Hand über die Brust strich und zu verstehen versuchte, was da gerade mit mir passiert war, wandte Kay sich mit erhobener Stimme wieder dem König der Unterwelt zu. „Verzeiht das Auftreten der Furie, mein Fürst. Sie ist gerade erst dem Fegefeuer entstiegen, ich denke, es wäre das Beste, wenn ich mich ihrer annehmen würde, um ihr bei der Eingewöhnung zur Seite zu stehen!“

„Ich denke, das sollte ich übernehmen. Schließlich teilen wir das gleiche Blut, nicht war, Schwester?“

Da war sie, Megaera. Meine ach so geliebte Schwester.

„Nur zu gern“, stimmte ich ihr zu und fixierte sie aus kalten, dunklen Augen.

Vergessen war der Juckreiz oder irgendwelche gefaselten Worte des Vampirs. Das Gefühl der Verwirrtheit und Desorientierung war verschwunden und wurde ersetzt durch den hasserfüllten Zorn auf meine

Schwester. Ich musste mich darauf konzentrieren, sie auszuschalten, meine Rivalin und Erzfeindin. Gott, es würde mir ein immenses Vergnügen bereiten, die Schlampe leiden zu lassen, so viel war sicher.

Dass all meine Instinkte auf ein niederstes – der Rache an Megaera – heruntergebrochen wurden, machte mir dabei weit weniger aus, als es vielleicht sollte.

„Mein Fürst", wagte Kay das Wort zu erheben, doch der Anführer der Dämonen warf ihm nur einen herablassenden Blick zu, als wäre der Vampir nicht mehr als ein armer Bettler aus der Gosse. Kays Lippen schlossen sich wieder und formten eine verbissene gerade Linie.

Ich tat es dem Fürsten gleich und strafte den Vampir mit Verachtung.

Sein Auftreten und die Art, wie er mit mir gesprochen hatte, erzürnten und verwirrten mich gleichermaßen. Es war zu vertraut, zu nett, zu menschlich, als hätte er Gefühle für mich. Wie war das möglich? Wo ich doch selbst nur dazu fähig war, so etwas wie Wut oder Hass zu empfinden.

Wenn ich es nicht besser gewusst hätte, hätte ich gemeint, dass der Vampir versuchte, Gefühle in mir zu wecken. Doch das würde ich nicht zulassen. Nie wieder würde ich mich solch erbärmlichen Emotionen hingeben, wie sie mein früheres Ich für diesen Vampir empfunden hatte. Und sollte Kay es auch nur wagen, ein weiteres, falsches Wort an mich zu richten und zu versuchen, etwas in meinem Inneren heraufzubeschwören, würde ich ihn endgültig vernichten!

Megaera führte mich aus dem Thronsaal und zurück zum Fegefeuer.

„Na Schwester, wie fühlt man sich als Dienerin des Fürsten? Der versprochene Aufstieg für den Deal mit mir hat wohl nicht stattgefunden, wie es aussieht." Ich schenkte Meg ein überhebliches Grinsen und wusste, dass ich sie mit meinen Worten aus der Reserve locken konnte. Ein winziger Teil in mir meinte sich an Tage zu erinnern, an denen wir stundenlang stritten nur um uns später wieder lachend in den Armen zu liegen, aber die Bilder verflogen wie Kays Asche im Wind. Nichts als das Echo eines früheren Lebens, das schon vor meinem Tod eine halbe Ewigkeit zurücklag.

„Oh, du wirst staunen, Schwester, wie sehr der Fürst inzwischen auf meine Dienste zählt. Nur dank mir hat seine Armee es geschafft, sich Zutritt zur Menschenwelt zu verschaffen. Und dank deiner verliebten Dummheit." Die letzten Worte kamen Meg als süßer Singsang über die Lippen. Ich konnte ihre Schadenfreude über meine begangenen Fehler förmlich schmecken. Aber ich musste sie enttäuschen. So sehr es mich auch gewurmt, wie sehr ich mich auch selbst dafür gegeißelt hatte, diesen Fauxpas begangen zu haben, so wenig interessierte es mich jetzt noch.

„Nun, vielleicht ernennt der Fürst ja auch mich zu seiner engsten Beraterin, wo er doch auch mir so viel zu verdanken hat. In seinem engsten Kreis ist sicherlich nur Platz für eine Furie, ich würde also vorschlagen, du suchst dir schon mal eine Aufgabe, die einer Dämonin deines Standes würdig ist. Nicht, dass du nachher nichts weiter als eine ...", ich dachte kurz über einen angemessenen Vergleich nach, bis mir mit einem boshaften Lächeln etwas Passendes einfiel, „eine schwarze

Rauchwolke bist, die vom Winde verweht und nie wieder gesehen wird. Nicht mehr als ein Bauer auf einem Schachbrett, den der König zu opfern bereit ist.“

„Bauern werden schnell zu Königinnen, wenn man sie als unwichtig abtut, vergiss das lieber nicht, Schwester“, knurrte mir Megaera ins Ohr.

„Falsch, kleine Schwester, du bist ganz offensichtlich weder in der Kunst des Krieges noch im Schach bewandert.“ Ich machte einen einschüchternden Schritt auf meine kleine Schwester zu und sah höhnisch auf sie herab. „Bauern werden ins Feld geschickt, um den Gegner aus der Reserve zu locken. Sie fallen immer als erste!“

„Bauer oder nicht, du wirst meinen Platz an der Seite des Fürsten nie bekommen, dafür werde ich sorgen!“

„Ich bin gerade mal wie lang von den Toten zurück? Eine Stunde? Wenn du mir gegenüber schon so früh Drohungen aussprechen musst, um deine Stellung zu sichern, dann machst du offensichtlich etwas falsch. Wer seinen Platz an der Seite des Königs mit Worten verteidigen muss, um diesen nicht zu verlieren, der gehört nicht in den engsten Beraterkreis. Das wird auch dein geliebter Fürst schon bald herausfinden, kleine Schwester. Aber nur zu droh mir ruhig. Die jüngste Vergangenheit hat gezeigt, dass ich auf diese Art der Kommunikation sehr zum Nachteil meiner Feinde nichts gebe.“ Mein Lächeln verblasste und ich sah meine Schwester mit einem kalten, todbringenden Blick an. „Ganz im Gegenteil, sie stachelt mich bloß an.“

Kapitel 30

Widerwillig und nicht ohne uns gegenseitig bei jeder Gelegenheit anzugiften, durchquerten wir die karge, trostlose Totenwelt der Hölle. Es war wirklich erstaunlich, wie groß diese Welt war. Ich hatte mit Kay nur einen Bruchteil davon erkundet, als wir Cole Black aus dem Kerker befreit hatten.

Ich kam nicht umhin, die leblose Anmut dieser Welt zu bewundern. Alles war irgendwie karg, schroff und von einer samtigen Finsternis zugedeckt, und obwohl ich schon einmal durch diese Steinwüste der Einsamkeit gewandert war, nahm ich sie nun mit anderen Augen wahr. Trotzdem hatte ich mir das Leben nach dem Tod anders vorgestellt. Irgendwie heller, sonniger, voller fluffiger Wölkchen, auf denen ich durch die Gegend geschwebt wäre. Und hätte ich damals zugelassen, dass der Halbgott sich Megaera opfert und keinen Deal für seine Rettung mit den Schattenwesen abgeschlossen, wer weiß, vielleicht hätte meine Reinkarnation genauso ausgesehen. Denn dann wäre meine Seele nicht verdammt gewesen. Aber hier stand ich nun mit diesem Dämonenmiststück, das früher einmal meine Schwester gewesen war und mit einem Gefühl der inneren Ruhelosigkeit, das weder so recht verschwinden, noch in mein neues, seelenloses Leben passen wollte.

Kays Worte spukten immer noch in meinem Kopf herum, obwohl ich so erpicht darauf war, sie in den hintersten Winkel meines Gehirns zu verdrängen. Ich fragte mich, warum er so darauf pochte, dass wir unsere Mission erfüllten? Warum sollte ich den Halbgott jetzt noch von dem Fluch der Hexe befreien?

Jack Pers hatte meinen Freund vernichtet und mich geschändet, er verdiente es, dass ich ihn leiden ließ, aber retten? Wozu? Um Empyrion zu befreien? Warum? Ich war nicht mehr Teil jener Welt, mein Platz war jetzt hier und die dunkle Seite in mir, die Dämonin, drängte mich dazu, zuallererst an mich selbst zu denken und dieses schwarze, kalte Herz in meiner Brust begehrte vor allem den Tod Megaeras und diesen Thron, auf dem der Fürst so selbstgefällig saß. Oh ja, das Oberhaupt der Dämonen zu sein, das war es, was ich wollte! Dachte ich zumindest.

Verwirrte schüttelte ich die Gedanken ab und folgte meiner Schwester tiefer hinein in die Unterwelt.

„Gibt es noch einen dunklen, unbedeutenden Stein, den du mir zeigen willst oder eine verkohlte Seele, die hier irgendwo rumliegt? Ganz nebenbei, wie könnt ihr so leben? Mir ist stinklangweilig. Ich würde viel lieber über die Möglichkeiten sprechen, nach Empyrion zu gelangen, um diesem Bastard von Anführer ... Jack Pers, den Arsch aufzureißen. Vielleicht beeindrucke ich ja sogar deinen heiß geliebten Fürsten damit." Ich lachte frivol auf und sah, wie Megaeras Augen rot zu glühen begannen.

„Du wirst nichts dergleichen tun und dem Fürsten schmeicheln schon mal gar nicht. Du bist nur eine weitere verdammte Seele, die zu folgen hat und Befehle entgegennimmt."

„So wie du?", schnurrte ich und zwinkerte ihr provozierend zu.

„Wie willst du überhaupt hinübergelangen, die Grenzen sind wieder intakt, du wirst weitere zehn Jahre warten müssen, bevor du deinen Lover Boy wiedersiehst. So lange wirst du mit mir vorliebnehmen müssen und ich habe noch nicht entschieden, ob ich dich überhaupt so lange leben lassen will."

„Oh, ich habe diese Entscheidung bereits getroffen", murmelte ich und kehrte meiner Schwester den Rücken zu. Wollen wir doch mal sehen, ob diese zugegeben doch sehr gewöhnungsbedürftigen, fledermausartigen Flügel mich ebenso schnell hier wegbringen konnten, wie es meine schwarzgefiederten getan hätten.

Ich stieß mich mit einer kraftvollen Bewegung vom Boden ab und noch während mich latente Zweifel einholten, schlug ich mit den dämonischen Flügeln und bekam so viel Aufschwung, dass Megaera innerhalb weniger Herzschläge nur noch als kleiner Punkt am Höllengrund zu erkennen war.

Ich betrat die Halle des Königs mit der Arroganz einer Wiedergeborenen und neigte weder mein Haupt, noch beugte ich das Knie, um ihm meinen Respekt zu zollen.

Kay, der mit einer weiteren Wache die Türen des Thronsaals flankierte, missbilligte mein Auftreten, doch ich ignorierte ihn geflissentlich.

„Furie, ist die Führung durch meine Welt schon vorüber? Offensichtlich ist sie nicht groß genug, wenn Ihr jetzt schon zurückgekehrt seid."

Ich konnte die versteckte Drohung hinter diesen Worten erkennen, doch ich überging diese. „Genau darüber wollte ich mit Euch sprechen ...“, ich hielt inne und schaute in die abwartenden Augen der Gefolgsleute, die mir zornig und rot leuchtend entgegenblickten, „mein König“, warf ich hinterher und zuckte die Achseln. Förmlichkeiten waren mir egal, wenn ich auf diese Weise das bekam, was ich begehrte – eine Aus-dem-Gefängnis-Freikarte zum Beispiel.

„Sprecht“, forderte mich der Fürst der Finsternis knurrend auf. Ich konnte anhand der unruhigen Dämonen in seinem Rücken erkennen, dass ich seine Geduld überstrapazierte, doch ich musste ihm mein Anliegen vortragen, ansonsten würde ich in dieser Unterwelt verrotten und niemals meine Rache bekommen. Dieses merkwürdige, undefinierbare Gefühl in meinem Inneren machte sich erneut bemerkbar, doch ich schenkte ihm keine Beachtung.

„Was haltet Ihr davon, wenn ich Euch den Kopf des Leiters der Black Company zu Füßen lege?“ Ich lächelte mein Gegenüber lasziv an, doch der König der Unterwelt schien davon gänzlich unbeeindruckt.

„Der Halbgott agiert in unserem Auftrag! Er hat hier und da Sicherheitslücken in eurer Schutzbarriere installiert, die es meinen Dämonen vereinzelt gestatten, auf die andere Seite zu wechseln. Und dank eures Paktes ist es meinem gesamten Volk alle zehn Jahre vergönnt, in Empyrion zu wüten. Euer Reich steht unter meinem Befehl, ich herrsche bereits über alle Welten.“

„Nun ja, nicht über alle Welten, mein König. Die Menschenwelt war Euch nur einen kurzen Augenblick ausgeliefert, bevor die Grenzen sich wieder schlossen und der Verteidigungswall aktiviert wurde. Euch ist es nach wie vor nur möglich, in ihre Welt zu gelangen, wenn ihr von einem Menschen heraufbeschworen werdet. Ihr seht, es ist noch Potenzial nach oben vorhanden." Ich grinste herablassend und zwinkerte einem der Dämonen, der links neben dem König stand, siegesgewiss zu.

„Potenzial nach oben?" Der Fürst der Finsternis erhob sich von seinem Thron und noch ehe ich wusste, wie mir geschah, stand der König direkt vor mir. Ich musste den Kopf in den Nacken legen, um in seine roten, tödlichen Augen zu schauen. Ich wollte gerade meine Argumente untermauern und ihm anbieten, in seinem Namen auch die Menschenwelt zu erobern, als das Jucken unter meiner Haut unerträglich wurde und sich zeitgleich die Hand des Königs um meinen Hals legte.

„Niemand, hört Ihr mich, absolut niemand sagt mir, wie ich zu herrschen habe! *Ich* bin der Fürst der Finsternis, König der Unterwelt, ich befehlige das Fegefeuer, ich besitze die Seelen all derer, die ihr teuerstes Gut an meine Untertanen verspielt haben. Ich habe Empyrion – die Welt, geschaffen zum Schutz der Menschheit – gestürzt und Ihr, eine verfluchte Furie, die ihr eigenes Volk nicht retten konnte, wird ihr Wort nie wieder gegen mich erheben! Habt Ihr mich verstanden?"

Der König sah auf mich herab und als ich den Mund öffnete, um ihm zu widersprechen wie ein trotziges, dummes Kind rammte er seine andere Hand in meine Brust und umschloss damit mein totes, kaltes Herz. Eine Kälte, die nicht ansatzweise mit der vergleichbar war, die mich seit dem Aufstieg aus dem Fegefeuer erfüllt hatte, schloss sich um meine Brust und breitete sich in meinem gesamten Körper aus. Meine Haut wurde aschfahl und es fühlte sich an, als würde sie sich von meinen Muskeln und Knochen lösen und gleich hier im Thronsaal als ein blutiger, matschiger Klumpen zu Boden fließen.

Als mein Kopf zur Seite fiel, konnte ich sehen, wie meine ledrigen Flügel in sich zusammensackten und kraftlos zu Boden sanken. Ich war die Inkarnation des buchstäblichen Nichts. Weder Tisiphone, die letzte Furie Empyrions, noch Tess, die Dämonin, die ursprünglich dafür gestorben war, um die wahre Liebe ihres Lebens von einem Fluch zu befreien.

Und da war sie, die Erkenntnis, der kleine Funke, das Jucken unter meiner Haut, das ungute Gefühl, das letzte Bisschen meines Selbst, das ich noch besaß und das selbst das Fegefeuer nicht hatte verbrennen können.

Eine Träne kullerte mir aus dem Augenwinkel. Wie konnte ich erst jetzt den Sinn hinter meiner Existenz verstehen, wo sie mir genommen wurde? Zum zweiten Mal. Doch dieses Mal würde ich nicht wieder auferstehen, da war ich mir sicher. Schließlich wurde man nur einmal von dem Fürsten der Finsternis vernichtet. Es würde nichts mehr von mir übrig bleiben, was das Fegefeuer noch verbrennen konnte.

Ich sah in die andere Richtung, um meinen loyalsten Freund und Begleiter ein letztes Mal anzuschauen. Denn so hatte mein Tod zumindest noch eine gute Sache hervorgebracht. Ein letzter Abschied von Kay, bevor meine Augen sich für immer schlossen.

Kapitel 31

„Genug! Sie hat es verstanden, Eure Hoheit.“

Kays Stimme drang von weit entfernt an mein Ohr. Was war passiert?!

Als meine Augen sich flatternd öffneten, versuchte ich meine Umgebung zu sondieren. Ich lag vor dem Thron des Königs der Unterwelt und war eben wohl ein weiteres Mal gestorben. Nur fühlte ich mich dieses Mal irgendwie anders. Wieder hatte sich etwas in mir verändert, wenn ich auch noch nicht genau benennen konnte, was es war.

Ich fühlte immer noch die Finsternis in meinem Herzen, den Tod, die verachtende Gleichgültigkeit. Die Dämonin in mir war also noch da, das machte ich an den Worten fest, die mein Gehirn bereits vorformulierte und darauf drängte, sie über meine Lippen hinauszujagen, als würde ich mit einer Bazooka auf meine Feinde zielen.

Mein Herz schlug ebenfalls nicht, ich war also auch ganz sicher noch tot, aber irgendetwas...

Die Kälte.

Mir fiel es wie Schuppen von den Augen, die Kälte in meinem Inneren war fort.

So musste Kay sich fühlen, seit er den Flammen des Fegefeuers entstiegen war. So wie ich meine Flügel und meinen Rachedurst mit in diese Welt genommen hatte, so musste Kay sein Herz und seine Gefühle mitgebracht haben.

Ich hatte immer noch einen riesigen Hass auf alles, aber ich verspürte nun wieder den Drang, mein Versprechen, welches ich mir selbst auferlegt hatte, nämlich Jack Pers von seinem Fluch zu befreien, einzuhalten.

Ich musste es nur irgendwie bewerkstelligen, diese verfluchte Welt zu verlassen und nach Empyrion zu gelangen.

Sagte der König nicht – bevor er mich einfach so erdrosselt hatte – etwas davon, dass vereinzelt Dämonen in unsere Welt reisen konnten?

Ich wollte gar nicht wissen, warum das möglich war, nur das *Wie* machte mich neugierig.

„Entschuldigt mein unangemessenes Verhalten, mein König. Ich bin jung und dumm und wollte als einer der vielen gefolgstreuen Dämonen unter Eurer Herrschaft herausstechen, um in Eurem Ansehen zu steigen. Verzeiht mein törichtes Handeln. Ich denke nur–"

„Vorsicht", knurrte der König sofort und ich musste mehrmals schlucken, um meinen Mut zusammen zu nehmen. Die nächsten Worte musste ich weise wählen.

„Ich weiß, wie man in die Menschenwelt gelangt. Ich kann es Euch und Eurem Volk ermöglichen, dort einzumarschieren. Das ist es doch, was Ihr immer wolltet, oder etwa nicht?"

„Euer Volk?", fragte der König drohend.

„Verzeiht, ich meinte natürlich unser Volk. Ich bin, wie Ihr wisst, noch nicht lange eine Dämonin."

Der Fürst der Finsternis erhob sich von seinem Thron und unterzog mich einer misstrauischen Betrachtung. „Irgendetwas an Euch ist anders ...", murmelte er leise und rümpfte angewidert die Nase. „Megaera, findest du nicht auch, dass deine Schwester sich irgendwie ... bizarr verhält?"

Meg, die sich plötzlich neben dem König materialisierte und mit ihrer höhnischen Fratze an mir herunterblickte, reizte mich von Neuem dazu, sie zu provozieren. Doch ich war inzwischen mehr Herrin über mein Selbst als zuvor und das hier war wichtig. Ich konnte mir keine Fehler mehr erlauben.

„Sie ist nicht mehr meine Schwester, mein Fürst. Ich bitte Euch, haben wir irgendwelche Gemeinsamkeiten? Ich denke, ein paar Jahrhunderte im Fegefeuer würden ihrem aufmüpfigen Gemüt guttun." Megaera grinste siegesgewiss, doch ich ließ mich nicht beirren.

„Was kann im schlimmsten Fall geschehen, mein König?", fragte ich mit einer schnurrenden Stimme und ging langsam mit einem wiegenden Gang auf den Herrscher der Unterwelt zu. „Ich kehre, ohne einen Weg in die Menschwelt gefunden zu haben, zurück und Ihr könnt mich dafür bestrafen. Ich bin eine Dämonin und daher dem Ruf meines Fürsten verpflichtet. Flucht ist demnach keine Option für mich. Was also habt Ihr zu verlieren? Ich gehe das Risiko ein, was ist mit Euch?"

Der König leckte sich gierig über die Lippen und musterte mich lüstern von oben bis unten.

„Ich vertraue Euch nicht und einen Soldaten, dem ich nicht vertraue, lasse ich nicht irgendwelche Welten für mich erobern. Auf dem Weg dorthin gibt es immer noch zu viel, was Ihr zerstören könntet und zwar zu meinem Nachteil. Aber ..."

Ich hielt gespannt den Atem an und ließ meine gekonnt inszenierte Maske nicht eine Sekunde verrutschen.

„Ich gewähre jedem meiner Dämonen die Möglichkeit, mir seine Loyalität zu beweisen. Auf die eine oder andere Weise." Bei den letzten Worten glitt sein Blick geifernd über meinen Körper und plötzlich bedurfte es all meiner Anstrengung, meine Maskerade aufrecht zu erhalten. Ich bemerkte Megaeras angesäuerte Mimik und zu jeder Zeit hätte mich dieser Anblick mit tiefster Befriedigung erfüllt, doch nicht jetzt. Ich schluckte meinen Abscheu und den Ekel herunter und hob meinen Kopf noch ein wenig höher, sodass es aussah, als würde ich mich in meinem Stolz sonnen und es kaum erwarten können, meinem Fürsten zu dienen.

„Und wie kann ich Euch meine Ergebenheit beweisen, mein König?"

Der König der Dämonen fletschte spöttisch grinsend die Zähne und gab seinen Wachen einen Wink.

Ohne Vorwarnung standen sie plötzlich neben mir und packten meine Oberarme. Die Furie in mir brüllte auf und fast hätte ich mich gegen ihre Griffe gewehrt, doch ich musste meine Wut zügeln. Denke wie eine Furie, Tess, handle wie eine Dämonin.

„Uhh, ganz ruhig, Jungs, ich mag es hart, aber was ist mit dem Vorspiel?" Ich lachte frivol auf und warf dabei den Kopf in den Nacken.

Kay sah mich mit einem beunruhigten Blick an und ich zwinkerte ihm in einem winzigen, unbeobachteten

Moment zu. Ich konnte die Verblüffung und Erleichterung in seinen Augen erkennen, aber auch die Sorge darüber, was nun mit mir geschehen sollte.

„Meg!" Der König pfiff durch die Zähne und winkte meine Schwester zu sich heran.

„Ja, mein Fürst?"

Bei den Gesängen der Sirenen, diese unterwürfige Ergebenheit meiner Schwester brachte mein Blut derart zum Kochen, dass ich jeden Moment Feuer hätte speien können.

„Überprüfe die Seelen unserer Neuzugänge. Ich glaube, hier stimmt etwas nicht. Berichte mir von etwaigen Auffälligkeiten."

„Jawohl, Gebieter!" Und schon hatte sich Meg wieder dematerialisiert und auch Kay war nun von Wachen umzingelt und wurde in Gewahrsam genommen.

Verdammt, so sollte das Ganze nicht ablaufen!

Ich wurde abgeführt und obwohl ich nicht wusste, wo mich die Königswache hinbrachte, beschlich mich eine leise Vorahnung. Ich wagte noch zu hoffen, dass ich mich irrte, als ich auch schon in die königlichen Gemächer geführt wurde und an einem eisernen Ring, der in die Wand eingelassen war, gefesselt wurde.

„Und jetzt? Wie soll ich unseren Fürsten beglücken, wenn ich an einer Wand angekettet bin, Männer?! Ich würde mich gerne frisch machen und dann würde ich das Bett schon einmal vorwärmen, was haltet ihr davon?" Ich zwinkerte dem größten und bulligsten der drei Dämonen zu, doch mein Lächeln verrutschte bei seiner feixenden Fratze.

„Welches Bett?"

Irritiert und mit einem flauen Gefühl im Magen sah ich mich in dem höhlenartigen Raum um. Er unterschied sich lediglich in der Größe von dem Thronsaal. Ansonsten war er ebenso karg und spartanisch eingerichtet wie eben jener. Fackeln an den Wänden dienten als einzige Lichtquelle, ansonsten waren weitere Eisenringe in regelmäßigen Abständen in die Wände eingelassen und eine kleinere Version des Thrones stand in der Mitte der Höhle.

„Ihr haltet wohl nicht viel von Innenarchitektur, was?" Ich rekelte mich lasziv für die Königswache und klimperte so natürlich wie möglich mit den Augen. „Ich kann dem Fürsten auch auf seinem Thron Lust bereiten, ich brauche kein Bett dafür. Kommt schon, Jungs, bindet mich los. Vielleicht lass ich vorher noch einen von euch ran!"

Einer der Dämonen kam bedrohlich auf mich zu und lehnte sich so nah zu mir, dass ich seinen faulenden Atem riechen konnte.

„Wer sagt, dass sich der König auf diese Weise mit dir vergnügen möchte, Furie? Du bist zwar scharf, aber so etwas Triviales wie fleischliche Gelüste interessieren unseren Herren nicht mehr. Wir sind Dämonen, wir leben für das Leid der Gepeinigten. Und eines kann ich dir versprechen: Leiden wirst du!"

Ich schluckte und trat einen Schritt zurück. Ich hatte das Spiel verloren, es entglitt meiner Kontrolle und ich konnte zusehen, wie die Regeln neu geschrieben wurden, ohne dass ich Einfluss darauf nehmen konnte. Mit einem letzten geifernden Grinsen verwandelten sich die Wachen vor meinen Augen in schwarzen Rauch und verließen den Raum.

Ich zog und zerrte an meinen eisernen Ketten, aber die Mauern zum Einstürzen zu bringen, wäre vermutlich einfacher gewesen, als mich von diesen Fesseln zu befreien.

Wo sie Kay wohl hingebracht hatten? Hoffentlich würde er nur ins Verlies geworfen und nicht schwerwiegender bestraft werden. Ich wollte mir nicht ausmalen, dass mein Freund endgültig aus dieser Welt verschwand. Alles war besser als die Dämonenwelt, aber wir waren beide noch nicht bereit zu gehen. Nicht heute, nicht jetzt, wir hatten eine Aufgabe zu erfüllen!

Von dem ganzen Gezerre an den Handschellen und der schweren Eisenkette waren meine Handgelenke aufgerissen, wund und verschmiert von meinem schwarzen Blut. Der Anblick der dunklen Flüssigkeit irritierte mich immer noch und machte mir einmal mehr bewusst: Ich war jetzt eine Dämonin.

Glücklicherweise waren meine Selbstheilungskräfte nicht von meiner Umwandlung betroffen, sodass dieser erschreckende und widerliche Anblick nicht allzu lang meine Netzhaut malträtierte. Dennoch musste ich dringend diese Fesseln loswerden.

„Versuch es nur, Furie, es ist amüsant, dir dabei zuzusehen, wie du dich selbst zerfleischt.“

Der König der Untoten persönlich betrat die Gemächer und ich nahm unweigerlich Haltung an, als wäre ich eine brave Soldatin, die vor ihrem Kommandanten eine gute Figur machen wollte.

„Was wollt Ihr? Ich dachte, die Geißelung hört auf, sobald man sich Eurer Gefolgschaft anschließt.“

„Für diejenigen, die sich mir anschließen, trifft dies auch zu.“

Ich neigte den Kopf leicht nach rechts und beobachtete den König der Unterwelt. Er sah gut aus, rein objektiv betrachtet. Langes, silbernes Haar rahmte sein kantiges Gesicht ein und verlieh ihm ein majestätisches Auftreten. Weiße Haut, durchfurcht von schwarzen Adern – die Befürchtung lag nah, dass auch ich so aussah, was furchtbar wäre, aber das lag nun leider nicht mehr in meiner Hand. Mit dem richtigen Make-up würde das schon zu überschminken sein – ein Körperbau von kräftiger Statur, und diese schwarzen Augen konnten sicher so manche Wangen zum Glühen bringen. Doch ich war nicht hier, um meinen neuen Boss zu verführen. Ich wollte Jack befreien, allein aus diesem Grund hatte ich das Fegefeuer gewählt.

„Was wollt Ihr?", fragte ich mit einem leicht angedeuteten Lächeln und fixierte mein Gegenüber.

„Was bist du bereit zu geben, Furie?" Seine Augen wanderten langsam über meinen Körper und ich musste meine gesamte Willenskraft aufbringen, um mich nicht unangenehm unter seinem Blick zu winden.

Als er bei meinem Gesicht ankam, schenkte ich ihm das laszivste Grinsen, das ich jemals einem Mann geschenkt hatte und hoffte, mein Aussehen würde sein Übriges tun. Der Fürst trat auf mich zu und als er mit einer Bewegung seiner Hand die Fesseln löste, wähnte ich mich in der trügerischen Gewissheit des Sieges.

„Also ... was tun wir jetzt?", schnurrte ich und fuhr dem König mit meinem Zeigefinger über die Brust. Der Fürst der Dämonen grinste und noch bevor ich einen weiteren Laut von mir geben konnte, hatte er mich mit einem kraftvollen Stoß gegen die Wand geschleudert und mit meiner Vorderseite dagegen gepresst.

Fuck!

Hätte mein Herz noch geschlagen, es hätte meine Brust zum Beben gebracht. Ich versuchte, gegen die Kraft, die mich gegen den rauen Felsen drückte, anzukämpfen, doch ich konnte mich keinen Millimeter bewegen. Als mir mein Oberteil vom Leib gerissen wurde, schrie ich laut auf, ohne diesen Instinkt unterdrücken zu können.

„I-ich … mein Fürst … meint Ihr nicht, es würde viel mehr Spaß machen, wenn auch ich freie Hand hätte?" Ich wollte meine Worte verrucht und sexy klingen lassen, aber die latente Panik, die sich in meine Kehle gekrallt hatte, schraubte meine Stimme in die Höhe. Die Apathie, die sich seit meiner Wiedererweckung über meine Emotionen gelegt hatte, schien mit einem Mal löchrig. Empfindungen, die ich eigentlich nicht mehr zu fühlen im Stande sein sollte, drangen nun ungehindert hindurch. Angst und Ekel begannen, all meine Sinne zu beherrschen und Erinnerungsfetzen meiner Begegnung mit Jack rauschten plötzlich an die Oberfläche.

„Ich denke nicht, dass du mir hierbei zur Hand gehen kannst, Furie." Erschrocken zuckte ich zusammen, als ich die Lippen des Königs der Unterwelt direkt neben meinem Ohr spürte. „Ich toleriere keinen Verrat in meinen Reihen. Und um meine Dämonen daran zu erinnern, dass sie besser nicht ohne meine Zustimmung agieren oder gar ihre eigenen Pläne schmieden, muss ich manchmal ein Exempel statuieren."

Ich schluckte und wartete mit angehaltenem Atem darauf, was als Nächstes geschehen würde.

Der König ließ wieder von mir ab und ich konnte die kalte Luft der Unterwelt an meinem nackten Rücken spüren.

„Man sollte meinen, der Tod verschont einen von Schmerz und Leid. Doch auch Kreaturen wie unsereins sind durchaus in der Lage, Qualen zu empfinden. Diese Fähigkeit geht auch mit dem Verenden der leiblichen Hülle nicht verloren."

Ich runzelte verwirrt die Stirn und versuchte, meinen Kopf so zu drehen, dass ich den Fürsten ins Visier nehmen konnte, doch es war mir nicht einmal möglich, diesen zu bewegen. Der König musste mich mit seiner Macht bewegungsunfähig gemacht haben.

„Furie, wusstet Ihr, dass manch einer von uns Attribute aus seinem alten Leben mit in diese Welt nimmt? Ich habe meine Macht, der Vampir trägt immer noch seine Liebe für Euch im Herzen und Ihr habt eure Flügel, wenn auch in ein neues Gewand gekleidet."

Und da dämmerte es mir. Ich konnte fühlen, wie meine Flügel sich weit ausbreiteten und meine Rückenmuskulatur sich anspannte. Unter Aufgebot all meiner Kräfte versuchte ich mich, begleitet von einem erstickten Aufschrei, von der Felswand zu lösen, doch ich rührte mich nicht ein kleines Bisschen.

Hektisch keuchend atmete ich mehrmals schnell ein und aus.

„Was wollt Ihr von mir? Ich habe Euch nicht hintergangen und das habe ich auch nicht vor. Hat meine Schwester vielleicht-"

„Megaera hat nichts damit zu tun. Ihr solltet auf dieser Seite der Grenze lernen, dass man seinen Fürsten niemals täuschen kann." Und noch ehe er das letzte Wort gesprochen hatte, spürte ich einen bohrenden, reißenden Schmerz direkt unter meinem rechten Schulterblatt, der mich qualvoll aufkreischen ließ, und ein Strom von Tränen schoss mir in die Augen. Die Gesteinswände trugen meinen Schmerz in einem nicht enden wollenden Echo durch die Höhlen der Unterwelt. Ich konnte fühlen, wie das Blut meinen Rücken hinunterlief und mein ganzer Körper grob geschüttelt und mit aller Kraft an ihm gezerrt wurde. Und da dämmerte es mir ... der Fürst nahm mir meine Flügel!

Noch ehe er von meinem Körper abgerückt war und ich auch nur ansatzweise diesen Schock verdauen konnte, riss der König der Unterwelt erneut an mir herum und der stechende, alles verzerrende Schmerz flutete meinen gesamten Rücken, sodass ich das Gefühl hatte, meine Schulterblätter würden mir aus dem Leib geschnitten. Und so nahm der König mir auch den zweiten meiner schönen Flügel.

Kraftlos, innerlich leer und wie betäubt lehnte ich mich an die kühle Felswand und sackte an dieser zusammen. Ein brennendes Feuer auf meinem Rücken spürend, das sich einen Weg in mein Innerstes bahnte. Die Qualen, die mich erfüllten, waren mit nichts zu vergleichen, was ich jemals gefühlt hatte. Als hätte man mich mit zwei Ästen durchbohrt, mit einer Kettensäge meinen Rücken zerfetzt oder mit Säure meine Haut von den Knochen geätzt. Doch es war nicht allein der körperliche Schmerz, es war auch die Furie, die in mir schrie. Das was ich von ihr mit in die Unterwelt genommen hatte, das was von ihr nach dem Fegefeuer übrig geblieben war, dieser Teil wurde nun mit einer Endgültigkeit ausgelöscht, sodass in mir ein unermessliches Grauen heranwuchs. Sie bäumte sich nicht mehr auf, schrie nicht mehr, übernahm nicht die Kontrolle, nein, sie machte sich so klein in meiner Brust, dass ich sie mit jeder verstreichenden Sekunde weniger spürte, bis sie endgültig fort war. Einfach so ... war die Furie in mir verschwunden.

Ich schrie ein weiteres Mal qualvoll auf und krallte mich hilflos in das raue Gestein.

Ich konnte mich wieder bewegen, aber was hatte das jetzt noch für einen Sinn? Die Furie war vernichtet, sie war gänzlich ausgelöscht und ich nicht länger an Empyrion gebunden.

„Jetzt bist du ein Teil der Unterwelt! Die Furie ist tot!"

Kapitel 32

Ich wurde von den Wachen des Königs aus seinen Gemächern geschleift und in eine kleine, beengte, kalte Höhle geworfen, die nicht einmal vom Schein einer Fackel erhellt wurde.

Ich hatte keine Ahnung, wo ich mich befand oder ob ich jetzt eine Gefangene war. Es klang nicht so, als wären Kerkertüren hinter mir geschlossen oder Wachen aufgestellt worden. Aber das alles war auch nicht wichtig. Ich fühlte mich leer und ... ja, als wäre die Furie in meinem Inneren tatsächlich gestorben.

Ich lag auf dem Bauch im Dreck und konnte immer noch das Echo des Schmerzes meiner fehlenden Flügel nachhallen fühlen. Mein Rücken musste inzwischen wieder verheilt sein, er war lediglich nass, benetzt von meinem Blut. Doch der Phantomschmerz dort, wo einst meine Furienflügel aus mir gewachsen waren, blieb. Mit einem bitteren Brennen in meiner Kehle dachte ich daran, dass ich geglaubt hatte, nicht noch tiefer sinken zu können. Aber das war ein Irrtum. Ich hatte bereits so viel verloren und nun auch noch meine Identität. Das letzte Bisschen meines seins. Die Rachegöttin war fort. Meine geliebte Furie ... vernichtet.

Mein Geist ging auf Reisen und suchte nach einem Anzeichen von Leben in meinem Inneren, aber da war nichts. Keine Seele, kein schlagendes Herz, keine Furie. Nur ein gähnendes Nichts, das so viel Raum in meiner

Brust einnahm und gleichzeitig alles zu verschlingen drohte. Wie ein schwarzes Loch und genauso fühlte es sich auch an.

Plötzlich hatte nichts mehr eine Bedeutung. Und ich sah auch keinen Grund, mich von der Agonie zu befreien und die Trümmer meines früheren Lebens hinter mir zu lassen.

Ich lag einfach nur da und sehnte mich nach der Betäubung des Schlafes. Schliefen Dämonen überhaupt?

Ich fühlte mich innerlich so erschöpft und ausgelaugt, dass ich ein ganzes Menschenleben hätte verschlafen können.

Also lag ich einfach da und sehnte die traumlose Dunkelheit herbei.

Als Kay mich nach stundenlangem Suchen, wie er mich wissen ließ, fand, konnte ich mich nicht einmal freuen, ihn unversehrt wiederzusehen.

„Tess", zischte der Vampir und trat an mich heran. Ich konnte sein entsetztes Gesicht vor meinem geistigen Auge sehen, ohne dass ich ihm einen Blick zugeworfen hatte.

„Was hat er Euch nur angetan, Tisiphone?"

„Ich bin nicht mehr Tisiphone", kamen die Worte spröde und trocken über meine rissigen Lippen. „Von jetzt an bin ich nur noch Tess."

Ich vernahm, wie der Vampir um mich herumstrich und sich in die Hocke niederließ, um mit meinem Gesicht ansatzweise auf Augenhöhe zu sein.

„Tess, es tut mir so leid. Ich hätte da sein müssen, um Euch zu beschützen."

Ich drehte mein Gesicht zur Seite, um dem reumüti-
gen Blick meines alten Freundes auszuweichen und
diesen nicht ertragen zu müssen. Er konnte nichts für
den Verlust meiner Flügel, aber ich hatte auch nicht die
Kraft, um ihm dies zu beteuern, damit er sich besser
fühlte. Ich hatte für buchstäblich gar nichts mehr Energie. Ich wollte nur hier liegen und sterben.

„Was kann ich tun? Sagt mir, wie ich Euch helfen
kann, Tis-, Tess.“

Ich wandte mich Kay wieder zu und schaute in seine
dunklen, abgründigen Augen. „Du willst mir helfen?“,
flüsterte ich.

Kay nickte und versuchte, nach meiner Hand zu greifen, doch ich zog sie aus seiner Reichweite.

„Dann vernichte mich!“

„Was meint Ihr?“

„Kay, stell dich nicht dümmer als du bist! Ich möchte
endlich sterben, dieses Mal richtig!“

„Aber Tess, wir haben noch eine A–“

„Einen Scheiß haben wir“, unterbrach ich den Vampir zornig und spürte fast so etwas wie einen Funken in
mir aufflammen, doch dieser erlosch so schnell wieder,
wie er erschienen war.

„Ich bin … gar nichts mehr! Er hat mir nicht nur
meine Flügel genommen, Kay. Ich spüre die Furie nicht
mehr in mir. Ich bin ein Nichts! Schlimmer als ein
Nichts. Ich bin ein Dämon. Das kann ich nicht ertragen.
Es braucht nur einen Dämon, um Jack von seinem
Fluch zu befreien. Du bist viel stärker als ich, du kannst
diese Aufgabe auch allein bewältigen. Mich brauchst
du dafür nicht, also bitte …“ Ich blickte den Vampir flehentlich an. „Töte mich! Ich kann es nicht ertragen,

meine Furie verloren zu haben. Das bin nicht mehr ich! Ich war die Furie, sie war mein Wesenskern, auch wenn ich mich so oft gegen sie gewehrt habe! Ich halte es nicht aus, diesen schmerzlichen Verlust zu fühlen, da ist eine klaffende, gähnende Leere in mir! Kay, bitte ..."

„Nein!"

Ich drückte mich von dem kalten, staubigen Boden hoch und durchbohrte den Vampir mit einem drohenden Blick.

„Was?", knurrte ich und ignorierte den Phantomschmerz, der mir durch den Rücken fuhr, als ich mich erhob. Ich taumelte leicht und musste mich an der unebenen Höhlenwand abstützen, um mein Gleichgewicht wiederzufinden. Die großen, schweren Flügel, die all die Jahrhunderte auf meinem Rücken geruht hatten, ob nun sichtbar oder nicht, hatten meine Haltung und meinen Gang beeinflusst. Ohne sie war es, als müsste ich neu laufen lernen.

„Ich sagte Nein! Ich werde Euch helfen, den Sinn nicht aus den Augen zu verlieren, wegen dem Ihr euch geopfert habt. Vergesst nicht, warum Ihr hier seid, Tisiphone!" Meinen Namen betonte er mit aller Deutlichkeit, wie um mir in Erinnerung zu rufen, dass ich nicht alles verloren hatte. Doch ich wollte ihn nicht hören. Es war der Name der Furie, nicht meiner!

„Du wirst mich nie wieder so nennen", fauchte ich und zeigte drohend mit dem Finger in seine Richtung.

„Ich nenne Euch, wie es mir beliebt", entgegnete Kay und trat auf mich zu.

Ich stieß mich von der Wand ab und spürte wieder das kurze Aufflackern von Schmerz, als hätte ein Rudel

Werwölfe meinen Rücken zerfleischt. Ich wich einige Schritte zurück und ließ Kay, der sich wie ein Raubtier an mich heranpirschte, nicht aus den Augen.

Und dann passierte es zum ersten Mal. Kay verwandelte sich vor mir in schwarzen Rauch. Dieser Anblick verstörte mich so sehr, dass ich zurücktaumelte und gegen die Wand prallte. Mein Gehirn hatte immer noch nicht wirklich begriffen, dass wir uns inzwischen auf der anderen Seite der Mauern befanden und das nicht einmal fälschlicherweise. Nein, wir gehörten nun hierher, wir waren Dämonen.

Kay materialisierte sich direkt vor mir und noch bevor ich zu einer weiteren Drohung ansetzen konnte, legte er mir die Hand auf die Brust. Ich konnte sehen, wie schwarze Rauchschwaden sich einen Weg in meine Brust suchten, direkt hinein in mein Herz. Ich konnte fühlen, wie sie mich ausfüllten und die Leere, die eben noch wie ein gigantischer Krater in mir geklafft hatte, plötzlich fort war. Das Vakuum in mir war verschwunden und mit ihm dieses lethargische, melancholische Gefühl, das mich bleiern herunterzog.

Ich konnte zwar den Verlust, den der König der Unterwelt mir zugefügt hatte, spüren, aber nun nahm ich ihn eher als dumpfes Pochen war. Als Anreiz, der mich daran erinnern sollte, warum ich die Seiten gewechselt hatte.

Mein Blick glitt zu Kay hoch und ich verlor mich in seinen Augen. Ohne zu zögern oder auf meine Zustimmung zu warten, zog er mich an seine Brust.

„Was tust du nur mit mir?", hauchte ich und spürte ein Kribbeln überall dort, wo wir uns berührten.

Es war, als hätte er die Büchse der Pandora geöffnet und all die negativen Empfindungen strömten aus ihr heraus. Zurück blieb ich, weder Furie noch das, was man eine Dämonin nennen konnte. Ich wusste nicht, was ich war, aber Kay war in jeder Sekunde an meiner Seite.

„Küss mich", flüsterte ich und fixierte seine Lippen.

„Tisiphone, wir sollten nicht–"

„Doch, sollten wir!"

Die Distanz nicht länger ertragend, fasste ich in Kays Nacken und zog ihn zu mir herunter.

Seine Lippen streiften erst zögerlich die meinen, wurden dann aber drängender. Wir fanden zu unserem ganz eigenen Rhythmus und die Luft um uns herum lud sich statisch auf.

„Was ist mit Jack?", knurrte Kay, während ich ihn auf den Boden drängte und mich rittlings auf seine Hüfte setzte. Seine Frage ignorierend begann ich mich auf ihm zu bewegen, fuhr fort ihn zu küssen, seine Brust zu liebkosen und sein Shirt hochzuschieben, doch der Vampir packte nach meinem Handgelenk und hielt es fest. Mit aller Macht versuchte er, meinem sinnlichen Tanz Einhalt zu gebieten, doch ich war wie von Sinnen.

„Tisiphone, was ist los mit Euch? Man hat Euch eurer Flügel beraubt. Skip, Ann und Jack warten auf der anderen Seite darauf, dass Ihr sie rettet und wir ... wir–" Kay blickte verzweifelt auf unsere aneinander gepressten Hüften hinab und schaute enttäuscht zu mir auf, als würde er mich nicht erkennen. Ich konnte diesen erbärmlichen Anblick nicht länger ertragen. Dabei konnte ich nicht einmal genau sagen, ob es Kay war, der dieses abstoßende Gefühl in mir hervorrief oder mein eigenes wahnwitziges Verhalten, welches sich in seinem gequälten Gesichtsausdruck widerspiegelte.

Aggressiv und mit einer Wut im Bauch, die mich buchstäblich zu zerfetzen drohte, krabbelte ich von ihm herunter und erhob mich in einer eleganten, fließenden Bewegung von dem kalten Höhlenboden, auf dem wir es, wenn es nach mir gegangen wäre, längst getrieben hätten.

„Und was tun wir jetzt? Ich dachte, du willst mich?!"

„Das will ich, Tisiphone, aber ...", Kay atmete frustriert und schwer aus, „aber nicht so. Das seid nicht Ihr."

„Nicht so?", keifte ich und tigerte zornig auf und ab. „Wer bin ich denn, deiner Meinung nach? Die Furie in mir ist tot, Kay. Das heißt, das Einzige, was ich noch sein kann, ist eine Dämonin. Du musst dich schon mit dem Begnügen, was du kriegen kannst. Ich weiß, ich weiß", rief ich sarkastisch aus und hob ergeben die Hände, „das Karma ist ein mieses Dreckstück, oder? Da bekommst du endlich, was du seit jeher begehrst, deine geliebte Tisiphone, und alles, was von ihr geblieben ist, ist nur Schall und Rauch." Ich lachte bitter auf über die Ironie meiner Worte. „Was soll's. Du hast recht, wir haben eine Aufgabe zu erledigen. Machen wir uns gleich an die Arbeit. Dieser Ort hier ist trostlos und langweilt mich. Die Zeit ist dieses Mal eindeutig auf unserer Seite, denn wir haben die Ewigkeit, also lass uns loslegen. Ich weiß nämlich nicht, was ich mit dem Rest meines beschissenen Lebens oder besser gesagt, meines dreifach verkackten Todes anfangen soll!"

Die letzten Worte schrie ich dem Vampir entgegen und ohne auf eine Antwort von ihm zu warten, drehte ich mich um und verließ diesen traurigen, kalten Raum.

Ich hatte keine Ahnung, wo genau in der Unterwelt ich mich befand oder wie ich die Lücke in der Verteidigungsanlage Empyrions finden sollte, um auf die andere Seite zu wechseln.

Hoffentlich würde Kay mir folgen nach dem Drama, das ich eben in der Höhle veranstaltet hatte. Es war definitiv bühnenreif gewesen mit mir als Ober-Diva in der Hauptrolle.

Verdammt noch mal! Der Vampir hatte recht. Was war nur in mich gefahren?!

Als ich noch lebte, waren die Gefühle in mir übergelaufen und hatten mich komplett irrational handeln lassen. Nachdem ich gestorben war, hatte ich so gut wie gar nichts mehr gefühlt bis auf diese Wut und den Hass, weil meine Seele im Fegefeuer verbrannt wurde. Und nun, nachdem der König der Unterwelt die Furie in mir ausgelöscht und Kay mir seine Liebe eingeflößt hatte, war ich plötzlich wieder im Stande, ein Echo meiner vergangenen Emotionen zu empfinden. Wie war das möglich? In meinem Inneren herrschte so ein Chaos, es schien, als würde das Loch, welches meine Seele hinterlassen hatte, mit den Schatten der Vergangenheit Anarchie spielen.

Hatte Kay mir tatsächlich etwas von seiner Liebe eingeflößt, die diese Leere nun in mir ausgefüllt hatte, damit ich wieder klar denken konnte? Damit ich mich nicht mehr wie ein totaler Freak aufführte?

Ich hatte keine Ahnung. Das Einzige, dessen ich mir sicher war, war, dass ich Kay niemals wieder so benutzen durfte wie dort eben in der Höhle. Er liebte mich, hatte nie damit aufgehört. Auch nicht, als meine Entscheidung auf den Halbgott gefallen war und ich ihm den Rücken gekehrt hatte. Kay war immer da gewesen. An meiner Seite, um mich zu trösten, abzulenken, um mich zu beschützen. Und ich nutzte seine Gefühle für mich aus, um ein triebgesteuertes Bedürfnis zu befriedigen, das mich von meiner inneren Leere und Resignation ablenken sollte? Ich durfte so mit dem Vampir nicht mehr umspringen.

Von Selbsthass und Ekel erfüllt, raufte ich mir die Haare und zog meine Schneisen vor dem Eingang des Tunnels, der zu dem Loch führte, in das ich geworfen worden war, in der Hoffnung, Kay würde sich noch einmal blicken lassen.

Und tatsächlich, irgendwann stand der Vampir vor mir und musterte mich mit schiefgelegtem Kopf. „Geht es Euch gut, Tisiphone?"

„Bitte, Kay, nenn mich nicht so! Das bin ich nicht mehr."

Kay nickte verständnisvoll und ein Funke des Bedauerns huschte über seinen maskenartigen Gesichtsausdruck.

„Und stell mir bitte nicht mehr diese Frage. Es geht mir nicht gut und dir auch nicht, oder? Ich meine, wie erträgst du das alles hier? Wie ist es möglich, dass du etwas fühlen kannst? Und was hast du mit mir gemacht, damit ich wieder etwas empfinden kann? Wieso stehst du immer noch zu mir? Ich bin ein riesiges Miststü–"

„Tis- … Tess, bitte sprecht nicht so über Euch. Das habt Ihr nicht verdient!“

„Genau das meine ich! Wie kannst du mir gegenüber so freundlich und loyal sein, obwohl ich dich ständig als meinen Fußabtreter missbrauche? Ich hätte dich dort drin gerade fast gevögelt, nur um der beschissenen Realität zu entfliehen. Ich hätte dich aus purer Verzweiflung heraus erneut verletzt … Ich bin nicht gut für dich, Kay! Gott, ich schäme mich so!“ Ich wischte mir fahrig durch das Gesicht und legte den Kopf in den Nacken, in der Hoffnung, einen Funken, einen Lichtstreif am Horizont zu erblicken. Doch der Himmel war so dunkel wie einst und ich versank in Schuld und Selbsthass, die mich zu zerfressen drohten.

„Tess …“, murmelte Kay und trat auf mich zu, doch ich hob abwehrend die Hand und errichtete eine neue Mauer zwischen uns. Doch nicht nur zwischen ihm und mir, auch in meinem Inneren. Fahrig zusammengemeißelt sollte mich der Beton vor meinen stetig wachsenden Gefühlen abschirmen. Denn wenn ich sie zuließe, verlor ich womöglich den Fokus für meine Aufgabe. Ich musste mich konzentrieren!

„Lass uns das tun, weswegen wir hergekommen sind! Wir müssen den Halbgott und Empyrion retten.“

Kay nickte und schaute sich dann um.

„Weißt du, wie wir zurück in unsere Welt gelangen können?“, hakte ich nach und folgte seinem Blick.

„Was denkt Ihr, was ich gleich nach meinem Ausbruch getan habe?“ Kay schenkte mir sein charismatisches, sexy Grinsen und ich konnte auch meine Mundwinkel leicht zucken fühlen. Es war zu wenig, um es ein Lächeln nennen zu können, aber doch genug, um die

Finsternis für einen winzigen Augenblick zu vertreiben. Mehr brauchte es nicht und mehr konnte man von einem Freund auch nicht verlangen. Es war genug. Mehr als genug. Ausreichend, um die wichtigste aller Missionen in Angriff zu nehmen. Denn deswegen war ich hier, aus diesem Grund war ich gestorben. Und das sollte nicht umsonst gewesen sein!

Kay und ich gelangten ohne Aufsehen zu erregen zur Grenze nach Empyrion und liefen diese ab, bis wir eine der Sicherheitslücken im Verteidigungswall Empyrions fanden. Diese waren auf den ersten Blick nicht zu erkennen, auch bei genauerem Hinsehen waren sie kaum auszumachen. Es war mehr so ein Gefühl, das uns zu der richtigen Position lenkte. Es war schwer zu beschreiben, aber tatsächlich konnte ich den Schlüssel zur Freiheit in mir spüren, als ich mit der Hand ganz leicht über die Mauer strich. Es war wie eine Art Sog, der mich zu sich zog und wie ein Bann zu wirken schien. Ähnlich einem Portal, durch das wir in die Menschenwelt reisten. Genauso war es hier.

Ich schloss die Augen und atmete tief durch, während ich mich mit meinem ganzen Körper gegen die kalte Mauer lehnte. Meine Handflächen, meine Stirn, meine Brust, die Spitzen meiner Kampfstiefel berührten den kalten, unnachgiebigen Schutzwall, der von so vielen Zaubern verstärkt wurde. Und noch ehe die Luft, die ich nun nicht mehr zum Leben benötigte, meinen Körper wieder verlassen hatte, spürte ich eine Veränderung in der Atmosphäre um mich herum. Sie schien sich auf- und dann wieder zu entladen. Als würde man aus der Antarktis in ein tropisches Klima reisen und von dieser warmen, erstickenden Wand umgeworfen werden. Plötzlich spürte ich nicht länger den kalten Widerstand und die pulsierenden Zauber an meiner Stirn und meinen Händen. Vorsichtig, mit einer fast schon optimistischen Erwartungshaltung, öffnete ich langsam die Augen. Und da war sie, die Skyline von Black York. Wir hatten es tatsächlich geschafft und die Lücke im Verteidigungswall gefunden. Wir waren wieder zu Hause.

Doch so sehr ich diesen Triumph auskosten wollte, so sehr schmerzte mich der Anblick meiner Heimatstadt. Denn das, was von Black York übrig geblieben war, glich mehr einem Trümmerfeld denn einer Stadt.

Kapitel 33

Ich konnte die Black Bridge erkennen, deren skelettartige Überreste über dem Hudson River thronten, der sich durch die nun zerstörte Stadt schlängelte. Viele Gebäude wurden durch die Feuer, die in ihnen wüteten, hell erleuchtet und stießen ihre letzten Atemzüge in schwarzen Rauchsäulen in den Himmel hinauf. Schutt und Asche regnete auf die Straßen nieder, dessen Anblick mich brutal zurück in meine letzten Stunden als Furie katapultierte.

Ich erinnerte mich daran, wie ich zwischen all den Trümmern zusammen mit Skip zur Grenze der Menschenwelt gehetzt war. Wie Kays Asche sich in den Hallen der Black Company verteilt hatte und mein Herz für eine Sekunde aufgehört hatte zu schlagen, als ich realisierte, dass ich einen meiner ältesten Freunde verloren hatte.

Etwas sträubte sich in mir, auf meine Heimatstadt zuzugehen. Der nachkriegsähnliche Zustand, in dem Black York sich nun befand, ließ mich erschaudern. Die Skyline, die sich für mich sowohl in Black York als auch in New York immer nach zu Hause angefühlt hatte, existierte nicht mehr. Die Apokalypse, die hier stattgefunden hatte, rief mir einmal mehr in Erinnerung, warum ich hier war.

Ich blickte zu Kay und wünschte, ich könnte dieser tiefen Trauer, die in meinem toten Herzen anschwoll, irgendwie Ausdruck verleihen. Doch so sehr mich der Anblick meiner Stadt auch verstörte, wurde das Gefühl dennoch gedämpft. Als würde jede Emotion durch eine Art Filter laufen und bei mir kämen nur die letzten Überbleibsel des grundlegenden Gefühls an. Es war, als wäre in mir eine Schale genau dort platziert worden, wo einst meine Seele gehaust und ein riesiges Vakuum hinterlassen hatte, doch diese Schale war so klein, dass all die bunten, facettenreichen Emotionen dort keinen Platz finden konnten. Damit die Schale nicht überlief, konnte also immer nur ein kleiner Bestandteil eines jeden Gefühls dort hineinlaufen und genau so nahm ich die Welt um mich herum nun wahr. Es kam mir vor, als wäre ich nicht mehr in der Lage, die vollen Ausmaße einer jeden Emotion ertragen zu können, und das war die Art, wie mein Verstand mich vor ihnen schützte.

Auch wenn es nicht viel war, so war ich doch dank Kay in der Lage, überhaupt etwas zu empfinden und diese Gefühle, mochten sie noch so abgestumpft sein, wollte ich lernen zu achten wie jede einzelne Sekunde meines früheren Lebens.

„Es ist alles zerstört", stellte ich überflüssigerweise fest und schaute wieder zur Stadt hinüber.

„Das hättet Ihr nicht verhindern können, Tisiphone."

„Das ist nicht wahr und das weißt du auch. Mein idiotisches Herz hat uns da reingeritten. Vielleicht ist es gut, dass es nicht mehr da ist, damit ich nicht noch eine so dämliche Entscheidung wie diese hier treffe." Ich deutete auf Black York und schaute dann wieder den Vampir an. „Wollen wir?"

Kay nickte.

Als wäre ich im Wesenskern immer Dämonin gewesen, verwandelte ich mich mit einer Selbstverständlichkeit in den mir so verhassten schwarzen Rauch und flog mit Kay an meiner Seite auf die Stadt zu.

Wir zogen schwarze Schlieren über den dunklen Himmel und wäre es nicht so finster gewesen und hätte der Rauch der immer noch brennenden Gebäude die ganze Stadt nicht in eine Smogglocke verwandelt, wären die Bewohner sicherlich schreiend in Deckung gegangen. Inzwischen mussten alle Wesen wieder aus der Menschenwelt zurückgekehrt sein.

Froh noch am Leben zu sein, liefen die Empyrianer durch die Straßen, die erfüllt waren von ihren Schluchzern über die Zerstörung ihrer Heimat, aber auch von ihrem Lachen und dem freudigen Gesang des Sieges – wenn man es denn als Sieg bezeichnen konnte.

Es wunderte mich nur, dass nicht schon längst mit dem Wiederaufbau der Stadt begonnen worden war. Vielleicht erholten sich die Empyrianer noch von dem Schock und suchten nach Überlebenden.

Oder Jack vernachlässigte seine Pflichten als Oberhaupt der Streitkräfte nun gänzlich und vergnügte sich in aller Ruhe mit Amanda, während die Stadt zu seinen Füßen brannte.

Ich fürchtete, die zweite Erklärung war um einiges wahrscheinlicher.

Wir landeten vor der Black Company, die diese Schlacht verhältnismäßig gut überstanden hatte. Sie stand immerhin noch. Drinnen sah es schon anders aus. Die Eingangshalle glich einem Kriegsschauplatz, man konnte kaum glauben, dass die Mauern drum herum überhaupt noch standhielten.

Als wir diese durchschritten und der Schutt und das Geröll unter unseren schweren Stiefeln knirschte – von dem Marmorboden war so gut wie nichts mehr zu sehen – blieb Kay plötzlich stehen. Sein Blick glitt zu Boden, genau an der Stelle, wo Jack ihn vernichtet hatte.

„Ich war Jack Pers nie sonderlich zugetan, aber ein guter Anführer war er dennoch, zumindest bis ...“

„Man ihm eine Gehirnwäsche verpasst hat? Dem kann ich nur zustimmen.“

Ich trat an die Seite des Vampirs und schaute mit ihm zusammen auf den dreckigen Boden hinab.

„Es ... tut mir leid, dass ich dich nicht retten konnte“, flüsterte ich leise und spürte eine abgestumpfte Variante des Schmerzes über den Verlust meines Freundes in mir emporkriechen. Auch wenn er hier neben mir stand, es war doch etwas anderes. Ich hätte Kay lieber als Vampir an meiner Seite gewusst denn als Dämon, der er nun war. Ich hätte es mir für ihn gewünscht. Ich konnte nur erahnen, wie es für Kay gewesen sein musste, den Vampir in seinem Inneren zu verlieren. Wenn es nur ansatzweise so schmerzhaft gewesen war wie die Furie sterben zu fühlen, konnte ich gut nachempfinden, wie es meinem Freund gerade erging.

„Lasst uns das Ganze endlich beenden, Tisiphone.“

Ich drehte Kay zu mir, sodass wir uns gegenüberstanden und blickte ihm tief in die Augen. „Ich verspreche dir, wenn ich Jack nicht von dem Fluch befreien kann, dann werde ich ihn für dich vernichten. Das schulde ich dir.“

„Tisiphone, ihr liebt diesen Halbgott, das würde ich nie von Euch verlangen. Mir steht nicht der Sinn nach Rache. Ich möchte Empyrion in Sicherheit wissen.“

„Das möchte ich auch. Aber ich schulde dir ein Leben, Kay, und ich begleiche immer meine Schuld!“

Kapitel 34

Wir wagten uns an den Aufstieg der vielen Treppen bis hinauf in die Chefetage und wäre es mir nicht aus dem Leib gebrannt worden, hätte ich schwören können, dass mein Herz in einem wilden Rhythmus danach verlangte, auf der Stelle zu explodieren. Alles in mir schrie danach, die Hexe Amanda endlich zu Fall zu bringen. Ich hörte statisches Rauschen in meinen Ohren und ein beständiges Knacken, welches mich daran erinnerte, unter wie viel Druck ich stand. Ich hatte keine Ahnung, was uns dort oben in Jacks Büro erwarten würde. Ich konnte nur hoffen, dass wir von dessen Ausgang profitieren würden, egal, was geschehen würde. Ansonsten wäre alles umsonst gewesen.

Mit jeder Stufe, die ich betrat, tauchte eine weitere Erinnerung an Jack in meinem Geiste auf. Momente aus der Zeit, als wir Partner waren und unsere Beziehung auf blinder Loyalität und Vertrauen basierte. Wir konnten uns aufeinander verlassen und mussten niemals die Handlungen des anderen hinterfragen. Wie sehr ich mich nach dieser Zeit zurücksehnte, auch wenn die Leidenschaft damals noch nicht zwischen uns entflammt war, zumindest von seiner Seite aus. So viele tragische Entscheidungen waren seit damals getroffen worden. Die Ausrottung des Werwolfrudels, meine Flucht in die Menschenwelt, Jacks Folter, der Dämonen-Deal, mein erneutes Verschwinden auf die andere Seite ... Keiner von uns konnte die in der Vergangenheit getroffenen Entschlüsse rückgängig machen. Und das Vertrauen ... Wir wären heute nicht einmal in der Lage, uns gegenseitig den Rücken zuzukehren, weil wir befürchten müssten, das Messer des anderen zu spüren zu kriegen. Unsere Gefühle waren vergiftet von Misstrauen und Hass, wie konnte daraus jemals wieder eine auf Augenhöhe basierende Beziehung entstehen? Vermutlich nie und das war vielleicht auch besser so, denn die Hoffnung auf eine gemeinsame Zukunft war zur Utopie geworden. Ich war tot und er war lebendig. Jack war ein Halbgott, dazu erschaffen, die Menschen zu beschützen, ich eine Dämonin und somit sein ärgster Feind. Wir standen nun auf zwei unterschiedlichen Seiten. Abgesehen davon ... glaubte ich nicht, dass ich je wieder so für ihn empfinden könnte wie damals. Nicht in meinem derzeitigen Zustand. Doch da Totes normalerweise nicht wieder lebendig wurde, war diese Gedankenspirale, in der ich mich unablässig um dieselben Fragen drehte, obsolet. Es gab keine Zukunft für Jack und mich, nicht in diesem Leben oder danach.

Stufe für Stufe erklommen wir die Black Company. Ein jeder von uns hätte sich in den schwarzen Rauch verwandeln können. Wir wären innerhalb kürzester Zeit ganz oben gewesen, aber die Selbstgeißelung, die wir uns mit jeder weiteren Treppenstufe auferlegten, war unsere Art der mentalen Vorbereitung auf das, was uns dort oben erwarten würde. So hatten wir mehr Zeit, um den Ablauf in unseren Köpfen wieder und wieder durchzuspielen.

Immerhin brannten meine Oberschenkel nicht mehr. Es gab keine Muskelkontraktionen, die ich hätte spüren können, und irgendwie hatte dieser Treppenaufstieg auch etwas Beruhigendes. Und ja ... vielleicht verabschiedeten wir uns auch mit jeder Stufe von unserem alten Leben, denn sobald diese Mission erfüllt war, würden wir nicht wieder nach Empyrion zurückkehren.

Als wir das oberste Stockwerk erreichten und uns vor der imposanten, geschlossenen Doppeltür zu Jacks Büro wiederfanden, tauchten unweigerlich die Erinnerungen an die vielen Male auf, als ich vor diesen Flügeltüren gestanden hatte.

Standpauken von Cole Black hatte ich mir hier abgeholt, Verwarnungen, Drohungen, sogar das eine oder andere Lob. Ich hatte genau hier gestanden, als ich mein altes Leben zurückgelassen hatte und ein neues Leben beginnen wollte. Zusammen mit Jack. Unsere Zukunft hätte hinter diesen Türen beginnen können, doch genau dort war sie auch von ihm wieder zerstört worden. Als er meine Seele, meine Würde und mein Herz auseinander gerissen und mir jeglichen Glauben an uns genommen hatte.

Aus alter Gewohnheit atmete ich tief durch, obwohl meine Lungen längst nicht mehr auf den Sauerstoff angewiesen waren, und schob die Türen schwungvoll auf.

Dieses Mal musste ich mir keine Maske zulegen, die den Gefühlsaufruhr in meinem Inneren versteckte, denn keine einzelne Regung würde in meinem Gesicht zu erkennen sein. Kein emotionales Chaos, nur ein stetiger, ruhiger Strom ohne größere Ausschläge lief in meinem Inneren auf Endlosschleife.

Als ich den Raum betrat, wurde mein Blick wie magisch von dem Halbgott angezogen, der hinter dem kolossalen Schreibtisch saß, Amanda neben sich locker an seinen Stuhl lehnend.

„Tess!", schrie Ann, die ich überhaupt nicht wahrgenommen hatte und sich schon auf mich stürzen wollte, als ich ihr einen drohenden Blick zuwarf, der sie wie angewurzelt an Ort und Stellen innehalten ließ.

„Was zum ... Skip hat gesagt, du seist tot. Oh Gott, Tess, es tut so gut, dich zu sehen. Du lebst! Ich kann es nicht glauben, wir dachten, wir hätten dich verloren. Skip verdammt, warum hast du mir so einen Scheiß erzählt, hat dir niemand beigebracht, dass man damit keine Scherze macht oder ist das so eine makabre Art von euch Empyrianern?", zeterte Ann und wandte sich mit ihren letzten Worten an den Gestaltwandler.

Skip allerdings starrte mich nur mit einem verbitterten und aufgelösten Ausdruck im Gesicht an, bevor sein Blick weiter zu Kay wanderte. Er hatte bereits begriffen, dass Ann gänzlich falsch in ihrer Annahme lag. Denn sie hatten mich längst verloren.

Verdammt, ich hatte nicht damit gerechnet, dass sich die beiden ebenfalls hier befinden würden. So sollten mich meine Freunde nicht sehen. Kalt, erbarmungslos und ... tot.

„Würdest du diese Zivilisten aus deiner Festung der Zerstörung entfernen lassen? Wir müssen reden", wandte ich mich an Jack, der mich seinerseits eindringlich musterte. Ich konnte eine Nanosekunde so etwas wie Überraschung in seiner Mimik aufblitzen sehen, allerdings verschwand diese sofort wieder und machte unverhohlener Schadenfreude Platz. Ich hätte mich am liebsten übergeben, denn dieser Blick verursachte in mir eine solche Übelkeit, als hätte ich verfaulte Eier gegessen, die vorher von einer toten Katze ausgeschieden worden waren.

Jack stand nicht einmal von seinem Thron auf, er winkte lediglich mit seiner rechten Hand und Skip und Ann wurden sofort aus dem Raum geschleift. Entsetzt wandte sich meine beste Freundin an mich und bettelte um Hilfe, doch ich ignorierte sie. Ich konnte mich jetzt nicht mit ihr befassen.

Als nur noch der Halbgott, diese Schlampe von einer Hexe, Kay und ich im Büro waren, schlossen sich die schweren Türen wie von Zauberhand und Jack richtete das Wort an mich.

„Du bist also wieder zurück", stellte er mit einem arroganten Zähnefletschen fest.

„Sie ist eine Dämonin", zischte Amanda, und während ich sie mit schiefgelegtem Kopf beobachtete, wand sich die Hexe unangenehm unter meinem stechenden Blick, was mir ein tierisches Vergnügen bereitete.

„Ebenso wie unser alter Freund. Schön, dich wiederzusehen, Kay. Ich gebe gerne eine erneute Vorstellung zum Besten, wenn du verstehst, was ich meine." Jack feixte und drehte mit Schwung einen silbernen Dolch, der vor ihm auf dem monumentalen Schreibtisch lag. Während die Waffe dort rotierte, ließ sich der Halbgott bequem tiefer in seinen Chefsessel sinken und grinste uns hämisch an. „Wie wäre es mit einem Drink? So jung wie heute kommen wir nie wieder zusammen."

„Kommen wir auf das ‚nie wieder' zu sprechen, dieser Teil gefällt mir viel besser", knurrte ich.

Jack erhob sich in Zeitlupe von seinem Stuhl und ließ mich währenddessen nicht eine Sekunde aus den Augen, ganz so, als befürchtete er, ich würde mich jederzeit auf ihn stürzen.

Das hätte vielleicht die Furie getan, doch nun war ich ausgeglichen, ließ mich nicht mehr von Gefühlen leiten und handelte taktisch und stringent. Wenn ich zum Schlag ausholen würde, dann würde dieser auch zielführend sein.

„Weißt du, Furie, es hat mich fast getroffen, dich so leblos am Boden zu sehen." Jacks Augen wanderten von oben nach unten über meinen Körper und über seine Lippen drang ein leises Stöhnen. „Dieser wunderschöne Körper und dieses Feuer", der Halbgott formte die Hand zur Faust und biss sich auf die Lippe, „Gott das habe ich vermisst. Ich wollte dich unbedingt noch einmal besitzen. Und wie das Schicksal es so will, stehst du erneut vor meiner Tür. Bereit und willig, so ist es doch oder, Tisiphone?"

Ich spürte ein Echo des Ekels, dass die Furie seit der Vergewaltigung in Gegenwart dieses Mannes empfunden hatte und konnte ihren Drang, sich am liebsten die Haut abzuziehen, um sie gründlich zu reinigen, gut nachvollziehen. Und einmal mehr wurde mir bewusst: Auch wenn die Dinge anders lägen, könnte ich diesen Mann niemals wieder lieben! Nicht nach allem, was er gesagt, nach all dem, was er getan hatte.

„Weißt du, Jack", ich ging langsam auf den Schreibtisch zu und stützte mich mit den Händen darauf, während ich ihn mit schiefgelegtem Kopf musterte, „jetzt, wo ich dank des Fegefeuers, in das du mich katapultiert hast, nicht mehr eine rosarote Brille aufhabe, wenn ich dich ansehe, erkenne ich all die Makel und die Hässlichkeit, die dich entstellen. Und glaub mir, auch wenn du der letzte Mann auf Erden wärst, für dich würde ich trotzdem nicht die Beine breit machen. Bilde dir bloß nichts ein. Du bist bei Weitem nicht so gut wie du denkst." Ich grinste spöttisch, ließ mein Gesicht kurz darauf aber wieder zu Stein erstarren. „Abgesehen davon, so schön es auch ist, dich wieder zu sehen ...", ich machte eine demonstrative Pause, um meinen Gesprächspartnern die Abstrusität meiner Worte zu verdeutlichen, „bin ich nicht deinetwegen zurückgekommen."

Mein Blick wanderte von Jack zu Amanda, die mich aus panischen Augen heraus anstarrte. „Du weißt, warum ich wirklich hier bin, nicht wahr, Miststück?", wandte ich mich direkt an die Hexe und der verblüffte Ausdruck, der über Jacks Gesicht huschte, war der beste Anblick seit Wochen.

„Bringen wir es zu Ende!" Ich drehte mich zu Kay um und deutete mit einem Kopfnicken auf Jack, damit er den Halbgott im Auge behielt. Dann wandte ich mich wieder Amanda zu und bewegte mich langsam in ihre Richtung.

„Ich habe alles, wirklich alles aufgegeben, um hierher zu gelangen! Weißt du, was es heißt, Opfer zu bringen, Amanda? Hast du jemals nicht aus Eigennutz gehandelt? Hast du je an jemand anderen als an dich selbst gedacht?"

„Was wird hier gespielt?", fragte Jack drohend und schaute immer wieder zwischen Kay und mir hin und her, offensichtlich unsicher, wer von uns beiden die größere Bedrohung für ihn darstellte.

„Was ist, du kleines Biest? Hast du es nicht einmal deinem Sugardaddy hier gesagt?" Ich lachte boshaft auf und legte den Kopf in den Nacken, bevor ich wieder die Hexe fixierte.

„Oh Jack, das muss ein Schlag unter die Gürtellinie sein. Ich meine, sie fickt dich, sie ist deine engste Beraterin, verhilft dir zur Macht und erzählt dir nicht ihre größte Schwachstelle? Ich dachte, ihr beide seid so vertraut miteinander?"

Ich schaute kurz rüber zu Jack und dann wieder zu Amanda.

Ich hatte den Abstand zwischen uns mit einem ausholenden Schritt weiter verringert und drang nun in den persönlichen Bereich der Hexe vor. Jetzt konnte sie mir nicht mehr ausweichen. Gleich würde sie in die Falle tappen. Sie war wie ein eingesperrtes Tier in seinem Käfig. Mit Gitterstäben ausgeschlossen von der Welt. Und so würde sie auch sterben – wie ein verdammtes Tier im Käfig!

„Amanda, Amanda, Amanda. Ich glaube, du solltest dringend deine Intentionen hinterfragen, Süße. Ich meine, du vertraust Black dein größtes Geheimnis an, einem Menschen? Aber dem Halbgott verheimlichst du es? Er hätte dich beschützen können, wenn du es zugelassen hättest. Das nennt man dann wohl aufs falsche Pferd setzen."

Oh, der Triumph über die Erkenntnis, dass Amanda sich ihrer Sache so sicher gewesen war, dass sie es nicht für nötig gehalten hatte, irgendeine Art von Schutzmaßnahmen zu treffen, machte meine Rache umso süßer. Die Furie in mir war zwar gestorben, aber ich konnte immer noch einen Hauch der tiefen Befriedigung in mir widerhallen fühlen, die mit der Rache an meinen Feinden einherging.

Als ich direkt vor der Hexe zum Stehen kam und in ihre verängstigten Augen sah, spürte ich, wie die Macht der Unterwelt in meine Arme bis in meine Finger schoss und mich einhüllte wie in einen schützenden Mantel. Es war nicht wie zu meinen Lebzeiten, als ich Rache an allem und jedem übte, der sich mir in den Weg stellte. Die Macht, die mich nun durchströmte, war rein … dunkel und erbarmungslos.

Die Genugtuung angesichts der Panik in den Augen der Hexe erfüllte mich auf eine Art und Weise, wie es kein vergangener Rachefeldzug je gekonnt hätte.

Moral und Vergebung spielten keine Rolle mehr, das Bild, welches meine engsten Vertrauten von mir hatten, war nicht länger wichtig für mich.

Das hier war die reine, ungeschönte Form der Rache bis auf ihre grundlegendste Form niedergebrochen. Und ich fühlte sie, in jeder Vene, jeder Zelle meines Körpers.

„Wenn ich noch Tisiphone, die Furie, wäre, dann hätte ich dich jede Facette des Schmerzes spüren lassen, den ich dank dir erdulden musste – physisch wie seelisch. Ich hätte dich in deinen Qualen tanzen lassen, die Schmerzen hätten Tage, vielleicht sogar Wochen angedauert. Du hättest mich bereits nach wenigen Sekunden um Gnade angefleht und deine Reue herausgeschrien, nur damit es endlich aufhört. Doch keine Reue dieser Welt und wäre sie noch so groß gewesen, hätte dich vor meiner Rache bewahren können. Du hast Glück, die Furie existiert nicht mehr. Oder sollte ich besser sagen zu deinem Pech?" Mit schiefgelegtem Kopf fixierte ich Amanda. „Wir beide wissen, dass ich dir in Gestalt der Furie nichts hätte anhaben können. Als Dämonin hingegen ..." Ich grinste mein Gegenüber mit einem bedrohlichen Zähnefletschen an und verwandelte mich vor ihren Augen in schwarzen Rauch.

Amanda reagierte schnell. Sie hob ihre Hände und griff in meine Richtung, es war, als könnte sie den Rauch, meine Quintessenzen, kontrollieren. Ich verwandelte mich zurück, doch genau darauf schien sie es abgesehen zu haben. Sobald ich mich wieder materialisiert hatte, packte sie meine Kehle und drückte zu. Ich holte aus und schlug der Hexe meine Faust ins Gesicht. Amanda taumelte zurück und ließ von meinem Hals ab, nur um ihre Hände zu heben und mich mit ihrer magischen Kraft mit aller Wucht gegen die nächste Wand zu schleudern.

„Verdammt, das ist besser als Pay-TV. Auf wen würdest du setzen, Kay? Ich hatte sie beide und im Bett ist Tess immer noch der beste Fick meines Lebens! Und ich wette, ich bin auch ihrer. Fuck, wie ich es vermissen werde, sie zu nehmen." Jack leckte sich lüstern über die Lippen, während Kays Nasenflügel sich zornig aufblähten.

Mit vor Wut zerfurchter Stirn sah ich in Jacks Richtung und erkannte diesen geifernden Ausdruck in seinem Gesicht, der nur so vor Blutgier triefte. Das widerliche Grinsen, das der Halbgott Kay zuwarf, hätte mich fast zum Würgen gebracht, doch Kay reagierte nicht einmal darauf. Er hatte seine Kampfhaltung eingenommen und war voll auf mich fixiert, um jederzeit eingreifen zu können, sollte ich seine Hilfe benötigen. Selbst aus dieser Entfernung konnte ich erkennen, dass sein Körper wie ein Bogen gespannt war und seine Muskeln nur darauf warteten, zum Einsatz zu kommen.

Als ich einen kräftigen Tritt in die Magengegend bekam, der mich auf den Boden sacken ließ, verfluchte ich mich für den Moment der Unachtsamkeit, in dem ich lieber meinen Freund betrachtet hatte, als die Hexe im Auge zu behalten.

Amanda machte eine winzige Bewegung mit ihren Händen und ihre Magie ließ mich einmal quer durch das Büro fliegen und mit einem lauten Knacken gegen das Panorama-Fenster knallen, an dem ich herunterrutschte.

„Tisiphone, ich kann Euch helfen!", rief Kay verzweifelt und wollte schon auf Amanda zuspringen, als ich ihn am Arm packte und zurückzerrte.

„Sie gehört mir", knurrte ich und stürzte mich in schwarzen Rauch gehüllt wieder auf Amanda. Ich raste mit Höchstgeschwindigkeit auf sie zu, und kurz bevor ich bei ihr war, nahm ich wieder meine feste Gestalt an, um sie mit einem gezielten Tritt gegen die Brust zu Fall zu bringen. Und dieses Mal landete ich einen Volltreffer.

Hart schlug die Hexe auf den Boden auf und ich setzte mich rittlings auf sie. Schnell fixierte ich ihre rudernden Arme mit meinen Knien auf dem Boden und schaute auf meine Feindin herab. Amanda versuchte mit aller Macht, ihre Arme wieder unter meinen Beinen hervorzuzerren, doch ich war einfach zu stark. Wispernd bewegten sich ihre Lippen, doch ohne die ausführenden Bewegungen ihrer Hände konnte sie mit ihrer Magie nichts ausrichten. Mit einem siegesgewissen, spöttischen Lächeln schaute ich auf die Hexe herab.

„Rieche ich da etwa Angst, Amanda? Oh, das hätte meiner Furie gefallen. Nichts roch sie lieber, weißt du? Deinetwegen habe ich sie verloren. Deinetwegen musste ich mich umbringen lassen. Deinetwegen bin ich dazu verdammt auf ewig in der Unterwelt zu existieren und das alles nur, weil du die Finger nicht von den Oberhäuptern der Black Company lassen konntest. Ich meine, was stimmt nicht mit dir? Musstest du dich wirklich jedes Mal hochschlafen? Hast du keinen Stolz, Amanda? Schaffst du es nicht aus eigener Kraft an die Spitze? Ich meine, du bist halb Hexe, halb Dämonin, du könntest alles schaffen, wenn du es nur wolltest, dazu brauchst du keinen Mann."

Amanda blickte verständnislos zu mir auf und auch Jack, der von Kay in Schach gehalten wurde, jetzt da klar war, wer von Amanda und mir als Siegerin aus diesem Kampf hervorgehen würde, schien völlig perplex.

Für sie mochte es scheinen, als würde ich der Hexe gerade ein längst überfälliges Coaching verpassen, tatsächlich sprach aber die Feministin aus mir.

„Tja, dafür ist es nun zu spät. Vielleicht hätten wir Freundinnen werden können, wenn du dich nicht wie eine supermanipulative Bitch aufgeführt hättest ... Stattdessen wird es mir ein Vergnügen sein, dich endgültig zu vernichten. Kleiner Tipp fürs nächste Leben", ich beugte mich über die Hexe, und brachte meine Lippen ganz nah an ihr Ohr, „vergreif dich niemals an dem Mann einer Furie!"

Und mit diesen geknurrten Worten stieß ich meine aus schwarzem Rauch bestehende Hand in den Brustkorb der Hexe und umfasste ihr mickriges, kaltes Herz.

Ich drückte zu, so fest ich konnte, bis ich spürte, wie es in meiner Hand zum letzten Mal schlug und dann ... einfach so ... in sich zusammenfiel.

Ich sah die Verblüffung und die Erkenntnis über ihren Untergang in den Augen der Hexe. Wilde Panik und Todesangst nahmen von ihr Besitz und ein stummer Schrei riss ihren Mund so weit auf, dass sich ihr hübsches Gesicht in eine Maske des Grauens verwandelte. In diesem Moment dematerialisierte ich mich und drang durch ihre Mundhöhle in Amandas Körper ein. Ich breitete mich von den Windungen ihres Gehirns bis hinab in die Zehenspitzen aus, erfüllte jede kleinste Zelle ihres Wesens und gab ihrem Körper den letzten Stoß, der ihn über den Rand der Todesklippe springen ließ. Ich konnte fühlen, wie die Organe, Muskeln, Sehnen, Zellen und Moleküle unter meiner Kraft erzitterten und sich nach und nach in nichts auflösten.

Es war wie einmal mit den Fingern zu schnippen und das halbe Universum auszulöschen! Einfach so hatte ich die böse Hexe des Westens vernichtet.

Die Hexe fiel weder in sich zusammen, noch löste sie sich wie Kay in Asche auf. Nein, sie verschwand einfach! Als wäre sie niemals da gewesen und hätte nie existiert!

Mit einem grimmigen Lächeln materialisierte ich mich an genau der Stelle, wo Amanda sich gerade noch unter mir gewunden hatte, und klopfte meine Hände wie nach einem harten Arbeitstag ab.

„Ding-Dong, die Hex' ist tot!"

Kapitel 35

Ich wünschte, ich könnte sagen, dass mit dem Tod der Hexe auch die Finsternis verschwand, die Wolken aufrissen und die Sonnenstrahlen sich durch die schwere Decke kämpften, um auf uns herabzuscheinen. Doch so war es nicht.

In Empyrion schien die Sonne nicht und die Dunkelheit, die schon so sehr Teil meiner Welt war, würde nun nie wieder aus meinem Leben verschwinden.

Als ich vom Boden aufblickte und mich in dem gigantischen Büro umsah, schien zunächst alles wie noch vor wenigen Sekunden zu sein. Kay war immer noch Kay, der mich mit einem grüblerischen, besorgten Ausdruck im Gesicht musterte. Der Schreibtisch verachtete uns weiterhin und das Feuer im Kamin knisterte unbeirrt leise vor sich hin.

Alles stand stumm und still da, genau wie zuvor, nur eine Person schien hier deplatziert zu sein – Jack Pers.

Hatte er eben noch die kalte, abschätzende Maske zur Schau getragen oder mich mit geifernden Blicken taxiert, so schien er nun wie eine veränderte Version seiner selbst zu sein.

Es musste in eben jener Nanosekunde geschehen sein, in der ich das Herz der Hexe zerquetscht hatte – das unmittelbare Erwachen von Jack Pers.

Ich blinzelte erneut, ungläubig, fassungslos, gespannt, der Augenblick schien nicht enden zu wollen, doch da stand er, mein Halbgott. Nein, nicht länger mein Halbgott, aber gewiss auch nicht mehr Amandas.

„Tess? Was zum ..." Jack drehte sich zu Kay, der ihn an der Schulter gepackt hatte, in Erwartung, dass Jack sich auf mich stürzen würde. Um was zu tun? Amanda zu rächen? Mich zu umarmen? Sich zu bedanken dafür, dass ich ihn befreit hatte, wie ich es ihm versprochen hatte? Mit keiner dieser Möglichkeiten käme ich zu diesem Zeitpunkt gut zurecht.

Alles schien sich in mir zu sträuben, die anfängliche Aufregung war wie weggeblasen und nun rammte mir die Realität ihre Faust in den Magen.

„Was ist hier passiert, was ist los? Was machst du hier, Tess? Ich dachte du–"

„Hast du eine Ahnung, was passiert ist, Jack? In den letzten Tagen, Wochen, Monaten?" Ich wollte ihn nicht so rüde unterbrechen, das wollte ich ehrlich nicht. Aber ich konnte mir sein verzweifeltes Nachfragen, die Hilflosigkeit und die damit einhergehende Erbärmlichkeit einfach nicht länger anhören. Es war, als würden meine Augen doppelt sehen, ich konnte diese zwei Persönlichkeiten von Jack nicht mehr auseinanderhalten.

„Wochen? Monate? Wovon sprichst du, verdammt? Fuck, Tess. Du wolltest unbedingt den Auftrag in der Menschenwelt und jetzt stehst du hier vor mir, anstatt dich um die Unterkünfte der Empyrianer zu kümmern. Was ist passiert? Warum bist du schon wieder zurück? Soll ich jemand anderen für die Mission einsetzen?" Schwer atmend und sichtlich in Aufruhr schaute Jack finster von mir zu Kay und wieder zurück.

„Kay", wandte ich mich an unseren Freund und versuchte, Jacks funkelnden Blicken auszuweichen, „würdest du bitte Skip und Ann holen? Ich würde sie vor unserem Aufbruch gerne noch einmal sehen. Ich bring Jack währenddessen auf den neusten Stand."

Kay nickte zur Antwort und verließ zügig den Raum. Die Türen fielen hinter ihm krachend ins Schloss. Ein Déjà-vu aus einem – buchstäblich – längst vergangenen Leben schob sich vor mein geistiges Auge und ich legte erschöpft den Kopf in den Nacken, um die Bilder zu vertreiben.

„Tess, was ist hier los? Warum lässt du nach dem Gestaltwandler und der Sirene schicken, sie sind doch mit dir nach New York gegangen? Verflucht, was läuft hier?" Jack raufte sich die Haare und schaute aus dem großen Panoramafenster der Black Company. Großer Fehler!

„FUCK!" Der Halbgott stolperte einige Schritte rückwärts und fiel zu Boden.

Ich hätte Mitleid empfinden sollen, ja wirklich. Für ihn brach gerade eine ganze Welt zusammen, doch alles, was ich fühlte waren Ekel und Verbitterung.

„Tess", hauchte Jack verzweifelt und blieb wie ein zusammengesunkenes Häufchen Elend auf den Marmorfliesen sitzen.

Ich ging langsam zum Fenster und lehnte mich dagegen, um unsere zerstörte Stadt zu betrachten.

„An was kannst du dich noch erinnern?"

„I-ich ... Du bist zusammen mit Skip und Ann in die Menschenwelt gegangen, um ..." Jack stockte und sah zu mir auf.

„Um?", hakte ich tonlos nach.

„Um unseren Rückzug aus Empyrion zu sichern, aber ich glaube, du wolltest Abstand zu mir gewinnen. Vor deinen Gefühlen fliehen. Deinen Gefühlen, die du mir gegenüber empfunden hast …“

Ich schnaufte spöttisch, wagte es aber nicht, mich zu dem Halbgott umzudrehen.

„Und weiter nichts?“

„Du … Ich meine mich daran zu erinnern, dass du einmal hier gewesen bist, das muss erst vor Kurzem gewesen sein, bevor der Kampf …“ Jack sah wieder zum Fenster hinaus. „Was ist nur passiert? Wie konnten die Dämonen schon früher unsere Grenzen überwinden? Wie viele Empyrianer haben überlebt? Wie viele konntest du evakuieren?“

„Oh Jack“, ich schüttelte traurig den Kopf und ließ mich mit dem Rücken an der Glasscheibe zu ihm nach unten auf den Boden gleiten. „Du weißt wirklich gar nichts mehr. Das ist … beschissen. Vor allem, weil ich dir nun erzählen muss, was alles geschehen ist und ich echt kein Bock auf dieses Rumgeheule habe.“

Jack schüttelte irritiert über meinen harschen Ton den Kopf und fixierte mich dann mit einem unergründlichen Blick. Als würde er mich jetzt erst richtig wahrnehmen, sehen, was mit mir geschehen war. Konnte er es erkennen? Das Leid, die Qualen, den Tod, den ich in mir trug?

„Du hast dich verändert“, stellte er trocken fest und musterte mich genauer. „Was ist mit dir geschehen, nachdem du in die Menschenwelt gereist bist?“

„Oh, dort drüben ist überhaupt nichts passiert. Meine Rückkehr, die ist es, um die du dir Gedanken machen solltest, Halbgott. Es sind bereits zehn Jahre vergangen,

Jack. Die Dämonen sind nicht früher über die Grenzen gelangt. Der große Kampf, der Krieg, auf den wir uns die ganze Zeit vorbereitet haben – wir anderen – der hat bereits stattgefunden. Während wir um das Überleben gekämpft haben, versucht haben, Black York und Empyrion zu verteidigen, hast du uns immer tiefer in die Krise hereinmanövriert und als wir dich am dringendsten gebraucht haben … warst du nicht da. Stattdessen hast du uns im entscheidenden Augenblick, als wir die Möglichkeit hatten, den Sieg davonzutragen, buchstäblich ein Messer in den Rücken gerammt. Und du willst mir erzählen, dass du das alles nicht mehr–“

„Tisiphone, Ihr geht zu weit!“ Die kühle Stimme Kays unterbrach meinen Vortrag der Anklageschrift und erstickte ihn im Keim. Jack konnte nicht anders als mich entgeistert anzustarren, ebenso wie Skip und Ann, die Kays linke und rechte Seite flankierten.

Ich stemmte mich vom Boden hoch und verschränkte trotzig die Arme vor der Brust.

Die Sirene rannte sofort auf mich zu und fiel mir um den Hals, doch Skip betrachtete mich immer noch mit einer gewissen Skepsis. Er wusste, was ich war und er konnte sich noch gut daran erinnern, wie meine Schwester sich als Dämonin verändert hatte. Natürlich suchte er zunächst einmal Abstand zu mir, bis er sich sicher sein konnte, dass mich nicht dasselbe Schicksal ereilt hatte. Tja, diese Hoffnung war leider vergebens.

„Als Skip mir sagte, du seist tot, war ich vollkommen außer mir und fühlte mein Herz in zwei Hälften brechen. Warum tauchst du erst jetzt auf? Wie konntet ihr mich beide nur in dem Glauben lassen, dass du nicht mehr am Leben bist? Ich kann es nicht glauben, dich gesund und munter vorzufinden. Wie geht es dir? Wo bist du gewesen? Was ist mit dir geschehen? Wo ...", Ann stockte und strich mir bestürzt und erschrocken über den Rücken, „wo sind deine Flügel, Tess?"

Jacks Blick schnellte zu mir und Ann rückte etwas von mir ab, um mich genauer unter die Lupe zu nehmen.

Der Gestaltwandler und Kay sahen betreten zu Boden und auf mein Gesicht stahl sich unweigerlich ein verbittertes Feixen, welches meine Erscheinung furchtbar entstellen musste, das war mir durchaus bewusst. Doch ich konnte nicht anders. Ich lehnte den Kopf gegen das kühle Glas und lachte aus vollem Halse, während Ann mich erschrocken ansah. Ich musste wie eine Verrückte aussehen und das war ich in gewisser Weise ja auch. Denn ich war nicht länger Tess, die Furie, ich war tot und längst nicht mehr Teil ihrer Welt. Während sich meine beste Freundin also darüber freute, mich putzmunter zu sehen, hatte sie mich eigentlich längst verloren. Vielleicht sogar mehr als das.

Ich lachte weiter und weiter, bis Kay sich drohend räusperte und versuchte, mich dezent darauf hinzuweisen, dass ich die Geduld aller Anwesenden bis aufs Äußerste gereizt hatte.

Ich senkte den Kopf wieder, um die Wesen im Raum nacheinander zu betrachten. Zuletzt ruhte mein Blick auf Jack, den ich nicht aus den Augen ließ, als ich die nächsten Worte unendlich langsam und mit einem verächtlichen Grinsen auf den Lippen aussprach. „Sie wurden mir genommen, meine Flügel. Sie sind für immer verschwunden. Ich bin nicht länger eine Furie. Mit mir starb die letzte unserer Art."

Ann schlug erschrocken ihre Hände vor den Mund und ich verfolgte die Tränen, die sich ihren Weg über ihre Wangen bahnten. All diese Tränen weinte sie für mich. Tränen, die ich nicht vergießen konnte und nie wieder vergießen würde.

„Tess", hauchte Jack kraftlos und sank von der Last der Schuld ermattet zu Boden. Doch ich hatte nichts als Verachtung für ihn übrig.

„Du willst wissen, was mit mir passiert ist? Schön! Aber das wird keine angenehme Geschichte, vor allem nicht für dich."

„Meint Ihr, das ist so eine gute Idee, Tisiphone? Seht ihn euch an, er ist am Ende. Welch Grausamkeit wollt Ihr ihm noch zumuten, nur um Eurer Rache zu frönen. Denkt an Eure Freunde." Kay schenkte mir einen mitfühlenden Blick, doch ich funkelte ihn lediglich zornig an.

„Ich tue es nicht nur für mich, sondern auch für sie. Sie sollen alles erfahren. Und was ist mit dir? Er hat dich umgebracht, seinetwegen wurdest du vernichtet!"

„Ich habe WAS?", mischte Jack sich entgeistert ein und stand plötzlich wieder auf den Beinen.

„Spoiler-Alarm, ja, hast du. Zu diesem Teil der Geschichte kommen wir aber noch. Also Kay, was soll ich tun? Ich habe sie dir versprochen, deine Rache."

Kays Blick schwenkte zu Jack hinüber, der ihn vollkommen verstört ansah und anscheinend auch bei ihm eine nicht benennbare Veränderung wahrnahm.

„Ich habe meine Vergeltung längst erhalten, Tisiphone. Alles, was Ihr jetzt tut, ist allein für Euch. Aber bedenkt, Ihr verletzt nicht nur ihn, sondern auch Eure Freunde und vor allem Euch selbst."

„Das ist mir gleich. Die Welt ist zerstört und ich bin nicht länger ich selbst. Er soll wissen, was er getan hat und er wird für seine Handlungen und Verbrechen die gerechte Strafe erhalten!"

Kapitel 36

Alle Blicke waren auf mich gerichtet und ich konnte fühlen, wie sich sämtliche Härchen auf meinen Armen aufrichteten, geladen von der Spannung, die uns in diesem Raum die Luft zum Atmen nahm. Nicht, dass ich sie gebraucht hätte.

Ich schaute Jack tief in die Augen, verlor mich in deren Abgründen und blickte geradewegs in die Vergangenheit.

Ich suchte in meinem toten, kalten Herzen nach den Emotionen, welche dieser Halbgott früher in mir hervorgerufen hatte. Ich wollte spüren, wie ich mich damals in seiner Gegenwart gefühlt hatte, wie es war, diese Mischung aus Erregung, Leichtigkeit, klopfendem Herzen und flatternder Aufregung zu spüren. Doch da war nichts. Nur die unendliche Stille, die nun mein stetiger Begleiter sein würde.

Ich trauerte. Trauerte um die Gefühle, die nun verschwunden waren. Doch um Jack, um den Halbgott, trauerte ich nicht. Ich spürte nicht einmal das Bedauern, welches mit einer vergangenen Liebe einherging. Nein, wenn ich Jack Pers betrachtete, dann waren es Hass, Wut, Abscheu und Ekel, die mich erfassten. Gefühlsregungen, die selbst eine Dämonin noch zu empfinden im Stande war.

Die Verbitterung schnürte mir den Hals zu, verätzte meine Kehle, nahm mir die Stimme und drückte mir auf die Ohren, sodass ich nichts mehr wahrnehmen konnte außer reinen, zerstörerischen Hass.

„Du ... du hast mich zerstört und mir alles genommen", krächzte ich mit einer Reibeisen-Stimme, die nicht die meine zu sein schien. Doch ich war es ohne Zweifel, die diese Worte sprach.

„Tess." Die Qual, mit der er meinen Namen flehte, hätte sich in mein Herz gebohrt, wenn ich eines besessen hätte. Doch so konnte ich den Halbgott nur abschätzend betrachten und mit meiner Folter fortfahren.

„Ich war fort, habe den Auftrag in der Menschenwelt erledigt und es verging kein Jahr, da hast du dich einer anderen zugewandt. Sie deine Beraterin genannt. Ihr vertraut. Du musst Amanda in kürzester Zeit all deine Schwächen offenbart haben, anders hätte sie nie so schnell die Kontrolle über dich übernehmen können. Du hast dich ihr vollkommen hingegeben, mich hintergangen, uns alle verraten. Dein Volk, dein Land, deine Welt, unsere Aufgabe ..." Ich stockte in meiner Flut an Vorwürfen und erinnerte mich vage an dieses enge Gefühl in meiner Kehle, das einem Tränenfluss vorausging. „Du hast jene von dir gestoßen, die dir ihr Vertrauen geschenkt haben und auf die du dich verlassen konntest – und wofür? War sie das wirklich wert?! Aber die Hexe hat dir noch nicht gereicht, oder? Du musstest noch weiter gehen. Das hier", ich deutete einmal an meinem Körper hoch und runter, „hast du dir als Erstes genommen. Du hast mich von außen nach innen zerstört. Du hast mir wehgetan, mich verletzt, mich vergewaltigt ..."

„I-ich habe ... WAS? Das ist nicht wahr! So etwas würde ich niemals tun, Tess ... Ich, du hast mir immer dein Einverständnis gegeben. Ich würde doch niemals ... Wie kommst du dazu, so etwas zu behaupten?“ Jack erstarrte und sah mich so schockiert an, dass ich fast so etwas wie Mitleid für ihn empfand.

Oder nein, wohl eher doch nicht.

„Ich stelle keine Behauptungen auf. Ich sage die Wahrheit. Deine verzerrte Fratze, während du mich genommen hast, werde ich nie wieder vergessen. Du hast alles in mir aufgerissen, hast mein Herz gebrochen, meine Seele vernichtet und mir meine Würde genommen. Ich kehrte nach knapp zehn Jahren nach Empyrion zurück und vergaß fast meine eigentliche Aufgabe, die Welt der Menschen zu beschützen, nur weil ich dich erneut retten wollte. Und du ... du gibst dich der erstbesten Empyrianerin hin, die auch noch eine Halbdämonin ist und lässt dich in eine Bestie verwandeln, die so etwas der Frau antut, die du angeblich geliebt hast?!“

Ich atmete schnaufend aus und wunderte mich über die Flut an Emotionen, die wie eine reißende Welle über mich hinwegspülte. Ich meinte sogar, ein Flattern in meinem Rücken zu spüren, doch als ich mich leicht zur Seite drehte, um hinter mich zu sehen, waren da keine Flügel. Es war nur ein Echo meiner einstigen Macht, das ich zu spüren glaubte. Der Verlust hätte mich verletzt, wäre die Schale in meinem Inneren nicht schon randvoll mit Wut und Hass gefüllt gewesen.

„Ich konnte dich irgendwann stoppen, aber verzeihen kann ich es dir niemals. Du hast etwas in mir zerbrochen und nicht nur das, du hast unser Volk, unsere

Welt wissentlich den Dämonen ausgesetzt. Wir waren schutzlos. Wären Skip, Kay und die anderen Agenten nicht zur Stelle gewesen, gäbe es jetzt niemanden mehr, der dir erzählen könnte was geschehen ist ..."

„Oder jemanden, der ihn von seinem Bann hätte befreien können, Tisiphone, vergesst das nicht!"

Ich funkelte den Vampir zornig an und fuhr unbeirrt fort.

„Du hast zugelassen, dass sie Cole Black tötet, deine kostbare Amanda. Ich meine, ich hatte für diesen Menschen rein gar nichts übrig, aber komm schon, er war bloß ein verliebter, machtgeiler Bastard. Das was sie ihm angetan hat, hat selbst er nicht verdient. Und dann Kay ... du hast ihn vernichtet, ihm deinen Dolch durch das Herz gejagt. Ich hatte seine Asche überall auf meinem Körper ..."

Jacks Blick wanderte zu Kay, doch dieser nickte lediglich beschwichtigend mit dem Kopf, ganz so, als wollte er dem Halbgott sagen: *Hey, ist schon okay, du wusstest nicht, was du tust und ich bin ja wieder da!*

Ich hätte mir vor lauter unterdrücktem Zorn am liebsten die Haare ausgerissen. Warum hassten meine Freunde diesen Mann nicht ebenso, wie ich es tat?

„Dank dir bin ich keine Furie mehr, sondern ein Dämon", hauchte ich die letzten Worte meiner end- und gnadenlosen Tirade an Vorwürfen aus.

„Aber wie ..." Dass Jack sich überhaupt noch auf seinen Beinen halten konnte und nicht unter der Last der Schuld längst zusammengebrochen war, war mir schlichtweg ein Rätsel.

„Du hast sie getötet", antwortete Skip mit trockener, fast tonloser Stimme und eine unterschwellige Drohung schwang mit seinen Worten mit. Endlich schien jemand nachvollziehen zu können, welch rasende Wut Jack Pers in mir entfachte.

„Ich habe alles mit angesehen, ohne dich aufhalten zu können. Die Dämonen hielten mich in Schach, sie haben auf deine Befehle hin agiert, als du auf diesem Schlachtfeld gegen uns gekämpft hast. Gegen dein Volk. Du hast unsere Welt und die der Menschen den Dämonen einfach so ausgeliefert. Deine Klinge ..." Skip stockte und alle Anwesenden konnten erkennen, wie schwer es für ihn war, die nächsten Worte auszusprechen. „Du hast ihr deine Klinge ins Herz gestoßen, ohne auch nur eine Sekunde zu zögern. Du hast dich an ihrem sterbenden Körper ergötzt, dich gefeiert, weil du die letzte Furie, Tisiphone, deine Partnerin und Geliebte, meine und Anns beste Freundin, vernichtet hattest. Du hast die Frau getötet, die buchstäblich alles für dich geopfert hat. Deinetwegen ist sie als Dämonin zurückgekehrt, um dich von deinem Bann zu befreien! Du wirst auf ewig in ihrer Schuld stehen. Jeden Atemzug, den du tust, jeden glücklichen Moment, den du erfahren, jeden neuen Tag, den du erleben wirst, hast du ihr zu verdanken. Dessen bist du dir besser in jeder einzelnen Sekunde deines erbärmlichen, unbedeutenden Lebens bewusst!"

WOW!

Hätte ich gewusst, dass mein bester Freund dem Halbgott ebenfalls so einen inbrünstigen Vortrag halten würde, hätte ich mich mit meinem etwas zurückgehalten.

Ich empfand fast so etwas wie Stolz und Liebe für Skip, denn er hatte gerade auf die wunderbarste Weise gegenüber Jack für mich Stellung bezogen.

Ich glaubte ihm jedes einzelne Wort und doch war da eine Bitterkeit und Resignation in seinen Worten, dir mir nur zu deutlich bewusst machte, dass er sich bereits darüber im Klaren war, dass er mich verloren hatte.

Ein Teil von mir wollte ihn für diese Worte umarmen und ihm sagen, dass ich noch hier war. Er hatte mich nicht verloren! Doch wir beide wüssten, dass dies nicht der Wahrheit entsprach. Mit dem Stoß durch mein Herz war die Furie Tisiphone gestorben. Ich war nun eine Dämonin. Ich gehörte nicht mehr hierher, nicht in diese Welt. Außerstande Mitgefühl zu empfinden. Das gepaart mit meiner rasenden Wut, dem Nachhall der Empfindungen als Furie und der Drang nach Rache ergab einen gefährlichen, todbringenden Cocktail, der mich zum Staatsfeind Nr. 1 in Empyrion machen würde.

Für mich war in dieser Welt kein Platz mehr.

Mein bester Freund hatte also recht – ich war verloren. Die Furie Tisiphone Hope würde niemals wiederkehren.

Kapitel 37

Die erdrückende Stille, die auf Skips Worte folgte, schien dem Raum sämtliche Luft zu entziehen und das Vakuum mit Proton angereichertem Sauerstoff zu füllen. Ich meinte sogar, es knistern zu hören und die Haare standen mir auf den Armen buchstäblich zu Berge.

Ich räusperte mich und alle anwesenden Empyrianer schienen die Unterbrechung ihrer Verlegenheit zu begrüßen.

„Hey ... würdet ihr mich mit Jack bitte allein lassen?"

Keiner meiner Freunde bewegte sich vom Fleck. Allerdings lag das vermutlich weniger daran, dass sie den Raum nicht verlassen wollten, denn nach Skips und meinem Vortrag sehnte sich glaube ich jeder danach. Nein, es lag viel mehr daran, dass alle dachten, dass ich Jacks Büro mit seinem Blut und Eingeweiden Feng-Shui gerecht umgestalten wollte, und diese Befürchtungen konnte ich ihnen nicht verdenken. Aber nein, ich wollte ihm lediglich noch einige Worte für sein zurückgewonnenes Leben mit auf dem Weg geben und die waren nur für seine Ohren bestimmt.

„Tisiphone, vergesst Euch nicht." Kay streckte die Hand nach meinem Arm aus, doch ich glitt geschickt zur Seite, sodass der Vampir ins Leere griff.

„Keine Angst, Kay, ich werde ihn nicht zerstückeln und den Werwölfen zum Fraß vorwerfen, nur weil du nicht mehr hier bist, um Bodyguard für den Mann zu spielen, der dich vernichtet hat. Nach allem, was geschehen ist, wird es mir doch wohl vergönnt sein, für einen Augenblick allein mit dem Empyrianer zu sein, für den ich alles geopfert habe oder nicht? Vertraust du mir so wenig?"

„Du bist eine Dämonin, Tess", schluchzte Ann und ein hysterischer Schluckauf ließ ihren Körper bei diesen Worten erbeben.

„Ach ehrlich?! Darauf bin ich noch gar nicht gekommen, danke für den Hinweis! Weißt du", ich griff hinter mich und zog einen Dolch mit Schwarzblut-Klinge hervor, wirbelte ihn in der Hand herum und reichte ihn Ann mit dem Griff voran, „ramm mir den doch einfach ins Rückgrat, danach fühle ich mich bestimmt besser. Tut sicher nur halb so sehr weh wie deine Worte."

Dass Kay und Skip während meiner Tirade einen erschrockenen Schritt auf mich zugemacht hatten, war mir nicht entgangen. Ich schüttelte frustriert den Kopf und steckte die Klinge wieder zurück in meinen Gürtel, als Anns geschluchzte Worte mich aufhorchen ließen.

„Oh Tess, es tut mir so leid. Ich wollte dich nicht verletzen. Du bist und bleibst meine beste Freundin, ob nun Furie oder Dämonin. Ich liebe dich immer noch und werde es bis in alle Ewigkeiten tun." Ann rannte auf mich zu und warf sich wie eine kleine Waise, die ihre verloren geglaubten Eltern endlich wiedergefunden hatte, in meine Arme.

„Schon gut", entgegnete ich trocken und klopfte ihr unbeholfen auf den Rücken, als wäre sie ein lästiger Fan, der sich an sein Idol klammert. Ich konnte mit dieser Liebesbekundung nichts anfangen, es berührte mich nicht mehr, auch wenn ich tief in meinem Inneren so etwas wie Dankbarkeit empfand. Zumindest glaubte ich, dass es Dankbarkeit war. Dennoch schien das alles, Ann, unsere Freundschaft, ihre bedingungslose Liebe ... so trivial und unbedeutend zu sein.

Mein Blick schweifte unruhig durch den Raum, bis er auf Jacks Augen traf, die mich mit einer Mischung aus Entsetzen, Trauer, Wut und Ekel musterten. Als ich all diese Gefühle über sein Gesicht huschen sah, glaubte ich fast, ohne sie besser dran zu sein. Wer wollte diese Schmerzen schon jeden Tag aufs Neue ertragen? Wie konnte man seinem alltäglichen Leben überhaupt noch nachgehen, wie seine Gedanken sortieren, wenn einen so viele verschiedene Empfindungen durchfluteten?

„Kay, würdest du ...", forderte ich meinen Gefährten ungeduldig auf und deutete auf Ann und Skip.

Der ehemalige Vampir nickte lediglich grimmig und zog Ann von mir fort.

„A-aber nein, wartet! Du wirst doch nicht wieder verschwinden, oder Tess? Wir sehen uns gleich wieder?" Ann nickte, als wolle sie ihre Fragen selbst beantworten oder mich dazu auffordern, ihre Hoffnung zu bestätigen. Und das tat ich. Nicht weil dies der Wahrheit entsprach, sondern weil ich keine Lust auf ein weiteres Drama hatte und endlich mit dem Halbgott reden musste.

Kay schloss die Türen hinter meinen Freunden und ich war mit Jack Pers allein.

Ich g... wenn ich dich auch nur eine Sekunde länger ansehen muss–" Jack drehte sich langsam zu mir um, schaute jedoch vor sich auf den Boden, bevor er endlich den Kopf hob und den Mut besaß, mir in die Augen zu schauen. „Scheiße, Tess ... wie kann ich noch hier stehen und atmen und leben, während du ...“

„Ein Dämon bist?“, beendete ich seinen Satz mit hochgezogener Augenbraue.

Jack ließ den Kopf wieder hängen und schien jegliche Kontrolle über ihn verloren zu haben. Traurig und leblos rollte er von links nach rechts, bis er schließlich auf seinem Brustbein zum Erliegen kam.

„Du musst dich nicht schlecht fühlen, dass ich bin, wer ich jetzt bin. In gewisser Weise bin ich dir dafür sogar dankbar ...“

Jacks Kopf ruckte nach oben und ich schenkte ihm ein frivoles, verächtliches Lächeln.

„Das war der Plan ... Ich musste sterben, um eine Dämonin zu werden, nur so konnte ich Amanda besiegen und dich von dem Fluch befreien, mit dem sie dich belegt hatte. Man könnte also sagen, du hast mir dabei geholfen, meine wichtigste und letzte Mission als Furie und Agentin der Black Company zu erfüllen.“

Der Halbgott stand wie vom Blitz getroffen da und wusste nicht, welche der vielen Emotionen er zuerst nach außen dringen lassen sollte. Ich konnte ihm ansehen, wie er kämpfte. Darum kämpfte, meine Worte mit seinen Gedanken und der Selbstgeißelung zu vereinen, doch sie schienen einfach nicht miteinander zu harmonieren.

„Ich habe dich getötet, um mich selbst zu retten?“, hauchte Jack fassungslos und sackte wie erschlagen gegen den großen imposanten Schreibtisch, hinter dem das Ego von Cole Black gerade einmal so Platz gefunden hatte.

Ich nickte überlegen und blickte dann wieder auf die erbärmlichen Überreste des einst so strahlenden, überragenden Kriegers herab. „Ja, so könnte man es auch sagen.“

Ich drehte mich wieder zurück zum Fenster. „Doch wofür du dich wirklich schuldig fühlen solltest, ist die Vergewaltigung, der Moment, in dem du dich von deiner ursprünglichen Persönlichkeit zurück in dieses leicht zu kontrollierende, schwanzlose Wesen verwandelt hast. Ich hatte Schmerzen, überall an meinem Körper, doch die schrecklichsten Qualen waren die in meiner Seele. Ich konnte mich nicht an dir rächen, denn ich liebte dich und ich konnte dich nicht dafür hassen, denn du wusstest nicht, was du tust. Und doch habe ich es getan. Du warst in meinen Träumen und meinen Gedanken, während ich versuchte, unsere Welt zu retten. Als ich ich mir schwor diejenigen zu beschützen, die ich liebte. Während ich Cole Black befreite, um in Erfahrung zu bringen, wie man die Schlampe von einer Dämonenhexe töten konnte. Ja sogar als Kay in mir war und wir unserer Lust nachgaben, selbst da warst du in meinem Kopf. Deine Fratze, diese Häme, diese Abwertung, die Verachtung und dieses Vergnügen, mir alles zu nehmen, was ich noch von meiner Würde besessen hatte. Du hast dich gesonnt in diesem Leid. Wie hätte ich dich nach all dem noch lieben können? Bedaure also nicht, dass ich eine Dämonin geworden bin, Jack. Dank dieser Verwandlung spüre ich nichts mehr von ebenjenen Qualen. Ich bin frei, so frei und lebendig wie eine Empyrianerin, eine Furie, es als gefühlloses, totes Wesen nur sein kann. Und ich habe Pläne, große Pläne, die dir oder besser gesagt deinem Volk noch nützen

werden. Nun ja, ich denke nicht, dass es noch dein Volk
ist … Nach allem, was du getan hast, wird eine Verban-
nung noch die mildeste Strafe sein, die du erwarten
kannst. Der Olymp erwartet dich sicher schon."

Ich wandte mich von dem Panaromablick der Verwüstung ab und stolzierte langsam auf Jack zu. Vor
ihm blieb ich breitbeinig stehen und strich ihm mit einem Finger sanft über die Lippen.

„Was wirst du jetzt tun?", hauchte ich zärtlich und
klang dabei fast wieder wie die Tess von früher.

„Ich denke nicht, dass ich mit diesem Wissen leben
kann, Tess. Es tut mir so leid, ich weiß von all dem
nichts mehr, Gott. Ich … wie kann ich damit leben?"

Gelangweilt trat ich von dem Halbgott zurück und
wandte mich zur Tür. „Das musst du nicht. Wenn du es
beenden willst, nur zu, ich halte dich nicht auf. Ich
werde bei deinem Tod weder Genugtuung noch Trauer
empfinden, du bist mir schlichtweg … wie soll ich es sagen … egal. Jack Pers, Tess Hope … das war einmal. Ver-
gessene Namen aus einem längst vergangenen Leben,
das mich nicht mehr betrifft."

Ich drehte mich ein letztes Mal zu dem Halbgott um
und erinnerte mich nur zu genau an den Moment, als
ich vor zehn Jahren genau hier gestanden und mich
von dem Halbgott verabschiedet hatte. In dem Wissen
wiederzukehren. In der Hoffnung, eine Zukunft mit
Jack aufzubauen. In dem Glauben, unsere Welt retten
zu können …

Tja, das Leben hielt immer Überraschungen für einen
bereit.

„Leb wohl, Jack."

Kapitel 38

Noch bevor die Türen sich hinter mir schlossen, verwandelte ich mich in schwarzen Rauch und ließ mich aus der Black Company treiben. Ich vermischte mich mit den Schwaden der brennenden Feuer, betrachtete das verkohlte Trümmerfeld, das einst mein Zuhause gewesen war und landete schließlich vor dem Gebäude, wo meine Freunde schon auf mich warteten.

„Tess!" Ann lief sofort auf mich zu und stürzte sich in meine Arme. Mit verheulten, geschwollenen Augen sah sie mich an und versuchte in meinem Gesicht zu lesen, wie ich mich fühlte. Doch die einstigen Emotionen, die sie anhand meiner Mimik immer hatte deuten können, waren nicht länger vorhanden.

„L-lebt Jack noch?", fragte sie mit zittriger Stimme und hielt gespannt den Atem an.

„Das tat er zumindest, als ich das Büro verließ. Ich habe ihm nichts angetan."

„Oh gut, ich hatte schon Angst, dass–"

„Ich kann aber nicht dafür garantieren, dass er sich nicht selbst etwas antut", fuhr ich gelassen fort und sah abwartend an der Black Company empor.

Die anderen folgten meinem Blick, als erwarteten sie jeden Moment, einen suizidalen Halbgott aus dem Fenster springen zu sehen. Doch dieses Glück war mir leider nicht vergönnt.

„Tisiphone, was habt Ihr ihm gesagt?" Kay blickte mich ernst an und trat auf mich zu.

„Ich habe ihm lediglich aufgezeigt, welcher Verbrechen er sich schuldig gemacht hat in der Zeit, in der Amanda die Strippen gezogen hat. Das ist alles." Ich zuckte gelangweilt mit den Schultern und ging ein Stück die Straße hinauf. Noch vor ein paar Stunden war ich hier mit dem humpelnden Gestaltwandler entlang gehetzt, um die Dämonen zu bekämpfen, die nun meine neuen Weggefährten sein würden.

Kay raufte sich verzweifelt die langen, schwarzen Haare, eine Geste, die ich von Skip oder Jack kannte, aber sicher nicht von dem ehemaligen Vampir. Interessant, ja wirklich.

„Und wie geht es jetzt weiter?" Skip schaute uns der Reihe nach an und machte eine ausholende Geste, um auf die um uns herum liegenden Trümmer zu deuten.

„Ihr baut Empyrion wieder auf und macht die Grenzen wieder dicht", antwortete ich wie selbstverständlich.

„*Ihr*?" Skip hob angepisst eine Augenbraue hoch und fixierte mich mit diesem Blick. Seine schwarzen Iriden, die den meinen unglaublich ähnelten, ließen ein dumpfes Gefühl in mir aufsteigen, das ich lieber nicht zu genau ergründen wollte.

„Ja, ihr! Kay und ich ... wir müssen zurück. Es ist essenziell, dass die Sicherheitslücken der Schutzbarriere geschlossen werden, wenn ..." Ich stockte und schaute die zerstörte Straße hinauf, damit Skip mein Gesicht nicht sehen konnte.

„Wenn was?"

„Ich denke *du* solltest der neue Leiter der Black Company sein." Ich nickte mit einem grimmigen Lächeln.

„So einfach lass ich mich nicht abspeisen, Tess, das solltest du inzwischen wissen."

„Ich denke wirklich, dass du am geeignetsten dafür wärst."

Skip schnaufte frustriert und stemmte erschöpft die Arme in die Taille.

„Da kann ich Tess nur zustimmen", beteuerte Kay und klopfte Skip auf die Schulter.

„Ja, und ich könnte deine Sekretärin sein. Ich verspreche auch, dich nicht zu verfluchen", quiekte Anni freudestrahlend und klatschte begeistert in die Hände, während sie von Skip einen angesäuerten und entsetzten Blick erntete.

„Was denn? Zu früh?", fragte sie unsicher.

„Wir stehen noch inmitten unserer zerstörten Stadt, nicht einmal die Feuer sind erloschen, Ann!" Skip schüttelte entgeistert den Kopf und Ann trat beschämt hinter mich.

„Skip, sei nicht zu hart ihr." Ich versuchte, einen wohlwollenden und beruhigenden Unterton mit seinem Namen mitschwingen zu lassen, doch Skip bedachte mich lediglich mit einem zornigen Augenfunkeln.

„Die werden mich niemals als neuen Anführer akzeptieren. Meinetwegen liegt unsere Stadt in Schutt und Asche."

„Genau genommen darf ich diese Ehre für mich beanspruchen", erinnerte ich meinen besten Freund.

„Ach ja, und warum? Warum hast du den Deal damals abgeschlossen, Tess, hmm? Das hast du nicht aus einer

Laune herausgetan oder weil du Bock auf Chaos und Rebellion hattest. Du warst nicht so bescheuert wie ich und hast aus Lie–"

„Ich habe nicht aus Liebe gehandelt?", unterbrach ich Skip. „Und warum denkst du, habe ich meiner Schwester dieses irrwitzige Angebot unterbreitet? Ich tat es nur aus einem Grund."

„Jack", kam es leise von Kay und sein trauriges Lächeln versetzte mir einen Stich.

„Jack", bestätigte ich.

„Du hast recht, Skip. Auch du trägst einen Teil der Schuld, aber diese Tatsache qualifiziert dich nicht weniger als Anführer dieser Verteidigungsorganisation, ganz im Gegenteil. Ich denke, gerade aus diesem Grund bist du perfekt geeignet. Du kennst die Lücken, du weißt, wie es ist, wenn man seine Seele über die Mission, die Rettung der Menschenwelt stellt. Du hast einen Fehler gemacht, einen kolossalen ... Fehler, aber genau das wird dich zu einem besseren Anführer machen, als wir jemals hatten. Du bist nicht perfekt, nein. Wenn man es genau nimmt, bist du fast ein bisschen zu menschlich. Und das ist ok. Es wird dich vorausschauender, peniblabler, besonnener und kompetenter agieren lassen, denn du kennst die Schwächen unserer Verteidigungswälle. Es ist an der Zeit, Empyrion zu beweisen, was du draufhast, wer du wirklich bist und was du als Wiedergutmachung bereit bist zu leisten."

Skip wurde mit jedem meiner Worte etwas größer, ich konnte sehen, wie seine Brust anschwoll und wie er unbewusst eine geradere Haltung einnahm. Und ich glaubte jedes meiner Worte und stand voll und ganz hinter ihnen.

Der Gestaltwandler sah mir tief in die Augen und noch während er blinzelte, begann sein Anblick vor meinen Augen zu verschwimmen. Er wurde unscharf, als würde ich ihn durch den Boden einer Glasflasche betrachten und dann plötzlich wurde das Bild wieder klarer und vor mir stand ein großer, etwas schlaksiger Kerl, der mit einem breiten Lächeln auf mich herabsah. Er hatte grüne, leicht schräg nach oben laufenden Augen, die ihn wie einen Asiaten aus der Menschenwelt aussehen ließen. Schwarzes, langes Haar, das er zu einem tief sitzenden Pferdeschwanz zusammengebunden hatte, reichte ihm bis zu seinem unteren Rücken. Seine Hände und Arme waren von einem satten Goldbraun und mit grünen, filigranen Linien überzogen, die einem wilden Muster folgten. Diese Maserung zog sich über seine gesamte Haut und sparte lediglich sein Gesicht aus. Trotz seiner schlanken Gestalt war er kräftig und definiert, durch und durch ein Krieger Empyrions.

Er trug die Uniform der Black Company, die ihm auch in dieser Erscheinung unglaublich gut stand und hatte zwei Kurzschwerter auf seinen Rücken gebunden.

So sah mein bester Freund also in Wirklichkeit aus, das hier war seine wahre Gestalt. Wunderschön und obwohl ich ihn zum ersten Mal sah, doch irgendwie vertraut!

„Hey", sagte er leise glucksend und winkte unsicher.

„Bist das wirklich du, Skip?", fragte Anni euphorisch und Skip nickte mit einem schiefen Lächeln. Meine beste Freundin schlug die Hände über dem Mund zusammen, riss sie dann jubelnd in die Luft und jauchzte erfreut auf, bevor sie dem Gestaltwandler in die Arme sprang.

Nachdem beide einen kleinen Freudentanz aufgeführt hatten, der in mir eine schmerzhafte Sehnsucht weckte, der ich niemals wieder gerecht werden konnte, trat ich auf die beiden zu.

„Freut mich, dich kennenzulernen", hauchte ich und hielt Skip eine Hand entgegen. Doch mein bester Freund bedachte mich nur mit einem tadelnden Blick und zog mich in eine feste Umarmung.

„Warum gerade jetzt?", fragte ich interessiert.

„Wenn ich wirklich ganz oben an der Spitze sitzen soll, dann müssen die Empyrianer wissen, wer ich wirklich bin. Und ... aufgrund deiner Worte. Du hast mich schon immer so gesehen und ich wollte mich dir zeigen bevor ...", Skip räusperte sich unbehaglich, „bevor du gehst."

„Gehen? Moment mal, wieso gehen? Ich dachte, deine erste Amtshandlung wird es sein, Tess ihren Job wiederzugeben." Anni hob die Augenbraue und sah von mir zu Skip.

Ich schaute meinen besten Freund an und jeder von uns schien zu überlegen, wie wir der Sirene die Situation am einfühlsamsten erklären sollten.

„Meine schöne Sirene", sagte Kay, trat auf Ann zu und strich ihr in einer zärtlichen Geste mit dem Handrücken über die Wange. „Das Glück zu bleiben, ist uns nicht vergönnt. Ihr müsst die Welt ohne uns zurück ins Lot bringen. Grenzen müssen wiederaufgebaut, den Empyrianern neue Hoffnung geschenkt werden. Für Dämonen ist in Empyrion kein Platz."

In den Augen der Sirene bildeten sich bitterliche, große Tränen. Ich war mir sicher, ein kleiner Teil von ihr wusste bereits, dass wir nicht bleiben konnten, und wollte es nur noch nicht wahrhaben. Wie ein kleines Kind, das erkannte, dass es zu alt und zu groß geworden war, als dass seine Mutter es noch länger auf den Arm nehmen konnte.

„U-und was werdet ihr jetzt tun?", fragte sie, während ihr dünner Körper von heftigen Schluchzern geschüttelt wurde.

Ich schaute erst Skip und dann Kay in die Augen, während sich auf meinen Lippen ein kleines Lächeln ausbreitete.

„Ich denke, die Zeit für eine Rebellion in der Unterwelt ist gekommen."

Kapitel 39

Skip und Ann begleiteten Kay und mich durch die zerstörte Stadt, vorbei an den rauchenden Überresten der einstigen Wolkenkratzer Black Yorks. Beim Anblick dieser einst so imposanten Gebäude glaubte ich ein Echo der Trauer in meinem Inneren zu spüren. Ich war viele Hundert Jahre lang durch diese Stadt geflogen, durch die überfüllten Straßen geglitten, die voller Leben waren und hatte in den glatten Fassaden die Spiegelung meiner wunderschönen Flügel bewundert. Hier in Empyrion hatte ich sein können, wer ich wirklich war. Eine Furie. Das war es, was ich in der Menschenwelt immer so schmerzlich vermisst hatte. Mein Herz wurde schwer bei den Gedanken an meine eindrucksvollen schwarzen Schwingen, die mich überallhin trugen, so weit und schnell, wie ich es nur wollte. Es war ein Teil von mir, das Fliegen. Die Stadt unter mir kleiner werden zu sehen, die Empyrianer nur noch stecknadelgroß unter mir zu wissen. Es war, als wäre ich die Königin der Lüfte, als könnte niemand mir etwas anhaben.

„Wo habt ihr eigentlich Iselda gelassen?", fragte ich in die bedrückende Stille hinein, in der jeder meiner Freunde seinen eigenen Gedanken nachhing.

Ann rollte genervt mit den Augen und warf Skip einen kurzen Blick zu. „Sobald die Dämonen den Rückzug angetreten hatten und die Portale zur Menschenwelt wieder frei zugänglich waren, ist sie auf die andere Seite gewechselt. Ihre letzten Worte waren: ‚Iselda hat genug von Dämonen, irgendwelchen Deals und verfluchten Halbgöttern. Sie macht jetzt erst mal Urlaub.‘ Irgendwie so in der Art. Ich denke, wir werden eine Weile nichts von ihr hören.“

Ich prustete amüsiert los. Ja, das klang nach der schrulligen, alten Hexe.

Ich konzentrierte mich wieder auf die von Schutt und Asche verschmutzte Straße vor mir, damit ich nicht plötzlich über ein herumliegendes Trümmerteil fiel und mir den Hals brach, als mich dieser Gedanke abermals zum Kichern brachte. Erschrocken blickten meine Freunde auf und fuhren zu mir herum. „Tess?“, fragte Skip unsicher und musterte mich eingehend.

„Ich“, ich lachte auf und musste plötzlich stehen bleiben, weil mein ganzer Körper bebte, „ich dachte nur gerade so bei mir: Wenn ich über einen Gebäudebrocken stolpere und mir den Hals breche, was passiert dann mit mir? Ich meine, ich bin ja schon tot und Dämonen sind sicher nicht durch einen waghalsigen Sturz umzubringen ... Das war ...“ Ich stoppte in meiner schnaufenden, prustenden Erklärung und sah in die vollkommen perplexen Gesichter meiner Freunde. „Entschuldigung.“ Ich räusperte mich verlegen. „Blöder Gedanke.“

Ohne ein weiteres Wort schritt ich weiter voran und spürte die unangenehm prüfenden Blicke in meinem Rücken.

Skip schloss zu mir auf und ließ Ann und Kay hinter uns zurück. „Du willst nicht zurück“, sagte er leise und sah dabei auf den Boden vor uns.

Besser für ihn, er könnte sehr wohl über einen Trümmerhaufen fallen und sich etwas brechen.

„Ich habe keine Wahl“, entgegnete ich ebenso leise und warf meinem besten Freund einen langen Blick zu. Ich bewunderte immer noch sein Erscheinungsbild und diese wunderschöne Haut, die leicht zu glimmen schien. Er hatte etwas von einem Chamäleon, das seine Haut der Umgebung anpasste.

„Wir finden einen Weg, da bin ich sicher.“

„Einen Weg?“, fragte ich.

„Einen Weg, euch dort rauszuholen“, versicherte Skip mir mit so viel Enthusiasmus, dass ich ihm fast glauben wollte.

„Ich bin tot, Skip. Es gibt keinen Weg zurück. Ich werde so lange als Dämonin leben, bis ich vernichtet werde oder mich selbst ins Fegefeuer stürze.“

„Du hast doch nicht etwa vor, Suizid zu begehen?“, fragte der Gestaltwandler entgeistert.

Ich zuckte lediglich mit den Achseln und schaute in die Ferne, wo ich die immer noch standhafte, aber reichlich mitgenommene Grenze zur Unterwelt erkennen konnte.

Ein leichtes Schimmern markierte die Barriere, die nun gesäumt war von schwarzen Löchern und an einigen Stellen rauchte, als hätte man versucht sie anzuzünden.

Ich fand es immer noch unbegreiflich und faszinierend zugleich, dass Empyrion nur durch eine solch fluoreszierende, unsichtbare Wand von der Dämonenwelt geschützt wurde. Ich wusste, dass sie weit mehr war, aber für das bloße Auge und einen Laien war sie nicht mehr oder weniger als das.

„Ich weiß es nicht. Ganz ehrlich, Skip", antwortete ich endlich auf seine Frage. „Die Unendlichkeit mit diesen Bastarden von der anderen Seite zu verbringen, klingt nicht gerade verlockend."

„Und wenn du einfach bleibst?"

„Du weißt, dass das nicht geht. Ihr müsst die Schutzbarrieren wieder aktivieren und sie werden nicht einwandfrei funktionieren, wenn sich Dämonen in Empyrion aufhalten. Ich muss gehen!"

„Versprich mir, dass du nicht ins Fegefeuer gehst." Skip flehte mich mit seinen Augen an, ihm dieses Versprechen zu geben, doch ich wollte meinen besten Freund nicht belügen. Nicht heute, nicht während unseres Abschieds.

„Das kann ich nicht, aber ich kann dir versprechen, dass es noch etwas dauert, bis ich diese Welt verlassen werde. Ich und Kay haben noch etwas zu erledigen." Ich sah bedeutungsschwer in Kays Richtung, der nur wenige Meter von der Barriere entfernt mit Ann zu uns gestoßen war.

„Eine weitere Mission?", hakte Kay nach und hob verschwörerisch die Augenbraue.

Ich nickte und sah dann wieder Skip an. „Ich würde mich theoretisch wirklich freuen, euch in zehn Jahren wiederzusehen, aber ich habe die leise Hoffnung, dass wir vorher eine Möglichkeit gefunden haben, den Tag der Abrechnung abzuwenden. Das ist das Beste und das Letzte, was ich für Empyrion und die Menschenwelt tun kann."

Skip sah mich mit schiefgelegtem Kopf an. „Du bist beiden Welten nichts mehr schuldig, Tess. Du hast dein

Leben für ihren Schutz gegeben, du hast mehr als genug getan und deinen Eid erfüllt."

Ich winkte gelangweilt ab und grinste schelmisch. „Hey, die Ewigkeit wartet auf uns. Kay und mir wird todlangweilig sein, wenn wir nicht wenigstens einer Aufgabe nachgehen können."

Wir wussten alle, dass ich unser Vorhaben herunterspielte, denn womöglich würde uns diese Mission mehr kosten als nur etwas Zeit, aber das sollte mir recht sein. Ich hatte ein langes, kompliziertes, nicht gerade immer schönes, aber dennoch wundervolles Leben gelebt ... Ich wollte keine Unendlichkeit, nicht in der Unterwelt.

„Dann heißt es jetzt Lebewohl?", fragte Anni schluchzend und lehnte sich wie selbstverständlich wieder an Kays Schulter.

„Das heißt es wohl", bestätigte ich leise.

Ich musterte meine beste Freundin, sog jedes kleine Detail von ihr in mich auf. Von den blonden, wunderschönen, langen Haaren, den blauen, von Tränen erfüllten Augen bis hin zu ihrer kleinen Stupsnase und ihrem wunderschönen Mund, der mich so oft angezetert und angelächelt hatte.

Ich hatte es geliebt, mir eine Wohnung mit dieser Sirene zu teilen, auch wenn es nicht immer einfach war, so habe ich es doch von ganzem Herzen genossen. Sie war immer da, hörte mir zu, scherzte mit mir, erinnerte mich daran, der Furie nicht nachzugeben, sie machte mich menschlich. Ich hätte so gerne noch mehr Zeit mit ihr zusammen gehabt.

Ich konnte eine einzelne Träne meine Wange hinunterlaufen fühlen und wusste nicht, woher dieses plötzliche Engegefühl in meiner Brust kam. Ohne jedoch länger diese aufwühlende Empfindung zu analysieren, riss ich Anni in eine innige Umarmung und drückte sie so fest an mich, dass ich sicher war, meine kleine Sirene würde keine Luft mehr bekommen.

Als ich sie wieder losließ, war Skip an der Reihe. Mein bester Freund hielt mich unendlich sanft im Nacken fest und presste meinen Kopf an seine Brust.

„Ich werde dich niemals vergessen, Tess Hope!", flüsterte er mir ins Ohr.

Ich trat aufgewühlt einen Schritt zurück und strich mir mehrmals fahrig durch das volle, lockige Haar. Meinen Blick ließ ich unkontrolliert schweifen, ich hatte nicht die Kraft, meinen Freunden ins Gesicht zu sehen.

Als wir uns alle wieder etwas beruhigt und Skip und Ann sich ebenfalls von Kay verabschiedet hatten, fragte meine beste Freundin mich erneut: „Was werdet ihr nun tun, Tess?"

Ich sah Kay in die Augen und warf dann einen Blick zurück auf die Stadt – die zerbrochene, verlorene Skyline von Black York. Die Black Company war das einzige Gebäude, welches noch intakt war und in seiner vollen Größe aus den Trümmern herausragte. Ich schaute nach ganz oben hinauf zum Dach und glaubte dort etwas Goldenes aufblitzen zu sehen. Vielleicht einen Halbgott, der mit ausgebreiteten Flügeln in unsere Richtung blickte?

„Tess, wie geht es jetzt weiter?", fragte Ann verzweifelt.

Ein Lächeln stahl sich auf meine Lippen und als ich meine Augen von der einsamen Gestalt in der zerstörten Stadt abwandte und meiner Freundin ins Gesicht blickte, wusste ich was ich zu tun hatte.

„Ich war die letzte Furie Empyrions", antwortete ich leise. „Vielleicht werde ich die erste Königin der Unterwelt sein."

ENDE

Danksagung

Ich möchte mich ganz herzlich bei dem kompletten Team des dp Verlags bedanken. Ohne euch wäre die Veröffentlichung von *Days of Darkness* (ehemals *Black Demons*) nicht möglich gewesen. Dank eurer Unterstützung tragen wir gemeinsam diese Geschichte in die Welt hinaus und begeistern so viele Leser*innen von meiner Story. Das macht mich unglaublich stolz und auch demütig, denn ich lebe gerade meinen Traum.

Ich möchte mich auch bei meiner Familie und meinen Freunden bedanken! Ihr habt immer an mich geglaubt, mich unterstützt, supportet und wart stets an meiner Seite, als ich diese ganz besonderen Schritte in meinem Leben gegangen bin. Danke, dass es euch gibt und ihr meine durchgeknallte Art und meine Marotten einfach akzeptiert und mich liebt, wie ich bin. Ohne euch wäre jeder Erfolg bedeutungslos!

Ganz besonders möchte ich an dieser Stelle meine beiden Testleserinnen hervorheben: Susanne, du bist die beste Patentante, die es gibt. Dank dir habe ich das Genre, in dem ich am liebsten schreibe und lese, erst schätzen gelernt. Du bist immer sofort von meinen Ideen begeistert und fieberst bei allem so sehr mit – das berührt mich jedes Mal und trifft mich mitten ins Herz.

Änny, ich kann gar nicht in Worte fassen, wie glücklich ich bin, dich getroffen zu haben. Nicht nur lesen wir dieselben Bücher, wir sind ebenso verrückt wie lustig im Kopf. Du bist eine immense Unterstützung, wenn es um meine Schreiberei geht. Du hinterfragst kritisch, liest dir jedes meiner Worte durch, befürwortest mich, hältst mir den Spiegel vor und feierst jeden kleinen Erfolg.

Ich hoffe du wirst, ebenso wie meine Tante, noch viele weitere Geschichten von mir korrekturlesen!

Ich möchte mich auch bei meiner großen Liebe, Florian bedanken. Du akzeptierst es, wenn ich mal später ins Bett komme und manchmal etwas verpeilt und abwesend bin, weil ich mit meinen Gedanken in meinen Büchern stecke. Und obwohl du Fantasy-Geschichten längst nicht so verehrst, wie ich es tue, liest du dennoch jedes meiner geschriebenen Worte. Du nimmst und liebst mich einfach, wie ich bin. Bei dir darf ich ich selbst sein und das ist das größte Geschenk, was du mir machen kannst. Ich liebe dich unglaublich und könnte mir keinen besseren Partner an meiner Seite vorstellen.

Last but definitely not least – ein großes, gigantisches Dankeschön an alle meine Leser*innen dort draußen. Ihr macht meine Figuren erst lebendig. Ich liebe es, mit euch in meinen Leserunden zu diskutieren und ja, auch eure Kritik nehme ich mir gerne zu Herzen und versuche auf all eure Fragen einzugehen. Danke, dass ihr an mich glaubt! Ich hoffe ihr begleitet mich noch viele weitere Geschichten lang!